Oscar bestsellers

Emozioni

JUDITH McNAUGHT

SARÀ PER SEMPRE

Traduzione di Cristina Sibaldi

OSCAR MONDADORI

First published by Pockets Books, a division of Simon & Schuster, Inc.
Titolo originale dell'opera: *Once and Always*

I edizione Oscar bestsellers giugno 2014

ISBN 978-88-04-64023-3

Questo volume è stato stampato
presso ELCOGRAF S.p.A.
Stabilimento - Cles (TN)
Stampato in Italia. Printed in Italy

Sarà per sempre

A mio padre, che mi ha sempre fatto capire
di essere orgoglioso di me,
e a mia madre, che mi ha aiutato
a fare le cose che lo hanno reso orgoglioso.
Siete una squadra meravigliosa!

1

Inghilterra
1815

«Oh, eccoti qui, Jason» disse l'affascinante donna dai capelli corvini, rivolgendosi al riflesso del marito, comparso nello specchio della toeletta. Il suo sguardo indugiò con circospezione sulla silhouette alta e imponente che si avvicinava, per poi tornare a concentrarsi sui cofanetti di gioielli aperti davanti a sé. Le mani le tremarono nervosamente e sul suo viso si disegnò un sorriso smagliante, mentre estraeva da una scatola uno spettacolare girocollo di diamanti e lo porgeva al marito. «Mi aiuteresti ad agganciarlo?»

Lui contrasse il volto in una smorfia di disgusto osservando le collane di rubini e smeraldi che già le pendevano sui seni abbondanti, scoperti dalla scollatura generosa. «Non credi che esibire in questo modo il tuo corpo e tutti quei gioielli sia un po' troppo volgare per una che spera di somigliare a una gran signora?»

«E tu cosa ne sai di volgarità?» ribatté Melissa Fielding con disprezzo. «Questo vestito è all'ultima moda.» Con fare altezzoso, aggiunse: «Al barone Lacroix piace molto. Mi ha chiesto espressamente di indossarlo al ballo di stasera».

«Non ho dubbi. Non vorrà avere troppi impicci con le allacciature quando te lo sfilerà» rispose con sarcasmo il marito.

«Esatto. Lui è francese… e terribilmente impetuoso.»

«Peccato che sia anche spiantato.»

«Lacroix mi trova bella» gli rinfacciò Melissa, con la voce che iniziava a fremere per l'irritazione repressa.

«Ha ragione.» Lo sguardo sardonico di Jason Fielding passò sulla sua pelle di alabastro, gli occhi verdi dal taglio vagamente orientale e le labbra rosse e carnose, dopodiché si abbassò sui seni voluttuosi che palpitavano in maniera invitante sotto la scollatura dell'abito di velluto rosso. «Sei una bella, amorale e avida... sgualdrina.» Si voltò e fece per uscire dalla stanza, poi si bloccò. La voce glaciale aveva un tono autoritario. «Prima di uscire, vai a dare la buonanotte a nostro figlio. Jamie è troppo piccolo per capire che razza di donna è sua madre, e quando non ci sei, sente la tua mancanza. Tra un'ora parto per la Scozia.»

«Jamie!» sibilò lei con rabbia. «È l'unica cosa di cui ti importa...» Il marito proseguì senza preoccuparsi di negarlo, e la rabbia di Melissa esplose. «Quando tornerai dalla Scozia, non mi troverai qui ad aspettarti!» minacciò.

«Bene.»

«Bastardo!» scattò lei, con voce tremante per la collera. «Farò in modo che tutti sappiano che razza di uomo sei e poi ti lascerò. Non tornerò mai più. Mai più!»

Con la mano sulla maniglia, Jason si voltò, il viso contratto in una maschera di sdegno. «Tornerai» disse sogghignando. «Tornerai non appena finiranno i soldi.»

La porta si chiuse alle sue spalle e Melissa assunse un'espressione trionfante. «Non tornerò mai più, Jason» dichiarò ad alta voce nella stanza vuota «perché non esaurirò mai il denaro. Mi manderai tutto quello che vorrò...»

«Buonasera, milord» disse il maggiordomo sussurrando in modo stranamente teso.

«Buon Natale, Northrup» rispose Jason con aria distratta,

battendo i piedi per staccare la neve dagli stivali mentre gli passava la mantella bagnata. Gli tornò in mente l'ultimo incontro con Melissa, che risaliva a due settimane prima, ma allontanò quel ricordo. «Con questo tempaccio ho perso un giorno in più per il viaggio. Mio figlio è già andato a letto?»

Il maggiordomo s'irrigidì.

«Jason...» Un uomo robusto, con il viso abbronzato e segnato dal tempo, era in piedi sulla soglia del salotto che si affacciava sull'atrio di marmo. Gli fece cenno di raggiungerlo.

«Cosa ci fai qui, Mike?» chiese lui, guardando con stupore l'uomo più anziano che chiudeva la porta della sala.

«Jason» disse Mike Farrell nervoso «Melissa se n'è andata. Lei e Lacroix sono salpati per le Barbados subito dopo la tua partenza per la Scozia.» S'interruppe aspettando una reazione, ma non ce ne fu nessuna. Fece un respiro profondo. «Jamie era con loro.»

Gli occhi di Jason si trasformarono in braci ardenti d'ira. «La ucciderò per questo!» esclamò dirigendosi verso la porta. «La troverò e la ucciderò...»

«È troppo tardi.» La voce strozzata di Mike bloccò Jason a metà strada. «Melissa è già morta. La nave è affondata durante una tempesta, tre giorni dopo la partenza dall'Inghilterra.» Distolse lo sguardo dal dolore che stava già distorcendo i lineamenti di Jason e aggiunse in tono piatto: «Non ci sono sopravvissuti».

Jason raggiunse il tavolino e prese il decanter di cristallo senza dire una parola. Si versò un bicchiere di whisky e lo trangugiò, dopodiché lo riempì di nuovo e si mise a fissare un punto indistinto davanti a sé.

«Ti ha lasciato queste.» Mike Farrell gli porse due lettere con i sigilli rotti. Jason non accennò a muoversi e Mike proseguì la spiegazione. «Le ho lette. Una è indirizzata a te e chiede un riscatto. Melissa l'aveva lasciata nella tua camera da letto. Voleva dei soldi in cambio di Jamie. La seconda sarebbe servita a metterti alla berlina di fronte all'opinione pubblica; l'aveva consegnata a un valletto, chiedendogli di farla avere al "Times" dopo la sua partenza. Ma quando Flossie Wilson si è accorta dell'assenza di Jamie, ha interrogato immediatamente i domestici e il valletto le ha dato la lettera invece di portarla al "Times". Flossie non è riuscita a rintracciarti per dirti che Melissa era partita con Jamie, così ha contattato me e mi ha fatto avere le lettere. Jason...» aggiunse Mike con voce roca. «So quanto volessi bene a quel bambino. Mi dispiace. Mi dispiace terribilmente...»

Lo sguardo tormentato di Jason si spostò lentamente sul ritratto nella cornice dorata appeso sopra il camino. In un silenzio pieno di angoscia, rimase a fissare il volto del figlio, un bambino robusto con un sorriso da cherubino sulle labbra e un soldatino di legno stretto nel pugno.

Il bicchiere gli tremò nella mano. Ma non pianse. La sua infanzia gli aveva portato via tutte le lacrime molto tempo prima.

Portage, New York
1815

Victoria Seaton aprì il cancello di legno bianco che conduceva nel cortile di fronte alla modesta casa in cui era nata. La neve scrocchiava sotto i piccoli piedi coperti dagli stivali. La ragazza aveva le guance rosee e lo sguardo luccicante quando si fermò a rimirare il cielo stellato con il piacere sincero di una quindicenne eccitata dal Natale. Sorrise intonando l'ultima strofa di una delle carole natalizie che aveva cantato per tutta la sera con gli altri ragazzi, quindi si voltò e percorse il vialetto verso la casa buia.

Sperando di non svegliare i suoi genitori o la sorella minore, aprì la porta d'ingresso senza far rumore e si infilò dentro.

Si tolse la mantella, l'appese di fianco all'uscio e poi si girò, ma si bloccò sorpresa. Il chiaro di luna filtrava dalla finestra in cima alle scale e illuminava i suoi genitori, in piedi di fronte alla camera da letto della madre. «No, Patrick!» La donna si divincolava nell'abbraccio del marito. «Non posso! Non posso e basta!»

«Non dirmi di no, Katherine» sussurrava Patrick Seaton con voce supplicante. «Signore, ti prego, non...»

«Avevi promesso!» esclamò Katherine, cercando di liberarsi dalla sua stretta. Lui si chinò e la baciò, ma lei distolse il viso, mentre parlava a singulti. «Mi avevi fatto una promessa il giorno in cui è nata Dorothy. Mi avevi assicurato che non me l'avresti chiesto mai più. Mi avevi dato la tua parola!»

Victoria, paralizzata e sconvolta dall'orrore, si rese vagamente conto di non avere mai assistito prima di allora a un contatto fisico tra i suoi genitori, nessuna carezza e nessuna carineria, ma non aveva idea del motivo per cui il padre implorava la madre.

Patrick lasciò andare la moglie, abbandonando le braccia lungo i fianchi. «Scusa» disse con voce atona. La donna fuggì in camera e chiuse la porta. Invece di andare nella propria stanza, lui si voltò e scese le scale strette, passando a poca distanza da Victoria.

La ragazza si appiattì contro la parete. Aveva la sensazione che la sicurezza e la pace del suo mondo fossero stati in qualche modo minacciati da ciò che aveva visto. Temendo che il padre potesse notarla se si fosse mossa verso le scale, scoprendo così che aveva assistito a quella scena umiliante, rimase a guardarlo mentre si sedeva sul divano a fissare le braci nel caminetto che si stavano lentamente spegnendo. Una bottiglia di liquore, rimasta su uno scaffale della cucina per anni, adesso era sul tavolino di fronte a lui, di fianco a un bicchiere mezzo pieno. Quando l'uomo si chinò in avanti per prendere il bicchiere, la giovane si girò e mise con cautela un piede sul primo gradino.

«So che sei lì, Victoria» esordì lui in tono piatto e senza voltarsi. «Non ha senso fingere che tu non abbia visto quello che è appena accaduto tra me e tua madre. Perché non vieni qui a sederti davanti al fuoco? Non sono un bruto, come potresti pensare.»

Victoria sentì una stretta al cuore per la compassione e andò subito a mettersi vicino a lui. «Non ti considero un bruto, papà. Non potrei mai.»

Lui bevve un lungo sorso di liquore. «Ma non biasimare tua madre» la ammonì, strascicando leggermente le parole, come se avesse iniziato a bere da molto prima del suo arrivo.

Patrick lanciò un'occhiata all'espressione sconvolta della figlia e pensò che avesse visto più della scena a cui aveva effettivamente assistito. Le circondò le spalle con un braccio, cercando di metterla a suo agio, ma quello che le disse non fece altro che crearle maggiore imbarazzo. «Non è colpa né di tua madre né mia. Lei non riesce ad amarmi e io non riesco a smettere di amarla. Tutto qui.»

Victoria fu strappata di colpo dal nido protetto dell'infanzia e aprì gli occhi sulla dura e fredda realtà adulta. Spalancò la bocca mentre lo guardava e il mondo sembrò andare in frantumi intorno a lei. Scosse il capo, cercando di allontanare le parole orribili che il padre aveva appena pronunciato. Ma certo che sua madre lo amava. Era un uomo meraviglioso!

«L'amore non può essere imposto» continuò Patrick Seaton, confermando quella terribile verità mentre fissava il fondo del bicchiere con amarezza. «Non nasce solo perché tu lo desideri. Se fosse così, tua madre mi amerebbe. Credeva che avrebbe imparato ad amarmi quando ci siamo sposati. Anch'io ne ero convinto. *Volevamo* crederci. In seguito ho cercato di convincermi che non importava. Mi dicevo che il matrimonio poteva andare bene anche senza quel sentimento.» Le parole che seguirono gli scaturirono dal petto con un'angoscia che a Victoria procurò una fitta al cuore. «Ero uno sciocco! Amare senza essere ricambiati è un inferno! Non lasciarti convincere che potrai essere felice con qualcuno che non ti ama.»

«Non... non lo farò» mormorò Victoria, sbattendo le palpebre per frenare le lacrime.

«E non amare mai nessuno più di quanto lui ami te, Tory. Non farlo.»

«Non... non lo farò» ripeté Victoria. «Te lo prometto.» Incapace di contenere la pena e l'affetto che esplodevano dentro di lei, Victoria lo guardò con le lacrime agli occhi e gli mise una mano sulla guancia. «Quando mi sposerò, papà» si interruppe per riprendere fiato «sceglierò un uomo *esattamente* come te.»

Lui le rivolse un sorriso dolce, ma non rispose. Invece, disse: «Sai, non è stato tutto negativo. Io e tua madre abbiamo te e Dorothy da amare, e questo è un sentimento che condividiamo».

L'alba era appena comparsa nel cielo, quando Victoria uscì di casa, dopo aver passato una notte insonne a fissare il soffitto. Indossava una mantella rossa e una gonna blu scuro di lana adatta per cavalcare. Condusse fuori dalla stalla il suo pony indiano e montò in sella senza sforzo.

Dopo quasi due miglia, raggiunse il ruscello che scorreva lungo la strada per il villaggio e smontò. Camminò con prudenza sull'argine scivoloso coperto di neve e si mise a sedere su un masso piatto. Con i gomiti appoggiati sulle ginocchia e il mento tra i palmi, rimase a fissare l'acqua grigia che scorreva lentamente tra i pezzi di ghiaccio vicino al bordo.

Il cielo divenne giallo e poi rosa mentre Victoria cercava di ritrovare la gioia che provava ogni volta che stava a guardare il sorgere di un nuovo giorno.

Dagli alberi alle sue spalle sbucò un coniglio; si udì sbuffare un cavallo e dei passi furtivi verso l'argine scosceso. Un leggero sorriso curvò le labbra della ragazza, un istante prima che una palla di neve le sibilasse vicinissima alla spalla destra. «Bersaglio mancato, Andrew» esordì senza voltarsi.

Un paio di lucidi stivali marroni comparve al suo fianco. «Ti sei svegliata presto oggi» disse Andrew rimirandola con un sorriso. I capelli rossi dai riflessi dorati, che le scendevano a cascata sulle spalle, erano trattenuti da un pettinino di tartaruga, lasciando libera la fronte. Gli occhi erano di un azzurro intenso, con le ciglia spesse, e leggermente a mandorla. Il naso era piccolo e perfetto, le guance dagli zigomi delicati avevano un colorito sano, mentre al centro del mento spuntava una fossetta intrigante.

La futura bellezza era già scolpita in ogni tratto del volto di Victoria, ma era altrettanto evidente che sarebbe stata di un tipo più esotico che fragile, più esuberante che puro, così come era ovvio che dietro il piccolo mento si celava una grande determinazione. Tuttavia quella mattina nei suoi occhi mancava la solita luce.

Victoria si chinò e prese una manciata di neve con la mano coperta dal guanto. Andrew si scostò automaticamente, ma invece di lanciarla a lui, come avrebbe fatto in un giorno normale, lei la gettò nel ruscello. «Cosa c'è che non va, occhioni?» scherzò il ragazzo. «Hai paura di non fare centro?»

«Certo che no» rispose Victoria con un sospiro malinconico. «Spostati e fammi sedere.»

Victoria lo accontentò e lui studiò la sua espressione triste con aria leggermente preoccupata. «Per quale motivo sei così abbacchiata?»

Victoria era assai tentata di confidarsi con lui. Andrew aveva vent'anni, cinque più di lei, ed era molto saggio per la sua età. Era l'unico figlio di una ricca signora, una vedova di salute cagionevole e alquanto possessiva nei suoi confronti, che gli aveva affidato tutta la gestione della loro enorme proprietà, compresi i quattrocento ettari di campagna intorno.

Posando un dito inguantato sotto il mento di Victoria, Andrew la costrinse ad alzare lo sguardo verso di lui. «Dimmelo» la esortò gentilmente.

Quella seconda richiesta fu più di quanto il cuore già provato di lei potesse sostenere. Andrew era suo amico. Le aveva insegnato a pescare, nuotare, a sparare con la pistola e a barare a carte... Quest'ultimo insegnamento secondo lui era necessario, perché così si sarebbe resa conto se qualcuno avesse cercato di truffarla. Victoria aveva ripagato i suoi sforzi imparando a nuotare, sparare e barare meglio di lui. Erano amici e sapeva che avrebbe potuto confidargli quasi tutto. Ma non riusciva a parlare con lui del matrimonio dei suoi genitori. Decise così di affrontare l'altro cruccio: l'ammonimento di suo padre.

«Andrew» disse esitante. «Da cosa si capisce che qualcuno ti ama? Che ti ama davvero, intendo.»

«Di chi ti preoccupi?»

«Dell'uomo che sposerò.»

Se fosse stata un po' più matura e smaliziata, Victoria sarebbe stata in grado di interpretare la tenerezza che attraversò gli occhi castano dorato di Andrew prima che distogliesse in fretta lo sguardo. «Sarai amata dall'uomo che ti sposerà» le promise. «Hai la mia parola.»

«Ma dovrà amarmi almeno quanto lo amo io.»

«Lo farà.»

«Forse. Ma come saprò che è così?»

Andrew lanciò un'occhiata intensa al suo viso delizioso. «Qualcuno ha assillato tuo padre per chiedergli la tua mano?» domandò, quasi con rabbia.

«Certo che no!» scattò lei. «Ho solo quindici anni e papà è stato molto chiaro: ha detto che dovrò aspettare di avere diciotto anni, così sarò in grado di decidere con la mia testa.»

Andrew guardò il suo piccolo mento cocciuto e ridacchiò. «Se il dottor Seaton si preoccupa solo di quello, potrebbe lasciarti sposare domani. Sai quello che vuoi da quando avevi dieci anni.»

«Hai ragione» ammise lei con allegro candore. Dopo qualche momento di silenzio privo di imbarazzo, gli chiese con leggerezza: «Andrew, pensi mai a chi sposerai?».

«No» rispose lui con uno strano sorriso mentre fissava un punto dall'altra parte del ruscello.

«Perché no?»

«So già chi è.»

Sorpresa da quella rivelazione, la ragazza si voltò di scatto. «Davvero? Dici sul serio? Racconta! È una persona che conosco?»

Lui rimase in silenzio. Victoria gli lanciò un'occhiata di traverso e iniziò a raccogliere la neve in una mano, premendola con energia.

«Stai per tirarmi quella cosa nella schiena?» le disse Andrew, guardandola con aria divertita ma prudente.

«Certo che no» gli rispose lei con gli occhi luccicanti. «Stavo pensando a una scommessa. Se riuscirò ad avvicinarmi più di te alla pietra su quel masso là in fondo, dovrai dirmi di chi si tratta.»

«E se mi avvicinerò di più io?» la sfidò Andrew.

«Allora deciderai tu la penitenza» replicò lei con magnanimità.

«Ho fatto un grave errore quando ti ho insegnato le regole del gioco d'azzardo» osservò divertito lui, ma il sorriso di lei era irresistibile.

Andrew mancò il bersaglio di poco. Victoria lo fissò con grande concentrazione, poi scagliò la palla di neve e colpì la pietra con tanta forza da farla rotolare giù dal masso.

«Ho fatto un altro grave errore quando ti ho insegnato a lanciare le palle di neve.»

«Ero già capace» gli ricordò lei con audacia, mettendosi le mani sui fianchi sottili. «Allora, chi vorresti sposare?»

Andrew sorrise a quel viso incantevole. «Chi pensi che voglia sposare, occhioni?»

«Non saprei» rispose lei seria «ma spero che sia una persona speciale, perché tu lo sei.»

«È speciale» le assicurò lui con solennità. «Così speciale che ho pensato a lei per tutto il tempo che sono stato via a studiare. Sono contento di essere a casa proprio per questo motivo, perché così posso vederla più spesso.»

«Dev'essere carina» ammise Victoria asciutta, provando all'improvviso un senso di fastidio nei confronti di quella ragazza innocente.

«La definirei meravigliosa, più che carina. È dolce e vivace, bella e spontanea, gentile e determinata. Tutti quelli che la conoscono non possono che volerle bene.»

«Allora, santo cielo, perché non la sposi e la fai finita!» esclamò Victoria incupita.

Andrew sollevò gli angoli delle labbra e, in un raro gesto di intimità, allungò una mano sui suoi capelli di seta. «Perché» sussurrò teneramente «è ancora troppo giovane. Sai, suo padre vuole che aspetti di avere diciotto anni, perché possa decidere con la propria testa.»

Victoria sgranò gli occhioni azzurri mentre scrutava il bel volto di Andrew. «Stai parlando di me?» mormorò.

«Di te» le confermò sorridendo, ma con solennità. «Solo di te.»

Il mondo di Victoria all'improvviso tornò a essere un posto sicuro e caldo. «Grazie, Andrew» disse, di colpo timida. Poi, con una delle sue repentine trasformazioni, col tono di una giovane donna affascinante e ben educata, aggiunse: «Sarebbe meraviglioso sposare il mio più caro amico».

«Non avrei dovuto dirtelo prima di parlarne con tuo padre, ma mi toccherà aspettare altri tre anni.»

«Gli piaci moltissimo» lo rassicurò Victoria. «Quando sarà il momento non avrà nulla in contrario. Come potrebbe, visto che vi somigliate così tanto?»

Quando montò a cavallo, poco dopo, Victoria si sentiva di nuovo allegra e spensierata, ma non appena aprì la porta di casa ed entrò nella stanza che fungeva da cucina e punto di ritrovo per la famiglia, l'umore le si fece più cupo.

Sua madre era china sulla stufa a trafficare con la piastra per le cialde, con i capelli raccolti in uno chignon ordinato e il vestito, privo di fronzoli, pulito e stirato. Appesi a dei ganci sopra la stufa c'erano setacci, mestoli, coltelli e imbuti: tutto in ordine, lindo e ben organizzato, proprio come sua madre. Suo padre era già seduto a tavola e stava bevendo una tazza di caffè.

Osservandoli, Victoria provò una stretta al cuore e un improvviso moto di rabbia nei confronti della donna, che negava al suo meraviglioso padre l'amore che desiderava e di cui aveva così tanto bisogno.

Dal momento che quelle uscite mattiniere di Victoria erano piuttosto frequenti, i genitori non si mostrarono sorpresi all'ingresso della ragazza. Entrambi la guardarono sorridendo e le diedero il buongiorno. Victoria ricambiò il saluto del padre e sorrise alla sorella minore, Dorothy, ma non riuscì quasi a rivolgersi alla madre. Andò invece verso gli scaffali e iniziò ad apparecchiare la tavola con il servizio per la colazione, una formalità a cui la madre teneva, affermando che fosse necessaria per "un pasto civile".

Victoria si muoveva avanti e indietro per la cucina a disagio, ma quando si sedette al suo posto a tavola, l'ostilità che provava per la madre iniziò lentamente a trasformarsi in pietà. Osservò come Katherine Seaton cercasse in ogni modo di compiacere il marito, parlandogli in tono allegro, riempiendogli la tazza con caffè fumante, passandogli la brocca con la panna e i dolcetti appena sfornati mentre andava e veniva dalla stufa, dove stava preparando la sua colazione preferita a base di cialde.

Victoria mangiò in un silenzio sconcertato, pensando a un modo per consolare il padre per quel matrimonio privo d'amore.

La soluzione le venne in mente nel momento in cui suo padre si alzò annunciando l'intenzione di andare dai Jackson per vedere come stava la piccola Annie, che si era da poco rotta un braccio. Victoria balzò in piedi. «Vengo con te, papà. Volevo chiederti di insegnarmi come posso aiutarti nel lavoro.»

Entrambi i genitori la guardarono stupiti, perché prima di allora Victoria non aveva mai mostrato il minimo interesse per la professione del padre, che era il medico del villaggio. Era sempre stata una ragazzina allegra e serena, che si dedicava soprattutto ai giochi e a qualche birichinata occasionale. Nessuno dei due, però, fece obiezioni.

Victoria e il padre erano sempre stati molto uniti. Da quel giorno in poi divennero inseparabili. Lei lo accompagnava quasi ovunque e, anche se lui si rifiutava di lasciarla assistere quando si occupava dei pazienti maschi, era ben contento di averla accanto in tutte le altre occasioni.

Nessuno dei due ritornò mai sulla triste questione di cui avevano discusso quella fatidica notte di Natale. Riempivano invece le loro giornate con conversazioni leggere e spensierate, perché, nonostante il dolore che aveva nel cuore, Patrick Seaton era un uomo che sapeva apprezzare il valore di una bella risata.

Victoria aveva ereditato la bellezza sorprendente della madre e l'umorismo e il coraggio del padre. Adesso stava assorbendo da lui anche l'idealismo e la compassione. Da piccola conquistava con facilità gli abitanti del villaggio con il visino dolce e il sorriso irresistibile. Man mano che cresceva, tutti impararono ad amare la giovane donna indomita che si prendeva cura dei loro disturbi e dei loro problemi.

2

«Victoria, siete assolutamente certa che vostra madre non vi abbia mai nominato il duca di Atherton o la duchessa di Claremont?»

Victoria distolse i pensieri dal doloroso ricordo del funerale dei suoi genitori e guardò l'anziano medico canuto seduto dall'altra parte del tavolo della cucina. Essendo il più vecchio amico del padre, il dottor Morrison si era assunto il compito di provvedere alla sistemazione delle ragazze, così come di assistere i pazienti del dottor Seaton fino all'arrivo del nuovo medico.

«Io e Dorothy sappiamo soltanto che nostra madre è stata allontanata dalla sua famiglia in Inghilterra. Non parlava mai di loro.»

«È possibile che vostro padre avesse dei parenti in Irlanda?»

«Papà è cresciuto in un orfanotrofio laggiù. Non aveva parenti.» Si alzò, inquieta. «Posso offrirvi un caffè, dottor Morrison?»

«Smettetela di preoccuparvi per me e andate a sedervi fuori al sole con Dorothy» rispose il dottor Morrison con gentilezza. «Siete pallida come uno straccio.»

«C'è qualcosa che posso fare per voi prima di andare?» insisté Victoria.

«Potreste togliermi un po' di anni» replicò lui con un sorriso. «Sono troppo vecchio per occuparmi dei pazienti di vostro padre. Dovrei starmene a Philadelphia con i piedi al caldo e un bel libro in grembo. Non so come resisterò qui per altri quattro mesi, fino all'arrivo del nuovo medico.»

«Mi dispiace» disse Victoria con sincerità. «So che è difficile per voi.»

«È stato molto peggio per voi e per Dorothy» dichiarò l'anziano dottore. «Adesso andate fuori a godervi questo bel sole invernale. Un giorno così caldo è una rarità in gennaio. Io intanto scriverò le lettere per i vostri parenti.»

Era passata una settimana da quando il dottor Morrison era venuto a trovare i Seaton, e si era ritrovato sulla scena dell'incidente in cui erano rimasti coinvolti Patrick Seaton e la moglie. La loro carrozza era finita in un argine, ribaltandosi. Patrick era morto sul colpo. Katherine aveva ripreso conoscenza giusto il tempo di rispondere alle domande del dottor Morrison sui suoi parenti in Inghilterra. Sussurrando debolmente, aveva detto: "... La nonna... duchessa di Claremont".

E poi, appena prima di morire, aveva pronunciato un altro nome: Charles. Il dottor Morrison le aveva chiesto freneticamente il nome completo dell'uomo, e gli occhi appannati di Katherine si erano aperti per un istante. "Fielding" aveva sospirato. "Duca... di... Atherton."

"È un parente?" le aveva chiesto con ansia.

Dopo una lunga pausa, lei aveva annuito debolmente. "Cugino..."

Il dottor Morrison adesso si era assunto il non facile incarico di rintracciare e contattare questi parenti sconosciuti, per sapere se tra loro ci fosse qualcuno disposto a offrire un tetto a Victoria e Dorothy. Il suo compito risultava ancora più difficile dal momento che, per quanto ne sapeva lui, né il duca di Atherton né la duchessa di Claremont avevano la minima idea dell'esistenza delle ragazze.

Con sguardo determinato, il dottor Morrison intinse il pennino nella boccetta di inchiostro e scrisse la data sulla prima lettera, ma esitò, corrugando un sopracciglio. «Qual è il modo più appropriato per rivolgersi a una duchessa?» chiese alla stanza vuota. Dopo un istante di riflessione, prese una decisione e iniziò a scrivere:

Stimata Duchessa,

vi scrivo per informarvi della tragica morte di vostra nipote, Katherine Seaton, e per comunicarvi inoltre che in questo momento sono io a prendermi cura delle figlie della signora Seaton, Victoria e Dorothy. Tuttavia sono un uomo anziano e scapolo. Per questa ragione, signora duchessa, non sono in grado di continuare a occuparmi in modo appropriato delle due giovani orfane.

Prima di morire la signora Seaton ha pronunciato solo un paio di nomi, il vostro e quello di Charles Fielding. Perciò avverto anche il signor Fielding, nella speranza che uno di voi possa accogliere le figlie della signora Seaton in casa propria. Mi preme ricordarvi che le ragazze non hanno altro luogo in cui andare. Purtroppo possono contare su scarsi fondi e necessitano urgentemente di una sistemazione adeguata.

Il dottor Morrison si appoggiò allo schienale della sedia e rilesse la lettera, corrugando la fronte. Se la duchessa non era nemmeno a conoscenza dell'esistenza delle ragazze, era facile immaginare che non le avrebbe ospitate volentieri senza sapere qualcosa su di loro. Cercando il modo migliore per descriverle, l'uomo si voltò e guardò fuori dalla finestra, in direzione delle sorelle.

Dorothy era seduta sul dondolo, con le piccole spalle curve per la sofferenza. Victoria era concentrata sul suo disegno.

Il dottor Morrison decise di iniziare da Dorothy, la più facile da descrivere:

Dorothy è una bella ragazza, con i capelli biondo chiaro e gli occhi azzurri. Ha un carattere dolce, è ben educata e graziosa. Ha diciassette anni, quindi è quasi in età da marito, ma non ha ancora mostrato un interesse particolare per alcun gentiluomo della zona...

Il dottor Morrison fece una pausa e si massaggiò il mento, perplesso. A dire il vero, molti giovanotti del villaggio avevano perso la testa per Dorothy. E come biasimarli? Era bella, dolce e solare. Angelica, stabilì il dottore, soddisfatto di aver trovato la parola esatta per descriverla.

Ma quando si concentrò su Victoria, le sue folte sopracciglia grigie si unirono al centro in un'espressione corrucciata, perché anche se delle due era la sua preferita, era molto più difficile da definire. I suoi capelli non erano biondi come quelli della sorella, ma nemmeno del tutto rossi. Dorothy era una giovane affascinante, graziosa e modesta, che faceva girare la testa ai giovanotti locali. Sarebbe stata una moglie perfetta: dolce, gentile e remissiva. In breve, era il tipo di donna che non avrebbe mai contraddetto o disubbidito al marito.

Victoria invece aveva trascorso molto tempo col padre, ed era dotata di una mente vivace e pronta: nonostante avesse solo diciotto anni, mostrava una sorprendente tendenza a pensare con la propria testa.

Dorothy avrebbe ragionato come voleva il marito e fatto ciò che lui le diceva di fare, Victoria, al contrario, con ogni probabilità avrebbe pensato e agito come riteneva meglio lei.

Dorothy era angelica, stabilì il dottor Morrison, Victoria... decisamente no.

Strizzando gli occhi dietro le lenti, si mise a osservare la ragazza, che stava ritraendo il muro del giardino, su cui si arrampicava una vite, e fissò il suo profilo nobile, cercando di trovare le parole giuste per definirla. Coraggiosa, decise, sapendo che stava disegnando nel tentativo di tenere la mente occupata invece di abbandonarsi al dolore. E compassionevole, pensò, ricordando i suoi sforzi per consolare i pazienti malati del padre.

Il dottor Morrison scosse la testa per la frustrazione. Lui apprezzava l'intelligenza e il senso dell'umorismo di Victoria, ammirava il suo coraggio. Ma se avesse sottolineato quelle qualità con i parenti inglesi, di sicuro se la sarebbero immaginata come una donna indipendente, troppo interessata ai libri e difficilmente accasabile, che di conseguenza sarebbe rimasta a loro carico per sempre. C'era sempre la possibilità che al suo ritorno dall'Europa, di lì a qualche mese, Andrew Bainbridge chiedesse formalmente la mano di Victoria, ma il dottor Morrison non ne era certo. I genitori dei due giovani avevano concordato che, prima di fidanzarsi ufficialmente, i loro sentimenti reciproci avrebbero dovuto essere messi alla prova da questo periodo di sei mesi in cui Andrew avrebbe compiuto una versione abbreviata del Grand Tour.

L'affetto di Victoria per lui era rimasto forte e costante, il dottore lo sapeva, ma sembrava che i sentimenti di Andrew stessero vacillando. Secondo quanto aveva affermato la signora Bainbridge il giorno prima, sembrava che il ragazzo stesse sviluppando una profonda attrazione per la cugina di secondo grado a cui in quel momento stava facendo visita in Svizzera.

Il dottor Morrison sospirò sconsolato senza smettere di guardare le due ragazze nei semplici abiti neri, una con i capelli dorati e l'altra con una lucente chioma ramata. Nonostante l'austerità del loro abbigliamento, era un'immagine molto bella, pensò ammirato. Un'immagine! Improvvisamente ispirato, il dottore decise di risolvere il problema della descrizione ai parenti inglesi allegando alla lettera una miniatura delle sorelle.

Dopodiché concluse la prima lettera chiedendo alla duchessa di consultarsi col duca di Atherton, che avrebbe ricevuto una missiva identica. Quindi scrisse al duca di Atherton e preparò un breve messaggio per il proprio avvocato a New York, che avrebbe dovuto incaricare una persona di fiducia a Londra di rintracciare il duca e la duchessa e fare avere loro i messaggi. Augurandosi che quei due fossero disposti a rimborsargli le spese sostenute, il dottor Morrison si alzò e si stiracchiò.

Fuori in giardino, Dorothy affondava la punta della scarpetta nella terra, spingendo il dondolo svogliatamente avanti e indietro. «Non riesco ancora a crederci» ripeteva con la sua voce delicata, in un tono a metà tra la disperazione e l'eccitazione. «La mamma era la nipote di una duchessa! Questo fa di noi delle aristocratiche? Abbiamo dei titoli nobiliari?»

Victoria le lanciò un'occhiata di traverso. «Sì» disse. «Siamo "parenti povere".»

Era la verità, perché anche se Patrick Seaton era amato e stimato dalla gente del posto, che aveva curato per così tanti anni, i suoi pazienti raramente erano in grado di pagarlo in denaro e lui non aveva mai insistito affinché lo facessero. Lo rimborsavano in natura o in servizi: carne o pesce per la sua tavola, riparazioni gratis, pagnotte di pane fresco e cestini di frutti di bosco appena colti. Di conseguenza, alla famiglia Seaton il cibo non era mai mancato, ma il denaro era sempre stato scarso, come dimostravano i vestiti rammendati o cuciti a mano di Dorothy e Victoria. Persino la casa in cui vivevano era stata messa a loro disposizione dagli abitanti del villaggio, come per il reverendo Milby. Le abitazioni venivano date in usufrutto in cambio dei loro servizi in ambito medico e pastorale.

Dorothy ignorò l'accenno al loro stato e continuò con aria sognante: «Nostro cugino è un duca, e la nostra bisnonna una duchessa! Non riesco ancora a crederci, e tu?».

«Ho sempre pensato che nella storia della mamma ci fosse un segreto» replicò Victoria, trattenendo le lacrime di disperazione e solitudine che le offuscavano gli occhi azzurri. «Ora il mistero è risolto.»

«Quale mistero?»

Victoria esitò, indugiando con la matita a mezz'aria. «Volevo soltanto dire che nostra madre era diversa da qualsiasi altra donna che abbia mai conosciuto.»

«Credo che tu abbia ragione» convenne Dorothy, sprofondando nel silenzio.

Victoria fissava il disegno che aveva in grembo, mentre le linee e le curve delicate delle rose che aveva ritratto ricordando l'estate precedente si confondevano davanti ai suoi occhi umidi. Il mistero era risolto. Adesso capiva molte cose che l'avevano confusa e turbata. Capiva perché la madre non si era mai trovata del tutto a suo agio con le donne del villaggio e perché parlava con l'accento di una gentildonna inglese acculturata, insistendo che anche Victoria e Dorothy, per lo meno in sua presenza, facessero lo stesso. Le sue origini spiegavano perché avesse voluto a tutti i costi che le figlie imparassero a leggere e parlare il francese, oltre all'inglese. Spiegavano la sua irritabilità. E in parte anche la strana espressione tormentata che le passava sul viso nelle rare occasioni in cui nominava l'Inghilterra.

Forse potevano persino spiegare la sua strana ritrosia nei confronti del marito, che trattava con educata cortesia, ma nulla di più. In apparenza era stata una moglie esemplare: non rimproverava il marito, né si lamentava della vita modesta che conduceva, e tra loro non era mai scoppiata alcuna lite. Victoria l'aveva ormai perdonata da tempo per non aver amato suo padre. Adesso che aveva saputo che la madre doveva essere stata allevata nel lusso, riusciva persino ad ammirarla per la sua capacità di sopportazione.

Il dottor Morrison uscì in giardino e rivolse un sorriso incoraggiante alle due ragazze. «Ho scritto le lettere e le farò spedire domani. Con un po' di fortuna, dovremmo ricevere la risposta dei vostri parenti nel giro di tre mesi, forse meno.» Sorrise, soddisfatto del proprio ruolo nella riconciliazione con dei nobili inglesi.

«Cosa credete che faranno quando riceveranno la notizia, dottor Morrison?» domandò Dorothy.

L'uomo le accarezzò la testa e strizzò gli occhi al sole, facendo lavorare l'immaginazione. «Presumo che ne saranno sorpresi, ma non lo daranno a vedere. Gli aristocratici inglesi non amano mostrare le proprie emozioni e sono molto attenti alle formalità. Probabilmente si scambieranno educati messaggi tra loro, dopodiché uno dei due inviterà l'altro a discutere del vostro futuro. Un maggiordomo servirà il tè...»

Sorrise, visualizzando la scena in ogni dettaglio. Nella sua mente vedeva due persone ricche ed educate intente a sorseggiare il tè in un elegante salotto mentre parlavano del futuro delle giovani parenti fino a quel momento sconosciute, ma non per questo meno care. Il duca di Atherton e la duchessa di Claremont senza dubbio sarebbero stati amici, alleati...

3

«Sua Grazia la duchessa vedova di Claremont» annunciò il maggiordomo con solennità dalla porta del salotto dov'era seduto Charles Fielding, duca di Atherton. Il domestico si scostò e una donna maestosa fece il suo ingresso, seguita da un avvocato dall'aspetto nervoso. Charles Fielding la guardò con i penetranti occhi castani pieni di odio.

«Non disturbatevi ad alzarvi, Atherton» dichiarò la duchessa con sarcasmo, fissandolo mentre lui, con aria insolente, rimaneva deliberatamente seduto.

Senza muoversi, Charles Fielding continuò a guardarla in silenzio. Pur avendo superato la cinquantina, era ancora un uomo attraente, con capelli folti striati d'argento e occhi castani. La malattia, però, aveva in parte minato il suo aspetto. Era infatti troppo magro per la sua altezza e il viso appariva profondamente segnato da rughe di stanchezza.

Non riuscendo a provocare una reazione da parte del duca, la duchessa si rivolse al maggiordomo. «In questa stanza fa troppo caldo!» scattò, sbattendo sul pavimento il bastone con la preziosa impugnatura. «Tirate le tende e fate entrare un po' d'aria!»

«Lasciatele così!» tuonò Charles con la voce piena del disprezzo che la sola vista di quella donna scatenava in lui.

La duchessa gli lanciò un'occhiata torva. «Non sono venuta qui per soffocare» dichiarò oltraggiata.

«Allora andatevene.»

Il corpo sottile di lei s'irrigidì per il risentimento. «Non sono venuta qui per soffocare» ripeté a denti stretti. «Sono venuta qui per informarvi della mia decisione riguardo alle figlie di Katherine.»

«Fatelo» ribatté Charles. «E poi andatevene!»

Gli occhi della donna si ridussero a due fessure piene di odio e sembrò che l'aria sfrigolasse per la tensione, ma invece di andarsene, si mise lentamente a sedere su una sedia. Nonostante l'età avanzata, la duchessa sedeva eretta come una regina, con un turbante viola sui capelli bianchi al posto della corona e un bastone come scettro.

Charles la osservava sorpreso e guardingo, perché era convinto che lei avesse insistito per quell'incontro soltanto per togliersi la soddisfazione di dirgli in faccia che la gestione delle figlie di Katherine non lo riguardava affatto. Non si era aspettato che si accomodasse come se avesse altro da dire.

«Avete visto il ritratto delle ragazze» dichiarò la duchessa.

Lo sguardo di lui si abbassò sulla miniatura che teneva in mano e le sue lunghe dita si strinsero in modo protettivo intorno all'immagine. Un dolore intenso gli oscurò gli occhi mentre fissava Victoria. Era il ritratto della madre, la sua bella e amata Katherine.

«Victoria è uguale alla madre» scattò all'improvviso Sua Grazia.

Charles sollevò gli occhi su di lei e il suo volto s'irrigidì all'istante. «Me ne sono reso conto.»

«Bene. Allora capirete perché non intendo tenere quella ragazza in casa mia. Prenderò l'altra.» Alzandosi in piedi come se la questione fosse conclusa, si rivolse al suo avvocato. «Fate in modo che il dottor Morrison riceva un versamento per coprire le spese sostenute e pagare la traversata in nave della ragazza più giovane.»

«Certo, Vostra Grazia» rispose l'avvocato, inchinandosi. «C'è dell'altro?»

«Ci sarebbe molto altro» ribatté lei con voce acuta e stizzita. «Dovrò presentare Dorothy in società e procurarle una dote. Dovrò trovarle un marito, dovrò...»

«E Victoria?» la interruppe Charles. «Cosa intendete fare con la maggiore?»

La duchessa gli lanciò un'occhiata. «Ve l'ho già detto... quella mi ricorda la madre e non intendo ospitarla in casa mia. Se la volete voi, potete prendervela. Se non ricordo male, sua madre vi piaceva molto. E voi, ovviamente, piacevate a Katherine... persino in punto di morte ha pronunciato il vostro nome. Potrete accontentarvi della copia vivente di Katherine. Vi starebbe proprio bene occuparvi della ragazza.» Charles era ancora stordito per la gioia e l'incredulità, quando la vecchia duchessa aggiunse con arroganza: «Fatela sposare con chi volete. Chiunque, a eccezione di quel vostro nipote. Ventidue anni fa non avrei tollerato un'alleanza tra la vostra e la mia famiglia, e sono ancora contraria...». Come se qualcosa le fosse sovvenuto all'improvviso, si interruppe di colpo, con gli occhi illuminati da un trionfo maligno. «Potrei maritare Dorothy al figlio dei Winston!» annunciò entusiasta. «Volevo che Katherine sposasse suo padre, ma lei si rifiutò a causa vostra. Predisporrò il matrimonio di Dorothy col figlio... così finalmente otterrò il sodalizio con i Winston!» Un lento sorriso malevolo attraversò il suo volto rugoso di fronte all'espressione irritata di Charles. «Riuscirò finalmente a concludere l'unione più spettacolare dell'ultimo decennio!» Dopo queste parole, uscì dalla stanza seguita dall'avvocato.

Charles restò a fissarla, combattuto tra amarezza e gioia. Quella vecchia sgualdrina gli aveva appena regalato inconsapevolmente la cosa che desiderava più della vita stessa: gli aveva offerto Victoria, la figlia di Katherine. L'immagine di Katherine. Una felicità quasi insostenibile gli si risvegliò dentro, seguita quasi immediatamente da un'ira furibonda. Quella donna spietata, maligna e prepotente stava per stringere un legame con i Winston, proprio come aveva sempre desiderato. In passato era disposta a sacrificare la felicità di Katherine per quell'unione priva di significato, e adesso ci sarebbe riuscita.

La rabbia che lo assalì rischiò di offuscare la felicità per Victoria. Poi fu colto da un pensiero. Assottigliando gli occhi, ci rifletté a fondo. Dopodiché iniziò lentamente a sorridere. «Dobson» disse al maggiordomo con foga. «Portatemi carta e penna. Voglio scrivere un annuncio di fidanzamento. Fate in modo che sia recapitato subito al "Times".»

«Certo, Vostra Grazia.»

Charles alzò lo sguardo verso il vecchio domestico con gli occhi illuminati da un'allegria febbrile. «Si sbagliava, Dobson» dichiarò. «Quella vecchia baldracca si sbagliava!»

«Sbagliava, Vostra Grazia?»

«Sì! Non sarà lei a concludere la più spettacolare unione del decennio, lo farò *io*!»

Era un rito. Tutte le mattine, intorno alle nove, il maggiordomo Northrup apriva il massiccio portone della residenza di campagna del marchese di Wakefield e ritirava da un valletto proveniente da Londra una copia del "Times".

Dopo aver chiuso il portone, Northrup attraversò l'atrio dal pavimento di marmo e consegnò il giornale a un altro valletto posizionato in fondo allo scalone centrale. «La copia del "Times" di Sua Signoria» annunciò.

L'uomo percorse il corridoio ed entrò nella sala da pranzo dove Jason Fielding, marchese di Wakefield, stava terminando, come di consueto, la colazione e leggendo la corrispondenza. «La vostra copia del "Times", milord» mormorò il valletto in tono deferente mentre l'appoggiava di fianco alla tazza di caffè del padrone. Senza dire una parola, il marchese raccolse il quotidiano e lo aprì.

Tutto si svolse in maniera perfettamente orchestrata e con la precisione di un minuetto, perché lord Fielding era un padrone esigente, che pretendeva che le sue proprietà funzionassero come macchine ben oliate.

I domestici erano in soggezione al suo cospetto, e lo vedevano come una divinità fredda e inavvicinabile che dovevano cercare a ogni costo di compiacere.

Le belle donne di Londra che Jason portava con sé ai balli, all'opera, a teatro, e a letto... provavano più o meno gli stessi sentimenti, perché le trattava quasi con la medesima freddezza con cui si rivolgeva alla servitù. Ciononostante, ovunque andasse, le signore lo guardavano senza celare il loro interesse, perché al di là dell'atteggiamento cinico, Jason emanava un'aura di virilità che faceva palpitare i cuori delle donne.

Aveva folti capelli di un nero corvino, occhi penetranti del colore della giada, labbra piene dalla forma sensuale. Ogni tratto del suo viso abbronzato trasmetteva forza e determinazione, dalle sopracciglia scure alla curva arrogante del mento e della mascella. A tutto questo si aggiungeva una corporatura possente, con spalle ampie, fianchi stretti e lunghe cosce muscolose. Che andasse a cavallo o ballasse, Jason Fielding spiccava in mezzo agli altri uomini come un meraviglioso gatto selvatico circondato da innocui micetti domestici.

Una volta, ridendo, lady Wilson-Smyth aveva osservato che Jason Fielding era attraente e pericoloso come il peccato, e senza dubbio altrettanto trasgressivo.

Quell'opinione era condivisa da molti, perché chiunque guardasse in quei cinici occhi verdi si rendeva conto che non vi era traccia di innocenza o ingenuità. Nonostante questo, o meglio, proprio per questo, le signore erano attratte da lui come falene dalla fiamma, ansiose di sperimentare il suo ardore o di perdersi nella dolcezza sconvolgente di uno dei suoi rari sorrisi disincantati. Amanti sofisticate e donne sposate facevano di tutto per infilarsi nel suo letto; le più giovani, in età da marito, sognavano di riuscire a sciogliere il suo cuore di ghiaccio e farlo capitolare.

Alcuni facevano notare che lord Fielding aveva buone ragioni per essere cinico in materia di donne. Tutti erano a conoscenza del comportamento scandaloso della moglie. Dal giorno in cui era giunta a Londra, quattro anni prima, la bella marchesa di Wakefield si era concessa un amante dietro l'altro senza farne mistero. Aveva tradito il marito ripetutamente. Lo sapevano tutti, compreso Jason Fielding, a cui apparentemente non importava...

Il valletto si fermò di fianco a lord Fielding, con in mano una preziosa caraffa di caffè. «Ne desiderate ancora, milord?»

Sua Signoria scosse il capo e passò alla pagina seguente del "Times". Il servitore fece un inchino e si ritirò. Non si aspettava che il padrone gli rispondesse a voce, perché lord Fielding raramente si degnava di rivolgere la parola ai suoi sottoposti. Ignorava i loro nomi, e qualsiasi cosa li riguardasse, e non sembrava curarsene. Ma almeno non era facile alle scenate e agli scatti d'ira, come molti nobili. Quando era contrariato, il marchese si limitava a posare il suo sguardo glaciale sul colpevole, e in quel modo lo paralizzava. Lord Fielding non alzava mai la voce, nemmeno di fronte alla provocazione più estrema.

Per questo motivo il valletto fu colto di sorpresa e per poco non rovesciò la caraffa di caffè quando Jason Fielding sbatté la mano sul tavolo con uno schianto che fece traballare i piattini. «Figlio di puttana!» tuonò. Balzando in piedi, rimase a fissare il giornale con il volto trasfigurato in una maschera di furia e incredulità. «Quel malefico calcolatore... Solo lui poteva osare!» Con un'occhiata omicida al domestico sconvolto, si precipitò fuori dalla stanza, afferrò il mantello che gli porgeva il maggiordomo e uscì in tutta fretta di casa, dirigendosi verso le scuderie.

Northrup chiuse il portone dietro di lui e si affrettò in corridoio con le code della livrea che svolazzavano. «Cos'è successo al padrone?» chiese irrompendo in sala da pranzo.

Il valletto era in piedi di fianco alla sedia dove poco prima sedeva lord Fielding e stava fissando il giornale aperto, con la caraffa di caffè ancora in mano. «Credo che sia stato qualcosa che ha letto sul "Times"» dichiarò ansimando, mentre indicava l'annuncio del fidanzamento tra Jason Fielding, marchese di Wakefield, e la signorina Victoria Seaton. «Non sapevo che il signore stesse progettando di sposarsi» aggiunse il domestico.

«Credo che non lo sapesse nemmeno il padrone» considerò Northrup, guardando stupito il quotidiano. Improvvisamente si rese conto di essersi lasciato sfuggire un pettegolezzo con un subalterno, così sollevò il giornale dal tavolo e lo chiuse in fretta. «Le relazioni di lord Fielding non ti riguardano, O'Malley. Ricordatelo, se desideri restare qui.»

Due ore più tardi, la carrozza di Jason si fermò stridendo di fronte alla residenza londinese del duca di Atherton. Uno stalliere gli andò incontro e lui gli lanciò le redini, balzò a terra e si diresse con decisione verso le scale.

«Buongiorno, milord» intonò Dobson aprendo il portone e facendosi da parte. «Sua Grazia vi sta aspettando.»

«Ci scommetto, maledizione!» esclamò Jason con sarcasmo. «Dove si trova?»

«In salotto, milord.»

Jason lo superò e percorse il corridoio con lunghe falcate decise che lasciavano ben capire quanto fosse furioso. Spalancò la porta e si diresse verso l'altero uomo con i capelli brizzolati seduto davanti al fuoco. Senza preamboli, esordì: «Suppongo che siate voi il responsabile di quell'oltraggioso annuncio sul "Times"?».

Charles ricambiò il suo sguardo. «Ebbene sì.»

«Allora dovrete farne pubblicare un altro con la disdetta.»

«No» dichiarò Charles senza fare una piega. «La giovane sta

per arrivare in Inghilterra e tu la sposerai. Desidero un nipote e voglio tenerlo tra le braccia prima di lasciare questo mondo.»

«Se volete un nipote» scattò Jason «tutto quello che dovete fare è rintracciare qualcuno degli vostri figli sparsi qua e là. Sono sicuro che scoprirete che hanno già generato decine di nipoti.»

Charles trasalì leggermente, ma la sua voce si abbassò appena. «Voglio un nipote *legittimo* da presentare in società come mio erede.»

«Un nipote legittimo» ripeté Jason con gelido sarcasmo. «Volete che io, vostro figlio illegittimo, vi procuri un nipote legittimo. Ditemi una cosa: dal momento che tutti quanti credono che siate mio zio, come potete passare per il nonno di mio figlio?»

«Mi presenterò come prozio, ma io saprò di essere il nonno, e questo è quello che conta.» Imperterrito di fronte all'ira del figlio, Charles concluse implacabile: «Voglio che tu mi dia un erede, Jason».

Con il sangue che gli pulsava nelle tempie, lui si sforzò di mantenere il controllo. Si chinò e appoggiò le mani sui braccioli della poltroncina del padre, con il viso vicinissimo al suo. Molto lentamente e scandendo la parole, annunciò: «Ve l'ho già detto e ve lo ripeto per l'ultima volta: non mi risposerò mai. Avete capito? Non mi risposerò mai!».

«Perché?» ribatté Charles. «Le donne ti attraggono ancora. Tutti sanno che hai avuto diverse amanti e che le hai trattate bene. Sembra infatti che siano tutte pazze di te. È ovvio che alle signore piace stare nel tuo letto e che a te piace averle...»

«Basta!» esplose Jason.

Uno spasmo di dolore contrasse il volto di Charles e subito si portò una mano al petto, con le lunghe dita che stringevano la stoffa della camicia. Poi lentamente riabbassò la mano.

Jason affilò lo sguardo, ma nonostante il sospetto che Charles stesse fingendo la fitta al cuore, si sforzò di restare in silenzio, mentre suo padre continuava a parlare. «La giovane donna che ho deciso diventerà tua moglie dovrebbe arrivare fra tre mesi. Manderò una carrozza ad aspettarla al porto e la farò portare direttamente a Wakefield Park. Per questioni di convenienza, resterò là con voi due fino a quando non saranno celebrate le nozze. Molto tempo fa conoscevo sua madre, e ho visto quanto le somigli Victoria. Non resterai deluso.» Gli porse il ritratto. «Su, Jason» disse in tono pacato e persuasivo. «Non sei nemmeno un po' curioso di sapere com'è?»

Il volto del figlio era una maschera di granito. «State perdendo il vostro tempo. Non lo farò.»

«Invece sì» gli assicurò Charles, passando alle minacce. «Perché se non lo farai, sarai diseredato. Hai già speso mezzo milione di sterline per ristrutturare le mie proprietà, beni che non ti apparterranno mai, a meno che tu non sposi Victoria Seaton.»

Jason reagì con disprezzo. «Le vostre care proprietà possono bruciare, per quanto me ne importa. Mio figlio è morto. A me non interessa più alcuna eredità.»

L'altro gli lesse il dolore negli occhi mentre nominava il bambino, e il suo tono si ammorbidì. «Ammetto di aver agito in maniera precipitosa annunciando il tuo fidanzamento, Jason, ma avevo le mie ragioni. Forse non potrò costringerti a sposare Victoria, ma almeno non essere prevenuto nei suoi confronti. Ti prometto che non troverai nulla che non vada in lei. Ho qui con me un suo ritratto e puoi vedere coi tuoi occhi quanto sia bella...» La voce di Charles si affievolì quando il giovane si voltò e uscì dalla stanza, sbattendosi l'uscio alle sue spalle.

Il duca rimase a fissare la porta chiusa. «La sposerai, Jason» ammonì il figlio assente. «Lo farai, anche se sarò costretto a puntarti una pistola alla tempia.»

Qualche minuto dopo alzò lo sguardo e vide Dobson entrare con un vassoio d'argento e sopra una bottiglia di champagne e due calici. «Mi sono preso la libertà di scegliere qualcosa di adatto all'occasione» dichiarò il vecchio domestico con allegria, appoggiando il vassoio sul tavolino di fianco a Charles.

«In questo caso avresti dovuto optare per della cicuta» replicò Charles seccato. «Jason se n'è già andato.»

Il maggiordomo assunse un'espressione delusa. «Così presto? Ma non ho avuto nemmeno il tempo di congratularmi con il signore per le prossime nozze.»

«Per fortuna» dichiarò il duca con una risata. «Temo che ti avrebbe fatto saltare i denti.»

«Ci metterò pochi minuti, signor Borowski» disse Victoria, saltando giù dal carretto carico di tutto ciò che apparteneva a lei e a Dorothy.

«Fate con comodo» rispose lui, aspirando dalla pipa e sorridendo. «Io e vostra sorella non ce ne andremo senza di voi.»

«Sbrigati, Tory» implorò Dorothy. «La nave non ci aspetterà.»

«Abbiamo un sacco di tempo» le rassicurò il signor Borowski. «Vi porterò in città prima di sera. È una promessa.»

Victoria salì di corsa i gradini dell'imponente casa di Andrew, che sovrastava il villaggio da una collina. Bussò alla porta di quercia. «Buongiorno, signorina Tilden» disse alla paffuta governante. «Posso vedere la signora Bainbridge per un momento? Voglio salutarla e darle una lettera da inviare a Andrew, così saprà dove scrivermi in Inghilterra.»

«Le dirò che siete qui, Victoria» rispose la gentile domestica con espressione incoraggiante. «Ma dubito che vorrà incontrarvi. Sapete com'è quando è malata.»

Victoria annuì con aria comprensiva: sapeva tutto delle "malattie" della signora Bainbridge. Secondo suo padre, la mamma di Andrew era sempre pronta a lamentarsi e inventare dei disturbi per evitare ciò che non aveva voglia di fare e manipolare il figlio. Patrick Seaton l'aveva detto in faccia alla signora Bainbridge di fronte a Victoria, e la donna non li aveva mai perdonati per quell'affronto.

Victoria sapeva che la signora Bainbridge non era sincera, così come ne era cosciente Andrew. Per questo motivo, le palpitazioni, gli svenimenti e i tremori avevano poco effetto su entrambi, e ciò non faceva altro che aumentare il risentimento della donna.

La governante tornò con aria mesta. «Mi dispiace, Victoria, ma la signora Bainbridge dice che non si sente bene. Le porterò la vostra lettera per il signor Andrew e le chiederò di spedirgliela. Vuole che chiami il dottor Morrison» aggiunse in tono disgustato. «Dice di avere un fischio nell'orecchio.»

«Il dottore è molto comprensivo nei confronti dei suoi malesseri» rispose la ragazza con un sorriso rassegnato, porgendo la busta. Se non fosse stato così costoso spedire posta in Europa, avrebbe potuto mandargliela di persona, invece di essere costretta a unirla alla corrispondenza della signora Bainbridge per Andrew. «Penso che la signora preferisca l'atteggiamento del dottor Morrison a quello di mio padre.»

«Se volete proprio saperlo» dichiarò la domestica stizzita «credo che vostro padre le piacesse fin troppo. Era quasi disgustoso osservarla mentre si metteva tutta in ghingheri quando lo mandava a chiamare nel cuore della notte e...» Si interruppe e si corresse in fretta. «E vostro padre, quel caro uomo, non ha mai assecondato i suoi giochetti.»

Dopo che Victoria fu uscita, la signora Tilden portò la lettera al piano di sopra. «Signora Bainbridge» disse, avvicinandosi al letto della vedova. «Qui c'è la lettera di Victoria per Andrew.»

«Dammela» scattò la donna con una voce sorprendentemente energica per una malata. «E poi fai chiamare subito il dottor Morrison. Ho le vertigini. Quando dovrebbe arrivare il nuovo medico?»

«Tra una settimana» rispose la governante uscendo.

La signora Bainbridge si risistemò i capelli grigi dentro la cuffietta di pizzo e lanciò un'occhiata disgustata alla busta di fianco a lei sul copriletto di seta. «Andrew non sposerà quella campagnola» dichiarò con solennità alla cameriera. «È una nullità! Mi ha scritto due volte dicendo che la cugina Madeline è una ragazza adorabile. L'ho detto a Victoria, ma quella sciocca non mi ha dato retta.»

«Pensate che porterà con sé la signorina Madeline per sposarla quando tornerà a casa?» domandò la cameriera, aiutandola a sprimacciare i cuscini dietro la schiena.

Il volto sottile della signora Bainbridge si contrasse per la rabbia. «Non essere sciocca! Andrew non ha tempo per una moglie. Gliel'ho detto. Questa proprietà è più che sufficiente per tenerlo impegnato e il suo dovere è occuparsi di me.» Raccolse la lettera di Victoria con due dita, come se fosse contaminata, e la passò alla cameriera. «Sai cosa farne» disse con freddezza.

«Non avevo idea che ci fossero così tante persone, o così tanto rumore al mondo» esclamò Dorothy in piedi su una banchina nel trafficato porto di New York.

Facchini carichi di bauli andavano su e giù per le passerelle delle navi; le manovelle cigolavano sollevando reti stracariche dai bancali di legno per issarle a bordo dei vascelli. Gli ordini degli ufficiali si mescolavano alle risate sguaiate dei marinai e alle profferte di donne vistosamente abbigliate che attendevano lo sbarco degli uomini dell'equipaggio.

«È eccitante» disse Victoria, guardando i due bauli contenenti tutti i loro beni terreni che venivano caricati sulla *Gull* da un paio di robusti facchini.

Dorothy annuì, ma il suo volto si incupì. «Sì, però non riesco a dimenticare che alla fine del viaggio ci separeremo ed è tutta colpa della nostra bisnonna. Per quale motivo si è rifiutata di ospitarti in casa sua?»

«Non lo so, ma non voglio pensarci troppo» rispose Victoria con un sorriso incoraggiante. «Pensa soltanto agli aspetti positivi. Guarda l'East River. Chiudi gli occhi e senti il profumo dell'aria salata.»

Dorothy chiuse gli occhi e inspirò a fondo, arricciando il naso. «Tutto quello che sento è puzza di pesce morto. Tory, se la nostra bisnonna ti conoscesse meglio, so che ti vorrebbe con lei. Non può essere così crudele e insensibile da separarci. Le racconterò tutto di te e le farò cambiare idea.»

«Non dovrai fare o dire nulla che la possa infastidire» l'ammonì Victoria con gentilezza. «Per il momento io e te dipendiamo totalmente dai nostri parenti.»

«Cercherò di non turbarla» promise Dorothy «Ma cercherò di farle capire che dovrà prenderti con sé prima possibile.» Victoria rimase in silenzio e dopo un po' la sorella sospirò. «Ho un'unica consolazione. Il signor Wilheim ha detto che con un po' più di pratica potrei diventare una pianista. Ha aggiunto che a Londra ci sono insegnanti eccellenti. Chiederò, senza insistere, che la nostra bisnonna mi permetta di seguire una carriera in ambito musicale» concluse Dorothy, mostrando una determinazione insospettabile, nascosta dietro quella facciata dolce e cortese.

Victoria evitò di scoraggiare la decisione della ragazza. Con la saggezza dell'anno e mezzo di maggiore età, disse soltanto: «Non insistere troppo, tesoro».

«Sarò discreta» convenne Dorothy.

4

«Signorina Dorothy Seaton?» chiese il gentiluomo cortesemente, scostandosi mentre tre robusti marinai inglesi con pesanti sacchi sulle spalle lo superavano sul molo.

«Sono io» rispose lei, con la voce tremante per la paura e l'emozione fissando quell'uomo impeccabile dai capelli bianchi.

«Sua Grazia la duchessa di Claremont mi ha chiesto di accompagnarvi a casa sua. Dove sono i vostri bauli?»

«Qui» disse Dorothy. «Ce n'è solo uno.»

Lui fece un cenno alle proprie spalle e due uomini in livrea scesero da una lucente carrozza nera con uno stemma dorato sulla portiera e si affrettarono verso di loro. «In questo caso possiamo partire» dichiarò l'uomo mentre il baule veniva sollevato e caricato sulla carrozza.

«Ma… e mia sorella?» domandò Dorothy, aggrappandosi alla mano di Victoria in un moto di terrore.

«Sono certo che le persone che si occuperanno di vostra sorella verranno direttamente qui a prenderla. La nave è arrivata con quattro giorni di anticipo rispetto al previsto.»

«Non preoccuparti per me» disse Victoria con una sicurezza che non provava realmente. «Sono sicura che la carrozza del duca arriverà a minuti. Nel frattempo il capitano Gardiner mi permetterà di rimanere a bordo. Adesso vai.»

Dorothy strinse la sorella in un forte abbraccio. «Tory, troverò un modo per persuadere la bisnonna a farti stare da noi, vedrai! Ho paura. Non dimenticarti di scrivermi. Scrivimi tutti i giorni!»

Victoria rimase dov'era a osservare la sorella che si arrampicava con grazia sul lussuoso veicolo. La scaletta fu ritirata e il cocchiere fece scoccare la frusta, mentre la ragazza salutava con la mano dal finestrino.

Urtata continuamente dai marinai che scendevano dalla nave, avidi di "buona birra e donne", Victoria tenne gli occhi fissi sulla carrozza che si allontanava. Non si era mai sentita così sola in tutta la vita.

Passò i due giorni seguenti annoiata e sola nella sua cabina, il tedio interrotto soltanto dalle brevi passeggiate sul ponte e dai pasti con il capitano Gardiner, un uomo affascinante e paterno, che sembrava apprezzare la sua compagnia. Victoria aveva trascorso molto tempo con lui nelle settimane passate e avevano spesso cenato insieme. Il capitano conosceva le ragioni per cui era venuta in Inghilterra e lei lo considerava un nuovo amico.

La mattina del terzo giorno, visto che nessuno era venuto a prendere Victoria per accompagnarla a Wakefield Park, il capitano Gardiner decise di provvedere personalmente e noleggiò una carrozza. «Siamo arrivati in porto in anticipo, ed è un evento raro» spiegò. «Vostro cugino non avrà pensato di mandare qualcuno a prendervi quattro giorni prima. Io ho degli affari di cui occuparmi a Londra e non posso lasciarvi a bordo senza protezione. Per avvisare vostro cugino ci vorrebbe lo stesso tempo che impiegherò a farvi arrivare a destinazione.»

Per lunghe ore Victoria studiò la campagna inglese, sbocciata in tutto il suo splendore primaverile. Fiori rosa e gialli spuntavano ai margini della strada che attraversava vallate e colline. Nonostante i colpi e gli scossoni, l'umore della ragazza migliorava man mano che procedevano. A un certo punto il cocchiere bussò al finestrino sopra di lei, mostrando il volto rubizzo. «Siamo a circa due miglia di distanza, signorina, perciò se desiderate...»

Tutto accadde in un istante. La ruota colpì una radice, la carrozza sbandò e la testa del cocchiere scomparve, mentre Victoria fu sbalzata sul pavimento con un salto scomposto. Un attimo dopo lo sportello si aprì e il cocchiere l'aiutò a uscire. «Siete ferita?» chiese.

Victoria scosse il capo, ma prima di poter pronunciare una parola, lui si rivolse a due uomini vestiti da contadini che stringevano il cappello in mano con aria imbarazzata. «Maledetti stupidi! Guardate cos'avete combinato. Si è rotto l'asse...» Il resto della frase fu accompagnato da una serie di imprecazioni.

Allontanandosi con prudenza, Victoria si scrollò le gonne, cercando invano di togliere la polvere e il fango che avevano raccolto dal pavimento della carrozza.

Il cocchiere si infilò sotto il veicolo per ispezionare l'asse e uno dei due contadini si avvicinò a Victoria. «Io e Jack siamo terribilmente dispiaciuti, signorina» disse. «Vi accompagneremo noi a Wakefield Park, sempre che non vi dispiaccia caricare il vostro baule dietro con i maialini.»

Contenta di non dover camminare per due miglia, Victoria accettò subito. Pagò il cocchiere con il denaro che le aveva inviato Charles Fielding e si mise a sedere a cassetta tra i due robusti contadini. Il carretto, anche se meno prestigioso di una carrozza, traballava poco di più ed era comunque comodo. L'aria frizzante le rinfrescava il viso e la vista della campagna era magnifica.

Con la sua solita spontaneità, Victoria riuscì in fretta a instaurare una conversazione con i due uomini. Parlarono di agricoltura, un argomento che conosceva poco e che era ben felice di approfondire. Era evidente che i contadini inglesi fossero fermamente contrari all'inserimento di macchinari agricoli. «Ci toglieranno il lavoro» concluse uno dei due dopo essersi scagliato con passione contro quegli "attrezzi infernali".

Victoria lo sentì appena, perché il carretto aveva svoltato su un viale lastricato e superato un cancello di ferro che si apriva su un'ampia, quasi infinita, estensione di verde punteggiata da alberi imponenti. Il parco si sviluppava a perdita d'occhio in tutte le direzioni, interrotto qua e là dal corso di un ruscello con gli argini coperti di fiori rosa, blu e bianchi. «È un posto da favola» disse Victoria a voce alta, mentre il suo sguardo stupito e ammirato indugiava sul paesaggio di fronte a lei. «Ci vorranno decine di giardinieri per curare una tenuta di queste dimensioni.»

«Infatti» confermò Jack. «Il signore ne ha quaranta, contando solo quelli che si occupano del giardino vero e proprio.» Percorsero il viale lastricato per una quindicina di minuti, e alla fine Jack indicò orgoglioso: «Ecco Wakefield Park. Ho sentito dire che ci sono centosessanta stanze».

Victoria rimase a bocca aperta, con la mente che lavorava freneticamente e lo stomaco contratto. Davanti a lei si ergeva in tutto il suo splendore un edificio a tre piani che superava ogni fantasia. La facciata in mattoni, con enormi ali sporgenti e tetti spioventi punteggiati di comignoli, si stagliava di fronte a lei. Una scalinata conduceva al portone principale e la luce del sole si rifletteva su centinaia di finestre dai vetri a piombo.

Si fermarono davanti alla dimora e Victoria distolse lo sguardo per scendere dal carretto con l'aiuto di uno dei contadini. «Grazie, siete stati molto gentili» disse, e iniziò a salire lentamente i gradini. L'ansia le appesantiva i piedi e le faceva tremare le ginocchia. Gli agricoltori raggiunsero il retro del carro per scaricare il baule, ma quando abbassarono l'asse che chiudeva il fondo del veicolo, due maialini saltarono giù con un tonfo e si misero a correre sul prato.

Victoria si voltò sentendo le grida dei due uomini e ridacchiò nervosa vedendoli rincorrere i porcellini ribelli.

La porta del palazzo si spalancò e apparve un uomo in livrea verde e oro, che lanciò un'occhiata oltraggiata ai contadini, ai maiali e alla giovane donna scarmigliata e impolverata che si rivolgeva a lui. «Le consegne» informò Victoria con voce alta e minacciosa «si fanno sul retro.» Alzò il braccio e indicò con solennità il vialetto che fiancheggiava la casa.

La ragazza aprì la bocca per spiegare che non stava effettuando alcuna consegna, ma la sua attenzione fu catturata da uno dei maialini, che aveva cambiato direzione e si stava dirigendo proprio verso di lei, inseguito da un contadino ansimante.

«Portate il carro, quei maiali e la vostra presenza lontano da qui!» esclamò l'uomo in livrea.

Gli occhi di Victoria si riempirono di lacrime per il riso incontenibile, mentre si chinava per prendere in braccio il porcellino fuggitivo. Cercò di spiegarsi. «Signore, non capi...»

Northrup la ignorò e guardò il valletto che era comparso alle sue spalle. «Sbarazzati di loro! Buttali fuori...»

«Cosa diavolo sta succedendo qui?» domandò un uomo sulla trentina con i capelli corvini, dalla cima delle scale.

Il maggiordomo indicò Victoria, sollevando le sopracciglia per la collera. «Questa donna è...»

«Victoria Seaton» dichiarò in fretta lei, cercando di placare le risate. La tensione, la stanchezza e la fame stavano per provocarle una crisi isterica. Scorse lo sguardo sconvolto dell'uomo con i capelli neri quando pronunciò il proprio nome.

Si voltò e consegnò al contadino paonazzo il maialino, dopodiché sollevò le gonne piene di polvere e accennò un inchino. «Temo che ci sia stato un errore» disse soffocando una risata. «Sono arrivata...»

L'uomo le rivolse una mezza riverenza, osservandola. «L'errore è stato venire qui, signorina Seaton. Tuttavia è troppo tardi per rimandarvi da ovunque veniate.» La prese per un braccio e la tirò avanti bruscamente.

Victoria tornò subito seria. La situazione non sembrava per niente comica, ma piuttosto funesta. Avanzò timida oltre la soglia ed entrò in un atrio in marmo dal soffitto altissimo, che da solo era più grande di tutta la sua casa in America. Dall'altra parte dell'ingresso, due identici scaloni ricurvi conducevano ai piani superiori, e un enorme lucernario permetteva di illuminare dall'alto tutta l'ala della casa. Victoria inclinò la testa all'indietro per osservare la cupola, tre piani più in alto. Le lacrime le riempirono gli occhi e il vetro si appannò in una visione confusa mentre la spossatezza prendeva il sopravvento su di lei. Aveva viaggiato per migliaia di miglia, su mari in burrasca e strade dissestate, aspettandosi di essere accolta da un gentiluomo cortese. Invece sarebbe stata rispedita indietro, lontano da Dorothy... Il lucernario si trasformò in un caleidoscopio di colori.

«Sta per svenire» predisse il maggiordomo.

«Oh, Signore!» esplose l'uomo con i capelli scuri, e la prese in braccio. Quando lui iniziò a salire l'ampia scalinata di marmo sulla destra, a Victoria la vista era già tornata a fuoco.

«Mettetemi giù» chiese con voce roca, dimenandosi imbarazzata. «Sono perfettamente...»

«State ferma!» ordinò lui. Sul pianerottolo girò a destra ed entrò in una stanza, dirigendosi verso un enorme letto circondato da tendaggi blu e argento che pendevano da un baldacchino di legno intagliato ed erano legati alle estremità con nastri di velluto argentato. Senza dire una parola, la depositò senza cerimonie sul copriletto di seta blu e la spinse giù quando lei cercò di alzarsi a sedere.

Il maggiordomo entrò di corsa nella stanza. «Ecco, milord... i sali» disse ansimando.

Il padrone afferrò la boccetta e la cacciò sotto le narici di Victoria.

«No!» gemette lei, cercando di scostare il capo da quel tremendo odore di ammoniaca, ma la mano di lui seguiva con insistenza i movimenti della sua testa. In preda alla disperazione, gli afferrò il polso e cercò di allontanarlo da sé. «Cosa state cercando di fare?» esclamò. «Volete che lo ingoi?»

«Che idea deliziosa» replicò lui con un ghigno, ma allentò la pressione sulla mano di lei e scostò leggermente la boccetta dal suo naso. Esausta e umiliata, Victoria si voltò da una parte, chiuse gli occhi e deglutì per trattenere le lacrime che le serravano la gola.

«Spero sinceramente» dichiarò lui in tono infastidito «che non stiate per dare di stomaco su questo letto, perché vi avviso: in tal caso sarete voi a pulirlo.»

Victoria Elizabeth Seaton, il prodotto di diciotto anni di accurata educazione che fino a quel momento aveva fatto di lei una giovane donna dolce e affascinante, girò lentamente la testa sul cuscino e lo guardò con profondo disprezzo. «Siete Charles Fielding?»

«No.»

«In questo caso, vi chiedo cortesemente di alzarvi da questo letto o di permettere a me di farlo.»

Lui corrugò la fronte mentre osservava la giovane ribelle che gli rivolgeva quello sguardo assassino con i luminosi occhi azzurri. I capelli erano sparsi sul cuscino come una fiamma dorata e si arricciavano sulle tempie, incorniciandole il viso che sembrava fatto di porcellana. Le ciglia erano incredibilmente lunghe e le labbra rosa e morbide come…

L'uomo balzò in piedi di colpo e uscì dalla stanza, seguito dal maggiordomo. La porta si chiuse dietro di loro, lasciando Victoria in completo silenzio.

Si alzò a sedere e si mise in piedi lentamente, temendo di svenire di nuovo. La disperazione e la stanchezza le fecero sentire freddo in tutto il corpo, ma le gambe erano stabili e si guardò intorno. Sulla sinistra, le tende blu, impreziosite da fili d'argento, erano tirate e incorniciavano un'intera parete di finestre con i vetri a piombo. In fondo alla stanza, di fronte a un caminetto, erano sistemate due poltroncine a righe blu e argento. Un'immagine di "splendore decadente" pensò Victoria mentre cercava di togliersi un po' di polvere dalle gonne. Dopodiché diede un'altra occhiata alla stanza e si risedette con cautela sul copriletto di seta blu.

Un tremendo senso di desolazione la travolse. Ovviamente sarebbe stata rispedita a New York come un bagaglio indesiderato. Ma allora perché il duca suo cugino l'aveva invitata lì? E lui dov'era? *Chi* era?

Non poteva andare dalla bisnonna, perché la duchessa aveva messo in chiaro con il dottor Morrison che Dorothy, e solo Dorothy, sarebbe stata la benvenuta a casa sua. Victoria si accigliò. Dal momento che era stato l'uomo con i capelli neri a portarla in braccio al piano di sopra, forse *lui* era il domestico, mentre l'uomo con i capelli bianchi che le aveva aperto la porta era il duca. A prima vista lei aveva dedotto che si trattasse del domestico di grado superiore, un po' come la signora Tilden, la governante che accoglieva gli ospiti a casa di Andrew.

Qualcuno bussò alla porta e Victoria scese in fretta dal letto, sentendosi in colpa. Prima di rispondere, lisciò con cura il copriletto.

Una cameriera con un vestito nero inamidato, un grembiule e una cuffietta bianchi entrò con un vassoio d'argento in mano. Subito dopo sei cameriere con la stessa identica uniforme marciarono dentro la stanza come marionette, trasportando secchi di acqua fumante. Due valletti con divise verdi ricamate d'oro portarono il suo baule.

La prima domestica appoggiò il vassoio sul tavolino vicino alle poltroncine, mentre le altre sparivano in una camera adiacente e i servitori depositavano il baule ai piedi del letto. Un minuto dopo uscirono tutti in fila indiana, ricordando a Victoria una serie di soldatini di legno. La cameriera rimasta si rivolse a Victoria, in piedi di fianco al letto. «Qui c'è qualcosa da mangiare per voi, signorina» disse. Il suo viso pulito era prudentemente privo di espressione, ma la voce era timida e gradevole.

Victoria si avvicinò e si mise a sedere, e la vista della cioccolata calda e del pane tostato col burro le fece venire l'acquolina in bocca.

«Sua Signoria ha detto che dovreste fare un bagno» aggiunse la domestica dirigendosi nella camera adiacente. Victoria si fermò con la tazza davanti alle labbra. «Sua Signoria?» ripeté. «Sarebbe a dire il... gentiluomo... che ho incontrato sul portone d'ingresso? Quell'uomo robusto con i capelli bianchi?»

«Santo cielo, no!» ribatté la cameriera, guardando Victoria stranita. «Quello è il signor Northrup, il maggiordomo, signorina.» Il sollievo di Victoria passò in fretta, appena la cameriera spiegò esitante: «Sua Signoria è un uomo alto, con i capelli ricci e neri».

«E lui ha detto che dovrei fare un bagno?» chiese Victoria indispettita.

La cameriera annuì, arrossendo.

«Tutto sommato ne ho bisogno» ammise lei riluttante. Mangiò il pane tostato e finì la cioccolata, poi si recò nella stanza accanto, dove la domestica stava versando dei sali da bagno profumati nell'acqua fumante. Sfilandosi lentamente l'abito da viaggio, Victoria pensò alla breve lettera che Charles Fielding le aveva inviato, invitandola in Inghilterra. Era sembrato così contento di averla con sé. "Venite subito, mia cara" aveva scritto. "Siete più che benvenuta. Vi attendiamo con ansia." Forse, dopotutto, non l'avrebbero mandata via. Forse "Sua Signoria" aveva mal interpretato la situazione.

La cameriera l'aiutò a lavarsi i capelli, poi le porse un telo morbido e l'aiutò a uscire dalla vasca. «Ho messo via i vostri vestiti e ho preparato il letto, nel caso desideriate riposare un po'.»

Victoria le sorrise e volle sapere il suo nome.

«Il mio nome?» ripeté la cameriera, come se fosse sorpresa che a Victoria interessasse. «Ecco... mi chiamo Ruth.»

«Molte grazie, Ruth» disse Victoria. «Per aver sistemato i miei vestiti, intendo.»

Le guance della lentigginosa cameriera si colorarono di rosso per il piacere mentre faceva un rapido inchino e si avviava alla porta. «La cena è servita alle otto» la informò. «Sua Signoria raramente rispetta gli orari della vita di campagna a Wakefield.»

«Ruth» disse Victoria goffamente. «Ma qui ci sono... due "Sua Signoria"? Voglio dire, mi stavo chiedendo se Charles Fielding...»

«Oh, vi riferite a Sua Grazia!» La cameriera si guardò alle spalle, come se avesse paura che qualcuno la sentisse, prima di confidarle: «Non è qui, ma dovrebbe raggiungerci stasera. Ho udito Sua Signoria chiedere a Northrup di avvisarlo del vostro arrivo».

«Che tipo è Sua... Grazia?» chiese Victoria sentendosi sciocca nell'utilizzare quei titoli antiquati.

Ruth sembrava pronta a farne una descrizione, ma poi cambiò idea. «Mi dispiace, signorina, ma Sua Signoria non permette alla servitù di spettegolare. E non siamo autorizzati a dare confidenza agli ospiti.» Fece un inchino e uscì in fretta con un gran fruscio di gonne inamidate.

Victoria era sconvolta al pensiero che in quella casa due esseri umani non avessero il permesso di conversare, solo per il fatto che uno era un domestico e l'altro un ospite. D'altronde, considerando quel poco che aveva visto di "Sua Signoria", non faceva fatica a immaginarselo mentre imponeva una regola tanto priva di umanità.

Prese la camicia da notte dal guardaroba e se la infilò, poi si mise sotto le lenzuola. La seta preziosa le accarezzò la pelle scoperta delle braccia e del viso, mentre pregava con tutta se stessa che Charles Fielding si rivelasse un uomo più caloroso e gentile dell'altro padrone di casa. Abbassò le lunghe ciglia scure, che si appoggiarono come ventagli ricurvi sulle sue guance, e si addormentò.

5

La luce del sole filtrava dalle finestre e una brezza leggera attraversò la stanza, accarezzando dolcemente il volto di Victoria. Da qualche parte, al piano di sotto, gli zoccoli di un cavallo scalpitavano sul selciato e due uccellini atterrarono contemporaneamente sul suo davanzale, dando vita a un rumoroso battibecco per contendersi il territorio. Il loro cinguettio adirato si fece largo nel torpore di Victoria, distogliendola dalla felicità dei suoi sogni. Ancora semiaddormentata, si girò sul materasso, nascondendo il viso nel cuscino. Invece della stoffa ruvida che foderava il cuscino di casa e profumava di sole e sapone, la sua guancia incontrò la seta liscia. Rendendosi vagamente conto di non essere nel proprio letto, con sua madre al piano di sotto che preparava la colazione, Victoria strizzò gli occhi, cercando di ricatturare la serenità del sogno, ma ormai era troppo tardi. Riluttante, si voltò e aprì gli occhi.

Nella luce accecante della mattina inoltrata, si mise a fissare i drappeggi blu e argento che racchiudevano il letto come un bozzolo argentato e di colpo la sua mente si schiarì. Si trovava a Wakefield Park. Aveva dormito tutta la notte.

Si scostò i capelli arruffati dagli occhi e si mise a sedere appoggiandosi ai cuscini.

«Buongiorno, signorina» disse Ruth, in piedi dall'altra parte del letto.

Victoria s'irrigidì e gridò per lo spavento.

«Non volevo farvi paura» si scusò subito la cameriera «ma Sua Grazia è al piano di sotto e mi ha detto di chiedervi se avete intenzione di unirvi a lui per colazione.»

Enormemente incoraggiata dalla notizia che il duca desiderava veramente vederla, Victoria gettò indietro le coperte.

«Ho stirato i vostri abiti» la informò Ruth, aprendo l'armadio. «Quale desiderate indossare?»

Victoria scelse il migliore dei cinque, di mussola nera con una profonda scollatura quadrata, decorato con piccole rose bianche che aveva ricamato lei stessa sulle maniche a sbuffo e sugli orli durante il lungo viaggio. Rifiutando di farsi aiutare da Ruth a vestirsi, si infilò l'abito sopra la sottoveste e si allacciò l'ampia fascia nera intorno alla vita stretta.

Poi, mentre la cameriera rifaceva il letto e riordinava la stanza immacolata, lei si sedette sulla sedia davanti al tavolo da toeletta e si spazzolò i capelli. «Sono pronta» annunciò a Ruth, alzandosi, con gli occhi pieni di speranza e le guance colorite. «Potresti dirmi dove trovare... mmh... Sua Grazia?»

I piedi di Victoria affondarono nello spesso tappeto mentre la domestica l'accompagnava al piano di sotto. Nell'atrio due valletti vigilavano di fianco a una porta di mogano finemente intarsiata. Prima che lei avesse il tempo di prendere il respiro, i domestici la spalancarono senza fare rumore e Victoria si ritrovò in una sala immensa, dominata dal lungo tavolo al centro, con tre lampadari di cristallo. Sulle prime pensò che la stanza fosse vuota, mentre il suo sguardo indugiava sulle sedie dallo schienale alto, foderate di velluto dorato, allineate accanto a quel tavolo infinito. Poi sentì il fruscio di un giornale e si accorse che c'era qualcuno seduto a capotavola. Raggiunse piano il lato e si fermò. «Buongiorno» esordì.

La testa di Charles si girò di scatto e, mentre la fissava, impallidì. «Signore onnipotente!» mormorò alzandosi lentamente, con lo sguardo fisso su quella giovane bellezza esotica in piedi di fronte a lui. Era l'immagine esatta di Katherine, molti anni prima. Come ricordava bene, e con quanto affetto, quel viso incredibilmente bello e raffinato, con le sopracciglia ad arco e le lunghe ciglia spesse che incorniciavano gli occhi luminosi come due enormi zaffiri. Riconobbe la bocca morbida e sorridente, il piccolo naso elegante, l'incantevole fossetta sul mento determinato e la chioma voluminosa di capelli ramati sciolti sulle spalle.

Appoggiando la mano sinistra sullo schienale della sedia per mantenere l'equilibrio, allungò la destra verso di lei. «Katherine...» sussurrò.

Victoria gli porse la mano con incertezza e le lunghe dita di lui la strinsero.

«Katherine» sussurrò di nuovo con un filo di voce, e lei vide luccicare le lacrime nei suoi occhi.

«Il nome di mia madre era Katherine» disse gentilmente.

La stretta della sua mano aumentò fino a farle quasi male. «Sì» mormorò l'uomo. Si schiarì la gola e la sua voce divenne più normale. «Sì, certo» disse, e scosse la testa, come per riprendere il controllo. Era sorprendentemente alto, notò Victoria, e molto magro, con occhi castani che studiavano i suoi lineamenti nei minimi dettagli. «Allora» dichiarò lui di colpo «tu sei la figlia di Katherine.»

Lei annuì, senza sapere bene come accogliere quella dichiarazione. «Il mio nome è Victoria.»

Una strana tenerezza brillò negli occhi di lui. «Il mio è Charles *Victor* Fielding.»

«Capisco» rispose Victoria.

«No» ribatté il duca. «Non capisci.» Le rivolse un sorriso gentile che lo fece apparire di dieci anni più giovane. «Non puoi capire.» E poi, senza preavviso, la strinse in un forte abbraccio. «Benvenuta a casa» disse emozionato, accarezzandole la schiena, tenendola stretta a sé. «Benvenuta.» E Victoria provò una strana sensazione, come se fosse veramente a casa.

La lasciò andare con un sorriso timido e le scostò una sedia. «Sarai affamatissima. O'Malley!» disse al valletto in piedi di fianco al buffet coperto di stoviglie d'argento. «Stiamo morendo di fame.»

«Sì, Vostra Grazia» rispose quello, voltandosi per iniziare a riempire due piatti.

«Voglio scusarmi per non averti fatto trovare una carrozza al tuo arrivo» disse Charles. «Non mi sarei mai immaginato che la nave approdasse in anticipo. Mi avevano detto che dall'America sono sempre in ritardo. Ma, a proposito, hai viaggiato bene?» le chiese, mentre il valletto le metteva davanti un piatto con uova, patate, fagioli, prosciutto e involtini croccanti.

Victoria guardò lo spiegamento di posate ai lati del piatto e sussurrò un ringraziamento a sua madre per aver insegnato a lei e a Dorothy l'uso appropriato di ogni pezzo. «Sì, è stato un viaggio molto gradevole» rispose con un sorriso. Poi, con goffa timidezza, aggiunse: «...Vostra Grazia».

«Santo cielo» esclamò Charles ridendo. «Penso che non dovremmo mantenere tutta questa formalità. Altrimenti dovrei chiamarti contessa di Langston o lady Victoria. Ma preferirei di no... mi piacerebbe molto di più "zio Charles" per me e "Victoria" per te. Cosa ne dici?»

Quei modi calorosi le suscitarono un moto di affetto. «Mi piacerebbe molto. Sono certa che non mi ricorderei mai di rispondere se mi chiamassero contessa di Langston, chiunque essa sia, e lady Victoria non mi si addice per niente.»

Charles le lanciò una strana occhiata, appoggiandosi il tovagliolo sulle gambe. «Ma è quello che sei. Tua madre era l'unica figlia del conte e della contessa di Langston. Morirono entrambi quando lei era molto giovane, e il titolo, di origine scozzese, è passato a lei. Tu sei la sua primogenita, quindi adesso quel titolo è tuo.»

Gli occhi azzurri di Victoria brillarono divertiti. «E cosa dovrei farmene?»

«Quello che ci facciamo tutti» rispose lui ridendo. «Ostentarlo.» Si interruppe mentre O'Malley gli posava davanti un piatto. «A dire il vero penso che ci sia una piccola proprietà in Scozia associata al titolo. O forse no. Cosa ti ha detto tua madre?»

«Nulla. La mamma non parlava mai dell'Inghilterra o della sua vita qui. Io e Dorothy abbiamo sempre creduto che fosse... una persona qualunque.»

«Non c'era nulla di ordinario in vostra madre» disse lui con calma. Victoria percepì l'emozione nella sua voce e se ne domandò il motivo, ma giusto quando stava per iniziare a chiedergli della vita di sua madre in Inghilterra, lui scosse il capo e mormorò: «Un giorno ti racconterò... tutto. Ma non ancora. Per adesso conosciamoci».

Un'ora passò incredibilmente in fretta, mentre Victoria rispondeva alle piacevoli domande del duca. Si rese conto che alla fine della colazione lui si era fatto un'idea precisa della sua vita, dall'inizio fino al momento in cui si era presentata alla porta con in braccio un porcellino agitato. Gli aveva raccontato degli abitanti del villaggio dove viveva prima, del padre e di Andrew. Per qualche motivo, sentir parlare degli ultimi due aveva peggiorato molto il suo umore, anche se erano le persone a cui era sembrato più interessato. Aveva evitato invece, con molta attenzione, qualsiasi domanda sulla madre.

«Confesso di essere confuso riguardo al tuo fidanzamento con questo Andrew Bainbridge» osservò corrugando la fronte. «La lettera che ho ricevuto dal vostro amico di famiglia, il dottor Morrison, non lo menzionava. Al contrario, specificava che tu e tua sorella siete sole al mondo. Tuo padre aveva dato la sua benedizione a questo matrimonio?»

«Sì e no» rispose Victoria, domandandosi perché sembrasse così preoccupato. «Sapete, io e Andrew ci conosciamo da quando eravamo piccoli, ma mio padre ha sempre sostenuto che dovessi compiere almeno diciotto anni prima del fidanzamento ufficiale. Pensava che fosse un legame troppo serio per una ragazza giovane.»

«Molto saggio da parte sua» commentò Charles. «Tuttavia, hai compiuto diciotto anni prima del decesso di tuo padre, ma non sei ancora formalmente fidanzata con Bainbridge, giusto?»

«Sì, è così.»

«Perché tuo padre non aveva ancora dato il suo consenso?»

«Non esattamente. Poco prima del mio compleanno, la vedova Bainbridge, la madre di Andrew, ha proposto a mio padre di aspettare che Andrew facesse un viaggio, una versione ridotta del Grand Tour, per mettere alla prova il nostro sodalizio e per concedergli quella che lei ha definito "un'ultima avventura". Per Andrew l'idea non aveva senso, ma mio padre era pienamente d'accordo con la signora Bainbridge.»

«Mi sembra che tuo padre fosse estremamente riluttante all'idea di farti sposare quel ragazzo. Dopotutto, vi conoscevate da anni, perciò non ci sarebbe stata una vera necessità di mettere alla prova il vostro rapporto. La definirei una scusa bella e buona. Direi inoltre che anche la madre del ragazzo non è favorevole alla vostra unione.»

Il duca sembrava aver preso in antipatia Andrew, così Victoria fu costretta a spiegare tutta l'imbarazzante verità. «Mio padre non aveva riserve nei confronti di Andrew, sapeva che sarebbe stato un marito eccellente. Tuttavia non era convinto della mia convivenza con la mia futura suocera. È vedova e molto legata a Andrew. Inoltre soffre di malattie di ogni tipo, cosa che rende il suo carattere piuttosto difficile da gestire.»

«Ah» disse il duca con aria comprensiva. «E sono gravi queste sue malattie?»

Victoria si sentì avvampare. «Secondo quanto ha dichiarato mio padre un giorno in mia presenza, le sue sono malattie immaginarie. Da giovane era leggermente debole di cuore, ma mio padre diceva che alzarsi dal letto l'avrebbe aiutata assai di più che stare lì sdraiata a commiserarsi. Loro... non andavano molto d'accordo.»

«Sì, capisco il perché!» Il duca rise. «Tuo padre aveva pienamente ragione a porre dei freni al tuo matrimonio, mia cara. La tua vita sarebbe stata molto infelice.»

«Non sarà affatto infelice» dichiarò Victoria, determinata a sposarsi con o senza l'approvazione del duca. «Andrew si rende conto che la madre sta cercando di manipolarlo, e non le permette di intralciare la realizzazione dei suoi desideri. Ha accettato di fare questo viaggio solo perché mio padre ha insistito.»

«Hai ricevuto molte lettere da lui?»

«Solo una, ma Andrew è partito per l'Europa appena quindici giorni prima dell'incidente dei miei genitori, avvenuto tre mesi fa, ed è quasi il tempo che ci mette la posta per andare e tornare dall'Europa. Gli ho spedito una lettera per raccontargli ciò che era successo, e poi gli ho scritto di nuovo appena prima di salpare per l'Inghilterra per fargli avere il mio indirizzo qui. Immagino che in questo momento sia in viaggio per tornare a casa. Volevo restare a New York ad aspettare il suo ritorno, cosa che avrebbe semplificato le cose per tutti, ma il dottor Morrison non ha voluto sentire ragioni. Per qualche motivo era convinto che i sentimenti di Andrew non avrebbero retto alla prova del tempo. Senza dubbio deve averglielo messo in testa la signora Bainbridge... è proprio nel suo stile.» Victoria sospirò e guardò fuori dalla finestra. «Preferirebbe che Andrew sposasse qualcuno di più importante della figlia di un medico squattrinato.»

«O, meglio ancora, che non sposasse nessuno e rimanesse attaccato al suo capezzale?» azzardò il duca, sollevando le sopracciglia. «Una vedova che si finge malata dev'essere una donna possessiva e prepotente.»

Victoria non poté negarlo, perciò preferì non fare commenti. «Alcune famiglie del villaggio si sono offerte di ospitarmi fino al ritorno di Andrew, ma non era una buona soluzione. Tra l'altro, se mi avesse trovato a casa loro, lui si sarebbe infuriato.»

«Con te?» chiese Sua Grazia, corrugando la fronte indispettito.

«No, con sua madre, per non aver insistito che stessi da lei.»

«Oh» fece il duca. Anche se la spiegazione sollevava Andrew da ogni possibile accusa, lui parve in un certo senso deluso. «Quell'uomo sembra l'immagine di un rustico paladino della virtù» mormorò.

«Vi piacerà molto» assicurò Victoria, sorridendo. «Verrà a prendermi per portarmi a casa, vedrete.»

Charles le accarezzò una mano. «Dimentichiamoci di Andrew e rallegriamoci della tua presenza qui in Inghilterra. Allora, dimmi che impressione ti ha fatto finora...»

Victoria gli disse che quello che aveva visto le era piaciuto molto, e Charles le descrisse la vita che aveva pensato per lei lì. Per cominciare, voleva che avesse un guardaroba nuovo e una cameriera personale ad assisterla. Victoria stava per declinare l'offerta, quando con la coda dell'occhio colse l'arrivo di una figura cupa e minacciosa che si avvicinava al tavolo con la sicurezza silenziosa di un selvaggio. I pantaloni di camoscio gli fasciavano le gambe muscolose, la camicia bianca era slacciata sul collo abbronzato. Quella mattina le sembrò persino più alto del giorno prima, così slanciato e prestante. Aveva i folti capelli neri leggermente arricciati, il naso dritto e la bocca severa ben modellata. Di fatto, se non fosse stato per l'arroganza stampata sul suo volto e il cinismo dei suoi freddi occhi verdi, Victoria l'avrebbe giudicato un uomo molto affascinante.

«Jason!» esclamò Charles cordialmente. «Permettimi di presentarti come si deve Victoria. Jason è mio nipote» aggiunse rivolto a lei.

Nipote! Victoria aveva sperato che fosse soltanto un ospite, ma si rese conto che era un parente e che probabilmente viveva con Charles. Quella consapevolezza la infastidì, e il suo orgoglio la spinse a sollevare il mento e incrociare con calma lo sguardo privo di calore di Jason.

Lui rispose a quella breve presentazione con un rapido cenno del capo, si sedette di fronte a lei e guardò O'Malley. «È troppo sperare che sia rimasto del cibo anche per me?»

Il valletto si agitò visibilmente. «Io... no, milord. Non ce n'è. Cioè, potrebbe non essere più caldo. Vado subito in cucina a far preparare qualcosa.» Uscì in fretta.

«Jason» esordì Charles. «Stavo suggerendo a Victoria che dovrebbe dotarsi di una cameriera personale e di un guardaroba più appropriato a...»

«No» ribatté Jason.

Il desiderio urgente di fuggire da lì superò qualsiasi altro istinto di Victoria. «Se volete scusarmi, zio Charles» disse. «Ho delle cose da fare.»

Il duca le lanciò un'occhiata di scuse e si alzò educatamente quando lei si sollevò dalla sedia, mentre l'odioso nipote si limitò a indietreggiare contro lo schienale per osservare la sua ritirata con annoiato disprezzo.

«Victoria non ha nessuna colpa» disse Charles quando i valletti chiusero le porte alle spalle della ragazza. «Devi capirlo.»

«Davvero?» commentò Jason con sarcasmo. «E quella piccola mendicante lagnosa ha capito che questa è casa mia e che io non la voglio qui?»

Le porte si erano chiuse dietro di lei, ma Victoria aveva sentito abbastanza. Mendicante! Mendicante lagnosa! L'umiliazione la travolse, mentre percorreva a testa bassa il corridoio. A quanto pareva, Charles l'aveva invitata senza il consenso di suo nipote.

Il volto della giovane era pallido ma determinato quando entrò in camera e aprì il baule.

Nella sala da pranzo, Charles stava discutendo con l'uomo cinico e severo di fronte a lui. «Jason, non capisci...»

«Siete stato voi a farla venire qui in Inghilterra» scattò l'altro. «Se desiderate così tanto la sua presenza, portatela a Londra con voi.»

«Non posso!» replicò Charles con foga. «Non è ancora pronta per affrontare l'aristocrazia. C'è molto da fare prima che possa debuttare in società a Londra. Tra l'altro, avremo bisogno di una dama di compagnia per salvare le apparenze.»

Jason annuì con impazienza al valletto in piedi al suo fianco con la caffettiera d'argento in mano, in attesa del suo permesso per versare. Quando ebbe finito, gli fece cenno di andarsene, poi si voltò verso Charles e disse in tono brusco: «Voglio che se ne vada di qui domani. È chiaro? Portatela a Londra o rimandatela a casa, ma la voglio fuori di qui! Non spenderò un centesimo per lei. Se intendete offrirle una stagione in società a Londra, dovrete trovare un altro modo per pagarla».

Charles si massaggiò le tempie, esausto. «Jason, so che non sei spietato e senza cuore come vuoi sembrare. Almeno lascia che ti parli di lei.»

Appoggiandosi allo schienale della sedia, Jason lo guardò con aria annoiata.

«I suoi genitori sono morti pochi mesi fa in un incidente. In un tragico giorno, a Victoria sono venuti a mancare la madre, il padre, la casa e la sicurezza... tutto.» Vedendo che il figlio restava impassibile e in silenzio, Charles perse la pazienza. «Dannazione! Hai dimenticato come ti sentivi quando hai perso Jamie? Victoria ha perso tutte le persone che amava, compreso il giovanotto con cui era quasi fidanzata. È così ingenua da credere che lui verrà a riprenderla nelle prossime settimane, ma sua madre è contraria alla loro unione. E lui si piegherà senz'altro ai desideri della madre, adesso che lei si trova dall'altra parte dell'oceano. Sua sorella ora è sotto la protezione della duchessa di Claremont, perciò Victoria è sola. Prova a pensare come si sente, Jason! Sai cosa significano la morte e la perdita... o hai dimenticato il dolore?»

Quelle parole colsero nel segno, tanto da far trasalire Jason.

Il duca se ne accorse e cercò di trarne vantaggio. «È innocente e sperduta come una bambina, Jason. Non ha più nessuno al mondo a parte me... e te, che ti piaccia o no. Pensa a lei come se fosse Jamie nelle stesse circostanze. Victoria ha coraggio e orgoglio. Anche se ci ha riso sopra, posso dirti che il modo in cui è stata accolta ieri l'ha umiliata terribilmente. Se avrà la sensazione di non essere la benvenuta, troverà un modo per andarsene. E se ciò accadesse» concluse Charles in tono minaccioso «non te lo perdonerò mai. Giuro che non lo farò!»

Jason buttò indietro di colpo la sedia e si alzò in piedi con espressione chiusa e dura. «Per caso fa parte anche lei della schiera dei vostri figli illegittimi?»

Il duca impallidì. «Signore, no!» Vedendo lo sguardo scettico dell'altro, aggiunse accorato: «Pensa a ciò che dici! Avrei annunciato il vostro fidanzamento se fosse mia figlia?».

Invece di tranquillizzare Jason, quella rassicurazione gli ricordò una cosa che lo faceva infuriare oltre misura. «Se il vostro piccolo angelo è così innocente e coraggioso, perché ha accettato di offrirsi a me sposandomi?»

«Oh, già!» Charles fece un cenno con la mano. «Ho fatto l'annuncio senza informarla. Non ne sa nulla. Chiamalo pure entusiasmo eccessivo da parte mia» replicò pacato. «Ti assicuro che non desidera in alcun modo sposarti.» L'espressione glaciale di Jason iniziò a sciogliersi e lui si affrettò a rassicurarlo ancora di più. «Dubito che Victoria ti desidererebbe, anche se tu la volessi. Sei troppo cinico e duro per una sognatrice come lei. Ammirava suo padre e mi ha detto chiaramente che vorrebbe sposare un uomo simile a lui: gentile, sensibile e idealista. Dal momento che tu non corrispondi a nessuno di questi aggettivi» continuò infervorato da quella vittoria parziale, senza rendersi conto che il suo discorso stava rasentando l'insulto «oserei dire che se Victoria sapesse di essere fidanzata con te, ne morirebbe! Si toglierebbe la vita piuttosto che...»

«Credo di essermi fatto un'idea abbastanza chiara» lo interruppe Jason con calma.

«Bene» rispose Charles con un rapido sorriso. «Allora posso suggerire di fare in modo che lei non sappia del fidanzamento? Troverò un sistema per annullarlo senza provocare imbarazzo per nessuno dei due, ma non possiamo farlo immediatamente.» Quando Jason strinse gli occhi fissando il suo sorriso, il duca si fece di colpo serio. «È una ragazza, Jason. Una ragazza coraggiosa e orgogliosa che sta cercando di fare del suo meglio in un mondo crudele, che non è pronta ad affrontare. Se revocassimo il fidanzamento troppo presto, diventerebbe lo zimbello di Londra. Direbbero che le hai dato un'occhiata e l'hai scartata.»

L'immagine di un paio di brillanti occhi azzurri con lunghe ciglia scure e un viso troppo bello per non essere notato attraversò la mente di Jason. Ricordò il sorriso incantato che aveva animato quelle labbra morbide pochi minuti fa, prima che si rendesse conto della sua presenza nella sala da pranzo. Ripensandoci, sembrava davvero una bambina vulnerabile.

«Vai a parlare con lei, ti prego» lo implorò Charles.

«Le parlerò» acconsentì Jason.

«Ma la farai sentire benvenuta?»

«Dipenderà dal suo comportamento.»

Nella sua stanza, Victoria estrasse i vestiti dall'armadio in un mucchio, mentre le parole di Jason Fielding le vorticavano nella mente. "Piccola mendicante lagnosa... non la voglio qui..." "Piccola mendicante..." Non aveva trovato affatto una nuova casa, pensò freneticamente. Il destino le aveva giocato un brutto scherzo. Infilò i vestiti nel baule. Si raddrizzò, e quando si voltò verso l'armadio lanciò un grido di terrore. «Voi!» esclamò, fissando l'alta figura minacciosa appena oltre la soglia, con le braccia incrociate sul petto. Furiosa con se stessa per avergli mostrato la propria paura, sollevò il mento, determinata a non lasciarsi intimidire di nuovo. «Qualcuno avrebbe dovuto insegnarvi che si bussa prima di entrare in una stanza.»

«Bussare?» ripeté lui in tono derisorio. «Quando la porta è già aperta?» Spostò l'attenzione sul baule scoperchiato e inarcò le sopracciglia. «Siete in partenza?»

«Ovviamente» rispose Victoria.

«Perché?»

«Perché!» esclamò incredula. «Perché *non* sono una piccola mendicante lagnosa e, per vostra informazione, non sopporto di essere di peso per qualcuno.»

Invece di mostrare imbarazzo, parve leggermente divertito. «Non vi hanno mai insegnato a non origliare?»

«Non stavo origliando» ribatté Victoria. «Mi avete insultato con un tono di voce che si sarebbe potuto sentire fino a Londra.»

«Dove avete intenzione di andare?» le chiese Jason, ignorando la critica.

«Non sono affari vostri.»

«Come avete detto!» scattò lui, improvvisamente freddo.

Victoria gli lanciò un'occhiata ribelle. Appoggiato allo stipite della porta, aveva un aspetto minaccioso. Le spalle erano ampie, il petto gonfio, e le maniche della camicia arrotolate scoprivano gli avambracci abbronzati e muscolosi, di cui lei aveva già sperimentato la forza quando l'aveva portata in braccio il giorno prima. Sapeva inoltre che aveva un temperamento autoritario e, a giudicare dallo sguardo torvo nei suoi occhi di giada, in quel momento stava giusto considerando l'idea di costringerla a rispondere con la forza. Per non dargli quella soddisfazione, Victoria rispose fredda: «Ho un po' di denaro. Troverò un posto dove stare al villaggio».

«Davvero?» domandò lui sarcastico. «Solo per curiosità, quando quel "po' di denaro" sarà terminato, di cosa vivrete?»

«Lavorerò!» lo informò Victoria, cercando di opporsi a quella sicurezza di sé così fastidiosa.

Le sopracciglia scure di lui si sollevarono in un'espressione ironica. «Che novità. Una donna che vuole lavorare. Ditemi, che tipo di mansione sareste in grado di svolgere?» Quella domanda la colpì come una frustata. «Sapete spingere un aratro?»

«No...»

«Siete capace di piantare un chiodo?»

«No.»

«Mungere una mucca?»

«No!»

«Allora siete inutile per voi stessa e per chiunque altro, non è così?» le fece notare senza pietà.

«Certo che no!» negò lei con l'orgoglio ferito. «So fare molte cose. Cucire, cucinare e...»

«E far sparlare tutti gli abitanti del villaggio su che persone orribili siano i Fielding, che vi hanno buttato fuori? Dimenticatevelo» disse lui con arroganza. «Non lo permetterò.»

«Non mi ricordo di aver chiesto il vostro permesso» ribatté Victoria in tono di sfida.

Colto alla sprovvista, Jason la fissò. Raramente qualcuno osava sfidarlo, eppure quella ragazza stava facendo esattamente questo. Se il suo risentimento non fosse stato pari allo stupore, avrebbe riso per il suo coraggio. Reprimendo l'impulso improvviso di usare parole più gentili, le disse bruscamente: «Se siete così ansiosa di guadagnarvi da vivere, cosa di cui dubito, potete farlo qui».

«Mi dispiace molto» annunciò la ragazza audace con freddezza. «Ma non lo farò.»

«Perché no?»

«Semplicemente perché non riesco a immaginarmi a fremere, tremare e agitarmi per la paura ogni volta che passate, come fa il resto della servitù. Quel pover'uomo con il mal di denti è quasi svenuto questa mattina quando voi...»

«Chi?» chiese Jason, l'ira momentaneamente sostituita dalla sorpresa.

«Il signor O'Malley.»

«Chi diavolo è il signor O'Malley?» esclamò lui, controllando il tono con grande sforzo.

Victoria alzò gli occhi al cielo, disgustata. «Non sapete nemmeno come si chiama, vero? Il signor O'Malley è il cameriere che vi ha servito la colazione, e ha la guancia così gonfia...»

Jason si mosse per uscire. «Charles vuole che voi restiate qui, fine della questione.» Si fermò sulla soglia e si girò verso di lei, paralizzandola col suo sguardo minaccioso. «Vi avviso, non provate ad andarvene trasgredendo ai miei ordini. Mi costringereste a seguirvi, e quello che potrebbe succedere dopo che vi avrò trovato non vi piacerebbe, credetemi.»

«Le vostre minacce non mi spaventano» mentì Victoria, valutando rapidamente le alternative. Non voleva ferire Charles, ma il suo orgoglio non le permetteva di restare a casa di Jason come una "mendicante". Ignorando il lampo maligno nei suoi occhi verdi, disse: «Resterò, ma intendo lavorare per pagarmi il vitto e l'alloggio qui».

«Bene» replicò Jason, sentendosi in un certo senso come se fosse uscito vincitore da quel conflitto. Fece per andarsene, ma la voce seria di lei lo bloccò.

«Posso chiedervi a quanto corrisponderà il mio salario?»

Jason inspirò a fondo, furioso. «State cercando di irritarmi?»

«Assolutamente no. Voglio solo sapere quanto guadagnerò per organizzarmi per il giorno in cui...» La sua voce si spense mentre Jason si allontanava, piantandola in asso.

Zio Charles la invitò a unirsi a lui per il pranzo, che si rivelò molto gradevole, dal momento che Jason non era presente. Tuttavia il pomeriggio si trascinava con lentezza, e in un impeto di inquietudine Victoria decise di uscire a fare una passeggiata. Il maggiordomo la vide scendere al piano inferiore e le aprì il portone d'ingresso. Cercando di dimostrargli che non covava alcun rancore per il giorno precedente, lei gli sorrise. «Molte grazie, mmh...?»

«Northrup» le suggerì lui, in tono educato con espressione impassibile.

«Northrup?» ripeté Victoria sperando di avviare una conversazione. «È il vostro nome di battesimo o il cognome?»

Lo sguardo dell'uomo si soffermò per un attimo su di lei. «Mmh... il cognome, signorina.»

«Capisco» continuò lei educatamente. «E da quanto tempo lavorate qui?»

Northrup incrociò le mani dietro la schiena e spostò il peso sulle punte dei piedi, con aria solenne. «Da nove generazioni, i miei familiari sono nati e morti a servizio dai Fielding, signorina. E io mi aspetto di portare avanti questa tradizione che mi riempie d'orgoglio.»

«Oh» disse Victoria, facendo attenzione a non lasciar trasparire il proprio divertimento davanti a tanta fierezza per un lavoro che non sembrava prevedere nulla di più importante che aprire e chiudere le porte per altre persone.

Come se le stesse leggendo nel pensiero, il maggiordomo aggiunse rigido: «Se avete dei problemi con i domestici, signorina, potete rivolgervi a me. Come capo della servitù, farò in modo che si risolvano immediatamente».

«Sono certa che non ne avrò bisogno. Qui sono tutti molto efficienti» dichiarò Victoria con gentilezza. Troppo efficienti, pensò uscendo al sole.

Attraversò il prato davanti alla casa e poi svoltò intorno all'edificio, con l'intenzione di visitare le scuderie e vedere i cavalli. Con una mezza idea di usare delle mele per conquistarli, Victoria andò sul retro e chiese indicazioni per la cucina.

L'enorme ambiente era pieno di persone affaccendate a impastare su tavoli di legno, mescolare pentole e affettare verdure. Al centro di quella confusione c'era un uomo terribilmente grasso con indosso un grembiule bianco immacolato, grande quanto una tovaglia, che impartiva ordini in francese e in inglese agitando un cucchiaio di legno.

«Scusate» disse Victoria alla donna al tavolo più vicino. «Potrei avere due mele e due carote?»

La domestica lanciò un'occhiata incerta all'uomo col grembiule bianco, che stava fissando Victoria; poi sparì in una stanza adiacente e tornò poco dopo con le mele e le carote.

«Grazie...?» fece Victoria.

«Signora Northrup, signorina» disse la donna a disagio.

«Che piacere» rispose lei con un sorriso dolce. «Ho già conosciuto vostro marito, il maggiordomo, ma non mi ha detto che anche voi lavorate qui.»

«Il signor Northrup è mio cognato» la corresse l'altra.

«Oh, capisco» replicò Victoria, percependo la riluttanza della donna a parlare di fronte al grassone arcigno che sembrava il capo di tutti quanti. «Bene, buona giornata, signora Northrup.»

Un viale lastricato, costeggiato dal bosco sulla destra, conduceva alle scuderie. Victoria lo percorse ammirando lo splendido panorama di prati in collina e giardini rigogliosi sulla sinistra, quando un movimento improvviso a pochi metri da lei la fece fermare. Sul ciglio del bosco un enorme animale grigio stava razzolando in quello che sembrava un mucchietto di rifiuti. La bestia avvertì il suo odore e sollevò il muso, fissandola con sguardo feroce. Le si gelò il sangue nelle vene. "Un lupo!" gridò la sua mente.

Paralizzata dal terrore, rimase immobile sul posto, temendo di fare il minimo movimento o rumore, mentre studiava quell'essere terrificante. Il manto folto e grigio del lupo era malconcio e spesso, ma non abbastanza fitto da nascondere le costole sporgenti; aveva mandibole spaventosamente grandi, gli occhi feroci... A giudicare dall'aspetto grottesco e macilento, doveva essere molto affamato. Il che significava che avrebbe potuto aggredire e sbranare chiunque, compresa lei. Victoria fece un piccolo passo prudente all'indietro, verso la sicurezza della casa.

L'animale ringhiò, arricciando il labbro superiore e scoprendo una fila di zanne bianche. Victoria reagì istintivamente, lanciandogli le mele e le carote, nel tentativo disperato di distrarlo dall'evidente intenzione di mangiare *lei*. Ma invece di gettarsi su quel cibo, l'animale si allontanò dal viale e rientrò nel bosco con la coda tra le gambe. Victoria fece marcia indietro e si precipitò in casa da una porta sul retro. Poi corse a una finestra per osservare il bosco. Il lupo era fermo appena oltre il perimetro degli alberi e fissava affamato il mucchio di rifiuti.

«C'è qualcosa che non va, signorina?» chiese un valletto, passando dietro di lei mentre si dirigeva in cucina.

«Ho visto un animale» disse Victoria senza fiato. «Penso che fosse un...» Guardò la bestia grigia trottare furtiva verso il prato e ingoiare le mele e le carote; poi ritornò nel bosco con la coda sempre tra le gambe. L'animale era spaventato! E affamato. «Avete dei cani da queste parti?» chiese, pensando improvvisamente che forse era stata sul punto di fare un errore che l'avrebbe resa ridicola.

«Sì, signorina, parecchi.»

«Ce ne sono di grandi, magri, grigi e neri?»

«Quello è Willie, il vecchio cane di Sua Signoria» disse lui. «Gironzola sempre qui intorno, alla ricerca di qualcosa da mangiare. Non è pericoloso, se è questo che vi preoccupa. L'avete visto?»

«Sì» rispose Victoria, arrabbiandosi nel vedere quella creatura affamata divorare verdure marce come se fossero bistecche. «E sembra che stia morendo di fame. Qualcuno dovrebbe dare da mangiare a quel poverino.»

«Willie si comporta sempre come se stesse morendo di fame» replicò il valletto con totale indifferenza. «Sua Signoria dice che se mangiasse di più, diventerebbe troppo grasso per camminare.»

«Ma se mangiasse meno, sarebbe troppo magro per sopravvivere» commentò Victoria indignata. Riusciva a immaginare perfettamente quell'uomo senza cuore che lasciava morire di fame il suo cane. Il povero animale aveva tutte le costole che sporgevano in modo patetico... Che orrore! Tornò in cucina e chiese un'altra mela, delle carote e un piatto di avanzi.

Nonostante la simpatia nei confronti della povera bestia, Victoria dovette lottare contro la paura che le incuteva, mentre si avvicinava al mucchio di rifiuti. Era un cane, non un lupo, adesso lo vedeva. Ricordando le parole rassicuranti del valletto, secondo il quale l'animale non era pericoloso, Victoria gli tese il piatto di avanzi. «Prendi, Willie» disse piano. «Ti ho portato un po' di buon cibo.» Timidamente, fece un altro passo avanti. Il cane ritrasse le orecchie e scoprì le zanne, facendole perdere il coraggio. Appoggiò il piatto a terra e si rifugiò nelle scuderie.

Quella sera cenò con Charles, e dal momento che Jason era di nuovo assente, il pasto fu delizioso. Ma quando terminò e il duca si ritirò per la notte, si ritrovò di nuovo annoiata. A parte il giro nelle scuderie e l'avventura con Willie, quel giorno non aveva fatto altro che gironzolare senza scopo. L'indomani, stabilì allegra, avrebbe lavorato. Era abituata a essere occupata e aveva un bisogno disperato di riempire le ore vuote. Non aveva fatto cenno a Charles della sua intenzione di guadagnarsi da vivere, ma era certa che se l'avesse scoperto, l'uomo sarebbe stato sollevato all'idea che si stesse mantenendo da sola, risparmiandogli battibecchi futuri con il suo insopportabile nipote.

Salì nella sua stanza e passò il resto della serata sforzandosi di scrivere una lettera allegra e piena di ottimismo a Dorothy.

6

Il mattino seguente, Victoria si svegliò presto al suono degli uccellini cinguettanti sull'albero di fronte alle sue finestre aperte. Rotolando sulla schiena, diede un'occhiata al cielo azzurro punteggiato da nuvole bianche, proprio quello che le faceva venire voglia di uscire.

Dopo essersi lavata e vestita in fretta, scese al piano di sotto, in cucina, per prendere del cibo per Willie. Jason Fielding le aveva chiesto con sarcasmo se fosse capace di spingere un aratro, piantare un chiodo o mungere una mucca. Non era in grado di fare le prime due cose, ma aveva visto spesso mungere le mucche a casa e non le era sembrato particolarmente difficile. Inoltre, dopo sei settimane confinata su una nave, qualsiasi tipo di attività fisica era la benvenuta.

Stava per uscire dalla cucina con un piatto di avanzi, quando le venne in mente una cosa. Ignorando lo sguardo oltraggiato dell'uomo con il grembiule bianco – il capocuoco, le aveva spiegato Charles – che la fissava come se fosse una pazza che invadeva il suo regno di pentole, si rivolse alla signora Northrup. «Signora Northrup, c'è qualcosa che potrei fare per… dare una mano qui in cucina?»

La donna si portò le mani alla gola. «No, certo che no.»

Victoria sospirò. «In questo caso, saprebbe dirmi dove posso trovare le mucche?»

«Le mucche?» sussultò la signora Northrup. «Per... per quale motivo?»

«Per mungerle.»

La donna impallidì, ma non le disse nulla, e dopo un momento di perplessità, Victoria alzò le spalle e decise di trovarle da sola. Si diresse verso la porta sul retro per cercare Willie. La signora Northrup si pulì le mani dalla farina e andò dal signor Northrup.

Victoria si avvicinò al mucchio di rifiuti, scrutando nervosamente il bosco in cerca di una traccia del cane. Willie, che nome bizzarro per un animale così grande e dall'aspetto tanto feroce, pensò. E poi lo vide, nascosto tra gli alberi, che la osservava. Le venne la pelle d'oca, ma portò la ciotola di avanzi più vicino. «Ecco, Willie» sussurrò. «Ti ho preparato la colazione. Vieni a prenderla.»

Gli occhi del bestione si spostarono sul piatto, ma rimase dove si trovava, prudente, all'erta.

«Non vuoi venire qui da me?» continuò Victoria, determinata a socializzare col cane di Jason Fielding, dal momento che non sarebbe mai riuscita a farlo con il padrone.

Il cane non collaborava più del padrone. Si rifiutava di essere blandito e teneva lo sguardo minaccioso fisso su di lei. Con un sospiro, Victoria appoggiò il piatto e se ne andò.

Un giardiniere le indicò dove si trovavano le mucche e Victoria entrò nel fienile immacolato, invaso dal dolce profumo del fieno. Si fermò incerta quando una decina di mucche alzò il muso, guardandola con i languidi occhi marroni. Si fermò davanti a una dove c'erano uno sgabello e un secchio appesi al muro, pensando che quella mucca fosse con ogni probabilità la prima a dover essere munta. «Buongiorno» disse all'animale accarezzandogli il muso liscio mentre cercava di farsi coraggio. Adesso che era giunto il momento, Victoria non era più tanto sicura di ricordare con esattezza come funzionasse la mungitura.

Prendendo tempo, girò intorno alla mucca e le levò qualche filo di paglia dalla coda, poi, con riluttanza, afferrò lo sgabello e posizionò il secchio sotto le mammelle. Si sedette e arrotolò lentamente l'orlo della gonna. Inconsapevole della presenza dell'uomo che era appena entrato nel fienile, accarezzò il fianco dell'animale e fece un lungo respiro esitante. «Voglio essere del tutto onesta con te» confessò alla mucca. «La verità è che non l'ho mai fatto prima d'ora.»

La sua ammissione afflitta bloccò Jason all'entrata della stalla e i suoi occhi si riempirono di divertimento, mentre la osservava. Seduta sullo sgabello con la gonna sollevata come se fosse su un trono, la signorina Victoria Seaton era un'immagine molto accattivante. Teneva la testa leggermente inclinata mentre si concentrava sul proprio compito, offrendogli la vista del suo profilo aristocratico, con gli zigomi eleganti e il nasino delicato. Il sole che entrava dalla finestra in alto illuminava i suoi capelli di riflessi dorati, trasformandoli in una cascata ramata che le si allargava sulle spalle. Le lunghe ciglia ricurve creavano ombre sulle guance lisce, mentre si mordeva il labbro inferiore e allungava la mano per spostare il secchio.

Quell'azione attirò l'attenzione di Jason sui seni abbondanti che premevano in modo invitante contro il corpetto dell'abito nero, ma le parole che seguirono lo fecero scoppiare in una risata silenziosa. «So che sarà imbarazzante per entrambe.»

Victoria toccò le mammelle carnose della mucca e staccò le mani con un verso di disgusto. Poi provò di nuovo. Spremette due volte, molto in fretta, e poi si ritrasse guardando speranzosa nel secchio. Niente latte. «Ti prego, non rendere tutto così difficile» implorò.

Ripeté lo stesso procedimento per altre due volte, ma non successe nulla. Per la frustrazione tirò con troppa forza, tanto che la mucca si voltò e le rivolse uno sguardo infastidito. «Sto facendo la mia parte» disse Victoria, ricambiando lo sguardo. «Il minimo che potresti fare, sarebbe collaborare!»

Dietro di lei una voce maschile divertita la mise in guardia: «Se la guardate in quel modo, farete cagliare il latte».

Victoria sussultò e si girò sullo sgabello, buttando indietro i capelli. «Voi!» esclamò, arrossendo per la mortificazione. «Perché comparite sempre senza far rumore, spaventando la gente? Potreste almeno...»

«Bussare?» suggerì lui, con gli occhi che brillavano. Con un gesto deliberatamente lento, sollevò la mano e batté le nocche su una trave di legno. «Parlate sempre con gli animali?» chiese in tono amabile.

Victoria non era dell'umore giusto per essere presa in giro, e dalla luce negli occhi di lui si era accorta che era esattamente quello che stava facendo. Si alzò in piedi con fare altezzoso, si lisciò la gonna e fece per allontanarsi.

Lui allungò di colpo una mano e la prese per un braccio, senza farle male. «Non finite la mungitura?»

«Avete già visto che non ci riesco.»

«Perché no?»

Victoria sollevò il mento e lo guardò dritto negli occhi. «Perché non sono capace.»

Lui inarcò un sopracciglio. «Volete imparare?»

«No» disse Victoria, arrabbiata e umiliata. «Adesso, se volete togliermi la mano dal braccio...» Lo liberò senza aspettare il suo consenso «... cercherò di trovare un modo per guadagnarmi da vivere in questo posto.»

Sentì lo sguardo del marchese puntato su di sé mentre si allontanava, ma i suoi pensieri si spostarono su Willie. Vide il cane, acquattato nel bosco che la osservava. Un brivido le percorse la schiena, ma lo ignorò. Era appena stata umiliata da una mucca e si rifiutava categoricamente di fare la stessa fine con un cane.

Jason rimase a guardarla mentre se ne andava, poi si riscosse dall'immagine angelica della giovane intenta a mungere con il sole tra i capelli e tornò al lavoro che aveva abbandonato quando Northrup era corso nel suo studio per informarlo che la signorina Seaton era andata a mungere le mucche.

Seduto alla scrivania, guardò il suo segretario. «Dove eravamo rimasti, Benjamin?»

«Mi stavate dettando una lettera per il vostro collaboratore a Delhi, milord.»

Dopo il fallimento della mungitura, Victoria cercò il giardiniere calvo che le aveva indicato il fienile. Raggiunse l'uomo, che sembrava a capo di tutti, e chiese se poteva aiutare a piantare i bulbi che stavano sistemando in una grande aiuola circolare nel cortile principale.

«Fai il tuo dovere nel fienile e togliti di torno!» ruggì il giardiniere calvo.

Victoria si arrese. Senza preoccuparsi di spiegare che non aveva alcun compito da svolgere nel fienile, andò nella direzione opposta verso il retro della casa, sperando di potersi dedicare all'unica attività per cui era effettivamente qualificata: la cucina.

Il giardiniere capo la osservò, gettò a terra il grembiule e andò a cercare Northrup.

Inosservata, Victoria si infilò in cucina, dove otto addetti erano occupati a preparare un pranzo a base di stufato con verdure di stagione, pane croccante appena sfornato e una mezza dozzina di piatti di contorno. Scoraggiata dagli ultimi due tentativi falliti di rendersi utile, rimase a osservare fino a quando non fu del tutto certa di essere in grado di affrontare quel compito. Dopodiché si avvicinò al cuoco francese. «Vorrei aiutare» disse con fermezza.

«*Non!*» gridò lui, scambiandola evidentemente per una cameriera, col suo vestito nero privo di fronzoli. «Fuori! Fuori! Vai a occuparti delle tue faccende!»

Victoria era veramente stufa di essere trattata come un'inutile idiota. Con molta educazione, ma con fermezza, insisté: «Posso rendermi utile, e a giudicare dal modo in cui tutti corrono di qua e di là, è evidente che un paio di mani in più non guasterebbero».

Il cuoco parve sul punto di esplodere. «Non sei addestrata» tuonò. «Fuori! Quando André avrà bisogno d'aiuto, lo chiederà e ti istruirà a dovere!»

«Non c'è nulla di complicato nel fare uno stufato, monsieur» sottolineò Victoria, esasperata. Ignorando il volto paonazzo dell'uomo, furioso nel sentir sminuire la complessità dell'arte culinaria, continuò in tono squillante: «Tutto quello che c'è da fare è tagliare le verdure su questo piano...» picchiettò una mano sul tavolo di fianco a sé «e buttarle in quella pentola là». Indicò il fuoco.

Si udì uno strano suono strozzato, poi il cuoco si strappò di dosso il grembiule. «Ti farò buttare fuori da questa casa in cinque minuti!» tuonò mentre usciva in fretta dalla cucina.

Nel silenzio che si lasciò alle spalle, Victoria guardò i domestici con lei, che la fissavano orripilati. «Santo cielo, ragazza» disse una donna di mezza età con gentilezza, pulendosi le mani nel grembiule. «Cosa ti è venuto in mente di parlargli in quel modo? Ti farà cacciare.»

A parte la giovane cameriera di nome Ruth che si occupava della sua stanza, era la prima voce amichevole che Victoria sentiva da uno dei domestici della casa. Purtroppo era così avvilita per lo scompiglio che aveva creato, che le parole della donna la fecero scoppiare in lacrime.

«Non avevi torto sul fatto che sia facile fare uno stufato» proseguì l'altra, accarezzandole il braccio. «Chiunque di noi potrebbe lavorare senza André, ma Sua Signoria pretende il meglio... e André è il miglior cuoco di tutto il paese. Puoi anche andare a fare i bagagli, perché è praticamente certo che entro un'ora sarai fuori di qui.»

Victoria riuscì a malapena a trovare la voce per rassicurare la donna. «Io sono ospite della casa, non una domestica... pensavo che la signora Northrup ve l'avesse detto.»

La bocca della donna si spalancò. «No, signorina, non l'ha detto. I dipendenti non hanno il permesso di spettegolare, e la signora Northrup non lo farebbe mai, dal momento che è imparentata con il signor Northrup, il maggiordomo. Sapevo che avevamo un'ospite, ma...» I suoi occhi si soffermarono sull'abito nero, semplice e modesto, di Victoria, e la ragazza arrossì. «Posso prepararvi qualcosa da mangiare?»

Lei crollò le spalle per la frustrazione. «No, ma vorrei fare qualcosa per la mascella gonfia di O'Malley. È un cataplasma a base di ingredienti semplici, ma dovrebbe lenire il dolore per un dente infiammato.»

La donna, che disse di chiamarsi signora Craddock, le mostrò dove trovare gli ingredienti che le aveva chiesto e Victoria si mise al lavoro, aspettando da un momento all'altro l'arrivo di "Sua Signoria" in cucina, che l'avrebbe umiliata pubblicamente.

Jason aveva appena iniziato a dettare la lettera che aveva cominciato prima di scoprire che Victoria era andata nella stalla per mungere una mucca, quando Northrup bussò di nuovo alla porta del suo studio.

«Sì» scattò lui impaziente, appena il maggiordomo gli fu davanti. «Cosa c'è adesso?»

L'altro si schiarì la voce. «Si tratta di nuovo della signorina Seaton, milord. Lei... mmh... ha tentato di aiutare il giardiniere capo con i bulbi nelle aiuole. Lui l'ha presa per una domestica, ma ora che l'ho informato che non si tratta di una vostra dipendente, teme che siate insoddisfatto del suo lavoro e l'abbiate mandata per...»

La voce di Jason vibrò per l'irritazione. «Dite al giardiniere di tornare al lavoro, e poi chiedete alla signorina Seaton di stargli alla larga. E voi» aggiunse in tono cupo «state alla larga da me. Ho della corrispondenza da sbrigare.» Quindi si rivolse al magro e occhialuto segretario: «Dove eravamo rimasti, Benjamin?».

«La lettera per il vostro collaboratore a Delhi, milord.»

Jason aveva dettato solo due righe, quando si udì un frastuono fuori dalla sua porta e il cuoco fece irruzione nello studio, seguito da Northrup, che stava cercando di trascinarlo fuori. «O se ne va lei, o me ne vado io!» esclamò monsieur André, raggiungendo la scrivania di Jason. «Non intendo sopportare quella ragazzetta coi capelli rossi nella mia cucina!»

Con una calma pericolosa, Jason appoggiò la penna e puntò i suoi occhi verdi sul viso del cuoco. «Cos'avete detto?»

«Ho detto che non intendo...»

«Fuori» sibilò Jason a bassa voce.

Il cuoco impallidì. «*Oui*» rispose subito, iniziando a indietreggiare. «Tornerò in cuc...»

«Fuori da casa mia» chiarì Jason senza pietà «e dalla mia proprietà. Subito!» Alzandosi in piedi, superò il cuoco sudato e si diresse verso le cucine.

Al suono della sua voce tonante, tutti sussultarono e si girarono nella sua direzione. «Qualcuno di voi sa cucinare?» chiese, e Victoria dedusse che il cuoco si era licenziato a causa sua. Sconvolta, stava per fare un passo avanti, ma lo sguardo furioso di Jason la bloccò: di certo ci sarebbero state conseguenze nefaste se si fosse offerta come volontaria. «Volete dirmi che nessuno di voi sa cucinare?»

La signora Craddock esitò, poi fece un passo avanti. «Io sono capace, milord.»

Jason annuì brevemente. «Bene. Voi sarete a capo della cucina. In futuro vi pregherei di risparmiarmi quelle nauseabonde salse francesi che sono stato costretto a mangiare finora.» Rivolse il suo sguardo glaciale a Victoria. «Voi» ordinò in modo perentorio «state lontana dalla stalla, lasciate il giardinaggio ai giardinieri, e la cucina ai cuochi!»

Se ne andò e i domestici si voltarono verso di lei, guardandola con aria smarrita e grata allo stesso tempo. Troppo imbarazzata per incrociare i loro sguardi, Victoria chinò il capo e riprese a mescolare il cataplasma per il signor O'Malley.

«Mettiamoci al lavoro» disse la signora Craddock agli altri con voce decisa e allegra. «Dobbiamo dimostrare a Sua Signoria che siamo in grado di organizzarci bene anche senza che André ci gridi nelle orecchie e ci batta sulle nocche.»

Victoria sollevò di colpo la testa, guardando la signora Craddock con aria sorpresa.

«È un tiranno malvagio» le spiegò la donna. «E vi siamo estremamente riconoscenti per averci liberato di lui.»

A eccezione del giorno in cui erano morti i suoi genitori, Victoria non ricordava un'altra giornata peggiore di quella. Raccolse la ciotola che conteneva il miscuglio per alleviare il mal di denti e uscì.

Non trovando O'Malley, andò a cercare Northrup, che stava uscendo da una stanza piena di libri. Oltre la porta socchiusa, scorse Jason alla scrivania con una lettera in mano, occupato a parlare con un gentiluomo con gli occhiali seduto di fronte a lui.

Distratto ancora una volta dalle voci fuori dal suo studio, Jason buttò il foglio che stava leggendo sulla scrivania e si diresse alla porta, spalancandola. Non essendosi accorto di Victoria, che stava salendo le scale, chiese a Northrup: «E adesso cosa diavolo ha combinato?».

«Ha... ha fatto questo per il dente di O'Malley, milord.» disse Northrup con voce stridula accennando con il capo verso le scale.

Jason seguì il suo cenno e fissò lo sguardo sulla figura slanciata e tornita, fasciata nell'abito a lutto. «Victoria» la chiamò. La ragazza si voltò, pronta per una strigliata, ma lui parlò con voce calma e pacata, anche se non priva di autorità. «Non vestitevi più di nero. Non mi piace.»

«Mi dispiace molto che i miei vestiti vi offendano» replicò lei con dignità «ma sono in lutto per i miei genitori.»

Jason corrugò la fronte, ma si trattenne fino a quando Victoria non fu più a portata di orecchio. Poi disse a Northrup: «Mandate qualcuno a Londra a prenderle degli abiti decenti e togliete di mezzo quegli stracci neri».

Quando Charles scese per pranzo, Victoria, piuttosto depressa, si accomodò sulla sedia alla sua sinistra. «Signore, ragazza, cosa succede? Sei pallida come un fantasma.»

Lei gli confessò le proprie follie mattutine e il duca rimase in ascolto, con le labbra che fremevano per il divertimento. «Eccellente! Eccellente!» disse alla fine e, con suo grande stupore, scoppiò a ridere. «Continua a sconvolgere la vita di Jason, mia cara. È esattamente ciò di cui ha bisogno. In superficie può anche sembrare freddo e duro, ma è soltanto una maschera. La donna giusta potrebbe andare oltre e scoprire la sua infinita dolcezza. E a quel punto lui la renderà molto felice. Tra le altre cose, è un uomo estremamente generoso...» Inarcò le sopracciglia, lasciando quella frase a metà, e Victoria s'irrigidì sotto il suo sguardo, chiedendosi se Charles stesse accarezzando l'idea che quella donna potesse essere lei.

Era assolutamente convinta che in Jason Fielding non ci fosse alcuna dolcezza e inoltre voleva avere a che fare con lui il meno possibile. Ma invece di dirlo a zio Charles, cambiò strategicamente argomento. «Nelle prossime settimane dovrei ricevere notizie da parte di Andrew.»

«Ah, sì... Andrew» disse lui, facendosi scuro in volto.

7

Il giorno seguente Charles la portò a fare un giro in carrozza nel villaggio vicino, e anche se l'uscita la riempì di nostalgia per la sua vecchia casa, fu estremamente piacevole. Si vedevano fiori ovunque: in vasi e giardini dove c'era chi se ne prendeva cura, o selvatici sulle colline e i prati, accuditi soltanto da madre natura. Il villaggio, con le casette ordinate e le strade di ciottoli, era molto gradevole e Victoria se ne innamorò.

Ogni volta che uscivano da uno dei negozietti lungo la strada, qualcuno si fermava e si toglieva il cappello. Chiamavano Charles "Vostra Grazia", e anche se Victoria aveva intuito che lui non avrebbe saputo dire i loro nomi, li trattava con gentilezza priva di affettazione, senza curarsi della loro posizione sociale.

Quando rientrarono a Wakefield Park, la giovane si sentiva molto più ottimista sulla sua nuova vita e iniziò a sperare di poter conoscere meglio la gente del villaggio.

Per evitare di mettersi nuovamente nei guai, per il resto della giornata limitò le sue attività alla lettura nella sua stanza e a un paio di passeggiate fino al mucchio di rifiuti, dove cercò senza successo di convincere Willie ad avvicinarsi di più a lei per prendere il cibo.

Prima di cena si sdraiò e si addormentò, cullata dal pensiero confortante che per evitare altri scontri con Jason Fielding, sarebbe bastato stargli alla larga, come aveva fatto quel giorno.

Si sbagliava. Quando si svegliò, Ruth stava infilando una serie di abiti color pastello nel suo guardaroba. «Quelli non sono miei, Ruth» disse Victoria in tono assonnato, accigliandosi mentre scendeva dal letto.

«Invece sì, signorina!» esclamò la cameriera con entusiasmo. «Sua Signoria li ha fatti acquistare a Londra appositamente per voi.»

«Ti prego di informarlo che non li indosserò» rispose Victoria con educata determinazione.

Ruth si portò le mani alla gola. «Oh, no, signorina, non posso farlo. Davvero, non ce la faccio!»

«Be', lo farò io!» decise lei dirigendosi verso l'altro armadio per prendere i suoi vestiti.

«Non ci sono più» dichiarò Ruth mesta. «Li... li ho portati via io. Gli ordini di Sua Signoria...»

«Capisco» disse Victoria gentilmente, anche se dentro di sé si sentiva ribollire per la rabbia.

La cameriera si sfregò le mani con gli occhioni chiari pieni di speranza. «Signorina, Sua Signoria ha detto che potrei assumere l'incarico di vostra cameriera personale, se sarò in grado di farlo bene.»

«Non mi serve una cameriera, Ruth.»

La ragazza abbassò le spalle. «Sarebbe molto meglio di quello che faccio ora...»

Victoria non poté resistere di fronte a quell'espressione implorante. «Allora va bene» sospirò, sforzandosi di sorridere. «Di cosa si occupa una "cameriera personale"?»

«Be', vi aiuterei a vestirvi, assicurandomi che i vostri abiti siano sempre puliti e stirati. E vi acconcerei i capelli. Posso? Sono così belli, e mia madre diceva sempre che ero brava a sistemare i capelli.»

Victoria acconsentì, non perché le interessasse avere una

pettinatura particolare, ma perché aveva bisogno di tempo per calmarsi prima di affrontare Jason Fielding. Un'ora dopo, vestita con un abito lungo di seta color pesca dalle ampie maniche a sbuffo, ornate con nastri dello stesso colore, Victoria si diede un'occhiata nello specchio in silenzio. I folti capelli ramati erano intrecciati intorno alla testa con nastrini di seta color pesca, le guance erano accese dalla rabbia e i brillanti occhi color zaffiro luccicavano per il risentimento e l'imbarazzo.

Non aveva mai visto, né immaginato, un abito sfarzoso come quello che indossava, con il corpetto scollato e aderente che le sollevava i seni e lasciava scoperta un'audace porzione di carne. E non aveva mai provato così poco piacere nel rimirare il proprio aspetto, sentendosi costretta a mostrare quella mancanza di riguardo nei confronti dei genitori defunti.

«Oh, signorina» disse Ruth, battendo le mani soddisfatta. «Siete così bella che Sua Signoria non crederà ai propri occhi quando vi vedrà.»

La previsione di Ruth si avverò, ma Victoria era troppo furiosa per compiacersi dell'espressione turbata di Jason quando lei fece il suo ingresso in sala da pranzo.

«Buonasera, zio Charles» disse, premendo la guancia sulla sua, mentre Jason si alzava in piedi. Si voltò con fare ribelle verso di lui restando in silenzio sotto il suo sguardo indagatore, che dai riccioli ramati scese al corpetto provocante, percorrendola tutta fino alla punta delle raffinate scarpette di seta. Victoria era abituata agli sguardi ammirati dei gentiluomini, ma non c'era nulla di gentile nel modo insolente in cui Jason la stava scrutando. «Avete finito?» chiese seccata.

Lui alzò gli occhi senza fretta e un sorriso obliquo gli curvò le labbra quando sentì l'irritazione nella voce di lei. Fece un passo in avanti e Victoria si spostò automaticamente all'indietro, prima di rendersi conto che intendeva soltanto scostarle la sedia.

«Vi ho fatto un altro terribile sgarbo? Come dimenticare di bussare?» le domandò in tono basso e ironico, con le labbra accostate in modo indecente alla sua guancia, mentre lei si sedeva. «In America non è abitudine che l'uomo faccia accomodare una signora?»

Victoria allontanò il viso. «Mi state facendo accomodare, o cercate di mangiarmi l'orecchio?»

«Potrei farlo» replicò lui. «Se la nuova cuoca ci offrirà una pessima cena.» Guardò Charles, tornando al suo posto. «Ho licenziato quel francese» spiegò.

Victoria provò un momentaneo senso di colpa, ma era così arrabbiata con Jason per via dei vestiti, che nemmeno il rimorso riuscì a sopraffare la sua irritazione. Decisa ad affrontare quell'argomento con lui in privato, concentrò la conversazione su Charles; ma nel corso della cena iniziò a provare un certo disagio, nel percepire lo sguardo di Jason Fielding che la studiava dall'altra parte del tavolo.

Jason si portò il bicchiere di vino alle labbra, osservandola. Era furiosa con lui per averle sottratto quegli stracci neri, e moriva dalla voglia di fargli una scenata, si capiva dai lampi che le scorrevano negli occhi.

Victoria era una vera bellezza, piena di dignità e carattere, considerò spassionatamente. Sulle prime gli era sembrata una ragazzina, e non si aspettava di trovarla così quella sera, solo per aver gettato via quei brutti abiti neri. Forse il suo odio per il lutto gli aveva impedito di vederla finora. In ogni caso non aveva dubbi che Victoria Seaton avesse affascinato i ragazzi del suo paese. E di certo avrebbe conquistato anche i giovani inglesi. I giovani e gli uomini più adulti, si corresse.

Ma proprio lì stava il problema: nonostante le curve voluttuose e il viso seducente, Jason si stava convincendo rapidamente che fosse davvero priva di esperienza e innocente come sosteneva Charles. Un'innocente della quale lui in quel momento era involontariamente responsabile. L'immagine di se stesso come fiero guardiano della virtù di una giovinetta era così spassosa che per poco non scoppiò a ridere, eppure era quello il ruolo che sarebbe stato costretto a sostenere. Chiunque lo conoscesse l'avrebbe trovato altrettanto ridicolo, considerando la sua fama con le donne.

O'Malley versò altro vino nei bicchieri, e Jason lo bevve mentre rifletteva sul modo più semplice per togliersela di torno, allo scopo di garantire la sua sicurezza. Più considerava la questione, più si convinceva che avrebbe dovuto offrirle la stagione in società a Londra che Charles era tanto ansioso di procurarle.

Bella com'era, non sarebbe stato difficile farla debuttare con successo. E con l'attrattiva aggiunta di una piccola dote procurata da lui, sarebbe stato facile trovarle un marito adatto tra i damerini londinesi. D'altronde, se lei era veramente convinta che il suo Andrew sarebbe venuto a prenderla, avrebbe potuto insistere per aspettare mesi, persino anni, prima di accettare un altro uomo, e quella possibilità non piaceva affatto a Jason.

Con quel piano in mente, aspettò una pausa nella conversazione e si rivolse a lei con noncuranza. «Charles mi dice che siete praticamente fidanzata con... mmh... Anson? Albert?»

Victoria si voltò di scatto. «Andrew» rispose.

«Che tipo è?» la incitò Jason.

Un sorriso appassionato si disegnò sul viso di Victoria. «È gentile, affascinante, intelligente, dolce, premuroso...»

«Penso di essermi fatto un'idea» la interruppe Jason bruscamente. «Ascoltate il mio consiglio e dimenticatevi di lui.»

Reprimendo l'istinto di lanciargli qualcosa addosso, Victoria domandò: «Per quale motivo?».

«Non è l'uomo per voi. In quattro giorni avete messo a soqquadro la mia casa. Credete di poter resistere con un rustico campagnolo che vi farà condurre una vita tranquilla e organizzata? Farete meglio a dimenticarlo e a sfruttare al meglio la vostra occasione qui.»

«Prima di tutto...» esordì Victoria, ma Jason la interruppe.

«Ovviamente c'è anche la possibilità che se voi non dimenticherete Albert, sia Albert a dimenticarsi di voi. Non conoscete il detto: "Lontano dagli occhi, lontano dal cuore"?»

Mantenendo la calma con uno sforzo sovrumano, Victoria serrò i denti e non disse nulla.

«Non avete niente da ridire?» la stuzzicò Jason, ammirando i suoi occhi incupiti dalla rabbia.

Victoria sollevò il mento. «Nel mio paese, signor Fielding, litigare a tavola è considerato una maleducazione.»

Quel rimprovero velato lo divertì. «Peccato per voi» replicò piano.

Charles si appoggiò allo schienale della sedia con un sorriso affettuoso sulle labbra, mentre guardava il figlio discutere con la bella ragazza che gli ricordava tanto sua madre. Erano perfetti l'uno per l'altra, stabilì. Victoria non era in soggezione davanti a Jason. Il suo spirito e il suo calore l'avrebbero ingentilito, trasformandolo nel marito ideale di ogni ragazza. Si sarebbero resi felici l'un l'altra e lei avrebbe dato un figlio a Jason.

Pieno di gioia e soddisfazione, Charles immaginò quel bambino. Dopo tutti quegli anni di vuoto e disperazione, lui e Katherine avrebbero avuto dei nipoti in comune. Jason e Victoria per ora non andavano molto d'accordo, ma c'era da aspettarselo. Jason era un uomo duro, amareggiato dalla vita. Victoria però possedeva il coraggio di Katherine, la sua gentilezza e la sua passione. E Katherine a lui aveva cambiato la vita. Gli aveva insegnato cosa significasse amare. E perdere qualcuno. La sua mente tornò agli eventi del passato che lo avevano condotto fino a quella sera fatidica…

All'età di ventidue anni, Charles aveva già fama di libertino e giocatore d'azzardo. Non aveva responsabilità né vincoli, e assolutamente nessuna prospettiva, perché suo fratello maggiore aveva già ereditato il titolo di duca e tutto ciò che lo accompagnava... Tutto, tranne il denaro, perché per quattrocento anni gli uomini della famiglia Fielding avevano dimostrato una forte propensione per qualsiasi vizio costoso. Charles infatti non era peggiore di suo padre, né questi era peggiore di chi lo aveva preceduto. Il fratello minore di Charles era l'unico Fielding ad aver mostrato inclinazioni opposte, ma l'aveva fatto con il tipico atteggiamento eccessivo dei suoi familiari, decidendo di partire come missionario per l'India.

Approssimativamente nello stesso periodo, l'amante francese di Charles gli aveva annunciato di essere incinta. Quando lui le aveva offerto del denaro al posto del matrimonio, lei era scoppiata a piangere e lo aveva insultato, ma senza ottenere nulla. Alla fine l'aveva lasciato. Una settimana dopo la nascita di Jason, era tornata da Charles e, senza tante cerimonie, gli aveva messo in braccio il bambino ed era sparita. Lui non aveva alcun desiderio di occuparsi del figlio, ma non aveva avuto il coraggio di abbandonarlo in un orfanotrofio. In un momento di ispirazione, aveva avuto l'idea di affidare Jason al fratello minore e alla sua brutta moglie, che stavano per partire per l'India "per convertire i pagani".

Senza esitazione, aveva consegnato il bambino alla coppia timorata di Dio, religiosa e senza figli, insieme a quasi tutto il denaro che possedeva, e si era lavato le mani dell'intero problema.

Fino a quel momento era riuscito a mantenersi abbastanza bene con il gioco d'azzardo, ma la fortuna capricciosa, che era sempre stata dalla sua parte, a un certo punto lo abbandonò. A trentatré anni, Charles fu costretto a confrontarsi col fatto di non essere più in grado di mantenere uno standard di vita adeguato alla sua posizione sociale soltanto grazie a ciò che guadagnava al tavolo da gioco. Il suo problema era diffuso tra i figli minori delle famiglie nobili, e Charles lo risolse nel modo più comune: decise di offrire il suo illustre nome in cambio di una ricca dote. Con assoluta indifferenza, fece una proposta di matrimonio alla figlia di un ricco mercante, una giovane donna dotata di molto denaro, un po' di bellezza e scarsa intelligenza.

La ragazza e il padre accettarono con entusiasmo l'accordo e il fratello maggiore di Charles, il duca, acconsentì persino a dare una festa per celebrare le future nozze.

Fu in quell'occasione propizia che Charles incontrò di nuovo la lontana cugina Katherine Langston, la nipote diciottenne della duchessa di Claremont. L'ultima volta che l'aveva vista era stato in occasione di una delle rare visite al fratello a Wakefield: Katherine allora era una bimba di dieci anni, che passava l'estate in una proprietà vicina. Per due settimane intere l'aveva seguito quasi dappertutto, guardandolo con i suoi occhioni azzurri adoranti. Allora gli era sembrata una bambina incantevole, con un sorriso angelico e molto più carattere di tante ragazze col doppio dei suoi anni.

Ora era cresciuta e si era trasformata in una giovane donna di straordinaria bellezza, e Charles non riusciva a staccarle gli occhi di dosso.

Con apparente impassibilità, studiò la sua figura affascinante, i tratti perfetti e i meravigliosi capelli ramati; se ne stava in fondo alla stanza affollata con aria serena ed eterea. Poi la raggiunse con un bicchiere di madera in mano e si appoggiò alla cappa del camino con disinvoltura, ammirandola in tutta la sua bellezza. Si aspettava di sentirla protestare di fronte a tanta sfrontatezza, ma Katherine non disse nulla. Non arrossì per i suoi modi espliciti né si allontanò da lui. Si limitò a inclinare il capo da una parte come se stesse aspettando che lui finisse.

«Buonasera, Katherine» disse lui infine.

«Buonasera, Charles» rispose lei, con voce calma e pacata.

«Trovate anche voi che questa festa sia terribilmente noiosa, mia cara?» le chiese, sorpreso per la sua compostezza.

Invece di balbettare qualche sciocchezza su quanto invece fosse piacevole la serata, Katherine alzò i suoi sconvolgenti occhi azzurri su di lui e rispose tranquillamente: «È il preludio appropriato per un matrimonio basato su fredde ragioni finanziarie, e nient'altro».

Il suo sfacciato candore lo sorprese, ma non quanto lo strano sguardo accusatorio che le incupì gli occhi azzurri prima che si voltasse per andarsene. Senza riflettere, Charles allungò una mano per fermarla. Il contatto con il suo braccio scoperto gli suscitò una scossa in tutto il corpo, una scossa che anche Katherine doveva aver provato, perché s'irrigidì. Invece di tirarla verso di sé, Charles la guidò fino alla terrazza. Al chiaro di luna, la fece voltare e, dal momento che le sue accuse erano state pungenti, le si rivolse in tono severo. «È presuntuoso da parte vostra pensare che l'unica motivazione a spingermi a sposare Amelia sia il denaro. Ci sono altre ragioni per sposarsi.»

Quegli sconvolgenti occhi azzurri tornarono a fissarlo. «Non per la gente come noi» lo contraddisse con calma. «Noi ci sposiamo per aumentare la ricchezza e il potere della nostra famiglia, o innalzarne la posizione sociale. Nel vostro caso, vi sposate per migliorare la vostra condizione economica.»

Era evidente che Charles stesse barattando le proprie origini aristocratiche per procurarsi denaro, e anche se si trattava di una pratica comunemente accettata, quelle parole lo avvilirono. «E voi?» la provocò. «Non vi sposereste per una di queste ragioni?»

«No» rispose lei piano. «Io no. Mi sposerò quando amerò qualcuno e il mio amore sarà ricambiato. Non farò un matrimonio come quello dei miei genitori. Voglio di più dalla vita e ho molto di più da offrire.»

Quelle parole, pronunciate senza aggressività, contenevano tanta determinazione che Charles per un po' si limitò a fissarla. «Vostra nonna non sarà contenta se vi sposerete per amore e non per la posizione sociale, mia cara» osservò infine. «Si dice in giro che desideri un'alleanza con i Winston e che intenda usare voi a questo scopo.»

Katherine sorrise per la prima volta. Un sorriso lento e incantevole che le illuminò il volto e fece sciogliere le membra di Charles. «Io e mia nonna» disse «abbiamo discusso a lungo su questo argomento, ma sono decisa quanto lei a fare di testa mia.»

Era così bella, fresca e incontaminata, che l'armatura di cinismo dietro la quale Charles si era trincerato per trent'anni iniziò a dissolversi, lasciandolo improvvisamente nudo e vuoto. Senza realizzare quello che stava facendo, sollevò una mano e tracciò una leggera linea con la punta delle dita sulla guancia di lei. «Spero che l'uomo che amerete sia alla vostra altezza» disse con tenerezza.

Per un istante infinito, Katherine scrutò i suoi lineamenti, come se riuscisse a leggere al di là del suo viso, nel suo animo stanco e disilluso. «Bisognerà vedere se sarò *io* alla *sua* altezza» sussurrò piano. «Sapete, lui ha un bisogno disperato di me, anche se soltanto adesso se ne sta rendendo conto.»

Dopo un istante, il significato di quelle parole lo colpì, e Charles si sentì pronunciare il nome di lei con il gemito di un uomo che ha finalmente trovato ciò che cercava da tutta la vita: una donna che potesse amarlo per ciò che era, e ciò che lui stesso voleva diventare. E Katherine non aveva altre ragioni per desiderarlo o amarlo. Era di origini nobili quanto lui, con legami in società molto migliori e una ricchezza oltremodo più cospicua.

Charles la guardò, cercando di negare i propri sentimenti. Era una follia, disse a se stesso. La conosceva appena. Non era un giovane illuso, convinto che uomini e donne adulti potessero innamorarsi a prima vista. Fino a quel momento non aveva mai nemmeno creduto nell'amore. Ma adesso ci credeva, perché desiderava che quella bella ragazza, intelligente e idealista, amasse lui e soltanto lui. Per la prima volta nella vita, aveva trovato qualcosa di raro e incontaminato, ed era determinato a sposare Katherine e renderla felice, proteggendola dal cinismo che sembrava consumare tutti quelli che appartenevano alla loro classe sociale.

La prospettiva di rompere il fidanzamento con Amelia non turbava la sua coscienza, perché non si faceva alcuna illusione sulle ragioni che l'avevano spinta ad accettare di sposarlo. Era attratta da lui, lo sapeva, ma lo sposava perché suo padre voleva imparentarsi con l'aristocrazia.

Per due meravigliose settimane, lui e Katherine riuscirono a tenere segreto il loro amore; due settimane di attimi rubati, tranquille passeggiate in campagna, risate e sogni sul futuro.

Alla fine di quel periodo, Charles non poté più rimandare il necessario incontro con la duchessa di Claremont. Voleva sposare Katherine.

Era preparato alle obiezioni della duchessa, perché anche se la sua famiglia era antica e nobile, lui era il figlio minore senza titolo. Tuttavia matrimoni del genere erano frequenti e si era aspettato di sentirla addurre qualche scusa per poi capitolare, perché Katherine desiderava quell'unione quanto lui. Non si era certo aspettato che la donna andasse su tutte le furie, né che gli desse dell'"opportunista dissoluto" e del "degenerato". Non credeva che avrebbe scomodato i suoi antenati e il loro comportamento promiscuo, definendoli "tutti folli e irresponsabili".

Ma soprattutto non si era aspettato che la duchessa minacciasse di diseredare e lasciare senza un soldo Katherine, se l'avesse sposato. Ma quando uscì da quella casa, Charles era sicuro che la donna avrebbe agito esattamente come aveva minacciato. Passò la notte in preda alla rabbia e alla disperazione. Il mattino seguente sapeva che non avrebbe potuto sposare Katherine, perché pur essendo intenzionato a cercare di guadagnarsi da vivere onestamente con le proprie mani, se necessario, non avrebbe potuto sopportare di vedere la sua bella e dignitosa Katherine sminuita a causa propria. Non avrebbe permesso che la tagliassero fuori dalla famiglia e che fosse bandita pubblicamente dalla società.

Anche se era certo che sarebbe stato in grado di provvedere a lei, non voleva che Katherine diventasse una donna di casa qualunque. Era giovane e idealista e innamorata di lui, ma era anche abituata a bei vestiti e domestici che provvedevano a ogni sua necessità. Se lui avesse dovuto lavorare per mantenerli, non sarebbe riuscito a procurarle tutto ciò. Katherine non aveva mai lavato un piatto, spazzato un pavimento o stirato una camicia, e lui non voleva che si riducesse a fare cose simili solo per essere stata così folle da innamorarsi di lui.

Quando finalmente riuscì a organizzare un breve incontro clandestino con lei, il giorno seguente, Charles le comunicò la propria decisione. Katherine gli disse che non le importava in alcun modo di fare la bella vita e lo implorò di andare con lei in America, dove si diceva che chiunque fosse in grado di vivere decentemente, se solo era disposto a lavorare.

Incapace di sopportare le lacrime e la sofferenza di lei, Charles le rispose in modo brusco che le sue idee erano assurde e che non sarebbe mai sopravvissuta in America. Lei lo guardò come se fosse un vigliacco e poi lo accusò di essere interessato soltanto alla sua dote e non a lei, esattamente come le aveva detto sua nonna.

Per Charles, che stava sacrificando senza egoismo la propria felicità per lei, quelle accuse furono come una pugnalata. «Credilo pure» le rispose, voltandole le spalle prima di perdere la determinazione e scappare con lei quel giorno stesso. Si diresse verso la porta, ma non poteva tollerare il pensiero che lei fosse convinta che gli importasse solo del suo denaro. «Katherine» aggiunse, fermandosi senza voltarsi. «Ti prego di non pensare una cosa simile di me.»

«Non lo penso» sussurrò lei con voce rotta. E non credeva nemmeno che lui avrebbe messo fine al loro tormentato desiderio reciproco sposando Amelia la settimana successiva. Ma fu esattamente ciò che Charles fece. Fu il suo primo gesto privo di qualsiasi egoismo.

Katherine partecipò alle nozze con la nonna, e Charles non poté mai dimenticare l'accusa che le lesse negli occhi nel momento in cui lui legò la sua vita a quella di un'altra donna.

Due mesi dopo lei sposò un medico irlandese e partì con lui per l'America. Lo fece, Charles lo sapeva, perché era furiosa con la nonna e perché non poteva sopportare di restare in Inghilterra, vicino a lui e alla sua nuova moglie. E lo fece per dimostrargli, nell'unico modo che conosceva, che il suo amore per lui avrebbe potuto resistere a tutto, persino alla vita in America.

Quello stesso anno il fratello maggiore di Charles restò ucciso in un duello fra ubriachi e lui ereditò il ducato. Insieme al titolo non ottenne un ricco patrimonio, ma quanto sarebbe bastato per mantenere Katherine negli agi. Solo che Katherine era partita. Lui non aveva creduto che il suo amore fosse abbastanza forte da superare qualche difficoltà. A Charles non importava dell'eredità; non gli importava più di nulla.

Di lì a poco, il fratello missionario morì in India, e dopo sedici anni di matrimonio venne a mancare Amelia, sua moglie.

La notte del funerale di Amelia Charles si ubriacò, come gli capitava spesso in quel periodo, ma quella notte in particolare, mentre era seduto nella cupa solitudine della sua casa, fece un nuovo pensiero: un giorno anche lui sarebbe morto. E a quel punto le proprietà del ducato non sarebbero più state dei Fielding. Perché lui non aveva eredi.

Per sedici anni Charles aveva vissuto in uno strano limbo, ma in quella fatidica notte, contemplando la propria vita insignificante, qualcosa aveva iniziato a montargli dentro. All'inizio era soltanto una vaga inquietudine, poi si trasformò in risentimento e lentamente, molto lentamente, divenne furia. Aveva perso Katherine. Aveva perso sedici anni della sua vita.

Aveva sopportato una moglie insulsa, un matrimonio privo d'amore e adesso sarebbe morto senza eredi. Per la prima volta in quattrocento anni, i Fielding rischiavano di perdere il titolo ducale, e Charles di colpo era determinato a non gettarlo via come aveva buttato il resto della sua vita.

I Fielding non erano stati una famiglia particolarmente onorevole o valorosa, ma il titolo apparteneva a loro e lui aveva intenzione di fare in modo che restasse così.

A questo scopo gli serviva un erede, il che significava che avrebbe dovuto sposarsi di nuovo. Ma dopo tutte le prodezze sessuali compiute in gioventù, l'idea di stare sopra una donna per generare un erede in quel momento gli appariva più stancante che eccitante. Pensò a tutte le belle ragazze che si era portato a letto molti anni prima... l'affascinante ballerina francese che era stata sua amante e si era presentata con un bastardo...

Per la gioia balzò in piedi. Non aveva bisogno di sposarsi di nuovo, perché aveva già un erede! Aveva Jason. Charles non era sicuro che le leggi sulla successione avrebbero permesso di trasmettere il titolo di duca a un figlio illegittimo, ma in questo caso non faceva alcuna differenza. Jason era un Fielding, e le poche persone che sapevano della sua esistenza in India credevano che fosse il figlio legittimo del fratello minore di Charles. In fondo, il vecchio re Carlo aveva ripartito un ducato tra tre dei suoi figli illegittimi, e adesso lui, Charles Fielding, duca di Atherton, ne avrebbe seguito l'esempio.

Il giorno seguente assunse degli investigatori per svolgere ricerche, ma ci vollero due anni prima che uno di loro finalmente gli portasse delle informazioni dettagliate. Non si sapeva più nulla di sua cognata, ma Jason era stato rintracciato a Delhi, dove aveva fatto fortuna con le spedizioni e il commercio. Il rapporto comprendeva l'indirizzo attuale del giovane e tutte le informazioni che l'investigatore aveva raccolto sul suo passato.

L'esultanza orgogliosa per i successi finanziari del figlio lasciò il posto all'orrore e poi a un disgusto furibondo, quando apprese dell'ignobile trattamento inflitto da sua cognata al bambino innocente che le era stato affidato. Terminata la lettura vomitò.

Ancora più determinato a fare di Jason il suo legittimo erede, Charles gli spedì una lettera, chiedendogli di tornare in Inghilterra.

Non ricevendo risposta, con una risolutezza sopita da tempo nel suo carattere, Charles partì per Delhi. Era pieno di rimorsi inesplicabili e deciso a recuperare il tempo perduto. Al primo incontro constatò coi propri occhi ciò che gli aveva già detto l'investigatore: Jason si era sposato, aveva un figlio e viveva come un re. Il giovane mise subito in chiaro che non voleva avere niente a che fare con lui o con l'eredità che stava cercando di offrirgli. Charles rimase in India per mesi, e riuscì lentamente a convincere il figlio freddo e reticente di non aver mai avuto idea dei terribili abusi che Jason aveva subito da bambino. Ma non riuscì a persuaderlo a tornare in Inghilterra come suo erede.

La sua bella moglie, Melissa, era affascinata dall'idea di andare a Londra come marchesa di Wakefield, ma né i suoi capricci né le suppliche di Charles sortivano il minimo effetto su Jason. A lui non importava nulla dei titoli nobiliari e non provava alcuna compassione per la sorte del ducato dei Fielding.

Charles si era quasi arreso quando trovò l'argomentazione perfetta. Una sera, guardando Jason giocare con il figlioletto, si rese conto che c'era un'unica persona per cui Jason avrebbe fatto qualsiasi cosa: Jamie. Così cambiò strategia. Invece di cercare di convincere il figlio dei vantaggi che avrebbe avuto nel tornare in Inghilterra, gli fece notare che rifiutando l'eredità dei Fielding stava negando al piccolo Jamie i suoi diritti di nascita. Il titolo, e tutto ciò che comportava, sarebbero passati a Jamie.

Funzionò.

Jason nominò un uomo di fiducia che si sarebbe occupato

dei suoi affari a Delhi e si trasferì con la famiglia in Inghilterra. Con l'intenzione di costruire un "impero" per suo figlio, spese un'enorme quantità di denaro per ristrutturare le proprietà del ducato in rovina, portandole a uno splendore superiore a quello di un tempo.

Mentre Jason era occupato a seguire i lavori di ristrutturazione, Melissa era corsa a Londra per prendere il proprio posto in società come marchesa di Wakefield. Nel giro di un anno in tutta la città si erano diffusi i pettegolezzi sulle sue avventure amorose. Pochi mesi dopo lei e il bambino erano morti...

Charles si riscosse dai propri tristi ricordi e alzò lo sguardo mentre i servitori sparecchiavano la tavola. «Vogliamo abbandonare la tradizione stasera?» suggerì a Victoria. «Invece di lasciare che gli uomini si dilunghino a tavola per bere porto e fumare sigari, ti dispiacerebbe se ci unissimo a te in salotto? Non vorrei rinunciare alla tua compagnia.»

Victoria non conosceva quell'usanza, ma in ogni caso rispose che non aveva alcun problema a trasgredirla. Quando stava per entrare nel salotto rosa e oro, tuttavia, Charles la prese da parte e le sussurrò: «Ho notato che hai sospeso il lutto in anticipo, mia cara. Se si tratta di una tua decisione, l'approvo; tua madre odiava il nero. Me lo disse una volta che vide una bambina costretta a indossarlo per i suoi genitori». Il suo sguardo penetrante la studiò. «Hai deciso tu, Victoria?»

«No» ammise lei. «Oggi lord Fielding ha fatto togliere i miei vestiti dall'armadio e li ha fatti sostituire con questi.»

Il duca annuì con aria saggia. «Jason ha un'avversione per i simboli del lutto, e a giudicare dalle occhiate che gli hai lanciato questa sera a cena, non sei contenta di ciò che ha ordinato. Dovresti parlargliene» suggerì. «Non farti intimidire da lui, bambina; non sopporta i codardi.»

«Ma non voglio turbarvi» disse Victoria preoccupata. «Avete detto che il vostro cuore non è forte.»

«Non preoccuparti per me» rispose lui ridendo. «Il mio cuore è un po' debole, ma non tanto da non poter reggere un po' di eccitazione. Anzi, potrebbe farmi molto bene. La vita era terribilmente noiosa prima del tuo arrivo.»

Quando Jason si sedette per gustare il porto e il sigaro, Victoria provò a fare ciò che le aveva consigliato Charles, ma ogni volta che guardava Jason e cercava di affrontare la questione dei vestiti il coraggio le mancava. Quella sera lui portava pantaloni impeccabili grigio scuro con una giacca abbinata e un gilet blu sopra la camicia di seta grigio perla. Nonostante gli abiti raffinati e il modo disinvolto in cui sedeva, con le gambe allungate davanti a sé, trasmetteva un senso di potere smisurato. C'era qualcosa di primitivo e temibile in lui, e Victoria aveva la sensazione che l'abbigliamento elegante e il fare indolente non fossero altro che un travestimento per ingannare gli sprovveduti e far credere loro che fosse una persona civilizzata, mentre non lo era affatto.

Si spostò leggermente e Victoria gli lanciò un'altra occhiata. La testa scura era reclinata all'indietro, il sigaro stretto tra i denti bianchi, le mani appoggiate sui braccioli della poltroncina e il viso abbronzato nascosto nell'ombra. Un brivido le corse giù per la schiena, mentre si chiedeva quali oscuri segreti si celassero nel suo passato. Di certo dovevano essercene molti per averlo reso così cinico e inavvicinabile. Sembrava il tipo d'uomo che aveva visto e fatto ogni cosa terribile e proibita. Ma era attraente in modo pericoloso, con quei capelli neri come il manto di una pantera, gli occhi verdi e il corpo superbo. Victoria non poteva negarlo, e se non fosse stata in soggezione, le sarebbe piaciuto parlare con lui. Che tentazione l'idea di entrare in confidenza con lui... Allettante come il peccato, ammise, come farsi amico il diavolo in persona. E probabilmente altrettanto rischioso.

Victoria fece un respiro profondo, preparandosi a chiedere educatamente che le fossero restituiti i vestiti a lutto, ma proprio in quel momento comparve Northrup, annunciando l'arrivo della signora e della signorina Kirby.

Victoria vide Jason irrigidirsi e lanciare un'occhiata sardonica a Charles, che rispose alzando le spalle con aria confusa. «Mandatele via...» iniziò, ma era troppo tardi.

«Non è necessario annunciarci, Northrup» disse una voce decisa, e una donna robusta si infilò nel salotto, seguita da una scia di seta gialla, un intenso profumo e un'adorabile brunetta dell'età di Victoria. «Charles!» esclamò lady Kirby, illuminandosi. «Ho sentito che oggi siete stato al villaggio con la giovane signorina Seaton, e naturalmente sono dovuta venire a conoscerla di persona.» Fermandosi appena per riprendere fiato, si voltò verso Victoria e disse raggiante: «Voi dovete essere la signorina Seaton». Fece una pausa, e strinse gli occhi per studiarne ogni tratto del volto, come se stesse cercando di individuare dei difetti, pensò Victoria. Ne trovò uno. «Che fossetta intrigante sul mento, mia cara. Com'è successo? Un incidente?»

«Sono nata così» asserì Victoria sorridendo, troppo affascinata da quella donna così particolare per offendersi. Stava iniziando a domandarsi se l'Inghilterra fosse popolata solo da gente strana e sfacciata, cui si perdonava ogni atteggiamento eccentrico a causa dei titoli nobiliari e della ricchezza.

«Che sfortuna» disse lady Kirby. «Vi dà fastidio? Fa male?»

Le labbra di Victoria fremettero in una risata. «Solo quando mi guardo allo specchio, signora» rispose.

Non paga, lady Kirby si rivolse a Jason, che si era alzato ed era in piedi di fianco al caminetto, con un gomito appoggiato alla mensola. «Allora, Wakefield» disse «da quanto posso vedere, l'annuncio sul giornale sembra corretto. Vi dirò la verità... non ci ho mai creduto. Dunque, è così?»

Jason sollevò le sopracciglia. «Così come?»

La voce di Charles s'impose sulle parole di lady Kirby. «Northrup, portate da bere alle signore!» Tutti si sedettero, la signorina Kirby prese la sedia di fianco a Jason, mentre il duca s'imbarcò subito in un'animata disquisizione sul tempo. Lady Kirby rimase ad ascoltarlo fino a quando lui non trovò più nulla da dire; poi si voltò di colpo verso Jason e chiese senza mezzi termini: «Wakefield, il fidanzamento è valido?».

Jason si portò il bicchiere alle labbra, con sguardo freddo. «No, non è valido.»

Victoria scorse le diverse reazioni a quelle parole sui volti intorno a sé. Lady Kirby sembrò soddisfatta, la figlia contenta, Charles triste, mentre Jason era imperscrutabile. Victoria lo compatì: non c'era da meravigliarsi che fosse così torvo e ostile, la donna che amava doveva aver rotto il fidanzamento. Ma trovò molto strano il fatto che le signore Kirby si girarono verso di lei, aspettandosi che dicesse qualcosa.

Victoria sorrise senza capire, e lady Kirby assunse il controllo della conversazione. «In questo caso, Charles, deduco che vorrete far debuttare in società la povera signorina Seaton per questa stagione.»

«Intendo fare in modo che la contessa di Langston prenda il suo posto in società» la corresse lui con freddezza.

«Contessa di Langst...» ripeté lady Kirby senza fiato.

Charles inclinò il capo. «Victoria è la primogenita di Katherine Langston. A meno che io non stia confondendo le regole sulla successione, adesso è l'erede del titolo scozzese di sua madre.»

«Non sarà comunque facile» riprese lady Kirby irrigidita «trovare un buon partito per lei.» Si rivolse a Victoria fingendo simpatia. «Vostra madre fece scalpore quando scappò con quel manovale irlandese.»

L'indignazione per quella bugia su sua madre mandò scintille in tutto il corpo di Victoria. «Mia madre sposò un medico irlandese» puntualizzò.

«Senza il permesso della nonna» aggiunse lady Kirby. «In questo paese le ragazze perbene non si sposano contro il volere della propria famiglia.»

Quello che ovviamente stava implicando era che Katherine non fosse una ragazza perbene. Per la rabbia, Victoria così conficcò le unghie nei palmi delle mani.

«Oh, comunque, la società dimentica queste cose» continuò generosamente lady Kirby. «Dovrete però imparare molte cose prima di poter debuttare. La forma appropriata per rivolgersi a ogni grado di nobiltà, e ovviamente tutta l'etichetta legata alle visite, e il problema più complicato dell'assegnazione dei posti a sedere. Solo per questo sono necessari mesi di applicazione... per sapere vicino a chi e a che tavolo ci si può sedere, intendo dire. La gente delle colonie ignora certe cose, ma noi inglesi diamo la massima importanza alle questioni di decoro.»

«Forse questo spiega perché vi abbiamo sempre battuto in guerra» suggerì Victoria dolcemente, spinta dal desiderio di difendere la propria famiglia e il proprio paese.

Lady Kirby affilò lo sguardo. «Non intendevo offendere. Tuttavia dovrete imparare a tenere a freno la lingua se sperate di sistemarvi e sopravvivere alla reputazione di vostra madre.»

Victoria si alzò in piedi e rispose con pacata dignità: «Sarà molto difficile per me essere all'altezza della reputazione di mia madre. Era la donna più educata e gentile che sia mai esistita. Ora, se volete scusarmi, devo scrivere delle lettere».

Si chiuse la porta alle spalle e percorse il corridoio fino alla biblioteca, un'enorme stanza con tappeti persiani sul lucido pavimento di parquet e scaffali pieni di libri su ogni parete. Troppo turbata per sedersi a scrivere una lettera a Dorothy o Andrew, si mise a camminare davanti ai libri, in cerca di qualcosa che la calmasse. Superò i volumi di storia, mitologia ed economia, e raggiunse la sezione di poesia. Il suo sguardo vagò distrattamente sugli autori: Milton, Shelley, Keats e Byron già li conosceva. Scelse a caso un volumetto sottile, semplicemente perché sporgeva dalla fila sullo scaffale e lo portò con sé verso le poltroncine più vicine.

Accese la lampada a olio sul tavolo e si sedette, costringendosi ad aprire il libro. Ne scivolò fuori un foglietto rosa profumato, che cadde a terra. Victoria lo raccolse e fece per metterlo via, ma le prime parole del messaggio, scritto in francese, la colpirono:

> Mio caro Jason,
> mi manchi così tanto. Ti aspetto con impazienza, contando le ore che ci separano dal nostro prossimo incontro...

Victoria disse a se stessa che leggere una lettera destinata a un'altra persona era da maleducati, un gesto imperdonabile e completamente privo di dignità, ma l'idea di una donna che aspettava con ansia l'arrivo di Jason Fielding era così incredibile per lei, che non poté frenare la propria curiosità. Per quanto la riguardava, avrebbe aspettato con molta più impazienza che lui se ne andasse! Era così concentrata sulla sua scoperta, da non sentire i passi di Jason e della signorina Kirby in corridoio. Continuò a leggere:

> Ti invio queste magnifiche poesie nella speranza che ti facciano pensare a me, alle tenere notti che abbiamo passato l'uno nelle braccia dell'altra...

«Victoria!» esclamò Jason irritato.

Lei balzò in piedi con nervosismo colpevole, fece cadere il libro di poesie, lo raccolse e tornò a sedersi. Cercando di assumere un'aria concentrata, aprì il volume e si mise a fissarlo senza vederlo veramente, e non si rese nemmeno conto che era al contrario.

«Perché non mi avete risposto?» le chiese Jason entrando in biblioteca con l'adorabile signorina Kirby sottobraccio. «Johanna voleva salutarvi e darvi qualche suggerimento per fare spese al villaggio.»

Dopo l'attacco immotivato di lady Kirby, Victoria non poté fare a meno di chiedersi se la giovane non stesse sottintendendo che lei non era in grado di scegliere da sola. «Mi dispiace, non vi ho sentito» disse, cercando di ricomporsi. «Come potete vedere, ero assorta nella lettura.» Chiuse il libro e lo appoggiò sul tavolo, poi si sforzò di rivolgersi alla coppia con calma. Lo sguardo disgustato di Jason la fece indietreggiare allarmata. «C'è qualcosa che non va?» chiese, temendo che lui si fosse ricordato della presenza del biglietto nel libro.

«Sì» scattò lui, e si rivolse alla signorina Kirby, che fissava Victoria con un'espressione simile alla sua. «Johanna, potreste raccomandarmi un insegnante che le dia lezioni di lettura?»

«Insegnarmi a leggere?» sussultò Victoria, distogliendo lo sguardo dal viso della bella brunetta. «Non siate ridicolo, non ho bisogno di nessuno. So leggere perfettamente.»

Ignorandola, Jason insisté. «Sapete dirmi il nome di qualcuno che potrebbe venire qui a darle lezioni?»

«Sì, credo di sì, milord. Il signor Watkins, il vicario.»

Con lo sguardo insofferente di una persona che è già stata costretta a tollerare troppi insulti, Victoria dichiarò con fermezza: «Oh, questo è veramente assurdo. Non ho bisogno di un insegnante. So leggere».

Jason si fece glaciale. «Non mentite di nuovo» la ammonì. «Disprezzo i bugiardi. In particolare se si tratta di donne. Non siete in grado di leggere una riga e lo sapete!»

«Non posso crederci!» esclamò Victoria senza badare al sussulto della signorina Kirby. «Vi ho detto che so leggere!»

Spinto oltre il limite della sopportazione da quello che credeva essere un tentativo di ingannarlo, Jason fece tre lunghi passo verso il tavolo, afferrò il libro e glielo mise in mano. «Allora leggete!»

Furiosa e umiliata per il modo in cui veniva trattata, soprattutto di fronte alla signorina Kirby, che non faceva alcuno sforzo per nascondere il proprio divertimento, Victoria aprì la copertina del libretto e vide il biglietto profumato.

«Forza» la esortò lui. «Sentiamo come leggete.»

Victoria gli lanciò un'occhiata obliqua. «Siete assolutamente certo di volere che legga ad alta voce?»

«Ad alta voce» tagliò corto Jason.

«Di fronte alla signorina Kirby?» chiese lei con innocenza.

«Leggete o ammettete che non siete in grado di farlo» scattò lui.

«Molto bene» disse Victoria. Deglutì per soffocare la risata che le si agitava in gola e lesse in tono drammatico: «Mio caro Jason, mi manchi così tanto. Ti aspetto con impazienza, contando le ore che ci separano dal nostro prossimo incontro. Ti invio queste magnifiche poesie nella speranza che ti facciano pensare a me, alle tenere notti che abbiamo passato l'uno nelle braccia dell'altr...».

Jason le strappò il libro di mano. Inarcando le sopracciglia, Victoria lo guardò dritto negli occhi e gli ricordò pacatamente: «Il biglietto era scritto in francese. Traducevo mentre leggevo». Si rivolse alla signorina Kirby e aggiunse raggiante: «Ovviamente c'era dell'altro. Ma non penso che sia il genere di lettura adatto a giovani ragazze ben educate. O sbaglio?». Prima che uno dei due potesse rispondere, Victoria si voltò e uscì a testa alta dalla stanza.

Lady Kirby stava aspettando in corridoio, pronta per andarsene. Victoria salutò con freddezza le due donne e poi si diresse verso le scale, sperando di sfuggire all'inevitabile collera di Jason. Tuttavia, il commento di lady Kirby al momento di uscire le fece dimenticare tutto il resto. «Non dispiacetevi del rifiuto di lord Fielding, mia cara» dichiarò, mentre Northrup l'aiutava a infilarsi il mantello. «Pochi hanno creduto veramente all'annuncio di fidanzamento sul giornale. Si sapeva già che dopo il vostro arrivo avrebbe trovato un modo di annullare tutto. Quel mascalzone ha messo bene in chiaro che non sposerà nessuna...»

Charles la spinse fuori dalla porta con la scusa di accompagnarla alla carrozza, ma Victoria si fermò e si girò sulle scale. Come una dea splendida e oltraggiata, fissò Jason, fremente di rabbia. «Devo dedurre» chiese infuriata «che il fidanzamento che avete "annullato" fosse il *nostro* fidanzamento?»

L'unica risposta di Jason fu serrare la mascella, ma quel silenzio era una tacita ammissione, e lei lo fulminò con gli occhi azzurri, senza badare ai domestici che li osservavano paralizzati dal timore.

«Come avete osato!» sibilò. «Come avete osato far credere che avrei mai acconsentito a sposarvi! Non vi sposerei nemmeno se foste...»

«Non ricordo di avervi chiesto di sposarmi» la interruppe Jason in tono sarcastico. «Tuttavia è molto rassicurante sapere che se mai avessi perso il senno e vi avessi fatto una proposta, voi avreste avuto il buonsenso di rifiutare.»

Pericolosamente vicina alle lacrime, perché stava perdendo la compostezza, mentre lui non sembrava affatto scosso, Victoria gli lanciò un'occhiata piena di disprezzo. «Siete un mostro freddo, insensibile, arrogante, privo di sentimenti, senza rispetto per nessuno... nemmeno per i morti! Nessuna donna sana di mente vi vorrebbe mai! Siete un...» Le venne a mancare la voce e corse su per le scale.

Jason rimase a guardarla dall'atrio, dove due valletti e il maggiordomo erano rimasti immobili, aspettando terrorizzati il momento in cui il padrone avrebbe scatenato la sua collera per l'atto imperdonabile appena commesso da quella ragazza. Dopo un lungo istante, Jason si infilò le mani in tasca. Guardò il maggiordomo sconvolto e inarcò le sopracciglia. «Credo di aver appena ricevuto una bella "strigliata", Northrup.»

L'uomo deglutì rumorosamente, ma non disse nulla fino a quando Jason non fu sulle scale; poi si rivolse ai valletti: «Occupatevi delle vostre faccende, e vedete di non fare parola con nessuno di quanto è accaduto». Poi se ne andò.

O'Malley guardò l'altro domestico. «Mi ha preparato un cataplasma per curarmi il mal di denti» commentò sbalordito. «Forse ha dato anche a Sua Signoria una medicina per il suo malumore.» Senza aspettare una risposta, si diresse direttamente in cucina per informare la signora Craddock e gli altri camerieri dello straordinario incidente a cui aveva appena assistito. Da quando se n'era andato monsieur André, grazie alla ragazza americana, la cucina era diventata un luogo piacevole in cui passare qualche momento, quando l'occhio di falco di Northrup era focalizzato su qualcun altro.

Nel giro di un'ora, tutto il personale di casa, ben addestrato e perfettamente organizzato, aveva trovato il tempo di fermarsi ad ascoltare il racconto del dramma che si era consumato sulle scale. Dopo un'altra mezz'ora, la cronaca dell'istante in cui Sua Signoria aveva mostrato un'umanità senza precedenti di fronte a una provocazione estrema al posto dell'abituale orgoglio glaciale, si era diffusa alle scuderie e alle case dei guardacaccia.

Al piano di sopra, a Victoria tremavano le mani per il nervosismo, mentre si toglieva le forcine dai capelli e sfilava l'abito color pesca. Lottando contro le lacrime, lo appese nel guardaroba, tirò fuori una camicia da notte e si infilò nel letto. Fu travolta da un'ondata di nostalgia. Voleva andarsene da lì, mettere un oceano tra sé e la gente come Jason Fielding e lady Kirby. Probabilmente sua madre aveva lasciato l'Inghilterra per la stessa ragione. Sua madre... la sua bella madre gentile, pensò singhiozzando. Lady Kirby non era degna nemmeno di toccare l'orlo del vestito di Katherine Seaton!

I ricordi della sua vita felice di un tempo le si affollarono nella mente. Rammentò il giorno in cui aveva raccolto un mazzolino di fiori di campo per sua madre, infangandosi tutto il vestito. "Guarda, mamma, non sono la cosa più bella che tu abbia mai visto?" aveva detto. "Li ho raccolti per te... ma mi sono sporcata il vestito."

"Sono molto belli" aveva confermato sua madre, abbracciandola senza badare alle macchie di fango. "Ma la cosa più bella che io abbia mai visto sei tu."

Le venne in mente di quando, a sette anni, aveva avuto una febbre così alta da essere in pericolo di vita. Notte dopo notte, sua madre l'aveva vegliata, rinfrescandole il viso e le braccia con la spugna mentre lei delirava. La quinta notte si era svegliata con il viso bagnato dalle lacrime che rigavano le guance della madre. Katherine la stava cullando dolcemente, piangendo e sussurrando una preghiera disperata: "Ti prego, non far morire la mia bambina. È così piccola e ha paura del buio. Ti prego, Signore...".

Avvolta nella morbida seta del suo letto a Wakefield, Victoria affondò il viso nel cuscino e il suo corpo fu scosso dai singhiozzi. «Oh, mamma» piangeva con voce rotta. «Oh, mamma, mi manchi tanto...»

Jason si fermò davanti alla porta della camera da letto di Victoria e alzò una mano per bussare, poi si fermò al suono di quel pianto disperato e corrugò la fronte. Probabilmente si sarebbe sentita meglio dopo essersi sfogata con le lacrime. Ma se avesse continuato a piangere in quel modo, si sarebbe ammalata. Dopo alcuni secondi di incertezza, andò nella propria stanza, versò del brandy in un bicchiere e tornò da lei.

Bussò, come lei gli aveva chiesto con arroganza in altre occasioni, ma non ricevendo risposta, aprì la porta ed entrò. Si fermò di fianco al letto e guardò le sue spalle che sussultavano per i singhiozzi. Aveva visto piangere molte donne, ma le loro lacrime erano sempre false e mirate a piegare la volontà di un uomo. Victoria invece l'aveva accusato dalle scale come un guerriero furioso, ma poi si era ritirata nella sua stanza per piangere in segreto.

Jason le mise una mano sulla spalla. «Victoria...»

Lei si voltò sulla schiena e si sollevò sui gomiti, con gli occhi blu come il velluto e le folte ciglia lucide di lacrime. «Uscite di qui!» gli chiese sussurrando con voce roca. «Uscite subito di qui, prima che qualcuno vi veda!»

Jason contemplò quella bellezza tempestosa davanti a sé, con le guance arrossate per la rabbia, i capelli ramati sparsi in disordine sulle spalle. Con la camicia da notte bianca castigata aveva il fascino innocente di una bambina col cuore spezzato, ma nei suoi occhi c'era un senso di sfida che gli suggeriva di non sottovalutarla. Si ricordò l'impertinenza che aveva osato mostrare in biblioteca quando aveva letto quel biglietto ad alta voce, senza fare alcuno sforzo per nascondere la propria soddisfazione. Melissa era stata l'unica donna che aveva mai osato sfidarlo, ma lo faceva alle sue spalle. Victoria Seaton lo faceva apertamente, e lui riusciva quasi ad ammirarla per questo.

Dal momento che lui non accennava ad andarsene, Victoria si asciugò le lacrime dalle guance con un gesto irritato, sollevò le coperte fino al mento e indietreggiò contro i cuscini. «Vi rendete conto di cosa direbbero se vi vedessero qui dentro?» sibilò. «Non avete principi?»

«Nessuno» ammise lui senza rimorsi. «Preferisco la praticità ai principi.» Ignorando l'occhiataccia di Victoria, si sedette sul letto e disse: «Ecco, bevete».

Le mise il bicchiere così vicino al viso da farle sentire il forte odore di alcol. «No» rispose lei, scuotendo il capo. «Assolutamente no.»

«Bevete» ripeté lui con calma. «Altrimenti ve lo verserò giù per la gola.»

«Non potete!»

«Sì che posso, Victoria. Adesso fate la brava e bevetelo. Vi farà sentire meglio.»

Victoria capì che sarebbe stato inutile discutere ed era troppo stanca per opporsi fisicamente. Bevve contro voglia un sorso del liquido color ambra e cercò di restituirgli il bicchiere. «Mi sento molto meglio» mentì.

Gli occhi di lui si illuminarono divertiti, ma la sua voce fu implacabile. «Bevete il resto.»

«Dopodiché ve ne andrete?» chiese lei, capitolando di malagrazia. Lui annuì. Victoria prese due rapidi sorsi, come se fosse una medicina disgustosa; poi si piegò su se stessa, tossendo mentre il liquido le bruciava la bocca dello stomaco. «È terribile» ansimò, buttandosi indietro sui cuscini.

Per diversi minuti Jason rimase in silenzio, lasciando al brandy il tempo di diffondere il proprio calore nel corpo di lei. Poi disse piano: «Prima di tutto, è stato Charles a dare l'annuncio del nostro fidanzamento sul giornale, non io. Secondo, non avete alcun desiderio di essere fidanzata con me, così come non ne ho io. Giusto?».

«Assolutamente» confermò Victoria.

«Allora per quale motivo piangete perché non siamo fidanzati?»

Victoria gli lanciò un'occhiata piena di sdegno. «Non stavo facendo nulla di simile.»

«No?» Divertito, Jason guardò le lacrime ancora sospese tra le ciglia ricurve e le passò un fazzoletto candido. «Allora perché avete il naso rosso, le guance gonfie e...»

Una risata impulsiva, indotta dal brandy, si fece largo dentro Victoria. Si massaggiò il naso. «Non è molto gentile da parte vostra farmelo notare.»

Un sorriso pigro trasformò il viso di Jason. «Non credo di aver fatto nulla per darvi l'impressione che io sia un gentiluomo!»

Il tono esageratamente sgomento di lui le strappò un sorriso. «Proprio niente» gli assicurò lei. Prendendo un altro sorso di brandy, si accomodò sui cuscini. «Non stavo piangendo per quel ridicolo fidanzamento. Quello mi ha fatto soltanto arrabbiare.»

«Allora perché eravate in lacrime?»

Victoria fece roteare il bicchiere tra le mani e studiò il liquido in movimento. «Piangevo per mia madre. Quando lady

Kirby ha detto che dovrò sopravvivere alla sua reputazione, mi ha fatto infuriare così tanto che non riuscivo a pensare a cosa dire.» Gli lanciò una rapida occhiata da sotto le ciglia, e dal momento che per una volta sembrava sinceramente preoccupato e ben disposto, continuò. «Mia madre era tenera, dolce e gentile. Ho iniziato a ripensare a quanto fosse meravigliosa e mi è venuto da piangere. Sapete, da quando sono morti i miei genitori, mi capitano spesso questi momenti: un attimo prima sto bene e poi all'improvviso comincio a sentire la loro mancanza così tanto da scoppiare in lacrime.»

«È normale piangere per le persone che si amano» osservò Jason, così dolcemente che lei fece fatica a credere che fosse lui a parlare.

Stranamente confortata dalla sua presenza e dalla sua voce profonda, Victoria scosse il capo. «Piango per me» confessò piena di vergogna. «Mi compatisco perché li ho persi. Non avevo mai realizzato di essere così vile.»

«Ho visto piangere uomini pieni di coraggio, Victoria» disse lui piano.

Lei studiò i suoi lineamenti duri. Persino nella luce soffusa della candela, aveva un aspetto invulnerabile. Era impossibile immaginarlo con le lacrime agli occhi. La sua abituale riservatezza era ridotta dall'effetto del brandy, così Victoria inclinò il capo e chiese: «Voi avete mai pianto?».

Davanti al suo sguardo deluso, l'espressione di Jason divenne distaccata. «No.»

«Nemmeno da bambino?» insisté lei, cercando di blandirlo.

«Nemmeno allora» tagliò corto lui.

Di colpo fece per alzarsi, ma Victoria istintivamente gli mise una mano sul braccio. Lo sguardo di lui si abbassò sulle lunghe dita appoggiate sulla manica e poi si spostò sui suoi grandi occhi indagatori. «Lord Fielding» iniziò lei, cercando goffamente di mantenere la breve tregua, e se possibile di prolungarla. «So che la mia presenza qui non vi piace, ma non mi fermerò a lungo. Soltanto fino a quando Andrew non verrà a prendermi.»

«Restate quanto volete» disse lui scrollando le spalle con freddezza.

«Grazie» rispose Victoria, stupita da quel repentino cambiamento di umore. «Ma quello che volevo dire è che mi piacerebbe molto che potessimo avere un rapporto più amichevole.»

«In che senso "amichevole", milady?»

Confusa dal brandy, Victoria non colse il sarcasmo nella sua domanda. «Se non si guarda troppo per il sottile, noi saremmo lontani cugini.» Fece una pausa in cerca di qualche traccia di calore sul suo volto enigmatico. «A me non è rimasto alcun parente, a eccezione di zio Charles e voi. Pensate che potremmo comportarci come cugini?»

Jason parve stupito dalla proposta, e poi divertito. «Credo di sì.»

«Grazie.»

«Adesso dormite.»

Lei annuì e si infilò sotto le coperte. «Oh, mi sono dimenticata di porgervi le mie scuse... per le cose che vi ho detto quando ero arrabbiata.»

«Siete pentita?»

Victoria inarcò le sopracciglia, guardandolo con aria impertinente. «Vi siete meritato ogni parola.»

«Avete ragione» ammise lui, sorridendo. «Ma non tirate troppo la corda.»

Reprimendo il desiderio di allungare una mano e affondarla nella sua folta chioma, Jason tornò nella sua camera e si versò un bicchiere di brandy, dopodiché si sedette e appoggiò i piedi sul tavolino davanti alla poltrona. Si domandò come mai Victoria Seaton avesse suscitato in lui quello strano istinto di protezione. Quando era arrivata, lui aveva avuto tutte le intenzioni di rispedirla in America, e questo *prima* che gli sconvolgesse la casa. Forse era quell'aria smarrita e innocente che risvegliava l'atteggiamento paterno. O forse era il suo giovanile candore che gli faceva perdere l'equilibrio. O quegli occhi che sembravano scrutargli il volto come se vi leggessero la sua anima. Non cercava di sedurlo; non ne aveva bisogno, concluse Jason. Quegli occhi avrebbero stregato anche un santo.

8

«Non immagini quanto sia dispiaciuto per ieri sera» disse Charles a colazione il mattino seguente, con il volto segnato da preoccupazione e rammarico. «Ho sbagliato ad annunciare il tuo fidanzamento con Jason, ma avevo sperato che voi due sareste andati d'accordo. Lady Kirby è una vecchia arpia, e sua figlia ha messo gli occhi addosso a Jason da due anni... ecco perché sono venute entrambe di corsa per vederti.»

«Non è necessario ritornarci sopra, zio Charles» rispose Victoria con gentilezza. «Non è successo niente di grave.»

«Forse no, ma oltre alle altre sue sgradevoli qualità, lady Kirby è una terribile pettegola. Adesso che sa che sei qui, si assicurerà che lo sappiano tutti quanti. Ciò significa che presto inizieremo a ricevere visite da gente ansiosa di darti un'occhiata. Si renderà necessaria la presenza di una dama di compagnia, in modo che nessuno faccia illazioni sul fatto che vivi sola con due uomini.» Rivolse lo sguardo verso Jason che stava entrando, e Victoria s'irrigidì, pregando che la tregua della sera prima si mantenesse anche alla luce del giorno.

«Jason, stavo spiegando a Victoria che c'è bisogno di una dama di compagnia. Ho fatto chiamare Flossie Wilson» aggiunse, riferendosi alla zia zitella che in passato si era occupata del piccolo Jamie. «È del tutto svampita, ma è l'unica possibile dama di compagnia per Victoria che mi venga in mente. Nonostante la sua mancanza di buonsenso, Flossie sa destreggiarsi in società.»

«Bene» fece Jason con aria assente, accostandosi a Victoria. La guardò con espressione impenetrabile. «Spero che non soffriate per gli effetti collaterali del brandy che ieri sera non avevate intenzione di bere.»

«Assolutamente no» rispose lei raggiante. «A dire il vero, dopo essermi abituata al gusto, mi è piaciuto.»

Un sorriso pigro si affacciò sul volto abbronzato di Jason e il cuore di Victoria perse un battito. Il sorriso di Jason Fielding avrebbe sciolto un ghiacciaio! «Fate attenzione a non apprezzarlo troppo...» disse lui, e poi scherzando aggiunse: «... cugina».

Persa in fantasticherie in cui loro due diventavano amici, lei non badò più a ciò che si dicevano gli altri, fino a quando Jason non si rivolse direttamente a lei. «Mi avete sentito, Victoria?»

Lei alzò lo sguardo senza capire. «Mi dispiace, non stavo ascoltando.»

«Venerdì aspetto una visita da parte di un vicino che è appena tornato dalla Francia» ripeté Jason. «Se portasse con sé la moglie, vorrei presentarvela.» La soddisfazione momentanea di Victoria per quell'inizio amichevole fu subito raffreddata dalla spiegazione che seguì. «La contessa di Collingwood è un modello eccellente di come dovreste comportarvi in società. Fareste bene a osservare con attenzione il suo atteggiamento.»

Victoria arrossì, sentendosi come una bambina maleducata a cui è appena stato detto di seguire l'esempio di qualcun altro. Inoltre aveva già conosciuto quattro aristocratici inglesi: Charles, Jason, lady Kirby e Johanna Kirby. Con l'eccezione di Charles, aveva trovato molto difficile relazionarsi con tutti loro e la prospettiva di incontrarne altri due non le sorrideva affatto. Ciononostante, mise da parte la paura.

«Grazie» disse cortesemente. «Non vedo l'ora di conoscere entrambi.»

Victoria passò i quattro giorni seguenti piacevolmente, a scrivere lettere o in compagnia di Charles. Il pomeriggio del quinto giorno scese in cucina per prendere l'ennesimo piatto di avanzi per Willie.

«Quell'animale diventerà così grasso da somigliare a un cavallo, se continuate a farlo mangiare in questo modo» l'ammonì la signora Craddock affettuosamente.

«È ancora lontano da quel traguardo» rispose Victoria, ricambiando il sorriso. «Posso avere quell'osso grande laggiù o vi serve per il brodo?»

La signora Craddock glielo diede.

Ringraziandola, Victoria fece per uscire, poi si ricordò di qualcosa e tornò sui propri passi. «Ieri sera, il signor Field... voglio dire Sua Signoria» si corresse, vedendo che i domestici s'irrigidivano solo sentendo nominare Jason «ha detto che l'anatra arrosto era la migliore che avesse mai assaggiato. Non so se si sia ricordato di informarvi» spiegò Victoria, sapendo perfettamente che Jason non si sarebbe mai disturbato a farlo. «Ma ho pensato che la cosa vi avrebbe fatto piacere.»

Le guance paffute della signora Craddock si arrossarono per la gioia. «Grazie, milady.»

Victoria rispose con un sorriso e un cenno della mano e uscì.

«Ecco che è arrivata una *vera* signora» disse la signora Craddock agli altri. «È gentile e cortese, non come tutte quelle signorine insipide che si trovano a Londra, o quelle arroganti che porta qui di tanto in tanto Sua Signoria. O'Malley ha scoperto che è una contessa. Ha sentito Sua Grazia dirlo a lady Kirby l'altra sera.»

Victoria si fermò nel punto in cui aveva lasciato i pasti a Willie negli ultimi nove giorni. Ma invece di restare nascosto tra gli alberi come al solito, quando la vide l'animale fece qualche passo verso di lei. «Ecco» esordì la ragazza, sorridendo. «Guarda cosa ti ho portato.»

Il cane grigio e argento le arrivò quasi a portata di mano, molto più vicino di quanto si fosse mai spinto.

«Se ti lasci accarezzare, Willie» continuò lei, con la ciotola protesa «ti porterò un altro osso delizioso dopo cena.»

Lui si fermò un istante, guardandola con un'espressione di paura e diffidenza.

«So che lo vuoi» proseguì lei, facendo un altro piccolo passo nella sua direzione «e io voglio diventare tua amica. Probabilmente pensi che questo cibo sia un tranello» disse, chinandosi piano e appoggiando la ciotola fra loro. «E in un certo senso hai ragione. Ma io e te potremmo diventare ottimi amici. Sai che non ho mai avuto un cane?»

Gli occhi scintillanti dell'animale fissarono il cibo con avidità e poi tornarono su di lei. Dopo un istante si avvicinò alla ciotola, senza staccare gli occhi dalla ragazza, nemmeno quando si curvò e iniziò ad annusare il cibo. Victoria continuò a parlargli dolcemente mentre mangiava, sperando di rassicurarlo. «Non so proprio perché il signor Fielding abbia scelto un nome così... non hai affatto l'aspetto di un Willie. Io ti avrei chiamato Wolf, o Imperatore... qualcosa di fiero come il tuo aspetto.»

Appena ebbe finito di mangiare, il cane iniziò ad arretrare, ma Victoria allungò subito la mano sinistra, mostrandogli l'enorme osso che reggeva. «Se lo vuoi, lo devi prendere dalla mia mano» lo avvertì. Lui guardò l'osso per un solo istante, poi lo afferrò con le possenti mascelle. Lei si aspettava che scappasse nel bosco, e invece, con suo grande piacere, dopo una pausa guardinga e tesa, l'animale si accucciò ai suoi piedi e iniziò a divorare l'osso. All'improvviso Victoria si sentì come se la vita le sorridesse. Non era più indesiderata e sgradita a Wakefield. Adesso aveva rapporti amichevoli con entrambi i Fielding, e presto anche Willie sarebbe stato in confidenza con lei. Si inginocchiò e gli accarezzò la testa. «Hai bisogno di una bella strigliata» gli disse, osservando le zanne bianche che rosicchiavano l'osso. «Vorrei che Dorothy ti vedesse» commentò malinconica. «Adora gli animali. Riuscirebbe a farti giocare in un attimo.» Quel pensiero la fece sorridere, poi provò un doloroso senso di solitudine.

Era metà pomeriggio del giorno seguente quando Northrup le comunicò che lord Collingwood era arrivato e che lord Fielding desiderava che lei lo raggiungesse nel suo studio.

Victoria si guardò nello specchio sopra il tavolo da toeletta, e si sedette per raccogliere i capelli in uno chignon stretto, preparandosi a incontrare un robusto aristocratico spocchioso dell'età di lady Kirby.

«La sua carrozza si è rotta e l'hanno accompagnata qui due contadini» stava raccontando Jason a lord Collingwood con un sorriso asciutto. «Mentre scaricavano il baule dal carro, sono scappati due maialini e Victoria ne ha afferrato uno proprio nel momento in cui Northrup ha aperto la porta. Vedendola con l'animale in braccio, lui l'ha scambiata per una contadina e le ha detto di passare dal retro per le consegne. Quando Victoria ha fatto opposizione, ha chiesto a un valletto di allontanarla dalla proprietà» concluse Jason, porgendo a Robert Collingwood un bicchiere di chiaretto.

«Signore» esclamò il conte, ridendo. «Che accoglienza!» Sollevando il bicchiere per brindare, disse: «Alla tua felicità e alla pazienza della tua futura sposa».

Jason si accigliò.

Robert spiegò: «Dal momento che non ha fatto marcia indietro e preso la prima nave per l'America, posso soltanto dedurre che la signorina Seaton abbia una buona dose di pazienza, qualità più che auspicabile in una moglie».

«L'annuncio di fidanzamento sul "Times" è stato un'idea di Charles» disse Jason freddo. «Victoria è una sua lontana cugina. Quando ha saputo che era rimasta senza famiglia, l'ha invitata qui da lui e ha deciso che avrei dovuto sposarla.»

«Senza prima consultarti?» chiese Robert incredulo.

«Ho scoperto di essere fidanzato esattamente nello stesso modo in cui l'ha saputo chiunque altro... leggendo il "Times".»

Gli occhi del conte brillavano di comprensione e divertimento. «Immagino che fossi sorpreso.»

«Infuriato» lo corresse Jason. «Dal momento che siamo in argomento, speravo che oggi ti avrebbe accompagnato tua moglie. Caroline ha solo qualche anno più di Victoria e penso che potrebbero diventare amiche. Per essere franco, credo che quella ragazza avrà bisogno di compagnia qui. Quando sua madre ha sposato un medico irlandese è scoppiato uno scandalo in società, e la vecchia lady Kirby sta progettando di riaprire il caso. Inoltre, pare che la bisnonna di Victoria, la duchessa di Claremont, non abbia intenzione di riconoscere la nipote. Victoria è una contessa di diritto, ma questo non basterà a farla accettare del tutto. Ha il sostegno di Charles, certo, e questo le sarà d'aiuto. Nessuno oserà tagliarla fuori apertamente.»

«Anche la tua influenza peserà molto» sottolineò Collingwood.

«No» lo corresse Jason. «Non se c'è in gioco la reputazione di una donna che deve apparire virtuosa e innocente.»

«Giusto.» Robert fece una risata.

«Comunque, finora le uniche nobildonne inglesi che Victoria ha conosciuto sono le Kirby. Pensavo che tua moglie le avrebbe fatto un'impressione migliore. Le ho suggerito infatti di ispirarsi a Caroline come modello di buone maniere a comportamento...»

Robert Collingwood buttò indietro la testa e scoppiò a ridere. «Gliel'hai detto davvero? Allora farai meglio a sperare che lady Victoria non segua il tuo consiglio. I modi di Caroline sono squisiti... tanto da ingannare persino te e convincerti che sia un modello di virtù, ma devo sempre tirarla fuori dai guai. Non ho mai conosciuto una donna più testarda in tutta la vita» concluse, ma nelle sue parole c'era della tenerezza.

«In tal caso, Victoria e Caroline andranno molto d'accordo» commentò Jason senza umorismo.

«Sei molto interessato a lei» constatò Robert, fissandolo intensamente.

«Soltanto perché mio malgrado ne sono responsabile.»

Fuori dalla porta, Victoria si lisciò la gonna dell'abito di mussola verde mela, bussò piano e poi entrò. Jason era seduto alla scrivania e stava parlando con un uomo sulla trentina. Quando la videro, entrambi smisero di parlare e si alzarono in piedi. Quel movimento sottolineò la somiglianza fra i due. Come Jason, il conte era alto, di bell'aspetto e con un fisico atletico, ma aveva i capelli biondo cenere e gli occhi di un castano caldo. Trasmetteva autorità quanto Jason, però incuteva meno soggezione. I suoi occhi erano allegri e il sorriso amichevole piuttosto che sardonico. Eppure aveva l'aspetto di un uomo che era meglio non augurarsi di avere come nemico.

«Scusate se mi sono incantata a fissarvi» esordì Victoria una volta terminate le presentazioni. «Ma quando vi ho visto insieme, mi è sembrato di ravvisare una somiglianza fra voi.»

«Sono certo che sia un complimento, milady» disse Robert Collingwood sorridendo.

«No» scherzò Jason. «Sicuramente no.»

Victoria pensò freneticamente a una risposta adeguata, senza trovarla, ma il conte le risparmiò ulteriore imbarazzo, lanciando un'occhiataccia a Jason. «Cosa potrebbe rispondere la signorina Seaton a una frase del genere?»

Victoria non udì la replica di Jason, perché la sua attenzione era stata catturata dal terzo occupante della stanza, un adorabile bambino di circa tre anni in piedi di fianco al conte, che la fissava in muta adorazione, con una barchetta in mano. Con i suoi riccioli biondo cenere e gli occhi castani, era la copia in miniatura del padre, compresi i pantaloni da equitazione, gli stivali di pelle e la giacca marrone. Victoria gli sorrise rapita. «Credo che nessuno ci abbia presentato...» accennò.

«Perdonatemi» intervenne il conte sorridendo. «Lady Victoria, questo è mio figlio John.»

Il bambino appoggiò la barchetta sulla sedia alle sue spalle ed eseguì un solenne e adorabile inchino. Victoria ricambiò con una profonda riverenza, che suscitò una risatina infantile. Dopodiché il piccolo puntò un ditino grassoccio verso i capelli di lei e guardò suo padre. «Rossi?» esclamò sorpreso.

«Sì» confermò Robert.

Il bambino s'illuminò. «Belli» sospirò, scatenando una risata da parte del padre.

«John, sei troppo giovane per cercare di sedurre le signore» disse Collingwood.

«Oh, ma io non sono una signora» replicò Victoria, rivolta a quell'incantevole bambino. Con allegria, dichiarò: «Io sono un marinaio!». Il piccolo la guardò perplesso e lei aggiunse: «Oh, ma sono un marinaio esperto. Io e il mio amico Andrew costruivamo sempre delle barche e le mettevamo in acqua, anche se le nostre non erano belle come la tua. Perché non la portiamo al ruscello?».

Lui annuì e Victoria guardò il padre per chiedere il suo permesso. «Non lo perderò di vista» promise. «Compresa la barchetta, ovviamente.»

Il conte acconsentì, così John le diede la mano e insieme uscirono dallo studio.

«È evidente che le piacciono i bambini» osservò John.

«Lei stessa è poco più che una bambina» tagliò corto Jason.

Il conte si voltò e guardò l'affascinante giovane donna che

attraversava l'atrio. Tornando a rivolgersi a Jason, inarcò le sopracciglia castane come per contraddirlo, ma non disse nulla.

Victoria passò quasi un'ora seduta su una coperta in riva al ruscello che attraversava i prati di fronte alla casa. Il sole le baciava il viso e le scaldava le membra mentre inventava storie di pirati e tempeste che avevano preso d'assalto la sua nave durante la traversata dall'America. John l'ascoltava, rapito, stringendo la lunga lenza che Victoria si era fatta dare da Northrup e aveva attaccato alla barchetta. Quando il piccolo si stufò del lento oscillare del piccolo vascello sull'acqua, Victoria gli prese di mano la lenza e insieme si spostarono avanti, fino a un punto dove il ruscello diventava più profondo e scorreva sotto un ponticello di pietra. Il tronco di un albero caduto ne agitava le acque. «Tieni» gli disse, passandogli la lenza. «Non lasciarla, altrimenti finirà su quel tronco.»

«Non lo farò» promise lui, sorridendo mentre la sua barca a tre alberi dondolava su e giù.

Victoria scese lungo l'argine scosceso e si mise a raccogliere un mazzolino di fiori rosa, blu e bianchi. A un tratto John emise un grido e si sporse pericolosamente cercando di riprendere la lenza che gli era sfuggita di mano. «Resta lì!» esclamò lei, raggiungendolo di corsa.

Sforzandosi di comportarsi da ometto e non piangere, il bambino le indicò la barchetta, che adesso si stava infilando in mezzo alle radici del tronco caduto sotto il ponte. «Non c'è più» sussurrò con un filo di voce, mentre due lacrime gli spuntavano negli occhietti castani. «Me l'aveva fatta zio George. Sarà triste.»

Victoria si morse il labbro, esitante. Anche se l'acqua era ovviamente troppo profonda e la corrente troppo forte, lei e Andrew avevano recuperato le loro barche da fiumi ben più insidiosi, dove giocavano sempre. Sollevò la testa e studiò l'argine ripido, assicurandosi di essere nascosta alla vista di chiunque si trovasse in casa. Poi decise.

«Non è scomparsa, ha soltanto aggirato uno scoglio» disse abbracciandolo. «La recupererò io.» Iniziò a sfilarsi le scarpe, le calze e il nuovo vestito verde che le aveva comprato Jason. «Resta qui» disse. «Vado a prenderla.»

Con indosso soltanto la camiciola e la sottogonna leggera, Victoria s'immerse nel ruscello fino a quando non sentì più il fondale sotto i piedi, poi proseguì con lunghe bracciate esperte fino all'estremità dell'albero. Sotto il ponte l'acqua era ghiacciata e profonda, e gorgogliava intorno ai rami, ma non fece fatica a individuare la barchetta. Tuttavia non era facile liberare la lenza. S'immerse due volte di fronte al piccolo John estasiato, che a quanto pareva non aveva mai visto nessuno nuotare sott'acqua prima di allora. Nonostante il freddo e le sottovesti zuppe, Victoria si godette il senso di libertà che quella nuotata tonificante le procurava. «Questa volta la libererò» gridò a John facendogli un cenno con la mano. Temendo che il bambino decidesse di imitarla, esclamò: «Resta lì, non mi serve aiuto».

Lui annuì ubbidiente e Victoria si tuffò, seguendo la lenza con le dita fredde, in cerca del punto in cui si era aggrovigliata ai rami sommersi.

«Northrup ha detto di averli visti camminare verso il ponticello circa...» Jason si fermò di colpo sentendo la parola "aiuto".

Entrambi si misero a correre sul prato, verso il ponte. Scivolando e incespicando, scesero lungo la riva ripida e coperta di fiori raggiungendo John. Collingwood lo prese per le spalle e chiese con voce allarmata: «Dov'è lei?».

«Sotto il ponte» rispose il bambino, sorridendo. «È andata a prendermi la barca che mi ha fatto zio George.»

«Oh, Signore! Quella piccola pazza...» esclamò Jason ansimando, sfilandosi la giacca e correndo verso l'acqua.

All'improvviso un viso sorridente emerse in superficie. «L'ho presa, John!» gridò esultante, con i capelli sugli occhi.

«Bene!» rispose John applaudendo.

Jason si fermò, mentre il terrore irrazionale lasciava il posto a una furia cieca nel vederla nuotare allegramente verso la riva, con lunghe bracciate aggraziate, tirandosi dietro la barchetta. Aspettò impaziente che la sua preda uscisse dall'acqua.

Robert Collingwood lanciò un'occhiata comprensiva all'amico e prese suo figlio per mano. «Vieni con me, John» ordinò fermamente. «Credo che lord Fielding desideri dire qualcosa alla signorina Victoria.»

«Grazie?» ipotizzò il piccolo.

«No» rispose lui asciutto. «Non "grazie".»

Victoria uscì dall'acqua camminando all'indietro, trascinando la barchetta. «Visto, ti ho detto che l'avrei recuperata...» La sua schiena andò a sbattere contro qualcosa di duro e nello stesso momento due mani la presero per le braccia e la fecero girare.

«Piccola pazza!» esclamò Jason furibondo. «Stupida pazza, avreste potuto annegare!»

«No... no. Non ero in pericolo» ansimò Victoria, spaventata dalla collera nei suoi occhi verdi. «Sono un'eccellente nuotatrice, e...»

«Come lo stalliere che l'anno scorso è quasi affogato!» rispose lui con un tono terrificante.

«Comunque spezzarmi le braccia non servirà a nulla» disse lei cercando di divincolarsi, ma i suoi inutili sforzi non facevano che aumentare la stretta di lui. Cercò disperatamente di fare appello alla ragione. «So di avervi fatto spaventare, ma non ero in pericolo. Non ho fatto nulla di male.»

«Non avete fatto nulla di male? E non siete in pericolo?» ripeté lui minaccioso, mentre il suo sguardo si abbassava sul petto ansimante di lei. Victoria realizzò di colpo di essere fradicia e vestita a malapena, e che gli stava bagnando la camicia nel punto in cui i suoi seni lo toccavano. «Supponiamo che ci fosse qualcuno di diverso da me a guardarvi dall'argine. Cosa credete che sarebbe successo?»

Victoria deglutì e si inumidì le labbra, ricordando il giorno in cui era sgattaiolata in casa a tarda sera e aveva scoperto che suo padre aveva organizzato una battuta per cercarla nei boschi. Dapprima era parso contento. Dopodiché, per due giorni, il fondoschiena le aveva fatto male ogni volta che si sedeva. «Io... non so cosa sarebbe successo» gli rispose, sforzandosi di tirare fuori la voce. «Suppongo che mi avrebbe passato i vestiti e...»

Lo sguardo di Jason sostò sulle sue labbra bagnate e poi si abbassò, seguendo la linea del collo fino alle curve seducenti esposte e protese in avanti in modo invitante, a sottolineare il fatto innegabile che lei era una donna attraente e non una bambina, come aveva tentato di convincere se stesso. «Questo è quello che sarebbe successo!» scattò all'improvviso, e premette la bocca sulla sua con un bacio intenso e brutale, per punirla e umiliarla.

Victoria si dimenò in silenzio contro di lui, cercando di allentare la sua stretta e sottrarsi alla forza possessiva delle sue labbra. Ma quegli sforzi sembravano non fare altro che aumentare la sua rabbia e l'intensità del bacio. «Per favore» piagnucolò. «Mi dispiace di avervi spaventato...»

Le mani di lui la lasciarono lentamente, e Jason sollevò la testa guardandola negli occhi pieni di terrore. Victoria incrociò le braccia sul petto, i capelli sparsi sulle spalle come una cascata di rubini intrecciati a fili d'oro e gli occhi color zaffiro sgranati per la paura e la mortificazione. «Vi prego» mormorò, con la voce scossa per l'emozione, mentre cercava di ristabilire la tregua tra loro. «Non siate in collera con me. Non volevo spaventarvi. Nuoto da quando ero piccola, ma oggi non avrei dovuto tuffarmi. Adesso me ne rendo conto.»

Quell'ammissione sincera colse Jason del tutto alla sprovvista. Da quando era un uomo ricco e nobile, le donne avevano usato ogni tattica per conquistarlo, ma senza successo; il candore di Victoria, combinato al bel viso rivolto verso di lui, e la sensazione del suo corpo voluttuoso premuto contro di sé agirono come un potente afrodisiaco. Un'ondata di desiderio lo attraversò, riscaldandogli il sangue nelle vene, inducendolo ad attirarla più vicino a sé.

Victoria colse uno sguardo primitivo e terrificante nei suoi occhi mentre le stringeva di nuovo le braccia. Indietreggiò, con un grido che le saliva alla gola, ma le labbra di lui premettero sulle sue, soffocandolo. Come un coniglio in una trappola, si dimenò fino a quando non sentì le sue mani che le accarezzavano la schiena e le spalle, mentre la bocca si muoveva con eccitante perizia.

Confusa, gli posò le mani sul petto, aggrappandosi a lui per non perdere l'equilibrio. Quel gesto innocente provocò una reazione immediata in Jason. La strinse tra le braccia e approfondì il bacio, muovendo le labbra sulle sue con ardore e avidità. In preda a sensazioni sconosciute, Victoria si alzò in punta di piedi, ricambiando la potente stretta delle sue braccia. Lui gemette quando lei premette il corpo contro il suo, e con la bocca socchiusa cercò di indurla a schiudere a sua volta le labbra. Nel momento in cui lo fece, la sua lingua vi s'insinuò e affondò nella morbida cavità della bocca di lei.

Victoria staccò le labbra, orripilata da ciò che stava facendo, e lo spinse via con tutte le sue forze. «No!» esclamò.

Lui la lasciò andare così di colpo da farla barcollare all'indietro. Poi fece un respiro e trattenne il fiato per un istante che parve lunghissimo. Sollevando lo sguardo ostile dal petto di Jason, lo fissò. «Suppongo che anche questo sia colpa mia» dichiarò arrabbiata. «Senza dubbio direte che è il trattamento che mi merito!» La bocca di lui si curvò in un sorriso, e Victoria ebbe la netta impressione che si stesse sforzando di rimanere serio.

«Il primo errore l'avete fatto voi oggi pomeriggio» disse infine Jason. «Questo è stato mio. Mi dispiace.»

«Cosa?» replicò lei, incapace di credere alle proprie orecchie.

«Contrariamente a quanto pensate di me» proseguì lui «non è mia abitudine sedurre innocenti...»

«Non c'è *pericolo* che mi seduciate» mentì Victoria fiera.

Negli occhi di lui comparve un luccichio ironico. «Davvero?» chiese, mentre il divertimento sembrava sciogliere la tensione del suo corpo.

«No, assolutamente no!»

«Allora vi suggerisco di rimettervi i vestiti, prima che sia tentato di mostrarvi quanto vi sbagliate.»

Victoria aprì la bocca per ribattere a tono, ma il suo sorriso sfacciato era troppo anche per lei. «Siete impossibile!» dichiarò.

«Avete ragione» convenne lui e si voltò per lasciare che si vestisse.

Cercando disperatamente di controllare le proprie emozioni e di mostrarsi disinvolta come Jason, Victoria si vestì in fretta. Andrew l'aveva baciata qualche volta, ma mai in quel modo. Mai. Jason non avrebbe dovuto farlo, così come non avrebbe dovuto apparire tanto composto. Lei era certa di avere tutte le ragioni di essere furiosa con lui, ma forse le cose in Inghilterra erano diverse. Forse le signore lì accettavano certi baci. Si sarebbe resa solamente ridicola se ne avesse fatto un caso, quando lui liquidava il bacio come un episodio insignificante. Mostrandosi ostile, non ci avrebbe guadagnato nulla, anzi era sicura che avrebbe perso. Tuttavia non poté frenare il proprio risentimento. «Siete veramente impossibile» ripeté.

«Abbiamo già appurato che siamo d'accordo su questo punto.»

«E anche imprevedibile.»

«In che senso?»

«Pensavo che mi avreste picchiato per avervi spaventato. Invece mi avete baciato.» Chinandosi, raccolse la barca di John. «Sto iniziando a pensare che assomigliate un po' al vostro cane... sembrate entrambi più feroci di quanto non siate.»

Per una volta, vide incrinarsi la sua maschera compiaciuta e saccente. «Il mio cane?» le fece eco senza capire.

«Willie» chiarì lei.

«Se trovate che Willie sia feroce, allora vi spaventano anche i canarini.»

«Sono giunta alla conclusione che non ci sia motivo di temere nessuno dei due.»

Un sorriso gli sfiorò gli angoli della bocca sensuale mentre prendeva per un momento la barchetta dalle mani di Victoria. «Non ditelo a nessuno, o rovinerete la mia reputazione.»

Victoria si avvolse la coperta intorno al corpo e inclinò il capo da una parte. «Ne avete una?»

«La peggiore possibile» dichiarò lui, lanciandole un'occhiata di sfida. «Volete conoscerne i dettagli più sordidi?»

«Certo che no» ribatté Victoria con sussiego. Sperando che il leggero rimorso di Jason per il bacio lo rendesse più malleabile, si fece coraggio e affrontò la questione a cui pensava da giorni. «Ci sarebbe un modo per riscattarvi dal vostro errore» accennò mentre s'incamminavano verso casa.

Jason le lanciò un'occhiata interrogativa. «Direi che un errore compensa l'altro. Comunque, di cosa si tratta?»

«Voglio che mi restituiate i miei vestiti.»

«No.»

«Non capite» esclamò lei, infervorata dal bacio e ora dal suo atteggiamento autoritario. «Sono in lutto per i miei genitori.»

«Capisco. Tuttavia sono convinto che il dolore, per quanto estremo, debba essere mantenuto nell'intimo, e non credo nell'esibizione del lutto. Inoltre, io e Charles desideriamo che voi qui vi facciate una nuova vita, una vita piena di gioia.»

«Non ho bisogno di una nuova vita!» esclamò Victoria disperatamente. «Starò qui solo fino a quando Andrew non verrà a prendermi e...»

«Non verrà, Victoria» disse Jason. «In tutti questi mesi vi ha scritto solo una volta.»

Quelle parole la ferirono come pugnali incandescenti. «Verrà. Non c'è stato il tempo di ricevere altre lettere prima della mia partenza.»

L'espressione di Jason s'indurì. «Spero che abbiate ragione. Comunque vi proibisco di vestire di nero. Il lutto è una cosa che si porta nel cuore.»

«Cosa ne sapete voi?» sbottò Victoria, voltandosi verso di lui con i pugni serrati. «Se aveste un cuore, non mi costringereste ad andarmene in giro con questi abiti, come se i miei genitori non fossero mai esistiti. Siete senza cuore!»

«Avete ragione» dichiarò lui, in tono ancora più spaventoso, perché pacato. «Sono senza cuore. Ricordatevelo e non lasciatevi ingannare, credendo che dietro questo aspetto feroce si nasconda un tenero cucciolo. Decine di donne hanno fatto questo errore e se ne sono pentite.»

Victoria si allontanò da lui con le gambe che le tremavano. Come aveva potuto credere che potessero diventare amici! Era freddo, cinico e insensibile; aveva un carattere malvagio e inaffidabile; e oltretutto era chiaramente squilibrato! Nessun uomo sano di mente avrebbe baciato una donna con passione e tenerezza, flirtando con lei senza pudore, per poi diventare glaciale e odioso un attimo dopo. Non era di certo un cucciolo indifeso, era pericoloso e imprevedibile come la pantera di cui aveva l'aspetto!

Nonostante si sforzasse di camminare con passo affrettato, le lunghe falcate di Jason gli permisero di restarle al fianco senza fatica, e arrivarono insieme al vialetto circolare di fronte alla casa.

Il conte di Collingwood li stava aspettando già in sella al suo cavallo sauro, con John sistemato comodamente davanti a sé.

Imbarazzata e arrabbiata, Victoria salutò in fretta il conte, sorrise a John e gli porse la barchetta, dopodiché entrò rapidamente in casa.

John guardò lei e Jason e poi si rivolse ansioso al padre. «Non ha picchiato la signorina Tory, vero?»

Il conte distolse lo sguardo dalla camicia bagnata di Jason e lo scrutò negli occhi, divertito. «No, John, lord Fielding non l'ha picchiata.» Poi si rivolse a Jason: «Devo dire a Caroline di venire a trovare la signorina Seaton domani?».

«Vieni con lei e noi continueremo la nostra discussione d'affari.»

Robert annuì. Stringendo le braccia in modo protettivo intorno al figlio, spronò il cavallo con il tacco dello stivale e l'animale si mise in moto.

Jason li osservò allontanarsi e la sua espressione imperturbabile lasciò il posto a una smorfia di dispiacere mentre ripensava seriamente, per la prima volta, a ciò che era successo lungo il ruscello.

9

Il pomeriggio seguente Victoria non era ancora riuscita a togliersi dalla testa il bacio sconvolgente di Jason. Seduta sull'erba di fianco a Willie, gli accarezzava la testa fiera, mentre l'animale sgranocchiava l'osso che gli aveva portato. Osservandolo, ripensò all'atteggiamento disinvolto e mondano di Jason dopo il bacio, e le si contrasse lo stomaco, paragonandolo alla propria innocenza e stupidità.

Come aveva potuto stringerla e baciarla come se stesse per divorarla e un attimo dopo scherzare sull'accaduto? E come aveva fatto lei a sopportarlo, quando aveva i sensi in subbuglio e le ginocchia che tremavano? E dopo tutto ciò, come aveva potuto Jason guardarla con i suoi occhi di ghiaccio e consigliarle di non fare lo stesso errore che avevano fatto "decine" di altre donne?

Perché si comportava così? Era impossibile andare d'accordo con lui. Impossibile capirlo. Lei aveva cercato di diventare sua amica, ed era finita con un bacio. Tutto sembrava talmente diverso in Inghilterra; forse lì i baci non erano nulla di straordinario e non c'era ragione di sentirsi in colpa o arrabbiata. Eppure… Un senso di solitudine la travolse, e fu scossa da un brivido al pensiero di come aveva ricambiato il bacio di Jason.

Alzò gli occhi quando lo vide raggiungere a cavallo le scuderie. Quella mattina era andato a caccia, e lei era riuscita a evitarlo. Ma il tempo era scaduto. La carrozza del conte di Collingwood stava comparendo in fondo al vialetto. Riluttante, si alzò in piedi. «Vieni, Willie» disse. «Andiamo a dire a lord Fielding che il conte e la contessa sono appena arrivati e risparmiamo al povero O'Malley un giro fino alle scuderie.»

Il cane sollevò il grosso muso e la guardò coi suoi occhi intelligenti, ma non si mosse.

«È ora che la smetti di nasconderti. Non sono la tua cameriera, sai, e mi rifiuto di continuare a portarti il cibo fin qui. Northrup mi ha detto che prima mangiavi nelle scuderie. Vieni, Willie!» ripeté, determinata a mantenere il controllo almeno di quella piccola parte della sua vita. Fece altri due passi avanti e aspettò.

Il cane si alzò e la squadrò con un'espressione attenta, che le fece capire che aveva compreso il comando.

«Willie» chiamò lei irritata. «Sto perdendo la pazienza con voi maschi arroganti.» Schioccò le dita. «Ho detto *vieni!*» Fece un altro passo avanti e si voltò, pronta a trascinare l'animale ostinato per la collottola se si fosse rifiutato. «Vieni!» sbottò in tono acuto, e questa volta lui la seguì lentamente.

Rincuorata dal suo piccolo trionfo, Victoria si avviò verso le scuderie da cui stava uscendo Jason, con il fucile in mano.

Di fronte alla casa, il conte di Collingwood fece scendere la moglie dalla carrozza. «Eccoli là» disse alla donna, facendo un cenno col capo in direzione delle scuderie. Prendendola affettuosamente sottobraccio, attraversò il prato per raggiungere l'altra coppia. «Sorridi» scherzò sentendola rallentare. «Sembri sul punto di affrontare un plotone d'esecuzione.»

«Che è più o meno come mi sento» ammise Caroline, lanciandogli un'occhiata colpevole. «So che riderai, ma lord Fielding mi mette soggezione.» Annuì di fronte allo sguardo stupito del marito. «Non sono l'unica a pensarla così. Quasi tutti lo temono.»

«Jason è un uomo brillante, Caroline. E io ho tratto enormi guadagni dagli investimenti che ha avuto la compiacenza di raccomandarmi.»

«Forse, ma resta comunque un tipo difficile... e *minaccioso*. Inoltre, a volte se ne esce con dei commenti che ti fanno venire voglia di sprofondare. Il mese scorso, per esempio, ha detto alla signorina Farraday che disprezza le femmine che fanno troppe moine, e in particolare quelle che lo tengono sottobraccio *mentre* fanno le moine.»

«E la signorina Farraday cos'ha risposto?»

«Cosa poteva dire? Era a braccetto con lui e stava facendo le moine. È stato oltremodo imbarazzante.» Ignorando il sorriso emblematico del marito, Caroline si lisciò i guanti bianchi sulle lunghe dita. «Non riesco a immaginare cosa ci trovino in lui le donne, ma in sua presenza non fanno altro che rendersi ridicole. È ricco come Creso, è vero, con sei proprietà e chissà quante sterline di rendita all'anno... e sarà il prossimo duca di Atherton. E devo ammettere che è di una bellezza fuori dal comune...»

«Però non riesci a capire cosa ci trovino in lui le donne?» la prese in giro il marito.

Caroline scosse il capo, abbassando la voce, mentre si avvicinavano alla coppia. «I suoi modi non sono affatto gentili. Al contrario, è terribilmente sgarbato!»

«Quando un uomo viene continuamente adulato per il suo denaro e il suo titolo nobiliare, si può scusarlo se a volte perde la pazienza.»

«Può darsi, ma non posso che compatire la povera signorina Seaton. Pensa come dev'essere orribile la convivenza con lui.»

«Non so se lei la trovi orribile, tuttavia ho l'impressione che si senta sola e abbia bisogno di un'amica che le mostri come vanno le cose in Inghilterra.»

«Dev'essere triste» convenne Caroline, guardando Victoria, che aveva appena raggiunto Jason e stava parlando con lui.

«Il conte e la contessa sono arrivati» stava dicendo la ragazza, con fredda cortesia.

«Vedo. Vi hanno seguito fin qui» le spiegò Jason. «Sono pochi passi dietro di voi.» Le lanciò un'altra occhiata e si bloccò di colpo, vedendo qualcosa alle spalle di lei. «Spostatevi!» le ordinò, spingendola bruscamente da una parte, mentre si caricava il fucile in spalla. Victoria udì un basso ringhio e improvvisamente capì cosa voleva fare Jason.

«No!» gridò. Corse verso di lui e spinse la canna del fucile in alto, dopodiché si buttò in ginocchio e mise le braccia intorno a Willie, guardando Jason. «Siete pazzo! Pazzo! Cos'ha fatto Willie per meritare di essere ridotto alla fame e poi ucciso a fucilate?» gli chiese isterica, accarezzando il muso all'animale. «Ha fatto il bagno nel vostro stupido ruscello o… o ha osato disubbidire a uno dei vostri ordini… o…»

Il fucile scivolò tra le dita di Jason, con la punta diretta a terra. «Victoria» le spiegò con un tono calmo che contraddiceva il viso teso e pallido. «Quello non è Willie. Willie è un collie, e l'ho prestato ai Collingwood per un accoppiamento.»

La mano di Victoria si fermò a metà di una carezza.

«A meno che io non abbia perso la vista e la ragione nell'ultimo minuto, direi che l'animale a cui siete avvinghiata come una madre che protegge il proprio bambino è quanto meno un mezzo lupo.»

Victoria deglutì e si alzò lentamente. «Anche se non è Willie, è pur sempre un cane, non un lupo» insisté cocciuta. «Conosce il comando: "Vieni".»

«È solo in parte un cane» la contraddisse Jason. Con l'intenzione di allontanarla dall'animale, fece un passo avanti e la prese per un braccio, provocando una reazione istantanea da parte del cane: si abbassò ringhiando e mostrando le zanne, con il pelo ritto sul dorso. Jason le lasciò il braccio, muovendo le dita lentamente intorno al grilletto dell'arma. «Allontanatevi da lui, Victoria.»

Gli occhi di lei erano puntati sul fucile. «Non fatelo!» lo ammonì. «Non ve lo permetterò. Vi giuro che se gli sparerete, io sparerò a voi. Sono molto più brava a sparare che a nuotare. Tutti potrebbero confermarvelo dalle mie parti. Jason!» gridò con voce rotta. «È un cane e sta solo cercando di proteggermi da voi. Chiunque lo capirebbe! È mio amico. Vi prego, non sparategli. Vi prego...» Sollevata, vide la mano di Jason che si rilassava e la canna nuovamente rivolta verso il basso.

«Smettetela di stargli intorno» le ordinò. «Non gli sparerò.»

«Mi date la vostra parola di gentiluomo?» insisté Victoria, facendo scudo con il proprio corpo all'animale, nel tentativo di evitare il confronto fatale tra il cane coraggioso che cercava di proteggerla e l'uomo col fucile, pronto a ucciderlo per questo.

«Vi do la mia parola.»

Victoria fece per spostarsi, quando si ricordò di una cosa che le aveva detto Jason, così tornò subito a mettersi fra i due avversari. Squadrandolo sospettosa, gli chiese: «Mi avete confidato di non essere un gentiluomo e di non avere principi. Come posso sapere che manterrete la parola data, come farebbe un vero gentiluomo?».

Gli occhi da pantera di Jason brillarono divertiti nonostante tutto, mentre guardava quella giovane donna indifesa che stava sfidando contemporaneamente lui e un lupo. «La manterrò. Adesso piantatela di comportarvi come Giovanna d'Arco.»

«Non sono sicura di potervi credere. Lo giurereste anche di fronte a lord Collingwood?»

«State tirando la corda, mia cara» l'ammonì Jason pacato.

Anche se pronunciate con calma, quelle parole avevano un innegabile tono di minaccia, e Victoria cedette, non per timore, ma perché istintivamente sentiva che Jason avrebbe fatto ciò che le aveva promesso. Annuì e si allontanò, ma l'enorme corpo del cane rimase in posizione d'attacco, con lo sguardo minaccioso puntato su Jason.

Lui fissava l'animale con il fucile pronto lungo il fianco. Disperata, Victoria si rivolse al cane. «Seduto!» ordinò, senza aspettarsi che ubbidisse veramente al comando.

Il cane esitò e poi si sedette al suo fianco.

«Ecco!» Victoria alzò le mani sollevata. «È stato ben addestrato da qualcuno. E sa che la vostra arma potrebbe ferirlo. È per questo che non smette di osservarvi. È intelligente.»

«Molto intelligente» convenne Jason con sarcasmo. «Abbastanza da vivere sotto il mio naso, mentre io e tutti gli abitanti dei dintorni stiamo dando la caccia al "lupo" che fa razzia nei pollai e terrorizza il villaggio.»

«È per questo che andate a caccia ogni giorno?» Jason annuì e Victoria si lanciò in una difesa appassionata dell'animale, temendo che lui dicesse che non poteva restare nella sua proprietà. «Non è un lupo, è un cane, lo potete vedere chiaramente. E gli ho dato da mangiare tutti i giorni, perciò non ha più alcun motivo per razziare i pollai. È anche molto intelligente e capisce ciò che dico.»

«Allora potreste accennargli che non è molto gentile da parte sua starsene lì pronto ad azzannare la mano che, anche se indirettamente, gli ha fornito il cibo.»

Victoria lanciò un'occhiata ansiosa al suo protettore fin troppo appassionato e poi a Jason. «Penso che se allungaste di nuovo una mano verso il mio braccio e io gli dicessi di non ringhiarvi, lui capirebbe. Provate.»

«Preferirei prendervi per il collo» rispose Jason, semiserio, ma le afferrò il braccio come gli aveva chiesto. L'animale si abbassò, pronto a saltargli addosso, ringhiando.

«No!» ordinò Victoria decisa, e il lupo chiamato Willie si rilassò, esitò e poi le leccò la mano.

Victoria emise un sospiro di sollievo. «Visto? Ha funzionato. Mi occuperò io di lui, e se lo lascerete restare, non darà più alcun fastidio a nessuno.»

Jason non poté resistere di fronte al suo coraggio e allo sguardo implorante di quei brillanti occhi azzurri. «Mettete la catena al vostro cane» sospirò. E quando lei fece per obiettare, proseguì. «Farò in modo che Northrup informi i guardacaccia di non fargli del male, ma se si spingerà nelle proprietà altrui, gli spareranno a vista. Non ha mai aggredito nessuno, ma i contadini tengono molto anche ai loro polli, oltre che alle loro famiglie.»

Quindi mise fine alla discussione, voltandosi per salutare il conte e la contessa di Collingwood, e, per la prima volta, Victoria si ricordò della loro presenza.

Arrossì di mortificazione mentre si sforzava di presentarsi alla donna che apparentemente Jason considerava un modello di buone maniere. Invece dello sdegno che si aspettava di vedere dipinto sul volto della contessa, si accorse che lady Collingwood la stava fissando con un'aria divertita. Jason fece le presentazioni e poi si allontanò con il conte per discutere di questioni d'affari, lasciando che Victoria approfondisse la conoscenza con la contessa.

Lady Collingwood fu la prima a spezzare il silenzio imbarazzato tra loro. «Posso accompagnarvi mentre mettete la catena al vostro cane?»

Victoria annuì, sfregandosi i palmi umidi sulla gonna. «Penserete che io sia la donna più maleducata del mondo» disse timidamente.

«No» rispose Caroline Collingwood, mordendosi il labbro inferiore per frenare una risata. «Ma senza dubbio siete la più *coraggiosa.*»

Victoria ne fu colpita. «Perché non ho paura di Willie?»

La contessa scosse il capo. «Perché non avete paura di lord Fielding» la corresse, ridendo.

Victoria scrutò sorpresa la brunetta elegante, e quello che

notò fu lo sguardo malizioso che spiccava in quegli allegri occhi grigi e l'offerta di amicizia che si celava dietro il suo sorriso. Si rese conto di aver incontrato un'anima gentile in quel paese apparentemente ostile, e il suo umore si risollevò. «A dire il vero, ero terrorizzata da lui» ammise, dirigendosi verso il retro della proprietà, dove aveva deciso di sistemare il cane, fino a quando non fosse riuscita a convincere Jason a farlo entrare in casa.

«Ma non l'avete mostrato, ed è importante, perché sono convinta che se un uomo si rende conto che una donna teme qualcosa, sfrutta quella debolezza in modo orribile. Per esempio, quando mio fratello Carlton ha scoperto la mia fobia per i serpenti, me ne ha messo uno nel cassetto dei fazzoletti. E non appena stavo per riprendermi dallo shock, mio fratello Abbott me ne ha infilato un altro nelle scarpette da ballo.»

Victoria rabbrividì. «Detesto i serpenti. Quanti fratelli avete?»

«Sei, e mi hanno costretto a subire torti orribili, fino a quando non ho imparato a vendicarmi. Voi avete fratelli?»

«No, una sorella.»

Quando i due gentiluomini ebbero concluso le loro discussioni d'affari e si unirono alle signore per la cena, Victoria e Caroline Collingwood erano già passate a darsi del tu ed erano sulla buona strada per diventare amiche. Victoria aveva già spiegato che il suo fidanzamento con lord Fielding era stato un errore commesso da Charles, anche se con le migliori intenzioni, e le aveva raccontato di Andrew; Caroline le aveva confidato che erano stati i suoi genitori a scegliere lord Collingwood come marito per lei, ma da ciò che diceva e dal modo in cui le brillavano gli occhi quando ne parlava, era ovvio che lo adorava.

A cena le due giovani continuarono a scambiarsi confidenze e a confrontare episodi della loro infanzia. Persino lord Collingwood contribuì con alcuni racconti di quando era bambino, e presto Victoria capì che tutti e tre avevano alle spalle un'infanzia serena e la sicurezza dell'amore dei genitori. Jason tuttavia si rifiutò di parlare del proprio passato, anche se parve sinceramente interessato alle storie degli altri.

«Sai davvero sparare?» chiese Caroline ammirata a Victoria, mentre due camerieri servivano trota al burro con una salsa delicata.

«Sì» ammise Victoria. «Me l'ha insegnato Andrew, perché voleva gareggiare con qualcuno quando tirava al bersaglio.»

«E tu? Riuscivi a tenergli testa?»

Victoria annuì, con la luce delle candele che accendevano riflessi nei suoi capelli, trasformandoli in una cascata luminosa. «Altroché. È stato sorprendente: la prima volta che mi ha messo in mano una pistola, ho seguito le istruzioni, preso la mira e colpito il bersaglio. Non mi è sembrato affatto complicato.»

«E poi?»

«È diventato sempre più facile» disse Victoria.

«A me piacciono le sciabole» confessò Caroline. «Mio fratello Richard mi permetteva di fargli da avversario nella scherma. Tutto quello che ci vuole è un buon braccio.»

«E un occhio fermo» aggiunse Victoria.

Lord Collingwood rise. «A me piaceva fingere di essere un cavaliere a un torneo. Ero piuttosto bravo, ma immagino che gli addetti alla stalla non se la sentissero di disarcionare un futuro conte, perciò probabilmente non ero così bravo come credevo all'epoca.»

«Giocavate al tiro alla fune in America?» chiese Caroline curiosa.

«Sì, maschi contro femmine.»

«Ma non è giusto. I maschi sono sempre più forti.»

«No» fece Victoria con uno sguardo divertito. «Non se le ragazze scelgono un posto dove c'è un albero e riescono, con molta disinvoltura, ad arrotolare la fune intorno al tronco mentre gli altri tirano.»

«Vergogna!» rise Jason. «Baravate.»

«È vero, ma le probabilità erano a nostro svantaggio, perciò non si trattava propriamente di barare.»

«Cosa intendete con probabilità?» scherzò lui.

«Come nelle carte» spiegò Victoria sorridendo. «Se devo dire la verità, sono un'esperta nel calcolare le probabilità e sono in grado di giocare in modo da ottenere una certa mano che mi interessa. Per farla breve» ammise spudoratamente «so barare.»

Le sopracciglia scure di Jason si unirono in mezzo alla fronte. «Chi ve l'ha insegnato?»

«Andrew. Diceva che erano "trucchi" che aveva imparato quando studiava via da casa.»

«Ricordatemi di non raccomandare questo Andrew al mio club» disse Collingwood asciutto. «Non sopravvivrebbe un giorno.»

«Andrew non bara mai» puntualizzò Victoria. «Sosteneva che è importante saper barare, per non essere ingannati da un giocatore d'azzardo senza scrupoli. Ma allora aveva solo sedici anni e non si rendeva conto che con ogni probabilità non avrebbe mai incontrato un tipo del genere...»

Jason si appoggiò allo schienale della sedia e osservò Victoria con interesse, sorpreso dalla spigliatezza con cui s'intratteneva coi suoi ospiti, coinvolgendo nella conversazione anche Robert Collingwood. Notò che il suo volto s'illuminava quando nominava Andrew e la sala da pranzo sembrava rischiarata dal suo sorriso.

Era fresca, viva e genuina. Nonostante la sua giovane età, c'era una naturale sofisticatezza in lei, che derivava da una mente vivace e un sincero interesse per il prossimo. Sorrise tra sé e sé, ricordando il coraggio con cui aveva difeso il cane, che d'ora in poi avrebbe chiamato Wolf e non più Willie. Jason aveva conosciuto pochi uomini dotati di vero coraggio in vita sua, ma non aveva mai incontrato una donna così audace. Ricordò la timidezza con cui aveva ricambiato il suo bacio e l'incredibile ondata di desiderio che aveva risvegliato in lui.

Victoria Seaton era piena di sorprese e promesse, pensò, studiandola di nascosto. Ogni tratto del suo viso era di una bellezza impeccabile, ma il suo fascino andava ben oltre: era nella sua risata squillante e nei movimenti pieni di grazia. C'era qualcosa in lei che la faceva luccicare come un gioiello perfetto, un gioiello che aveva soltanto bisogno della giusta collocazione. Vestiti eleganti per esaltare la sua figura attraente e i lineamenti squisiti; una casa magnifica in cui regnare come una regina; un marito per placare i suoi istinti più selvaggi; un bambino da cullare...

Seduto di fronte a lei, Jason ricordò il proprio sogno di un tempo, ormai abbandonato, di avere accanto a sé una moglie che riempisse di allegria e calore la sua tavola... una donna da stringere tra le braccia per colmare il vuoto che aveva dentro... una donna che potesse amare i figli che le avrebbe dato...

Si riscosse, disgustato dai propri sogni giovanili e ingenui. Li aveva portati con sé in età adulta e aveva sposato Melissa, illudendosi che una bella moglie potesse realizzarli. Era stato davvero stupido e ingenuo a credere che a una donna importassero di più l'amore e i figli che il denaro, i gioielli e il potere. Si incupì al pensiero che Victoria Seaton stava improvvisamente risvegliando in lui tutti quegli stupidi desideri, che avrebbero ricominciato a tormentarlo.

10

Subito dopo aver salutato i Collingwood, Jason si diresse in biblioteca, dove Charles era sparito un'ora prima.

Il duca appoggiò immediatamente il libro e lo guardò raggiante. «Hai notato il comportamento di Victoria a cena?» chiese ansioso. «Non è splendida? Ha fascino, portamento, intelligenza. Mi ha riempito d'orgoglio! Perché è...»

«Portatela a Londra domani» tagliò corto Jason. «Flossie Wilson può unirsi a voi per la stagione.»

«Londra!» esclamò Charles. «Ma perché? Perché tanta fretta?»

«Voglio che stia alla larga da Wakefield e dalle mie mani. Portatela a Londra e trovatele un marito. La stagione si aprirà tra due settimane.»

Charles impallidì, ma la sua voce era determinata. «Penso di avere diritto a una spiegazione per questa decisione improvvisa.»

«Ve l'ho data... Voglio che stia alla larga da qui e dalle mie mani. È una spiegazione sufficiente.»

«Non è così semplice» protestò Charles. «Non posso mettere un annuncio sul giornale per trovarle un marito. Dobbiamo comportarci secondo le regole, presentandola formalmente in società.»

«Allora portatela in città e iniziate.»

Passandosi le mani tra i capelli grigi, Charles scosse il capo. «La mia casa non è nelle condizioni adeguate per dare feste sontuose...»

«Usate la mia» disse Jason.

«A quel punto non potrai starci *tu*» obiettò Charles, cercando forsennatamente degli impedimenti a quel piano. «Se lo facessi, tutti penserebbero che Victoria sia un'altra delle tue conquiste... Il fatto che teoricamente siate fidanzati non avrebbe alcun peso.»

«Se dovessi stare in città, userò la vostra casa» ribatté Jason bruscamente. «Portatevi dietro la mia servitù da qui. Saranno pronti per una festa nel giro di un giorno. L'hanno già fatto.»

«E gli abiti e l'ammissione da Almack's e...»

«Mandate Flossie Wilson con Victoria da Madame Dumosse e dite a Madame che voglio il meglio per lei, e subito. Flossie saprà come farla ammettere da Almack's. C'è altro?»

«Altro?» sbottò Charles. «Per cominciare, la Dumosse è così famosa che persino io so chi sia. Con l'apertura della stagione alle porte, non avrà tempo per occuparsi di Victoria.»

«Dite a Madame Dumosse che mi fido del suo giudizio per il guardaroba di Victoria e di non badare a spese. I capelli ramati e la figura minuta di Victoria saranno una sfida per lei; la vestirà in modo tale da far sparire ogni bionda insipida o brunetta allampanata di Londra, a costo di non dormire per le prossime due settimane. Dopodiché raddoppierà il conto già normalmente esorbitante per compensare il disturbo. Ci sono già passato» concluse. «Adesso, dal momento che tutto è stabilito, ho del lavoro da sbrigare.»

Charles emise un lungo sospiro frustrato. «Va bene, ma partiremo fra tre giorni, non prima. Così avrò il tempo di chiedere a Flossie Wilson di raggiungerci a Londra. Come scapolo, non posso vivere sotto lo stesso tetto con Victoria senza una dama di compagnia, soprattutto a Londra. Puoi iniziare a mandare i domestici per occuparsi della casa e io avviserò Flossie Wilson di farsi trovare là dopodomani. Ora avrei un favore da chiederti.»

«Cosa?»

Scegliendo con cura le parole, Charles rispose: «Voglio che nessuno sappia ancora che il tuo fidanzamento con Victoria è stato annullato».

«Perché no?» chiese Jason impaziente.

Charles esitò, smarrito, poi s'illuminò. «Prima di tutto, perché se la gente del bel mondo penserà che Victoria è ancora fidanzata con te, non la degnerà di troppa attenzione. Lei avrà così maggiore libertà e tempo a disposizione per scegliersi un gentiluomo.» Jason stava per replicare, ma lui aggiunse in fretta: «Sarà molto più ammirata e desiderata, se l'alta società londinese sarà convinta che abbia ricevuto una proposta di matrimonio proprio da te. Pensaci bene, qualunque giovane scapolo di Londra penserà che sia davvero speciale se tu vuoi sposarla. D'altro canto, sapendo che è già tua, si terranno alla larga».

«La vostra "amica" lady Kirby avrà sbandierato a tutti che il fidanzamento è stato annullato» fece notare Jason.

Charles liquidò il commento con un cenno della mano. «Nessuno presterà attenzione alla Kirby se tu non negherai il fidanzamento quando ti troverai a Londra.»

«Bene» fece Jason, pronto ad accettare quasi tutto per tenere lontano Victoria. «Portatela a Londra e fatela debuttare. Io le procurerò una dote appropriata. Date dei balli e invitate tutti i damerini d'Europa. Sarò presente al suo debutto» aggiunse sardonico. «E resterò a Londra per parlare con i pretendenti. Non sarà difficile trovare qualcuno che se la prenda.»

Era così sollevato all'idea di aver sistemato il problema di Victoria da non rendersi conto della contraddizione nella richiesta di Charles di non annunciare l'interruzione del fidanzamento.

Victoria entrò in biblioteca proprio mentre Jason stava uscendo. Si scambiarono un sorriso; poi lei si rivolse al duca. «Avete voglia di fare la solita partita a dama serale, zio Charles?»

«Cosa?» chiese lui assente. «Oh, sì, certo, mia cara. Ho aspettato tutto il giorno questo momento. Come sempre.» Si sedettero al tavolino uno di fronte all'altra con davanti il gioco, una scacchiera con sessantaquattro quadrati bianchi e neri.

Intanto che sistemava le pedine dalla sua parte, Victoria lanciò un'occhiata perplessa all'elegante signore brizzolato a cui stava rapidamente cominciando a voler bene come a un vero zio. Quella sera a cena aveva un aspetto particolarmente affascinante, con la sua giacca nera impeccabile mentre rideva per i loro racconti d'infanzia, e aveva persino contribuito con qualche storia personale, ma adesso sembrava inquieto. «Non vi sentite bene, zio Charles?» gli chiese, studiandolo intento a posizionare le sue dodici pedine nere.

«No, niente affatto» la rassicurò lui, ma nei primi cinque minuti di gioco, Victoria aveva già mangiato tre delle sue pedine. «Non riesco a concentrarmi» ammise, quando gli mangiò la quarta.

«Allora parliamo» suggerì Victoria.

Charles annuì con un sorriso sollevato, e lei pensò a una strategia per scoprire cosa lo turbasse. Suo padre aveva sempre sostenuto che le persone dovevano parlare di ciò che le angustiava... in particolare quelle deboli di cuore, perché così si alleviava lo stress interiore che poteva dare origine a un attacco. Ricordando che, poco prima del suo arrivo, Charles era con Jason, Victoria sospettò che fosse quest'ultimo la causa delle pene del duca. «Vi è piaciuta la cena?» iniziò con forzata disinvoltura.

«Moltissimo» disse lui, con espressione intensa.

«Pensate che sia stato lo stesso per Jason?»

«Santo cielo, sì. Molto. Perché me lo chiedete?»

«Non ho potuto fare a meno di notare che non ha raccontato nulla quando si parlava dell'infanzia.»

Charles distolse lo sguardo. «Forse non ricordava alcun episodio divertente da raccontarci.»

Victoria prestò scarsa attenzione a quella risposta. Si stava scervellando per trovare il modo di portare la conversazione sul duca. «Pensavo che forse gli era dispiaciuto qualcosa che ho detto e che fosse venuto da voi per parlarne.»

Charles la osservò di nuovo, questa volta con gli occhi castani che sorridevano. «Sei preoccupata per me, mia cara, vero? E vorresti sapere se c'è qualcosa che mi turba.»

Victoria scoppiò a ridere. «Sono così trasparente?»

Accarezzandola con le lunghe dita, le strinse una mano. «Non sei trasparente, Victoria; sei meravigliosa. Ti interessi alle persone. Ti guardo e provo una speranza per il mondo. Nonostante tutte le sofferenze degli ultimi mesi, ti accorgi ancora quando un anziano ha un aspetto stanco, e te ne preoccupi.»

«Non siete affatto anziano» protestò lei, che ammirava il suo aspetto in quegli abiti formali.

«A volte mi sento molto più vecchio della mia età» confessò lui in tono leggero. «Questa sera è una di quelle occasioni. Ma tu mi hai risollevato. Posso dirti una cosa?»

«Certo.»

«Ci sono stati momenti nella mia vita in cui ho desiderato una figlia, e tu sei esattamente come ho sempre immaginato che sarebbe stata.» Un moto di tenerezza si risvegliò in Victoria, mentre lui continuava. «A volte ti osservo passeggiare in giardino o quando parli con i domestici, e il mio cuore si riempie di orgoglio. So che deve sembrarti strano, dal momento che non ho niente a che fare con la tua educazione, ma è quello che provo. Mi viene voglia di gridare a tutti i cinici del mondo: "Guardatela, è vita, coraggio e bellezza. Lei è ciò che aveva in mente il Signore quando ha creato la compagna per il primo uomo. Lotterà per ciò in cui crede, si difenderà se subirà un torto... ma accetterà un gesto di scusa per quel torto e perdonerà senza rancore". So che hai perdonato Jason più di una volta per il modo in cui ti ha trattato. Penso tutte queste cose e poi mi chiedo cosa potrei darti per farti capire quanto tu sia importante. Che doni può dare un uomo a una dea?»

A Victoria parve di intravedere il luccichio delle lacrime negli occhi di Charles, però non poté esserne certa, perché anche i suoi erano umidi.

«Ecco!» disse lui ridendo, mentre le stringeva la mano con forza. «Finiremo per piangere entrambi sulla scacchiera. Visto che ho risposto alla tua domanda, risponderai a una da parte mia? Cosa pensi di Jason?»

Victoria sorrise nervosa. «È stato generoso con me» iniziò con cautela.

Charles le fece un cenno per invitarla ad andare oltre. «Non è quello che intendevo. Voglio dire, cosa pensi di lui sul piano personale? Dimmi la verità.»

«Non… non credo di capire cosa mi stiate chiedendo.»

«Va bene, sarò più specifico. Lo trovi attraente?»

Victoria trattenne una risata scioccata.

«La maggior parte delle donne sembra considerarlo estremamente affascinante» continuò Charles, sorridendo con un certo orgoglio, pensò Victoria. «E tu?»

Dopo essersi ripresa dallo stupore, lei annuì, cercando di non apparire troppo imbarazzata.

«Bene, bene. E converrai con me che è anche molto… molto… virile?»

Con grande orrore di Victoria, la sua mente scelse proprio quel momento per ricordarle il modo in cui Jason l'aveva baciata al ruscello. Sentì le guance avvampare.

«Vedo che pensi che lo sia» commentò Charles ridendo, mal interpretando il suo rossore. «Eccellente. Ora ti svelerò un segreto: Jason è uno degli uomini più raffinati che conoscerai mai. La sua non è stata una vita felice, ma è riuscito ad andare avanti perché ha una mente sottile e una forza di volontà grandissima. Leonardo da Vinci una volta disse: "Più grande è l'anima di un uomo, più profondo è il suo amore". Questa citazione mi ha sempre fatto pensare a Jason. Le sue emozioni sono profonde, ma di rado lo dimostra. E...» aggiunse Charles in tono ironico «... non capita spesso che qualcuno gli si opponga, men che meno quando si tratta di giovani donne. Motivo per cui a volte puoi averlo trovato in un certo senso... autoritario.»

La curiosità di Victoria superò la discrezione. «In che senso non ha avuto una vita felice?»

«Dovrà essere Jason a raccontarti della sua vita; io non ho il diritto di farlo. Un giorno te ne parlerà, me lo sento nel cuore. Tuttavia devo dirti un'altra cosa: ha deciso che io e te passeremo una stagione a Londra, tra mondanità e feste. Partiremo fra tre giorni. Flossie Wilson ci raggiungerà là, e tra due settimane si aprirà la stagione. Lei ti insegnerà tutto ciò che devi sapere per destreggiarti in società. Staremo nella residenza di città di Jason, che è molto più adatta della mia per intrattenere degli ospiti, e lui soggiornerà a casa mia quando verrà a Londra. Noi tre possiamo abitare tranquillamente insieme nella riservatezza della campagna, ma in città non è possibile.»

Victoria non aveva la minima idea di cosa comportasse una stagione a Londra, ma ascoltò Charles attentamente mentre le descriveva i balli, i ricevimenti, le feste dopo il teatro e quelle pomeridiane che proseguivano fino a tarda sera. La sua agitazione stava raggiungendo livelli incontrollati, quando Charles la informò che anche Caroline Collingwood sarebbe stata a Londra per la stessa ragione.

«Non mi è parso che tu ci abbia prestato particolare attenzione, ma stasera, a cena, lady Caroline ha dichiarato più di una volta di sperare che anche tu fossi in città per approfondire la vostra conoscenza. Sei contenta, vero?»

Victoria pensò che almeno quella parte le sarebbe piaciuta, tuttavia nel profondo del suo cuore odiava il pensiero di lasciare Wakefield per affrontare centinaia di estranei, soprattutto se erano tutti come le signore Kirby.

«Dal momento che abbiamo concordato ogni cosa» dichiarò Charles, aprendo un piccolo cassetto nel tavolino ed estraendone un mazzo di carte «dimmi: quando il tuo amico Andrew ti ha insegnato a giocare a carte, ti ha spiegato come funziona il piquet?»

Victoria annuì.

«Eccellente, allora giochiamo.» Quando lei accettò con gioia, Charles la guardò accigliato, ma con aria scherzosa. «Non intendi barare, vero?»

«Assolutamente no» promise lei in tono solenne.

Le passò il mazzo con occhi sorridenti. «Allora, mostrami quanto sei brava a servire. Metteremo a confronto le nostre tecniche.»

Victoria scoppiò a ridere. Raccolse il mazzo, e le carte si animarono tra le sue dita agili. «Prima di tutto, vi farò credere che questa sia la vostra sera fortunata» spiegò lei, distribuendo rapidamente le carte due alla volta, fino a quando non ne ebbero dodici.

Charles guardò la mano che gli aveva servito e alzò gli occhi, osservandola con ammirazione. «Quattro re. Scommetto che sarà una mano propizia.»

«Perderete» promise Victoria con un sorriso vivace, e scoprì le sue carte, che comprendevano quattro assi.

Il gioco degenerò in una farsa: ognuno di loro si procurava carte vincenti ogni volta che era il proprio turno di servire. In biblioteca risuonavano le loro risate mentre cercavano di ingannarsi a vicenda.

Disturbato da quelle esplosioni di ilarità, quando il prezioso orologio del nonno batté le nove di sera, Jason andò a vedere cosa stava succedendo. Entrando in biblioteca, trovò Charles e Victoria piegati sulle sedie ad asciugarsi le lacrime per il riso, con un mazzo di carte sul tavolino tra loro. «Le storie che vi state raccontando devono essere persino più divertenti di quelle a cena» osservò Jason, infilandosi le mani nelle tasche dei pantaloni attillati e guardandoli con un'espressione leggermente alterata. «Vi sento ridere dal mio studio.»

«È colpa mia» mentì Charles, lanciando un'occhiata alla ragazza mentre si alzava in piedi. «Victoria vorrebbe giocare seriamente a piquet, ma io continuo a distrarla con delle battute. Non riesco a concentrarmi stasera. Vuoi fare tu una mano con lei?»

Victoria si aspettava che Jason rifiutasse, invece, dopo un'occhiata incuriosita al duca, si sedette di fronte a lei. Charles si mise alle sue spalle e le lanciò uno sguardo divertito che diceva: "Straccialo... barando!".

Forte dei nuovi trucchi al gioco che le aveva insegnato Charles, Victoria si lanciò nell'impresa senza indugiare. «Volete dare le carte, o faccio io?» chiese a Jason in tono innocente.

«Fate voi, certo» rispose lui con cortesia.

Victoria fece il mazzo senza mostrare alcuna destrezza e poi iniziò a distribuire le carte. Jason si voltò verso Charles e gli chiese un bicchiere di brandy, poi si appoggiò allo schienale della poltroncina con indifferenza. Accese uno dei sigari sottili che si concedeva ogni tanto e prese il bicchiere che il duca gli stava porgendo.

«Non guardate le carte?» chiese Victoria.

Jason s'infilò le mani in tasca, con il sigaro stretto fra i denti bianchi, e le rivolse un'occhiata intensa. «Di solito preferisco che le mie carte siano servite dall'alto del mazzo» dichiarò.

Immobile sotto il suo sguardo, Victoria emise una risatina e cercò di fingersi stupita. «Non so cosa intendiate.»

Jason sollevò un sopracciglio scuro con aria di sfida. «Sapete cosa succede ai bari?»

Victoria rinunciò al tentativo di sembrare innocente. Puntellando i gomiti sul tavolo, appoggiò il mento sulle mani e lo scrutò coi suoi allegri occhi azzurri. «No, cosa?»

«La parte imbrogliata lancia una sfida a chi ha barato e in genere si svolge un duello per appianare la questione.»

«Volete sfidarmi a duello?» azzardò Victoria, divertendosi immensamente.

Jason rimase in silenzio, studiando il suo viso ridente e gli occhi luccicanti mentre sembrava valutare la questione. «Siete così brava a sparare come avete dichiarato questo pomeriggio?»

«Di più» rincarò lei audace.

«Come ve la cavate con le sciabole?»

«Non ne ho mai tenuta una in mano, ma forse lady Caroline potrebbe farlo al posto mio. Lei è molto abile in quel campo.»

Il sorriso disinvolto di Jason le provocò una strana reazione. «Mi domando cosa mi sia preso, quando ho pensato che Caroline Collingwood fosse una compagnia adatta a voi.» Poi aggiunse quello che a Victoria parve un adorabile complimento. «Che Dio aiuti il bel mondo londinese questa stagione. Non resterà intatto nemmeno un cuore al vostro passaggio.» Lei stava ancora cercando di riprendersi dallo stupore per quell'osservazione, quando Jason si raddrizzò sulla sedia e disse brusco: «Adesso vogliamo fare quella partita che desideravate tanto?».

Lei annuì, e lui le prese di mano le carte.

«Se non vi dispiace, sarò io a servire» scherzò.

Aveva già vinto tre mani quando Victoria lo sorprese a rubare una carta di cui aveva bisogno da quelle che aveva già scartato.

«Sciagurato!» esclamò con una risata indignata. «Sono finita con una coppia di banditi! Ho visto quello che avete appena fatto! Ho visto che avete barato in questa mano.»

«Vi sbagliate» disse Jason sorridendo, mentre si alzava in piedi con la grazia di una pantera. «Ho barato in tutte e tre le mani.» Senza preavviso, si chinò e le premette un bacio sulla testa, le arruffò i capelli affettuosamente e uscì dalla biblioteca.

Victoria rimase così stupita dal suo gesto, che non notò l'espressione di pura gioia sul volto di Charles.

11

La "Gazette" e il "Times" riportarono due giorni dopo la notizia che lady Victoria Seaton, contessa di Langston, fidanzata con Jason Fielding, marchese di Wakefield, avrebbe fatto il suo debutto formale in società in occasione del ballo annunciato per due settimane più tardi dal cugino, il duca di Atherton.

Non appena l'aristocrazia londinese ebbe accolto quell'eccitante notizia, si assistette a un grande fermento nella lussuosa dimora di Londra del marchese di Wakefield, situata al numero 6 di Upper Brook Street.

Prima di tutto arrivarono le carrozze con la servitù: Northrup, il maggiordomo, O'Malley, il coordinatore dei valletti, e la signora Craddock, la cuoca, a cui seguirono la governante, diverse cameriere, tre addetti alle cucine, quattro sottovalletti e un'enorme quantità di bauli.

Subito dopo giunse la carrozza di Flossie Wilson, la zia nubile del duca, una signora di mezza età con le guance colorite incorniciate da riccioli biondi. Sulla testa portava un delizioso cappellino viola scuro che sarebbe stato molto più appropriato su una donna giovane e che la faceva assomigliare a una bambolina un po' invecchiata. La signorina Flossie, molto nota in società, scese dalla carrozza e salutò allegramente con la mano due amici di passaggio da quelle parti, dopodiché si affrettò su per i gradini della casa del pronipote.

Tutta questa attività fu puntualmente notata dalle eleganti signore e dai gentiluomini che passeggiavano per Upper Brook Street, ma niente di paragonabile all'attenzione che si risvegliò il giorno seguente, quando la scintillante carrozza rossa di Jason Fielding, condotta da quattro scattanti cavalli grigi, si fermò di fronte alla casa al numero 6.

Dal mezzo lussuoso emerse Charles Fielding, il duca di Atherton, seguito da una giovane donna che non poteva essere altri che la promessa sposa di Jason Fielding. La ragazza scese con grazia e prese sottobraccio il duca, poi si bloccò sorridendo incredula di fronte alla magnificenza di quell'edificio a quattro piani, con ampi bovindi.

«Santo cielo, è lei!» esclamò il giovane lord Wiltshire dalla sua postazione vantaggiosa dall'altra parte della strada. «È la contessa di Langston» aggiunse, dando una gomitata nel petto dell'amico.

«Come lo sai?» chiese lord Crowley, lisciando una piega inesistente sulla giacca.

«È evidente. Guardala, è bellissima. Incomparabile.»

«Non si vede il viso» sottolineò l'amico.

«Non è necessario, testone. Se non fosse di straordinaria bellezza, non avrebbe strappato una proposta di matrimonio a Wakefield. L'hai mai visto con una donna che non fosse meravigliosa?»

«No» ammise lord Crowley. Sollevando il monocolo, osservò la giovane ed emise un fischio per la sorpresa. «Ha i capelli rossi. Non me lo sarei mai aspettato.»

«Non sono rossi, biondo oro direi.»

«No, è rosso tiziano» lo contraddisse lord Crowley. Dopo un istante di riflessione, dichiarò: «Il rosso tiziano è un colore incantevole. È sempre stato anche il mio preferito».

«Sciocchezze! Non ti sono mai piaciute le rosse. Non è affatto di moda.»

«Adesso sì» predisse lord Crowley, sorridendo. Abbassando il monocolo, lanciò un'occhiata compiaciuta all'amico. «Credo che mia zia Mersley conosca Atherton e riceverà l'invito per il ballo di debutto della contessa di Langston. L'accompagnerò e...» Smise di parlare e rimase a guardare la ragazza in oggetto che si voltava verso la carrozza per chiedere qualcosa. Un istante dopo, un enorme animale grigio e argento saltò giù e la raggiunse. Dopodiché il trio proseguì verso i gradini. «Che mi venga un accidente se quello non era un lupo!» esclamò lord Crowley con foga.

«Ha stile» decretò l'altro giovanotto. «Non ho mai sentito di una donna con un lupo come animale domestico. La contessa ha stile da vendere, di certo è un tipo originale.» Ansiosi di diffondere la notizia di essere stati i primi a vedere la misteriosa lady Victoria Seaton, i due giovani si separarono e si precipitarono ai rispettivi club.

La sera successiva, quando Jason arrivò a Londra ed entrò da White's per la prima volta dopo mesi, con l'intenzione di passare qualche ora piacevole giocando a carte, il fatto che la sua fidanzata fosse una bellezza rara e un'acclamata lanciatrice di tendenze era già largamente assodato. Di conseguenza, Jason fu ripetutamente interrotto da conoscenti che volevano complimentarsi con lui per il gusto eccezionale e la fortuna, e augurargli felicità futura.

Dopo aver sopportato due ore di quella solfa, stringendo mani e ricevendo pacche sulle spalle, capì che, nonostante quanto sosteneva Charles, non era stata una buona idea far credere all'aristocrazia che Victoria fosse ancora fidanzata con lui. Jason giunse a questa conclusione in seguito alla semplice osservazione che nessuno di quegli uomini scapoli avrebbe mai osato rischiare di offenderlo corteggiando la sua promessa sposa. Tuttavia cercò di incoraggiarli ringraziandoli per gli auguri, ma aggiungendo ogni volta un dettaglio. «La questione non è ancora talmente definita fra noi» mormorava, o: «Lady Seaton non è del tutto sicura dei suoi sentimenti per me... non mi conosce abbastanza».

Diceva queste cose perché era necessario, ma era disgustato da tutta quella messa in scena che lo costringeva a recitare la parte del futuro sposo in procinto di essere lasciato.

Alle nove, quando la sua carrozza si fermò di fronte all'elegante edificio in William Street dove aveva sistemato la sua amante, Jason era di pessimo umore. Salì i gradini e bussò con impazienza alla porta.

La cameriera che aprì notò il suo viso teso e indietreggiò allarmata. «La signorina Sybil mi ha detto di riferirvi che non desidera più vedervi.»

«Ah, sì?» chiese Jason con voce modulata. «Veramente?»

La piccola cameriera, che sapeva perfettamente che il proprio stipendio era pagato da quell'uomo alto e spaventoso che incombeva su di lei, annuì, deglutì e aggiunse in tono di scuse: «Sì, milord. Sapete... la signorina Sybil ha letto del ballo per la vostra fidanzata e che voi sareste stato presente... ed è andata a letto».

«Eccellente!» esclamò Jason con freddezza. Non era dell'umore giusto per tollerare i capricci di Sybil quella sera, così superò la cameriera, imboccò le scale e spalancò la porta della camera da letto dell'amante.

Abbassò gli occhi sulla donna di una bellezza straordinaria stesa sul letto, in mezzo a una montagna di cuscini di seta. «Hai un mancamento, dolcezza?» chiese senza calore, appoggiando le spalle contro la porta chiusa.

Gli occhi verdi di Sybil erano pieni di collera, ma non si degnò di rispondergli.

Jason, già provato, stava per esplodere. «Scendi da quel letto e vestiti» le ordinò con un tono di voce pericolosamente basso. «Stasera andremo a una festa. Ti ho mandato un messaggio.»

«Non verrò da nessuna parte con te! Mai più!»

Lui iniziò a sbottonarsi la giacca con noncuranza. «In questo caso, resta dove sei. Passeremo la notte qui.»

«Bestia in calore!» esclamò la bella tempestosa, balzando giù dal letto in una nuvola di chiffon rosa. «Come osi? Come osi pensare di poterti avvicinare a me dopo quell'articolo sul "Times"! Esci da casa mia!»

Jason la guardò impassibile. «Devo ricordarti che questa casa è *mia*? Il proprietario sono io.»

«Allora me ne andrò» ribatté lei. Nonostante il tono di sfida, le tremava il mento e, coprendosi il volto, scoppiò in lacrime. «Jason, come hai potuto?» piagnucolava, il corpo scosso dai singhiozzi. «Mi hai detto che il fidanzamento era una commedia e io ti ho creduto! Non te lo perdonerò mai. Mai...»

La rabbia abbandonò Jason e fu sostituita dal rimorso mentre ascoltava quello che sembrava un pianto sincero. «Questo ti aiuterebbe a perdonarmi?» le chiese piano. Si mise una mano in tasca e ne estrasse una scatola piatta, l'aprì con il pollice e gliela porse.

Sybil sbirciò tra le dita e sussultò quando vide il braccialetto di diamanti che scintillava su un letto di velluto nero. Lo sollevò con deferenza e lo guardò con gli occhi lucidi. «Jason, per la collana abbinata potrei perdonarti *qualsiasi* cosa!»

Lui reclinò la testa e scoppiò a ridere. «Sybil» fece, scuotendo il capo come se fosse divertito da se stesso quanto lo era da lei. «Credo che questa sia la tua qualità più accattivante.»

«Quale?» domandò la sua amante, dimenticando il braccialetto mentre studiava la sua espressione sarcastica.

«La tua sincera e manifesta avidità» disse lui senza un briciolo di malizia. «Tutte le donne sono avide, ma almeno tu sei onesta. Ora vieni qui e mostrami quanto sei contenta di questo nuovo gioiellino.»

Sybil si rifugiò fra le sue braccia ubbidiente, ma aveva un'aria leggermente preoccupata quando si staccò dalle sue labbra.

«Non hai una considerazione molto alta delle donne, vero, Jason?»

«Penso che le donne siano creature deliziose a letto» mormorò lui evasivo, slacciandole i nastri sulla scollatura.

«E fuori dal letto?»

Jason ignorò la domanda e le sfilò gli indumenti dalle spalle, accarezzandole i capezzoli con fare esperto. Poi la prese in braccio e la portò a letto. Sybil dimenticò che non le aveva dato una risposta.

12

Victoria si sedette sul divanetto nella sua camera, circondata da pile di scatole appena arrivate da Madame Dumosse, che contenevano altri vestiti da aggiungere alla varietà di abiti da passeggio e da sera, completi da equitazione, cappellini, scialli, guanti lunghi e scarpe che avevano già riempito tutto lo spazio disponibile. «Milady!» esclamò eccitata Ruth, quando tirò fuori una mantella di seta blu con un ampio cappuccio, bordata di ermellino. «Avete mai visto una cosa così bella?»

Victoria alzò gli occhi dalla lettera di Dorothy. «È adorabile» convenne. «Con questa quante mantelle sono?»

«Undici» rispose Ruth, accarezzando la morbida pelliccia bianca. «No, dodici. Ho dimenticato quella di velluto giallo con lo zibellino. O sono tredici? Fatemi pensare... ce ne sono quattro di velluto, cinque di seta, due con la pelliccia e tre di lana. In tutto quattordici!»

«È difficile credere che prima me la cavassi bene con due» sospirò Victoria sorridendo. «E quando tornerò a casa, tre o quattro saranno più che sufficienti. Mi sembra un tale spreco che lord Fielding spenda tutto questo denaro per vestiti che non potrò più indossare da qui a poche settimane. A Portage le signore non usano abiti così raffinati» concluse, tornando a concentrarsi sulla lettera di Dorothy.

«In che senso, quando tornerete a casa?» mormorò Ruth allarmata. «Perdonatemi, milady, scusate per la domanda.»

Victoria non la sentì. Stava leggendo la posta arrivata quel giorno:

Cara Tory,

ho ricevuto la tua lettera una settimana fa ed ero così eccitata al pensiero che saresti venuta a Londra, perché speravo di vederti. L'ho detto alla bisnonna, ma invece di restare a Londra, siamo partite il giorno seguente per la sua residenza di campagna, che dista poco più di un'ora a cavallo da Wakefield Park. Perciò adesso io sono in campagna e tu sei in città. Tory, credo che la bisnonna voglia tenerci separate, e questo mi rattrista molto e mi fa arrabbiare. Dobbiamo escogitare un modo per incontrarci, ma lascio a te il compito di trovarlo, perché sei assai più brava di me a studiare strategie.

Forse sto solo immaginando le intenzioni della bisnonna. Non posso esserne certa. È severa, però non è mai stata cattiva con me. Desidera che io faccia un "matrimonio brillante", come lo chiama lei, e a questo scopo ha in mente un gentiluomo di nome Winston. Ho decine di splendidi abiti di tutti i colori, ma non potrò indossarli prima del mio debutto, che sembra un'usanza alquanto strana. E la bisnonna dice che non posso debuttare prima di essere fidanzata con qualcuno, un'altra usanza. Le cose erano molto più semplici a casa, vero?

Ho spiegato alla bisnonna innumerevoli volte che tu sei praticamente fidanzata con Andrew Bainbridge e che io spero di intraprendere una carriera come musicista, ma è come se non sentisse.

Non accenna mai a te, però io ne parlo comunque, perché sono determinata a convincerla a farti stare con noi. Non mi vieta di nominarti; è solo che non dice niente quando lo faccio, dal che deduco che preferisca fingere che tu non esista. Mi ascolta con un'espressione impassibile e non fa nulla.

A dire il vero l'ho annoiata a morte a furia di parlarle di te, ma con discrezione, come ti avevo promesso. All'inizio ti citavo appena, infilando il tuo nome nella conversazione ogni volta che potevo. Quando la bisnonna mi faceva notare che ho un volto raffinato, le dicevo che tu sei molto più bella; quando commentava le mie doti al pianoforte, le dicevo che tu sei abilissima.

Dal momento che tutto ciò non è servito a farle capire quanto io e te siamo unite e quanto mi manchi, sono stata costretta a ricorrere a provvedimenti drastici, e così ho portato il tuo ritratto in salotto e l'ho messo sulla mensola del camino. La bisnonna non ha detto nulla, ma l'indomani mi ha mandato in giro per Londra e al mio ritorno il ritratto era di nuovo in camera mia.

Pochi giorni dopo stava aspettando delle amiche, così mi sono infilata nel salone e ho disseminato in giro la serie di paesaggi di Portage che hai disegnato tu, quelli che mi hai regalato per ricordarmi casa. Non appena li hanno visti, le signore hanno lodato il tuo talento, ma la bisnonna non ha fatto commenti. L'indomani mi ha mandato nello Yorkshire e, quando dopo due giorni sono rientrata a casa, i disegni erano di nuovo in camera mia in un armadio.

Stasera aveva di nuovo ospiti e mi ha chiesto di suonare il pianoforte per loro. Ho ubbidito, cantando la canzone che io e te abbiamo scritto da piccole, l'avevamo intitolata *Sisters Forever*, te la ricordi? Nonostante l'espressione imperturbabile della bisnonna, ho capito che era molto infastidita. Quando le sue amiche se ne sono andate, mi ha informato che ha deciso di mandarmi nel Devonshire per un'intera settimana.

Se la dovessi provocare ancora, immagino che mi spedirà a Bruxelles o da qualche altra parte per un mese. Ma io persevererò. Comunque ora cambiamo argomento.

Dev'essere stato sconvolgente per te scoprire l'annuncio del tuo fidanzamento con lord Fielding. Se lo sapesse Andrew, ne sarebbe turbato. Tuttavia, dal momento che tutto è già stato stabilito e non c'è più nulla da fare, goditi i tuoi vestiti nuovi, e non sentirti in colpa per non essere riuscita a osservare un periodo appropriato di lutto per mamma e papà. Io indosso guanti neri, perché secondo la bisnonna è così che si porta il lutto in Inghilterra, anche se ci sono persone che vestono interamente di nero per sei mesi e poi di grigio per i sei successivi.

La bisnonna non accetta di contravvenire alle regole dell'etichetta, e anche se mi ha creduto quando le ho assicurato che sei già fidanzata con Andrew, io non potrò debuttare fino alla prossima primavera. Dice che deve passare un anno completo dopo la morte di un familiare prossimo, prima che sia permesso partecipare a eventi che non siano tranquille riunioni informali. A me tutto sommato non dispiace, perché la prospettiva dei balli, con tutto quello che comportano, è piuttosto spaventosa. Devi scrivermi e dirmi se è davvero così difficile come sembra.

La bisnonna si recherà a Londra di tanto in tanto per andare a teatro, che le piace molto, e mi ha promesso che potrò accompagnarla in alcune occasioni. Ti avviserò non appena saprò quando, e troveremo un modo per incontrarci.

Ora devo andare, perché la bisnonna ha assunto un'istitutrice che m'insegna come dovrò comportarmi in società quando debutterò. Ci sono così tante cose da imparare che mi gira la testa...

Victoria ripose la lettera in un cassetto, guardò l'orologio sulla cappa e sospirò. Capiva molto bene quello che intendeva Dorothy nell'ultimo paragrafo, perché la signorina Flossie Wilson nelle ultime due settimane non aveva fatto altro che inculcarle norme di comportamento e decoro e adesso era giusto il momento di un'altra lezione.

«Eccoti qui» esordì la signorina Flossie raggiante, quando Victoria entrò nel salone. «Oggi credo che dovremmo affrontare il modo corretto di rivolgersi ai membri dell'aristocrazia. Non possiamo rischiare che domani tu faccia un errore al tuo ballo.»

Reprimendo l'impulso selvaggio di sollevare la gonna da terra e correre via da quella casa, Victoria si sedette di fianco a Charles, di fronte alla signorina Flossie. Per quasi due settimane, quella donna l'aveva trascinata tra stilisti, sarti, modiste, occupando tutto il resto del tempo con interminabili lezioni di comportamento, ballo e francese. Durante queste lezioni, la signorina Flossie ascoltava la dizione di Victoria, osservava le sue maniere e le faceva domande sui suoi interessi e talenti, senza smettere di annuire con la testa riccioluta. Muoveva le dita in un modo che a Victoria ricordava un uccellino agitato.

«Allora» cominciò la signorina Flossie squillante. «Inizierei dai duchi. Come ti ho spiegato ieri, quello di duca è il titolo più alto nella nobiltà britannica. Tecnicamente i duchi sono "principi", ma anche se potrà sembrarti che il titolo di principe sia di livello superiore, devi ricordare che i figli dei reali nascono come principi, ma sono in seguito *elevati* al rango di duca. Il nostro caro Charles» concluse con un superfluo tono trionfante «è un duca!»

«Sì» concordò Victoria, rivolgendo a zio Charles un sorriso.

«Dopo il duca c'è il marchese. Il marchese è l'erede del ducato. Ed è per questo che il nostro caro Jason è un marchese! Seguono il conte, il visconte e infine il barone. Vuoi che te lo scriva, cara?»

«No» la rassicurò Victoria. «Me li ricordo.»

«Sei una ragazza così intelligente» osservò la signorina Flossie con aria di approvazione. «Ora passiamo alle forme di approccio. Quando parli a un duca, devi chiamarlo "Vostra Grazia". Mai» l'ammonì in tono serio «mai rivolgersi a un duca con "milord". Anche una duchessa viene chiamata "Vostra Grazia". Comunque, per tutti gli altri titolati puoi usare la definizione milord e milady, che è quella corretta. Quando sarai una duchessa, ti chiameranno "Vostra Grazia"» concluse trionfante. «Non è eccitante?»

«Sì» mormorò Victoria imbarazzata. Zio Charles le aveva spiegato perché era necessario lasciar credere alla società che il fidanzamento con Jason fosse vero e, dal momento che Flossie Wilson era una gran chiacchierona, avevano stabilito che anche lei doveva esserne convinta come tutti gli altri.

«Ho ottenuto il permesso dai responsabili di Almack's di farti ballare il valzer al tuo debutto, mia cara. Ma cambiamo argomento. Ora vogliamo dedicarci alla genealogia nobiliare?» Ma Northrup in quel momento entrò nel salone schiarendosi la gola, salvando Victoria da quell'agonia, e annunciò l'arrivo della contessa di Collingwood.

«Fatela entrare» ordinò zio Charles allegro.

Caroline Collingwood fece il suo ingresso nel salone, notò i libri sull'etichetta aperti e il volume sulla genealogia nobiliare e rivolse a Victoria un sorriso complice. «Speravo che potessi accompagnarmi a fare un giro in carrozza nel parco.»

«Mi piacerebbe moltissimo!» esclamò Victoria. «Vi dispiacerebbe, signorina Flossie? Zio Charles?» Entrambi le diedero il permesso, e Victoria corse al piano di sopra a sistemarsi i capelli e prendere il cappellino.

Mentre l'aspettava, Caroline si rivolse educatamente agli altri due occupanti del salone. «Immagino che siate molto ansiosi per domani sera.»

«Oh, sì!» assicurò la signorina Flossie, scuotendo i riccioli biondi con enfasi. «Victoria è una ragazza deliziosa, come saprete, dal momento che vi conoscete già. Ha dei modi incantevoli, è semplice e socievole. E che occhi! La figura è altrettanto bella. Sono sicura che riscuoterà un notevole successo. Tuttavia sarebbe meglio se fosse bionda.» Sospirò e scosse la testa avvilita, senza badare alle trecce color mogano di lady Collingwood. «Il biondo è assai in voga, sapete.» Il suo sguardo si posò su Charles. «Vi ricordate lord Hornby da giovane? Ero convinta che fosse l'uomo più affascinante del mondo. Aveva i capelli rossi e un aspetto così piacevole. Suo fratello era talmente basso...» E continuò così, saltando allegramente di palo in frasca.

Nel parco, Victoria si guardò intorno e si appoggiò allo schienale della carrozza aperta, chiudendo gli occhi per il piacere. «Che pace» disse a Caroline. «E come sei stata gentile a venire a salvarmi tutti questi pomeriggi, con la scusa dei giri nel parco.»

«Cosa stavate studiando quando sono arrivata?»

«Il modo corretto di rivolgersi ai membri dell'aristocrazia e alle loro mogli.»

«E sei preparata?» chiese Caroline.

«Certo» rispose Victoria, reprimendo una risatina irriverente. «Tutto quello che devo fare è chiamare gli uomini "milord", come se fossero il Signore in persona, e le loro mogli "milady", come se fossi la loro cameriera.» Si unì alla risata di Caroline. «La cosa che mi risulta più difficile è il francese» ammise. «Mia madre ha insegnato a leggerlo a me e a Dorothy, e in quello me la cavo bene, ma quando devo parlarlo, non trovo mai i termini giusti.»

Caroline, che parlava perfettamente francese, cercò di aiutarla. «A volte è meglio imparare una serie di frasi utili nella lingua straniera, piuttosto che singole parole. Così non bisogna stare a pensare in che modo metterle insieme. Il resto poi viene in seguito. Per esempio, come mi chiederesti in francese del materiale per scrivere?»

«*Mon pot d'encre veut emprunter votre stylo*?» azzardò Victoria.

Caroline nascose un sorriso. «Hai appena detto: "Il mio calamaio desidera prendere in prestito la vostra penna".»

«Almeno ci sono andata vicino» osservò Victoria, ed entrambe scoppiarono in un'allegra risata.

Le persone sedute sulle altre carrozze nel parco si voltarono a quel suono melodioso e notarono ancora una volta che l'affascinante contessa di Collingwood mostrava una particolare predilezione per lady Victoria Seaton, una constatazione che non aveva fatto altro che aumentare il prestigio sempre crescente della ragazza agli occhi della nobiltà, pur non essendo ancora stata ufficialmente presentata.

Victoria si allungò verso Wolf, che le accompagnava regolarmente nelle loro uscite, e gli accarezzò il muso. «Non trovi sorprendente che abbia imparato la matematica e la chimica senza difficoltà da mio padre, mentre il francese mi riesca così problematico? Forse perché studiarlo in fondo mi sembra inutile.»

«Perché inutile?»

«Perché presto arriverà Andrew e mi porterà a casa.»

«Mi mancherai» dichiarò Caroline solennemente. «Di solito due amiche impiegano anni a raggiungere il livello di confidenza che abbiamo noi. Quando pensi che arriverà il tuo Andrew esattamente?»

«Gli ho scritto la settimana successiva alla morte dei miei genitori» rispose Victoria, sistemandosi con aria assente una ciocca di capelli sotto la tesa del cappellino giallo limone. «La lettera gli sarà giunta dopo sei settimane e ci saranno volute altre sei settimane per farla tornare a casa. Dopodiché ancora quattro o sei settimane per il viaggio dall'America a qui. In totale sedici, diciotto settimane. Domani ne saranno passate esattamente diciotto da quando gli ho scritto.»

«Tu parti dal presupposto che lui abbia ricevuto la prima lettera in Svizzera, ma la posta in Europa non è sempre affidabile. Inoltre, supponi che fosse già partito per la Francia, dove hai detto che sarebbe andato...»

«Ho dato alla signora Bainbridge, la madre di Andrew, una seconda lettera da inviare in Francia, proprio nel caso che succedesse questo.» Victoria sospirò. «Se quando gli ho scritto avessi saputo che sarei venuta qui in Inghilterra, lui avrebbe potuto fermarsi in Europa, cosa che sarebbe stata molto più conveniente. Purtroppo allora non lo sapevo, così gli ho comunicato soltanto che i miei genitori erano morti in un incidente. Sono certa che sia partito per l'America subito dopo aver appreso la notizia.»

«Allora perché non è arrivato prima che tu venissi in Inghilterra?»

«Probabilmente non c'è stato abbastanza tempo. Sarà giunto a destinazione una o due settimane dopo la mia partenza.»

Caroline le lanciò un'occhiata esitante. «Victoria, hai detto al duca di Atherton che sei sicura che Andrew verrà a prenderti?»

«Certo, ma lui non mi crede. E quindi insiste nel dire che devo partecipare a questa stagione in società.»

«Però non è strano che voglia che tu e lord Fielding fingiate di essere fidanzati? Non vorrei sembrarti invadente, comunque» si scusò subito Caroline. «Se preferisci non discutere di questo argomento con me, lo capisco.»

Victoria scosse il capo con enfasi. «Desideravo parlartene, ma non volevo approfittare della tua amicizia sfogandomi con te.»

«Anch'io ti ho fatto delle confidenze» disse Caroline con semplicità. «E questo è ciò che fanno le amiche. Non puoi immaginare quanto apprezzi il fatto di avere un'amica nell'alta società, che sono certa non rivelerà a nessuno nemmeno una parola di ciò che le dico.»

Victoria sorrise. «In questo caso... Zio Charles afferma che la ragione per cui vuole che tutti credano che sono fidanzata è che ciò mi permetterà di evitare "intrighi" e "complicazioni". Così potrò godermi l'eccitazione del mio debutto senza sentirmi in alcun modo sotto pressione da parte dei corteggiatori o della società, per trovarmi uno sposo adatto.»

«In un certo senso ha ragione» commentò Caroline, con un'espressione leggermente perplessa «ma non sarà facile evitare che qualche gentiluomo ti faccia delle proposte.»

Victoria fissava pensierosa i narcisi sbocciati lungo il viale. «Lo so, e mi sono chiesta cosa succederà. Zio Charles mi vuole molto bene e a volte ho l'impressione che nutra ancora la speranza che io e lord Fielding possiamo sposarci, se Andrew non si presentasse.»

Gli occhi grigi di Caroline si riempirono di preoccupazione. «Credi che ci sia questa possibilità?»

«Assolutamente no» disse Victoria sorridendo convinta.

Con un sospiro di sollievo, Caroline si appoggiò allo schienale. «Bene. Se sposassi lord Fielding sarei preoccupata per te.»

«Perché?» chiese Victoria incuriosita.

«Vorrei non averlo detto» mormorò Caroline avvilita. «Ma visto che ormai l'ho fatto, suppongo di doverti dare una spiegazione. Se il tuo Andrew non venisse, è giusto che tu sappia che tipo di uomo sia veramente lord Fielding. Ci sono salotti in cui è ammesso, ma non del tutto benvenuto...»

«Come mai?»

«Quattro anni fa c'è stato una specie di scandalo. Non conosco i dettagli, perché ero troppo giovane per essere informata sui pettegolezzi più piccanti. La settimana scorsa ho chiesto a mio marito di raccontarmi cos'era successo, ma lui è amico di lord Fielding e non ha voluto parlarmene. Dice che si trattava di assurdità messe in circolazione da una donna maligna, e mi ha vietato di chiedere ad altri, perché non avrei fatto altro che risollevare una vecchia questione.»

«La signorina Flossie sostiene che l'aristocrazia è sempre in fermento per qualche pettegolezzo e che in genere sono sciocchezze» commentò Victoria. «Qualsiasi cosa fosse, sono certa che lo scoprirò nel giro di poche settimane.»

«Non credo» la contraddisse Caroline con enfasi. «Prima di tutto, sei giovane e nubile, perciò nessuno ti racconterà mai nulla di vagamente oltraggioso, per il timore di offendere la tua sensibilità. In secondo luogo, le persone sparlano volentieri, ma raramente riferiscono le voci alle persone coinvolte. È nella natura dei pettegolezzi correre alle spalle di chi ne è protagonista.»

«Provocando i danni maggiori e le peggiori angosce» convenne Victoria. «Anche a Portage c'erano i pettegoli, sai, e anche là si trattava quasi sempre di calunnie.»

«Forse, ma c'è dell'altro su cui vorrei metterti in guardia» continuò Caroline determinata a proteggere l'amica. «A causa del suo rango e del suo patrimonio, lord Fielding è ancora considerato una preda ambita, e ci sono moltissime donne che lo trovano anche terribilmente attraente. Per queste ragioni tante si sono concesse a lui. Tuttavia lui non le ha mai trattate bene. In certi casi è stato decisamente rude! Victoria» concluse in tono di solenne condanna «lord Fielding *non* è un gentiluomo.»

Aspettò una reazione da parte dell'amica, ma dal momento che Victoria non la guardò nemmeno, come se quella pecca nel carattere di lord Fielding non le facesse più effetto di un fazzoletto sgualcito, Caroline sospirò e proseguì. «Gli uomini lo temono quasi quanto le donne, non solo perché è freddo e distaccato, ma perché girano delle voci sui suoi duelli in India. Dicono che abbia battuto e ucciso i suoi avversari a sangue freddo, senza un briciolo di emozione o pentimento. E che sarebbe ancora pronto a sfidare a duello chiunque per la minima offesa.»

«Non ci credo!» Suo malgrado, Victoria si mostrò leale nei confronti di Jason.

«Tu puoi non farlo, ma altri ci credono, e la gente lo teme.»

«Per questo lo emarginano?»

«L'esatto contrario» rispose Caroline. «Lo assecondano in tutto. Nessuno oserebbe contraddirlo direttamente.»

Victoria la guardò incredula. «Sono sicura che non tutti siano in soggezione di fronte a lui.»

«Quasi tutti. Robert lo stima sinceramente e ride quando io gli dico che c'è qualcosa di sinistro in lord Fielding. Tuttavia una volta ho sentito la madre di Robert dire a un gruppo di amiche che lord Fielding è malvagio, che usa le donne per poi scaricarle.»

«Non può essere così. Tu stessa hai detto che è molto ambito...»

«In effetti è considerato lo scapolo più desiderato di tutta l'Inghilterra.»

«Vedi! Se la gente lo ritenesse così terribile come dici, nessuna giovane donna, e tanto meno sua madre, lo prenderebbe mai in considerazione per un matrimonio.»

Caroline sbuffò in maniera indelicata. «Per un ducato e una fortuna, c'è chi sposerebbe Barbablù!» Vedendo ridere l'amica, il volto di Caroline s'incupì per lo smarrimento. «Victoria, a te non sembra strano e spaventoso?»

La ragazza rifletté con attenzione sulla risposta, mentre il cocchiere girava la carrozza per tornare in direzione della casa di lord Fielding. Ripensò alle frasi taglienti di Jason quando lei era appena arrivata a Wakefield e alla sua rabbia quando l'aveva sorpresa a nuotare nel ruscello. Ma ricordava anche la sera in cui l'aveva imbrogliata a carte e quella in cui l'aveva consolata perché aveva pianto. Non poteva dimenticare nemmeno il modo in cui l'aveva stretta a sé e baciata con passione, ma allontanò subito quell'immagine dalla mente.

«Lord Fielding si scalda facilmente» iniziò piano. «Ma ho notato che la sua rabbia scompare altrettanto in fretta e che è pronto a lasciarsi i dissapori alle spalle. In questo sono anch'io come lui, però non m'infurio con la stessa facilità. E non mi ha sfidato a duello quando ho minacciato di spararggli» aggiunse divertita. «Perciò non posso credere che sia così spietato e pronto a uccidere la gente. Se mi chiedessi di descriverlo» concluse Victoria «probabilmente direi che è un uomo estremamente generoso, che potrebbe essere persino gentile sotto la sua...»

«Stai scherzando!»

Victoria scosse il capo, cercando di spiegarsi. «Lo vedo in modo differente da te. Cerco di valutare le persone come mi ha insegnato mio padre.»

«Ti ha insegnato a essere cieca di fronte ai loro difetti?» chiese Caroline spaesata.

«Assolutamente no. Ma era un medico e mi ha sempre spinto a cercare la causa delle cose, senza fermarmi ai sintomi. Per questo, ogni volta che qualcuno si comporta in modo strano, inizio a chiedermi perché lo stia facendo, e c'è sempre una ragione. Per esempio, hai mai notato che quando le persone non stanno bene di salute, spesso sono più suscettibili?»

Caroline annuì. «I miei fratelli erano di pessimo umore quando avevano il minimo disturbo.»

«È proprio quello che intendevo. I tuoi fratelli non sono cattive persone, ma quando non stanno bene, il loro atteggiamento peggiora.»

«Pensi che lord Fielding sia malato?»

«Credo che non sia molto felice, il che equivale a non stare bene. Comunque, mio padre mi ha insegnato a dare maggiore importanza alle cose che una persona fa rispetto a ciò che dice. Se valuti lord Fielding da questo punto di vista, vedrai anche tu che è stato alquanto gentile con me. Mi ha dato una casa e una quantità di vestiti bellissimi, che potrebbero bastarmi per una vita intera, e mi ha persino permesso di tenere Wolf.»

«Devi avere un talento naturale per capire le persone» osservò Caroline.

«No» la contraddisse Victoria. «Mi arrabbio e mi offendo proprio come tutti gli altri. Però dopo cerco di comprendere le ragioni per cui una persona può avermi trattato in un certo modo.»

«E non hai paura di lord Fielding? Nemmeno quando è arrabbiato?»

«Solo un po'» ammise Victoria. «Ma non l'ho più visto da quando sono a Londra, perciò forse mi sento così coraggiosa solo perché fra noi c'è parecchia distanza.»

«Non più» sottolineò Caroline, annuendo in direzione della carrozza nera con l'emblema d'oro sulla portiera ferma davanti al numero 6 di Upper Brook Street. «Quello è lo stemma di lord Fielding» spiegò a Victoria, che sembrava non capire. «E la carrozza dietro è la nostra, il che significa che mio marito ha esaurito prima del previsto i suoi impegni e ha deciso di venirmi a prendere di persona.»

Victoria avvertì una strana fitta al cuore scoprendo che Jason era lì, una reazione che imputò al senso di colpa per aver parlato di lui con Caroline.

I due gentiluomini erano in salotto e ascoltavano con educazione la signorina Flossie, che li stava torturando con un lungo monologo sui progressi di Victoria nelle ultime due settimane, liberamente inframmezzato da commenti sul proprio debutto, avvenuto quasi cinquant'anni prima. Victoria lanciò un'occhiata al viso teso di Jason e concluse che stava mentalmente strozzando la donna.

«Victoria!» esclamò la signorina Flossie, battendo allegra le mani. «Finalmente sei tornata! Stavo raccontando a questi gentiluomini del tuo talento al pianoforte, e sono ansiosi di sentirti suonare.» Chiaramente ignara dell'espressione sardonica di Jason nel sentirsi descrivere a quel modo, la donna condusse Victoria al piano e la pregò di suonare subito qualcosa.

Impotente, la ragazza si sedette sulla panchetta e lanciò un'occhiata a Jason, che era concentrato a togliersi un filo dai bei pantaloni blu scuro. Solo sbadigliando avrebbe potuto sembrare più annoiato. Aveva anche un aspetto incredibilmente attraente, notò Victoria, e provò un altro fremito di nervosismo, amplificato dal sorriso pigro e ironico che lui le lanciò mentre osservava: «Non ho mai conosciuto una femmina in grado di nuotare, sparare, addomesticare animali feroci e... suonare il pianoforte. Sentiamo».

Victoria capì dal suo tono di voce che si aspettava di udirla suonare in maniera mediocre, e desiderò con tutta se stessa di poter evitare di mettersi in mostra in quel momento in cui si sentiva così inspiegabilmente nervosa. «Il signor Wilheim ha dato lezione a me e a mia sorella per ripagare le cure di mio padre, ma io sono una musicista mediocre. Dorothy è molto più brava di me. Fino a due settimane fa erano mesi che non suonavo, e sono ancora fuori allenamento» disse, cercando di giustificarsi. «Il mio Beethoven zoppica e...»

La flebile speranza di essere risparmiata svanì quando Jason inarcò un sopracciglio con aria di sfida, indicando la tastiera.

Lei sospirò e si arrese. «C'è qualcosa in particolare che vorreste sentire?»

«Beethoven» disse lui.

Victoria gli rivolse uno sguardo esasperato, che non fece altro che rendere più ampio il suo sorriso, ma chinò il capo e si preparò ad accontentarlo. Fece scorrere le dita a mezz'aria sui tasti e poi si fermò con le mani in posizione. Appena le abbassò, nella stanza risuonò la melodia vibrante e travolgente della sonata in fa minore per pianoforte di Beethoven.

Nel corridoio adiacente al salotto, Northrup smise di strofinare una ciotola d'argento e chiuse gli occhi, restando ad ascoltare rapito. Nell'atrio, O'Malley s'interruppe mentre rimproverava un subordinato e inclinò la testa verso il salotto, sorridendo.

Appena Victoria terminò, tutti si scatenarono in un applauso spontaneo, a parte Jason, che si appoggiò allo schienale della sedia con un sorriso obliquo sulle labbra. «Avete qualche altra dote "mediocre"?» scherzò, però nei suoi occhi c'era un sincero apprezzamento, e quando Victoria lo scorse, provò un assurdo piacere.

Caroline e suo marito se ne andarono subito dopo, promettendo di ritornare la sera seguente per il ballo, e la signorina Flossie li accompagnò alla porta. Rimasta sola con Jason, Victoria si sentì inspiegabilmente intimidita, e per nasconderlo iniziò a parlare. «Sono... sono sorpresa di vedervi qui.»

«Non avrete pensato che sarei mancato al vostro debutto?» chiese lui, con un sorriso smagliante. «Non sono del tutto irrispettoso dell'etichetta, sapete? Siamo fidanzati. Che effetto farebbe se mancassi?»

«Milord...» esordì lei.

«Suona bene» notò Jason scherzoso. «Molto rispettoso. Non mi avete mai chiamato così prima d'ora.»

Victoria gli lanciò un'occhiata fintamente severa. «E non

l'avrei mai fatto, ma sono giorni che la signorina Flossie mi riempie la testa di titoli e forme di cortesia. Comunque, quello che stavo per dire è che non sono molto brava a mentire, e l'idea di dire alla gente che siamo fidanzati mi mette terribilmente a disagio. Zio Charles non vuole sentire ragioni, tuttavia penso che questa messa in scena non sia affatto una buona idea.»

«Infatti» convenne Jason. «Il motivo del vostro debutto in società è presentarvi a potenziali mariti...» Victoria aprì la bocca per ribadire che Andrew l'avrebbe sposata, ma Jason alzò una mano per prevenirla e completò la frase. «Lo scopo è presentarvi a potenziali mariti, *nel caso in cui* Ambrose non corra qui a salvarvi.»

«Andrew» lo corresse Victoria. «Andrew Bainbridge.»

Jason liquidò la faccenda scrollando le spalle. «Quando la conversazione cadrà sul nostro fidanzamento, voglio che diciate quello che ho detto io finora.»

«Cosa?»

«Che non è stato ancora stabilito nulla con certezza, o che voi non mi conoscete abbastanza per essere certa dei vostri sentimenti per me. Così lasceremo la porta aperta ad altri pretendenti e persino Charles non potrà obiettare nulla.»

«Preferirei dire la verità, cioè che non siamo fidanzati.»

Jason si passò una mano sul collo, massaggiandosi i muscoli tesi. «Non potete. Se uno di noi due dovesse ritirarsi adesso, subito dopo il vostro arrivo in Inghilterra, nascerebbe una serie di congetture assai fastidiose su chi e perché ha annullato tutto quanto.»

Victoria si ricordò di ciò che le aveva confidato Caroline dell'atteggiamento del bel mondo nei confronti di Jason e capì immediatamente cos'avrebbe pensato la gente se *lei* avesse fatto un passo indietro. Considerando quell'aspetto, preferiva continuare a fingere. Non avrebbe mai potuto ripagare la generosità e la gentilezza di Jason nei suoi confronti lasciando credere agli altri che lei lo trovasse ripugnante o spaventoso come futuro marito. «Molto bene» affermò. «Dirò che le cose tra noi non sono ancora del tutto definite.»

«Brava» commentò lui. «Charles ha già avuto un infarto quasi fatale e ha il cuore debole. Non voglio che si preoccupi inutilmente: è deciso a vedervi sistemata con un buon matrimonio.»

«Ma cosa succederà quando Andrew verrà a prendermi per portarmi a casa?» Sgranò gli occhi, considerando un nuovo problema. «E cosa penserà la gente quando vi scaricherò per sposare lui?»

Gli occhi di Jason brillarono divertiti di fronte all'espressione di Victoria. «Se ciò dovesse accadere, diremo che state onorando un fidanzamento voluto da vostro padre. In Inghilterra è dovere di una figlia sposare una persona gradita alla propria famiglia, perciò tutti capiranno. Charles sentirà la vostra mancanza, ma sapendovi felice, sopporterà meglio la nostalgia. Tuttavia» aggiunse «non credo che ciò avverrà. Charles mi ha parlato di Bainbridge e sono convinto anch'io che sia un debole, controllato dalla madre. Senza la vostra presenza in America a rafforzarne il coraggio e la determinazione, probabilmente non avrà mai il fegato di sfidare la madre e venire da voi.»

«Oh, santo cielo...» esclamò Victoria, esasperata da quel giudizio sbagliato su Andrew.

«Non ho finito» la interruppe Jason in tono autoritario. «Mi è parso inoltre che vostro padre non fosse ansioso di vedervi sposati, dal momento che ha insistito perché vi separaste per mettere alla prova i vostri sentimenti reciproci, anche se vi conoscevate da una vita. Non eravate fidanzata con Bainbridge quando vostro padre è morto, Victoria» concluse lui implacabile. «Per questo motivo, se si presenterà alla nostra porta, dovrà ottenere la mia approvazione prima che vi permetta di sposarlo e di tornare in America.»

Victoria era combattuta tra la rabbia e l'ilarità. «Per carità!»

esplose. «Non l'avete mai conosciuto e avete già deciso che tipo di uomo sia. E adesso dite che non potrò partire con lui senza il vostro consenso, voi che mi avete praticamente buttato fuori di casa il giorno che sono arrivata a Wakefield!» Era tutto così assurdo che le venne da ridere. «Sapete, non ho proprio idea di cosa potreste dire o fare per sconvolgermi di nuovo. Quando ci siete di mezzo voi, non so mai come comportarmi.»

«Tutto quello che dovete fare» disse Jason con l'accenno di un sorriso sulle labbra «è guardarvi intorno in mezzo alla folla di damerini londinesi che vi circonderanno nelle prossime settimane, scegliere quello che volete e portarmelo per avere la mia benedizione. Non c'è nulla di più facile. Sarò qui a lavorare nel mio studio praticamente tutti i giorni.»

«Qui?» trasalì Victoria, orripilata per la descrizione del modo in cui avrebbe dovuto scegliere un marito. «Pensavo che avreste abitato a casa di zio Charles.»

«Dormirò là, ma lavorerò qui. La casa del duca è terribilmente scomoda. I mobili sono antiquati e le stanze per lo più piccole e buie. Inoltre, nessuno avrà nulla da ridire se starò qui durante il giorno, dal momento che avete una dama di compagnia. A proposito, Flossie Wilson vi ha già stordito di chiacchiere?»

«È molto dolce» commentò Victoria, cercando di non ridere.

«Non ho mai sentito una donna parlare così tanto per dire così poco.»

«È di buon cuore.»

«È vero» convenne lui con fare assente, mentre guardava l'orologio. «Stasera sono impegnato a teatro. Quando Charles rientrerà, ditegli che sono stato qui e che tornerò domani sera in tempo per salutare gli ospiti.»

«Molto bene.» Lanciandogli un'occhiata impudente, Victoria aggiunse: «Ma vi avverto, sarà con estremo piacere che accoglierò Andrew al suo arrivo e vi vedrò costretto ad ammettere di esservi sbagliato su tutta la linea».

«Non ci contate.»

«Oh, ma io sì. Staremo a vedere.»

«Non avete paura di nulla, vero?»

«Non ho paura di voi» annunciò lei sfacciatamente.

«Dovreste averne» rispose lui, e dopo quella dichiarazione enigmatica, se ne andò.

13

«Sono arrivati quasi tutti» dichiarò eccitata la signorina Flossie mentre Ruth dava gli ultimi ritocchi all'acconciatura di Victoria. «È giunto il momento di fare il tuo grande debutto, mia cara.»

Victoria si alzò ubbidiente, ma le ginocchia le tremavano. «Avrei preferito restare con zio Charles e lord Fielding ad accogliere gli ospiti, così avrei potuto incontrarli singolarmente. Sarebbe stato molto meno stressante.»

«Ma non altrettanto d'effetto» osservò la signorina Flossie allegra.

Victoria lanciò un'ultima occhiata critica nello specchio, accettò il ventaglio che le porgeva Ruth e raccolse le gonne. «Sono pronta» disse fremendo. Si fermò sul pianerottolo per guardare l'atrio al piano inferiore, addobbato con un tripudio di fiori in occasione del ricevimento, con enormi vasi di felci rigogliose e un grande cesto di rose bianche. Dopodiché fece un respiro nervoso e proseguì sulla scala ricurva che conduceva alla sala da ballo. Diversi valletti in livrea di velluto verde con ricami dorati erano in piedi sull'attenti lungo la scala, di fianco a vasi d'argento anch'essi pieni di rose bianche. Victoria li salutò con un sorriso. O'Malley, il loro responsabile, era in cima allo scalone e lei gli chiese piano: «Vi fa ancora male il dente? Non dimenticate di dirmelo se dovesse darvi di nuovo fastidio. Per me non è di alcun disturbo preparare un altro cataplasma».

Lui le sorrise, senza celare la propria devozione. «Non l'ho più sentito da quando mi avete dato l'ultima cura, milady.»

«Molto bene, ma non cercate di sopportare il male se dovesse ripresentarsi, d'accordo?»

«No, milady.» Appena Victoria girò l'angolo, si rivolse al valletto di fianco a lui. «È magnifica, vero?»

«Una vera signora» commentò l'altro. «Proprio come avevate detto fin dall'inizio.»

«Renderà la vita migliore a molti di noi» predisse O'Malley. «E anche al padrone, quando gli scalderà il letto. Gli darà un erede che lo renderà felice.»

Northrup supervisionava la sala da ballo dalla balconata superiore, con la schiena dritta, pronto ad annunciare i nomi degli ospiti ritardatari che passavano sotto l'arcata di marmo di fianco a lui. Victoria gli si avvicinò, con le gambe che sembravano di gelatina. «Datemi un istante per riprendere fiato» supplicò. «Dopodiché potrete annunciare i nostri nomi. Sono terribilmente nervosa» gli confidò.

Un sorriso appena accennato incrinò il rigido contegno del maggiordomo, che osservò con sguardo esperto la meravigliosa giovane donna. «Mentre prendete fiato, milady, posso dirvi quanto mi sia piaciuta la vostra esecuzione della sonata in fa minore di Beethoven, ieri pomeriggio? È una delle mie preferite.»

Victoria fu così contenta e sorpresa da quel complimento inaspettato da parte dell'austero domestico da dimenticare quasi la folla chiassosa e brulicante nella sala da ballo al piano di sotto. «Grazie» disse, sorridendo. «E qual è il vostro pezzo prediletto?»

Lui la guardò, sbalordito da tanto interesse, ma glielo disse.

«Domani ve lo suonerò» gli promise dolcemente.

«È molto gentile da parte vostra, milady!» rispose Northrup con il volto severo e un inchino formale. Ma quando si girò per annunciarla, la sua voce risuonò piena di orgoglio. «Lady Victoria Seaton, contessa di Langston, e la signorina Florence Wilson.»

La folla parve scossa da un fremito di eccitazione che interruppe conversazioni e risate, mentre cinquecento invitati si voltavano all'unisono per guardare la ragazza americana che portava il titolo della madre e che presto ne avrebbe ottenuto uno ancora più prestigioso da lord Fielding.

Quello che videro fu un'esotica dea dai capelli rosso tiziano, avvolta in un abito in stile impero di seta color zaffiro, perfettamente intonato con i suoi occhi luccicanti, che le fasciava il corpo snello ma voluttuoso. Le braccia erano coperte da lunghi guanti e i capelli pettinati in una cascata di riccioli lucenti, intrecciati con fili di zaffiri e diamanti. Il viso, di indicibile bellezza, aveva zigomi alti e delicati, un naso perfetto, labbra generose e una piccola fossetta intrigante al centro del mento.

Nessuno, ammirandola, avrebbe mai creduto che a quella splendida giovane tremavano le ginocchia per il panico.

Il mare di volti senza nome che la fissavano parve aprirsi mentre Victoria scendeva le scale, e Jason all'improvviso si fece avanti tra la folla. Le porse la mano e lei automaticamente vi appoggiò la propria, ma lo sguardo che gli rivolse era pieno di terrore.

Chinandosi come per mormorare un complimento intimo, Jason le chiese: «Siete terrorizzata, vero? Volete che inizi con le presentazioni adesso, o preferite ballare con me e lasciare che finiscano di squadrarvi per bene?».

«Che scelta!» sussurrò Victoria con una risata strozzata.

«Farò partire la musica» decise Jason saggiamente, e fece un cenno ai musicisti con il capo. La condusse al centro della sala da ballo e la prese tra le braccia. «Sapete ballare il valzer?» le chiese all'improvviso.

«E me lo chiedete adesso!» rispose lei ridendo, sull'orlo di una crisi isterica.

«Victoria!» disse Jason severo, ma con un sorriso affascinante a beneficio del pubblico che li osservava. «Siete la stessa donna che ha minacciato con freddezza di spararmi con una pistola. Non oserete fare la codarda proprio ora.»

«No, milord» replicò lei, cercando disperatamente di seguirlo mentre la guidava nei primi passi del valzer. Ballava, pensò, con la stessa eleganza rilassata con cui indossava i suoi raffinati abiti da sera di sartoria.

All'improvviso Jason le strinse un braccio intorno alla vita, costringendola a una vicinanza pericolosa con il suo corpo possente, e l'ammonì a bassa voce: «Quando una coppia danza, solitamente conversa o si scambia qualche piccola battuta. Altrimenti gli altri pensano che i due non si piacciano».

Victoria lo fissò, con la bocca asciutta come segatura.

«Ditemi qualcosa, dannazione.»

L'imprecazione, pronunciata con un sorriso brillante e premuroso, le suscitò una risata involontaria, e per un attimo le fece dimenticare di essere sotto esame. «Ballate il valzer molto bene, milord.»

Jason si rilassò e le sorrise. «Questo è quello che *io* avrei dovuto dire a *voi*.»

«Voi inglesi avete regole per ogni cosa» commentò Victoria con ironica ammirazione.

«Anche voi siete inglese, signorina» le ricordò lui, e aggiunse: «La signorina Flossie vi ha insegnato il valzer molto bene. Cos'altro avete imparato?».

Leggermente infastidita da quell'osservazione, Victoria gli rivolse un sorriso disinvolto e disse: «Potete stare tranquillo, perché ora sono in grado di fare tutto ciò che si richiede a una raffinata giovane donna inglese di rango».

«Cioè?» chiese Jason.

«Oltre a suonare il pianoforte, so ballare il valzer senza cadere e ricamare finemente. Inoltre sono in grado di leggere il francese ed eseguire un inchino degno di una corte reale. Mi sembra» osservò con un'espressione impertinente «che in Inghilterra sia molto importante che una donna appaia del tutto inutile.»

Jason buttò indietro la testa e rise. Quella ragazza era una sorprendente combinazione di contrasti intriganti: modi sofisticati e innocenza, femminilità e coraggio, bellezza sconvolgente e senso dell'umorismo. Aveva un corpo creato apposta per le mani di un uomo, degli occhi che avrebbero fatto impazzire chiunque, un sorriso che sapeva essere solare e sensuale allo stesso tempo, e una bocca… una bocca che invitava a baciarla.

«È maleducazione fissare le persone» disse Victoria, concentrata a dare l'impressione di essere a proprio agio, più che sulla direzione del suo sguardo.

Jason staccò gli occhi dalle sue labbra. «Scusate.»

«Avete detto che mentre balliamo dovremmo mostrare una certa complicità» gli ricordò scherzando. «Ma io non ho alcuna esperienza in merito, e voi?»

«Più che sufficiente» rispose lui, ammirando il colorito che le illuminava le guance.

«Molto bene. Allora mostratemi come si fa.»

Sorpreso da quell'invito, Jason puntò lo sguardo su quegli occhi azzurri ombreggiati da ciglia scure e per un attimo vi si perse. Un moto di desiderio gli attraversò il corpo e automaticamente l'avvicinò a sé. «Non avete bisogno di lezioni» le sussurrò con voce roca. «Ve la state cavando egregiamente, finora.»

«In cosa?»

La sua evidente ingenuità riportò Jason in sé e gli fece allentare la presa. «Nel mettervi nei guai, più di quanto abbiate immaginato.»

Ai bordi della pista, il giovane lord Crowley alzò il monocolo per squadrare lady Victoria dalla testa ai piedi. «Meravigliosa» disse all'amico. «Te l'avevo detto fin dal primo momento in cui l'abbiamo vista, il giorno che è arrivata in Brook Street. Non ho mai conosciuto una donna simile. È divina. Celestiale. Un angelo.»

«Una bellezza, una vera bellezza!» convenne il giovane lord Wiltshire.

«Se non fosse per Wakefield, le farei una corte serrata» dichiarò Crowley. «Sconfiggerei gli altri pretendenti e farei di tutto per averla!»

«Potresti» dichiarò lord Wiltshire. «Ma per ottenerla, dovresti essere di dieci anni più vecchio e venti volte più ricco. Anche se da quello che ho sentito dire, il matrimonio non è ancora del tutto definito.»

«In questo caso, voglio che mi sia presentata stasera.»

«Anch'io» affermò lord Wiltshire in tono di sfida, ed entrambi si misero in cerca delle rispettive madri, in modo da poter procedere con le presentazioni canoniche.

Per Victoria la serata fu un successo strepitoso. Aveva temuto che l'aristocrazia fosse composta unicamente da persone come lady Kirby, invece la maggior parte di loro sembrò accoglierla di buon grado nel proprio circolo esclusivo. Alcuni, infatti, in particolar modo i gentiluomini, erano fin troppo esuberanti nei complimenti e nelle attenzioni che le dedicavano. La circondavano chiedendo di essere presentati e di ballare con lei, poi restavano al suo fianco facendo a gara per guadagnarsi la sua attenzione. Victoria non prendeva nessuno troppo sul serio, ma trattava tutti con cordialità.

Di tanto in tanto dava un'occhiata a Jason e sorrideva tra sé e sé. Aveva un aspetto terribilmente affascinante nel completo da sera nero, che contrastava con la camicia candida e il sorriso bianco smagliante. Al suo cospetto, gli altri uomini apparivano scialbi e insignificanti.

Erano in molte a pensarla come lei, realizzò Victoria quattro ore dopo, mentre danzava con un altro gentiluomo. Diverse ragazze civettavano apertamente con lui, nonostante il fatto che fosse ufficialmente fidanzato con lei. Osservò una bella bionda seducente che cercava in ogni modo di catturare l'attenzione di Jason guardandolo intensamente negli occhi, mentre se ne stava appoggiato con noncuranza a una colonna, con un'espressione annoiata sul volto abbronzato.

Fino a quella sera, Victoria aveva pensato che riservasse solo a lei quell'atteggiamento derisorio che la faceva infuriare così tanto, ma ora si rendeva conto che Jason trattava tutte le donne con fredda condiscendenza. Senza dubbio era questo il comportamento di Jason che Caroline giudicava villano e non da gentiluomo. Ciononostante, le donne erano attratte da lui come falene da una fiamma. E perché non avrebbero dovuto?, rifletté Victoria con filosofia, osservandolo mentre liberava con gentilezza il braccio dalla mano della bionda e si spostava verso lord Collingwood. Jason era irresistibilmente, magneticamente... virile.

Robert Collingwood guardò Jason e annuì in direzione dei pretendenti di Victoria, che circondavano Flossie Wilson in attesa del suo ritorno dalla pista da ballo. «Se sei ancora sicuro di volere che sposi un altro» gli disse «non dovrai aspettare a lungo. È la più ambita.»

«Bene» replicò Jason, liquidandoli con un'alzata di spalle.

14

Le previsioni di Robert sul successo di Victoria si avverarono. Il giorno dopo il ballo, dodici gentiluomini e sette signorine si presentarono a trovare lady Victoria, invitandola a svariati eventi e chiedendo di dare un'occhiata da vicino a Wolf. Northrup era raggiante mentre accompagnava in casa i pretendenti e impartiva istruzioni ai valletti che distribuivano vassoi su vassoi di tè agli ospiti.

La cena fu servita alle nove e Victoria era troppo esausta per considerare la possibilità di partecipare a uno dei balli o a una delle serate a cui era stata invitata. Era andata a letto all'alba e faceva fatica a tenere gli occhi aperti mentre raccoglieva il dessert dal piatto con la forchetta. Jason invece aveva il solito aspetto riposato ed energico, nonostante avesse lavorato tutto il pomeriggio nel suo studio.

«Victoria, ieri sera avete avuto un successo strepitoso» le disse, guardando da Charles a lei. «È evidente che Crowley e Wiltshire sono già pazzi di voi. Così come lord Makepeace, e lui è considerato la preda più ambita di tutta la stagione.»

Gli occhi assonnati della ragazza s'illuminarono divertiti. «Mi fate venire in mente una battuta di pesca!»

Un istante dopo si congedò per andare a dormire. Jason le

augurò la buonanotte, pensando che Victoria era in grado di riscaldare una stanza col suo sorriso, per quanto assonnato. Dietro i suoi modi spontaneamente sofisticati, s'indovinavano la dolcezza e l'intelligenza. Sorseggiò il brandy, ricordando come fosse riuscita ad affascinare i suoi ospiti altolocati. Aveva conquistato del tutto Northrup suonando Mozart apposta per lui quella sera. Alla fine dell'esecuzione, il vecchio maggiordomo aveva le lacrime agli occhi. Dopodiché aveva fatto chiamare O'Malley e gli aveva dedicato un'emozionante giga irlandese. Quando aveva finito di suonare, una decina di domestici era radunata fuori dal salotto per ascoltare quel concerto improvvisato. Invece di ordinargli di tornare alle loro faccende, Victoria aveva chiesto loro se avessero delle musiche preferite. Conosceva i nomi di tutti; s'informava spesso sulla loro salute e sulle famiglie di ognuno. E pur essendo stanca, aveva continuato a suonare per almeno un'ora.

I domestici, nessuno escluso, la veneravano, realizzò Jason. I valletti sorridevano e s'inchinavano per renderle omaggio. Le cameriere accorrevano a ogni sua minima richiesta. E Victoria le ringraziava sempre con grande gentilezza. Ci sapeva fare con le persone. Era in grado di conquistare chiunque, dai baroni ai maggiordomi, con la stessa facilità, forse perché trattava tutti con sincero interesse.

Jason rigirò il bicchiere di brandy tra le dita con fare pensieroso. Senza di lei, la sala da pranzo sembrava improvvisamente cupa e vuota. Senza rendersi conto che Charles lo stava osservando con aria compiaciuta, rimase lì seduto a fissare la sedia vuota di Victoria, accigliato.

«È una ragazza straordinaria, vero?» esordì alla fine Charles.

«Sì.»

«Di rara bellezza e terribilmente arguta. Hai riso di più da quando Victoria è in Inghilterra che in un anno intero! Non negarlo, quella fanciulla è unica!»

«Non lo nego» replicò Jason, ricordando l'abilità con cui

l'aveva vista calarsi nei panni di una contessa, una contadina, una bambina triste o una donna sofisticata, a seconda dell'umore e della situazione.

«È una ragazza innocente, ma ha tempra e carattere. Con l'uomo giusto accanto potrebbe trasformarsi in una donna appassionata... una donna capace di riscaldare il letto e la vita del marito.» Charles fece una pausa, ma Jason non disse nulla. «Il suo Andrew non ha alcuna intenzione di sposarla» continuò il duca serio. «Non ho alcun dubbio. Altrimenti l'avrebbe già contattata.» Si fermò di nuovo, però Jason rimase zitto. «Mi dispiace di più per quell'Andrew che per Victoria» aggiunge Charles con determinazione. «Non posso che compatire un uomo che sia così folle da ignorare la donna che fra mille sarebbe in grado di renderlo veramente felice. Jason» s'informò «mi stai ascoltando?»

L'altro gli lanciò un'occhiata impaziente. «Ho sentito ogni parola. Cos'avrebbe a che fare tutto questo con me?»

«Cos'avrebbe...?» balbettò Charles frustrato. Ricomponendosi, continuò con maggiore cautela: «Sei coinvolto anche tu, così come lo sono io. Victoria è una giovane donna nubile. Anche se con lei c'è la signorina Flossie come dama di compagnia, non potrà vivere all'infinito in una casa con uno scapolo e un uomo che passa tutto il giorno qui. Se continueremo così per molte settimane ancora, la gente dedurrà che il fidanzamento è una farsa e che si tratta soltanto di un'altra delle tue conquiste. E allora la faranno a pezzi. Non vorrai che subisca quest'umiliazione, vero?».

«Certo che no» rispose Jason assente, fissando il brandy nel bicchiere.

«Allora c'è soltanto una soluzione... dovrà sposarsi, e in fretta.» Aspettò, ma il figlio rimase in silenzio. «Non è così, Jason?» insisté.

«Suppongo di sì.»

«Ma chi dovrebbe sposare?» chiese Charles trionfante. «Chi

potrebbe trasformarla in una donna appassionata? Chi ha bisogno di una moglie nel suo letto che gli dia un erede?»

Jason alzò le spalle, irritato. «Come diavolo faccio a saperlo? In questa famiglia non sono io quello bravo ad accoppiare le persone, ma voi!»

Il duca lo guardò. «Stai dicendo che non ti viene in mente chi dovrebbe sposare?»

Jason si portò alle labbra il bicchiere di brandy e lo vuotò d'un sorso, dopodiché lo appoggiò sul tavolino con un colpo deciso e si alzò. «Victoria sa cantare, suonare il pianoforte, fare inchini perfetti e cucire» sintetizzò. «Trovate un uomo con un buon orecchio musicale, che apprezzi la bellezza e ami i cani. Ma accertatevi che abbia un carattere placido, altrimenti lei lo farà impazzire. È semplicissimo.» Charles rimase a fissarlo a bocca aperta, quindi lui proseguì con impazienza. «Ho sei proprietà e una flotta di navi da gestire e un centinaio di altri dettagli su cui concentrarmi. Io mi occuperò di queste cose. Voi penserete a trovare un marito a Victoria. Posso collaborare accompagnandola a balli e serate nelle prossime settimane. Ha già suscitato scalpore. Con un po' più di esposizione e qualche altro giro in città, avrà molti più pretendenti di quanti ne possiate gestire. Analizzateli e fate una lista di quelli più interessanti. Ne sceglierò uno da quell'elenco.»

Le spalle di Charles si abbassarono per la delusione. «Come desideri.»

15

«Non avevo più visto una giovane donna creare tanto scompiglio da quando ha debuttato Caroline» disse Robert Collingwood sorridendo a Jason, mentre osservavano Victoria a un ballo la settimana successiva. «Ha messo in azione tutte le lingue della città. Ha detto veramente a Roddy Carstairs che avrebbe potuto spararegli con la sua stessa pistola?»

«No» rispose Jason seccato. «L'ha avvertito che se avesse fatto altre avances inopportune, gli avrebbe sparato, e se avesse mancato il colpo gli avrebbe aizzato contro Wolf. E in caso Wolf non avesse concluso il lavoro, era certa che ci avrei pensato *io*.» Jason rise e scosse il capo. «È la prima volta che vengo scelto per il ruolo di eroe. Tuttavia sono rimasto un po' deluso, dal momento che sono stato solo la seconda opzione, dopo il cane.»

Robert Collingwood gli lanciò una strana occhiata, ma Jason non se ne accorse. Stava guardando Victoria. Quasi del tutto circondata da corteggiatori che cercavano di attirare la sua attenzione, se ne stava serena nel mezzo: una regina dai capelli rossi con una schiera di uomini adoranti. Avvolta in un abito di seta blu con guanti lunghi abbinati, aveva la superba chioma sciolta sulle spalle, e dominava l'intera sala da ballo con la sua presenza incantevole.

Mentre la osservava, Jason notò lord Warren di fianco a lei, con gli occhi puntati sull'ampia scollatura del corpetto, e impallidì per la rabbia. «Scusami» disse rapidamente a Robert. «Io e Warren dobbiamo fare un discorsetto.»

Fu la prima di una serie di occasioni in cui l'aristocrazia assistette allo spettacolo del marchese di Wakefield che si lanciava come un falco sulla preda, quando le attenzioni nei confronti di Victoria si rivelavano troppo esplicite.

Tre settimane dopo il debutto della ragazza, Charles entrò nello studio di Jason. «Ho stilato la lista dei candidati che mi hai chiesto» annunciò con il tono di una persona costretta a svolgere un compito ripugnante. «Vorrei rileggerla con te.»

Jason alzò lo sguardo dai rapporti che stava leggendo e strinse gli occhi osservando il foglio tra le mani del duca. «Al momento sono impegnato.»

«Vorrei comunque rivederla insieme a te. Ho trovato particolarmente spiacevole occuparmene in prima persona. Ho selezionato diversi pretendenti accettabili, ma non è stato facile.»

«Ne sono sicuro» convenne Jason con sarcasmo. «Tutti i damerini di Londra fanno la fila per lei.» Dopo quelle parole, tornò a concentrarsi sui suoi documenti. «Leggetemi i nomi, se volete.»

Sorpreso per l'atteggiamento indifferente del figlio, Charles si sedette dall'altra parte della scrivania e inforcò gli occhiali. «Prima di tutto c'è il giovane lord Crowley, che mi ha già chiesto il permesso di corteggiarla.»

«No. Troppo impulsivo» decretò Jason.

«Cosa te lo fa pensare?» domandò Charles perplesso.

«Crowley non conosce abbastanza bene Victoria da desiderare di "corteggiarla", per usare le vostre parole.»

«Non essere ridicolo. I primi quattro uomini di questa lista mi hanno già chiesto la stessa cosa, partendo dal presupposto, ovviamente, che la tua proposta di matrimonio non sia definitiva.»

«No a tutti quanti, per la stessa ragione» rispose Jason, appoggiandosi allo schienale della sedia, apparentemente assorto nel rapporto che aveva in mano. «Chi c'è dopo?»

«L'amico di Crowley, lord Wiltshire.»

«Troppo giovane. Poi?»

«Arthur Landcaster.»

«Troppo basso» dichiarò Jason laconico. «Quindi?»

«William Rogers» ribatté Charles in tono di sfida. «Ed è alto, maturo, intelligente e di bell'aspetto. Inoltre è l'erede di una delle proprietà più ingenti d'Inghilterra. Penso che andrebbe molto bene per Victoria.»

«No.»

«No?» esclamò Charles. «Perché no?»

«Non mi piace il modo in cui monta a cavallo.»

«Non ti piace...» ripeté Charles con rabbia incredula. Poi guardò Jason e sospirò. «Molto bene. L'ultimo nome nel mio elenco è lord Terrance. Lui va a cavallo in modo perfetto, oltre a essere un gentiluomo impeccabile. È alto, intelligente, pieno di fascino e facoltoso. Ora» concluse trionfante «quali sarebbero i suoi difetti, secondo te?»

Jason serrò la mascella. «Non mi piace.»

«Non sarai tu a doverlo sposare!» ribatté Charles, alzando la voce.

Jason si sporse dalla sedia e batté la mano sul tavolo. «Ho detto che non mi piace» sibilò. «Basta così.»

La rabbia sul volto di Charles lasciò lentamente il posto alla sorpresa, e poi a un sorriso privo di gioia. «Tu non la vuoi, ma non vuoi che nessun altro l'abbia. Giusto?»

«Giusto» rispose Jason acido. «Non la voglio.»

La voce bassa e infuriata di Victoria risuonò dalla porta dietro di loro. «Non vi voglio nemmeno io!»

I due uomini si voltarono di colpo, ma mentre lei avanzava, i suoi magnifici occhi azzurri erano puntati solo sul volto impassibile di Jason. Appoggiò le mani sulla scrivania, con la rabbia che le gonfiava il petto. «Dal momento che siete così preoccupato di liberarvi di me, se Andrew non venisse a prendermi, farò di tutto per trovare dei possibili sostituti, ma voi non farete mai parte di quel gruppo! Non valete un decimo di lui. Lui è gentile, cortese e buono, invece voi siete freddo, cinico, presuntuoso e... e un bastardo!»

La parola "bastardo" accese un lampo di furia negli occhi di Jason. «Se fossi in voi» replicò con voce bassa e minacciosa «inizierei a cercare quei sostituti, perché il buon vecchio Andrew non vi vuole più di quanto vi voglia io.»

Umiliata oltre misura, Victoria girò su se stessa e uscì dalla stanza, con un unico pensiero in mente: in qualche modo avrebbe dimostrato a Jason Fielding che altri uomini la volevano. E non avrebbe mai e poi mai permesso a se stessa di fidarsi ancora di lui. Nelle ultime settimane si era illusa che fossero diventati amici. Aveva persino pensato di piacergli. Ripensò all'insulto che gli aveva appena rivolto e la sua umiliazione aumentò. Come aveva potuto lasciarsi provocare fino a quel punto!

Dopo che se ne fu andata, Charles si rivolse a Jason. «Congratulazioni» disse amareggiato. «Hai fatto di tutto perché ti disprezzasse fin dal primo giorno in cui è arrivata a Wakefield, e adesso so perché. Ho notato il modo in cui la guardi quando pensi che nessuno ti veda. La desideri e hai paura che in un momento di debolezza potresti chiederle di spos...»

«Ne ho abbastanza!»

«La desideri» continuò Charles furioso. «La vuoi e t'importa eccome di lei, e ti odi per questa debolezza. Bene, adesso non devi più preoccuparti, l'hai umiliata a tal punto che non ti perdonerà mai. Avete ragione entrambi. Tu sei un bastardo e Andrew non verrà a prenderla. Pensa pure ad altro, Jason.

Non dovrai più preoccuparti di alcuna debolezza. Ti odierà ancora di più quando si renderà conto che Andrew non verrà. Goditi il tuo trionfo.»

Jason raccolse il rapporto che stava leggendo con espressione glaciale. «Fate un'altra lista nel corso della prossima settimana e portatemela.»

16

Il compito di selezionare i migliori pretendenti tra il numero crescente dei corteggiatori di Victoria divenne ancora più difficile per Charles. Alla fine della settimana successiva, la casa di Upper Brook Street era invasa dai mazzi di fiori delle schiere di gentiluomini entusiasti che speravano di ottenere i suoi favori.

Persino un elegante nobiluomo francese, il marchese de Salle, subì il suo fascino, nonostante la barriera linguistica, o forse proprio per quella. Un giorno si presentò in compagnia di un amico, il barone Arnoff, e di un altro gentiluomo per fare visita a Victoria.

«Il vostro francese è eccellente» mentì il marchese con galanteria, ricominciando a parlare in inglese mentre si accomodava.

Victoria lo guardò incredula. «No, è penoso» dichiarò lei dispiaciuta. «Trovo i suoni nasali del francese difficili da imitare tanto quanto quelli gutturali degli apache.»

«Apache?» s'informò lui educatamente. «Di cosa si tratta?»

«Sono una tribù indiana d'America.»

«Selvaggi americani?» fece eco il barone, un leggendario cavaliere dell'esercito russo. La sua espressione annoiata divenne piena di interesse. «Ho sentito dire che quei selvaggi sono superbi cavallerizzi. È così?»

«Ho conosciuto solo un indiano, barone Arnoff, ed era un uomo anziano ed educato, non proprio un selvaggio. Mio padre si era imbattuto in lui nel bosco e l'aveva portato a casa per curarlo. Si chiamava Fiume Impetuoso, e rimase da noi come assistente di mio padre. Tuttavia, per rispondere alla vostra domanda, anche se era solo per metà apache, era veramente molto abile a cavallo. La prima volta che lo vidi fare i suoi trucchi, avevo dodici anni, e rimasi senza parole per la meraviglia. Non usava la sella e...»

«Senza sella!» esclamò il barone.

Lei scosse il capo. «Gli apache non l'adoperano.»

«Che trucchi sapeva fare?» chiese il francese, molto più interessato al viso affascinante di Victoria che alle sue parole.

«Una volta Fiume Impetuoso mi fece posare un fazzoletto in mezzo a un prato, poi lanciò il cavallo al galoppo, dirigendosi verso quel punto. Quando fu vicino, lasciò completamente le briglie, si protese verso il basso e raccolse il fazzoletto in corsa. M'insegnò anche a farlo» ammise ridendo.

Impressionato, il barone disse: «Dovrei vederlo per crederci. Ma suppongo che non possiate mostrarmi come si fa».

«No, mi dispiace. Il cavallo dev'essere addestrato da un apache.»

«Forse potreste insegnarmi qualche parola della lingua apache» propose il marchese con un sorriso suadente «e io potrei darvi lezioni di francese.»

«La vostra offerta è molto gentile» rispose Victoria. «Ma non sarebbe corretto, perché ho molto da imparare e poco da insegnare. Ricordo solo alcune parole che mi ha insegnato Fiume Impetuoso.»

«Di sicuro sapreste dirmi una frase» continuò lui sorridendo, mentre la guardava negli occhi.

«No, veramente...»

«Insisto.»

«D'accordo» capitolò Victoria con un sospiro «se insistete.» Pronunciò una frase con accento gutturale e poi si rivolse al marchese. «Ora provate a ripeterla.»

Il nobiluomo la ripeté alla perfezione al secondo tentativo, e sorrise compiaciuto. «Cosa significa?» chiese. «Cos'ho detto?»

«Avete detto» rispose Victoria con espressione compiaciuta «"Quell'uomo sta calpestando la mia aquila".»

«Calpestando la mia...» Il marchese, il barone e tutti i presenti nella sala scoppiarono a ridere.

Il giorno seguente, il barone russo e il marchese francese tornarono per unirsi ai corteggiatori di Victoria, aggiungendo prestigio alla sua popolarità sempre crescente.

Ovunque si trovasse lei, c'erano risate e allegria. Nel resto della casa, invece, c'era una tensione palpabile che emanava da lord Fielding e si ripercuoteva su chiunque altro intorno a lui. Con il passare delle settimane e il moltiplicarsi dei pretendenti alla mano di Victoria, l'umore di Jason era passato da minaccioso a feroce. Qualsiasi cosa lo contrariava. Rimproverava la cuoca perché gli preparava troppo spesso il suo piatto preferito; aveva da ridire con la cameriera per un filo di polvere trovato sotto una balaustra; aveva minacciato di licenziare un valletto che aveva un bottone non ben fissato sulla giacca.

Lord Fielding era sempre stato un datore di lavoro esigente e pignolo, ma pur sempre ragionevole. Adesso, però, non c'era nulla che lo soddisfacesse, e tutti i domestici che gli passavano davanti dovevano subire la sua lingua caustica. Purtroppo, più lui diventava impossibile e dispotico, più loro s'innervosivano e commettevano errori.

Una volta la casa funzionava con la massima efficienza, come una macchina ben oliata. Ora invece i domestici si affannavano in giro scontrandosi l'un l'altro, nel tentativo disperato di completare i propri compiti evitando la collera del padrone. Il risultato fu che in quella frenesia si ruppe un prezioso vaso cinese, un secchio d'acqua sporca si rovesciò sul tappeto Aubusson dalla sala da pranzo e il caos prese a regnare in tutta la casa.

Victoria era cosciente della tensione nella servitù, ma quando cercava di affrontare la questione con Jason, lui l'accusava di "incitarli all'insurrezione", dopodiché si lanciava in una serie infinita di lamentele su quanto fossero rumorosi i suoi ospiti, proprio quando lui cercava di lavorare, e sul profumo nauseabondo di tutti quei fiori che le portavano.

Charles aveva provato per due volte a proporgli la seconda lista di pretendenti, ma era stato scacciato malamente dal suo studio.

Quando persino Northrup ricevette un rimprovero da parte di Jason, l'intero personale entrò in crisi. Tutto ebbe inizio un tardo pomeriggio, cinque settimane dopo il debutto in società di Victoria. Jason stava lavorando nel suo studio e aveva mandato a chiamare il maggiordomo, impegnato a sistemare in un vaso un mazzo di fiori appena recapitato per Victoria.

Per non far aspettare il padrone, dal temperamento irascibile, Northrup si precipitò nello studio con il mazzo di fiori in mano. «Sì, milord?» chiese con apprensione.

«Che piacere» commentò Jason sarcastico. «Altri fiori? Per me?» Prima che il maggiordomo avesse il tempo di rispondere, il marchese disse piccato: «Tutta questa maledetta casa puzza di fiori! Fate sparire quel mazzo e poi dite a Victoria che voglio vederla. E portatemi quel dannato invito per la serata dai Frigley. Non mi ricordo a che ora inizia. Dopodiché dite al mio valletto di prepararmi degli abiti formali per l'occasione. D'accordo? Cosa state aspettando? Muovetevi!».

«Sì, milord. Subito.» Northrup uscì di corsa in corridoio e s'imbatté in O'Malley, che Jason aveva appena punito perché i suoi stivali non erano perfettamente puliti.

«Non l'ho mai visto così» disse con ansia O'Malley al maggiordomo, che stava infilando il mazzo di fiori in un vaso prima di andare a chiamare lady Victoria. «Sua Signoria ha chiesto il tè e poi si è messo a urlare dicendo che avrei dovuto portargli il caffè.»

«Sua Signoria» fece notare Northrup «non beve tè.»

«Gliel'ho detto quando me l'ha ordinato» replicò O'Malley amareggiato «e mi ha risposto che sono insolente.»

«Infatti è così» rispose il maggiordomo, alimentando l'antipatia creatasi tra lui e il valletto irlandese nel corso di vent'anni. Con un ghigno se ne andò.

Nel salottino, Victoria fissava senza vederla la lettera che aveva appena ricevuto dalla signora Bainbridge; le parole le si appannavano davanti agli occhi pieni di lacrime:

> ... non riesco a trovare un modo gentile per dirti che Andrew ha sposato sua cugina in Svizzera. Ho cercato di avvertirti che probabilmente sarebbe andata in questo modo prima che partissi per l'Inghilterra, ma tu hai scelto di non crederci. Ora dovrai accettarlo, e ti consiglio di cercare un marito più adatto per una ragazza nella tua posizione.

«No! Per favore, no!» mormorò Victoria mentre i suoi sogni e le sue speranze s'infrangevano, insieme alla fiducia nel genere maschile. Nella sua mente vedeva il volto di Andrew sorridente e pieno di fascino mentre si sfidavano in una corsa a cavallo. "Nessuno cavalca come te, Tory..." Ricordò il suo primo bacio delicato, il giorno del suo sedicesimo compleanno. "Se fossi più grande" le aveva sussurrato con voce roca "ti regalerei un anello, invece di un braccialetto..."

«Bugiardo!» esclamò Victoria con la voce rotta. «Bugiardo!» Calde lacrime le scorrevano lungo le guance, gocciolando lentamente sulla carta.

Northrup entrò nel salottino e annunciò: «Lord Fielding vorrebbe vedervi nel suo studio, milady, e lord Crowley è appena arrivato. Ha chiesto se potete dedicargli...». La sua voce si dissolse in un silenzio sgomento quando Victoria alzò gli occhi azzurri pieni di lacrime e disperazione verso di lui; dopodiché balzò in piedi e, coprendosi il volto con le mani, corse via.

Lo sguardo allarmato di Northrup la seguì lungo la scalinata, poi il maggiordomo si chinò per raccogliere la lettera che le era scivolata a terra. A differenza degli altri domestici, che sentivano solo frammenti di conversazioni, Northrup era molto più informato sulle dinamiche della famiglia, e non aveva mai creduto che lady Victoria avrebbe sposato lord Fielding. Inoltre l'aveva sentita ripetere più volte che intendeva unirsi in matrimonio con un gentiluomo americano.

Spinto da una sensazione di allarme, più che dalla curiosità, diede un'occhiata alla lettera per vedere che cosa l'avesse ridotta in quello stato. La lesse e chiuse gli occhi, compatendo la ragazza.

«Northrup!» tuonò lord Fielding dallo studio in fondo al corridoio.

Come un automa, il maggiordomo rispose al richiamo.

«Avete detto a Victoria che voglio vederla?» domandò Jason. «Cos'avete in mano? È il messaggio di lady Frigley? Datemelo.» Jason allungò la mano con impazienza mentre Northrup si dirigeva verso la sua scrivania con la schiena rigida. «Cosa diavolo avete?» chiese, strappandogli la lettera dalle mani. «Cosa sono queste macchie sul foglio?»

«Lacrime» spiegò Northrup, restando in piedi rigido, con gli occhi puntati sulla parete.

«Lacrime?» ripeté Jason, concentrandosi sulle parole sbiadite. «Ma questo non è l'invito...» Il silenzio calò sulla stanza, mentre finalmente realizzava cosa stava leggendo. Trattenne il fiato. Alla fine sollevò lo sguardo infuriato verso Northrup. «Le ha fatto dire da sua madre che ha sposato un'altra! Quel figlio di puttana smidollato!»

Northrup deglutì. «È esattamente quello che penso anch'io» dichiarò con voce roca.

Per la prima volta in quasi un mese, Jason parlò con voce

priva di rabbia. «Andrò da lei» disse. Spinse indietro la sedia e salì al piano di sopra, diretto alla camera da letto di Victoria.

Come al solito, lei non rispose quando bussò, e come sempre Jason entrò senza aspettare il suo permesso. Invece di piangere con il viso sprofondato nel cuscino, Victoria stava guardando fuori dalla finestra, pallida e con le spalle così rigide e dritte che era evidente lo sforzo che faceva per mantenere quella posizione. Jason chiuse la porta dietro di sé ed esitò, sperando che lei gli rivolgesse uno dei soliti rimproveri piccati perché aveva fatto irruzione nella stanza senza il suo consenso. Invece, quando Victoria parlò, la sua voce era calma e priva di emozioni in maniera allarmante. «Vi prego, andate via.»

Jason ignorò la richiesta e si fece avanti. «Victoria, mi dispiace...» iniziò, però si bloccò cogliendo un lampo di rabbia negli occhi di lei.

«Lo credo! Ma non vi preoccupate, milord, non intendo restare e continuare a essere un peso per voi.» Lui fece il gesto di abbracciarla, ma Victoria si ritrasse e indietreggiò come se fosse stata scottata. «Non toccatemi!» sibilò. «Non osate toccarmi! Non voglio essere toccata da nessun uomo, men che meno da voi.» Fece un lungo respiro, cercando di mantenere il controllo, e poi continuò: «Ho pensato a come provvedere a me stessa. Non sono così inutile come pensate. Sono una sarta eccellente. Madame Dumosse, che mi ha fatto tutti quei vestiti, ha detto più di una volta quanto sia difficile trovare dei bravi collaboratori. Potrebbe darmi un lavoro...».

«Non siate ridicola!» scattò Jason, furioso con se stesso per averle detto che era inutile quando era arrivata a Wakefield, e con lei perché glielo stava rinfacciando ora che lui desiderava consolarla.

«Oh, ma io *sono* ridicola» sbottò lei. «Sono una contessa senza un soldo, né una casa o una dignità. Non so nemmeno se sarò abbastanza abile con l'ago per...»

«Basta!» la interruppe Jason. «Non vi permetterò di lavorare come una ricamatrice qualunque e il discorso è chiuso.» Quando lei fece per ribattere, la bloccò. «Vorreste ripagare la mia ospitalità mettendo in imbarazzo me e Charles di fronte a tutta Londra?»

Victoria abbassò le spalle e scosse il capo.

«Bene, allora adesso finiamola con questa storia assurda del lavoro per Madame Dumosse.»

«Ma cosa dovrei fare?» mormorò lei con gli occhi pieni di dolore che scrutavano quelli di lui.

Una strana emozione attraversò il viso di Jason. Serrò le labbra, come se si stesse trattenendo dal dire qualcosa. «Quello che fanno sempre le donne» disse dopo una lunga pausa. «Sposate un uomo che sia in grado di provvedere a voi in modo adeguato. Charles ha già ricevuto diverse proposte di matrimonio per voi. Sposate uno di quegli uomini.»

«Non voglio sposare qualcuno di cui non m'importa nulla» ribatté Victoria, rianimandosi per un breve istante.

«Cambierete idea» disse Jason con fredda sicurezza.

«Forse dovrei» osservò Victoria disperata. «Amare qualcuno fa troppo male. Perché poi ti tradiscono e... oh, Jason, ditemi cosa c'è in me che non va» esclamò, con i grandi occhi feriti e imploranti. «Voi mi odiate e Andrew...»

Il sussiego di Jason sparì. La prese fra le braccia e se la strinse al petto. «Non c'è nulla di sbagliato in voi» sussurrò, accarezzandole i capelli. «Andrew è uno sciocco smidollato e io sono più stupido di lui.»

«Ha preferito un'altra a me» pianse lei tra le sue braccia. «E saperlo fa così male!»

Jason chiuse gli occhi e deglutì. «Lo so» sussurrò.

Victoria gli impregnò la camicia con le sue lacrime calde, che pian piano iniziarono a sciogliere il ghiaccio che avvolgeva il cuore di Jason ormai da anni. Cingendola tra le braccia con fare protettivo, aspettò che il suo pianto si interrompesse e poi le sfregò le labbra sulla tempia e disse: «Vi ricordate quando a Wakefield mi avete chiesto se avremmo potuto essere amici?».

Lei annuì, con la guancia contro il suo petto.

«Mi piacerebbe molto» mormorò Jason con voce roca. «Potrei avere una seconda possibilità?»

Sollevando la testa, Victoria lo fissò perplessa. Poi annuì di nuovo.

«Grazie» disse lui con un sorriso enigmatico.

17

Nelle settimane che seguirono, Victoria affrontò l'impatto dell'abbandono da parte di Andrew. Inizialmente si sentì ferita, quindi arrabbiata, e infine provò un profondo e doloroso senso di perdita. Ma con forza e determinazione riuscì ad accettare il fatto che la sua vita precedente fosse ormai un capitolo del tutto chiuso. Imparò a piangere in privato per quanto aveva perso, per poi sfoggiare il sorriso più smagliante a beneficio di amici e conoscenti.

Si sforzò di tenere le proprie emozioni nascoste a tutti quanti, tranne che a Jason e a Caroline Collingwood, che l'aiutavano in modi diversi: Caroline tenendola occupata con una serie incessante di attività sociali, e Jason accompagnandola in quasi tutte le occasioni.

La trattava come un fratello maggiore, scortandola alle feste, a teatro, all'opera e poi, una volta lì, lasciando che si godesse la compagnia dei suoi amici mentre lui passava la serata coi propri. Ma era attento e protettivo, pronto a scoraggiare qualsiasi corteggiatore che non fosse di suo gradimento. Ed erano parecchi quelli che non approvava. Per Victoria, che ora conosceva la sua scandalosa reputazione di libertino, era piuttosto divertente osservarlo quando rivolgeva il suo sguardo glaciale su un ammiratore troppo espansivo e questo sfortunato balbettava delle scuse, battendo subito in ritirata.

Per gli altri aristocratici, il comportamento del marchese di Wakefield non era solo divertente, ma strano e persino alquanto sospetto. Nessuno credeva che la coppia avesse seriamente intenzione di sposarsi, non fino a quando Jason Fielding continuava ad accogliere in casa propria pretendenti alla mano di Victoria, ripetendo che tra loro non c'era nulla di definito. Dal momento che il loro fidanzamento era stato annunciato prima ancora che la contessa mettesse piede in Inghilterra, l'idea più diffusa era che fosse stato organizzato prematuramente dal duca, che voleva bene a entrambi, e che la coppia continuasse la farsa per il suo bene.

Ora tuttavia quella teoria stava iniziando a essere soppiantata da una meno generosa. Fin dall'inizio c'era stato un gruppetto di maligni che avevano avuto da ridire sulla scelta dell'alloggio per Victoria, ma dal momento che lei sembrava una ragazza così dolce e che lord Fielding non aveva mostrato una particolare predilezione nei suoi confronti, nessuno aveva ascoltato quelle obiezioni. Tuttavia, con il moltiplicarsi delle loro apparizioni pubbliche, si stava diffondendo il pettegolezzo secondo cui lord Fielding aveva deciso di sedurla, se non l'aveva già fatto.

Le voci più malevole ipotizzavano che il fidanzamento non fosse altro che una copertura per portare avanti la loro relazione licenziosa sotto il naso della povera Flossie Wilson. Questa calunnia era diffusa, ma non riceveva grande credito, per la semplice ragione che lord Fielding non si comportava con l'atteggiamento possessivo tipico degli amanti. Inoltre lady Victoria si era conquistata parecchi difensori, tra cui la contessa di Collingwood e il suo influente marito, che mostravano di ritenersi personalmente offesi ogni volta che qualcuno osava pronunciare anche solo una parola di critica nei confronti della contessa di Langston.

Victoria non era del tutto ignara della curiosità che suscitava la sua relazione con Jason, né era così cieca da non vedere che parecchi nobili sembravano diffidare di lui. Adesso che aveva smesso di stupirsi per le stranezze di quel nuovo mondo fatto di apparenza, imparò a riconoscere le sottili sfumature delle espressioni che comparivano sul volto delle persone quando appariva Jason. Sembravano sospettose, esitanti, in allerta. Inizialmente pensò che fosse solo la sua immaginazione a darle l'impressione che la gente s'irrigidisse in sua presenza e diventasse più formale, ma non era così. A volte sentiva delle frasi... frammenti di pettegolezzi, una parola qua e là... e vi coglieva un sottofondo di malizia, o quanto meno di disapprovazione.

Caroline l'aveva avvertita del fatto che le persone fossero intimorite e diffidenti nei suoi confronti. Una sera anche Dorothy cercò di metterla in guardia.

«Tory, Tory, sei tu!» esclamò sua sorella, facendo capolino tra le persone che circondavano Victoria fuori dalla casa di lord e lady Potham, dov'era in corso un ballo.

Victoria, che non la vedeva da quando erano scese dalla nave, guardò Dorothy con profonda tenerezza, stringendola in un forte abbraccio. «Dove sei stata?» la rimproverò affetto. «Scrivi così raramente che pensavo fossi ancora in campagna.»

«Io e la bisnonna siamo tornate a Londra tre giorni fa» le spiegò la sorella in fretta. «Sarei venuta a trovarti subito, però lei non vuole che abbia il minimo contatto con te. Ti ho cercato ovunque sono stata. Ma lasciamo perdere... non ho molto tempo. La mia dama di compagnia mi starà cercando. Le ho detto che mi sembrava di aver visto un'amica della bisnonna e che desideravo dirle una cosa.» Si guardò alle spalle, troppo ansiosa per notare il modo in cui i giovani ammiratori di Victoria la stavano squadrando. «Oh, Tory, ero terribilmente angosciata! So che Andrew ti ha fatto una cosa disgustosa, ma non devi nemmeno *pensare* di sposare Wakefield! Non puoi diventare la moglie di quell'uomo. Non puoi! Non piace a nessuno, devi saperlo. Ho sentito lady Faulklyn, la dama di compagnia della bisnonna, parlare di lui, e sai cos'ha detto?»

Victoria diede le spalle al loro pubblico incuriosito. «Dorothy, lord Fielding è stato molto gentile con me. Non chiedermi di credere a dei pettegolezzi fastidiosi, perché non lo farò. Invece, lascia che ti presenti...»

«Non adesso!» esclamò la sorella agitata. Cercò di sussurrare, ma era impossibile farsi sentire in mezzo a quel vociare, perciò fu costretta a parlare a voce più alta. «Sai cosa si dice di Wakefield? Secondo lady Faulklyn, non sarebbe nemmeno ricevuto in società se non fosse un Fielding. La sua reputazione è del tutto riprovevole. Usa le donne per i suoi biechi scopi e poi le pianta in asso! La gente ha paura di lui e anche tu dovresti averne! Dicono...» S'interruppe quando una signora scese da una carrozza che stava aspettando in strada e si fece largo tra la folla, evidentemente in cerca di qualcuno. «Devo andare. Quella è lady F.»

Si allontanò per raggiungere l'anziana donna, e Victoria la osservò salire sulla carrozza con lei.

Lì di fianco, il signor Warren si concesse una presa di tabacco da fiuto. «La ragazza ha ragione, sapete» disse piano.

Distolta dai propri pensieri, Victoria guardò con disprezzo quel damerino che aveva paura della propria ombra, e poi i volti apprensivi degli altri corteggiatori, che avevano chiaramente origliato una buona parte di ciò che aveva detto Dorothy. Avvertì un moto di sdegno. Nemmeno uno di loro aveva mai fatto un giorno di lavoro onesto, come faceva Jason. Erano sciocchi manichini ben vestiti che godevano nel sentir criticare Jason per l'ovvia ragione che lui era più ricco di loro e molto più desiderato dalle donne, nonostante la sua reputazione.

Il sorriso smagliante e complice che Victoria rivolse all'interlocutore fu smentito dalla scintilla pericolosa nei suoi occhi quando chiese: «Perché, signor Warren, siete preoccupato per il mio benessere?».

«Sì, milady, e non sono l'unico.»

«Che assurdità!» esclamò lei. «Se siete interessato alla verità, invece che a sciocchi pettegolezzi, posso dirvela io. La verità è che sono arrivata qui da sola, senza familiari né alcun patrimonio, totalmente dipendente da Sua Grazia e da lord Fielding. Ora» proseguì con un sorriso stampato sulle labbra «voglio che mi guardiate bene.»

Un divertimento genuino s'impadronì di lei, quando quello sciocco giovanotto si portò il monocolo davanti all'occhio, seguendo le sue istruzioni alla lettera.

«Ho l'aspetto di una persona maltrattata?» chiese Victoria impaziente. «Sono stata uccisa nel mio letto? No, signore, non è successo. Lord Fielding, al contrario, mi ha offerto gli agi della sua bella casa e la protezione del suo nome. A dire il vero, signor Warren, credo che molte donne a Londra desidererebbero essere "maltrattate" in questo modo e, da quanto ho potuto osservato, esattamente da quell'uomo. Inoltre, credo che sia la gelosia nei suoi confronti a generare tutti questi ridicoli pettegolezzi.»

Il signor Warren arrossì.

Victoria si rivolse agli altri e aggiunse con enfasi: «Se conosceste lord Fielding come lo conosco io, scoprireste che è l'incarnazione della gentilezza, della sensibilità, della raffinatezza e… e dell'affabilità!».

Dietro di lei risuonò la voce divertita di Jason. «Milady, il vostro tentativo di sollevarmi la reputazione mi fa apparire di una noia mortale.» Victoria si voltò rivolgendogli uno sguardo imbarazzato. «Tuttavia» proseguì lui con un rapido sorriso «vi perdonerò, se mi farete l'onore del prossimo ballo.»

Victoria mise la mano sul braccio proteso di lui ed entrò nella casa affollata al suo fianco.

Il senso di euforia che provava per avere avuto il coraggio di parlare in difesa di Jason iniziò a svanire quando lui la prese tra le braccia sulla pista da ballo senza dire nulla. Sapeva ancora assai poco di lui, ma aveva capito che Jason teneva molto alla propria vita privata. Si domandò, a disagio, se fosse infastidito dal fatto che lei avesse discusso di lui con altri. Volse lo sguardo ai suoi occhi pensierosi. «Siete arrabbiato con me?» chiese. «Per aver parlato di voi in pubblico?»

«Era di me che discorrevate?» chiese lui inarcando le sopracciglia. «Dalla vostra descrizione non l'avrei mai detto. Da quando sono gentile, sensibile, raffinato e affabile?»

«Siete arrabbiato» concluse Victoria con un sospiro.

Una risata sommessa gli sobbalzò nel petto e le sue braccia la strinsero. «Non sono arrabbiato» disse con voce roca e gentile. «Sono imbarazzato.»

«Imbarazzato?» gli fece eco lei sorpresa, studiando il calore che compariva nei suoi occhi color giada. «Perché?»

«Per un uomo della mia età e con la mia reputazione, è piuttosto imbarazzante che una giovane donna minuta prenda le sue difese contro il mondo.»

Confusa dalla tenerezza nei suoi occhi, Victoria lottò contro l'assurdo impulso di appoggiargli la guancia sulla giacca di velluto rosso.

Si sparse la voce della difesa pubblica di lord Fielding da parte di Victoria, che apparentemente lo ammirava ma non era del tutto convinta di sposarlo. Il bel mondo, comunque, giunse alla conclusione che la data del matrimonio sarebbe stata imminente, e in questo modo i suoi corteggiatori si sentirono ancora più sotto pressione. Gareggiavano fra loro nel tentativo di compiacerla e litigavano per lei. Alla fine lord Crowley e lord Wiltshire si sfidarono persino a duello.

«Non vuole nessuno dei due» dichiarò con rabbia il giovane lord Crowley a lord Wiltshire un tardo pomeriggio in cui si stavano allontanando a cavallo dalla casa di Upper Brook Street, dopo una breve visita poco soddisfacente a Victoria.

«Invece sì» lo contraddisse lord Wiltshire con enfasi. «Ha mostrato una particolare predilezione per me!»

«Quanto sei presuntuoso! Ci considera due damerini inglesi, e a lei non piacciono gli inglesi» considerò il primo imbronciato. «Preferisce gli zoticoni delle colonie! Non è così dolce come pensi, ride alle nostre spalle...»

«Non è vero!» ribatté l'amico adirato.

«Stai dicendo che sono un bugiardo, Wiltshire?» chiese Crowley furioso.

«No» replicò Wiltshire tra i denti. «Ti sto sfidando a duello.»

«Bene. Domani all'alba da me. Nel bosco.»

Dopo aver voltato il cavallo, lord Crowley si diresse al suo club, dove si sparse la voce del duello, giungendo all'orecchio dei gentiluomini che si trovavano nella sezione più esclusiva, dedicata al gioco d'azzardo.

«Giovani sciocchi» commentò de Salle con un sospiro irritato quando fu informato dello scontro imminente. «Lady Victoria sarà molto in pena quando lo verrà a sapere.»

Il barone Arnoff, che stava giocando ai dadi con lui, rise. «Né Crowley né Wiltshire hanno una mira tale da fare danni. L'ho constatato coi miei occhi quando sono stato a caccia nella residenza di Wiltshire nel Devon.»

«Forse dovrei cercare di fermarli» disse il marchese.

Il russo scosse il capo con aria divertita. «Non ne vedo il motivo. Il peggio che può accadere è che uno dei due riesca a colpire il cavallo dell'altro.»

«Stavo pensando alla reputazione di lady Victoria. Un duello non le gioverà affatto.»

«Eccellente» rise Arnoff. «Se fosse meno popolare, avrei maggiori possibilità con lei.»

Parecchie ore più tardi, a un altro tavolo, Robert Collingwood udì la notizia del duello, ma non l'accolse con altrettanta leggerezza. Scusandosi con i suoi amici, lasciò il club e si recò alla residenza londinese del duca di Atherton. Dopo aver aspettato per quasi un'ora il ritorno di Jason, Robert convinse il maggiordomo assonnato a svegliare il valletto personale del marchese. A forza di insistere, riuscì a farsi dire che Jason era tornato presto dopo aver accompagnato lady Victoria a una serata, quindi era andato a fare visita a una certa signora al numero 21 di William Street.

Robert saltò sulla sua carrozza e diede al cocchiere l'indirizzo di William Street. «Fate in fretta» ordinò.

Bussò con forza al portone fino a quando non svegliò una cameriera francese, che aprì la porta e con molta discrezione negò di conoscere lord Fielding. «Andate subito a chiamare la vostra padrona» comandò Robert impaziente. «Non ho molto tempo.»

La domestica lanciò una rapida occhiata alle sue spalle e vide lo stemma sulla carrozza. Esitò ancora, però poi salì al piano di sopra.

Dopo una lunga attesa, un'adorabile brunetta avvolta in una vestaglia vaporosa scese le scale. «Cosa succede, lord Collingwood?» chiese Sybil.

«Jason è qui?» domandò Robert.

Lei annuì.

«Allora ditegli che Crowley e Wiltshire intendono sfidarsi a duello per Victoria all'alba, nel bosco sulla proprietà di Crowley» le disse.

Jason allungò una mano quando Sybil si mise a sedere di fianco a lui sul letto. Con gli occhi chiusi, trovò l'apertura della vestaglia e l'accarezzò in modo seducente sulla coscia nuda. «Torna a letto» la invitò con voce roca. «Ho ancora bisogno di te.»

Un sorriso malizioso le attraversò lo sguardo. «Tu non hai "bisogno" di nessuno, Jason» gli sussurrò tristemente. «Non ne hai mai avuto.»

Lui si girò sulla schiena e l'attirò rapidamente verso di sé, contro il proprio corpo nudo ed eccitato. «Se *questo* non è bisogno, come lo chiameresti?»

«Non è quello che intendevo con "bisogno", e lo sai» mormorò lei, premendo un bacio sulle sue labbra calde. «No» gli disse subito, quando le mani esperte di lui cominciarono a palpeggiarla. «Non c'è tempo. Collingwood è stato qui. Ha detto di riferirti che Crowley e Wiltshire si sfideranno a duello all'alba nella proprietà di Crowley.»

Gli occhi verdi di Jason si aprirono con espressione stupita ma non eccessivamente preoccupata.

«Si sfideranno per Victoria» aggiunse lei.

In un istante Jason si animò. La scostò e balzò giù dal letto per infilarsi in tutta fretta pantaloni e stivali. Imprecando fra i denti, indossò la camicia. «Che ore sono?» chiese, guardando verso la finestra.

«Manca circa un'ora all'alba.»

Lui annuì e si chinò per darle un rapido bacio di scuse sulla fronte, poi corse via, con gli stivali che riecheggiavano sul lucido pavimento di legno.

Il cielo si stava già schiarendo quando Jason individuò il bosco dove si trovavano i due sfidanti. A una quarantina di passi dalla coppia, sotto un albero, era parcheggiata la carrozza nera del medico, con un cavallo legato sul retro. Puntò i talloni nei fianchi del suo stallone nero, che s'impennò sollevando zolle di terreno erboso con gli zoccoli.

Jason si fermò vicino ai duellanti e smontò di corsa. «Cosa diavolo sta succedendo qui?» chiese a Crowley quando lo raggiunse, e poi si voltò sorpreso vedendo emergere dall'ombra de Salle a quindici passi dal giovane Wiltshire. «Cosa ci fate qui, de Salle?» gli domandò adirato. «Almeno voi avreste dovuto mostrare maggiore buonsenso di questi due lattanti.»

«Sono qui per il vostro stesso motivo» replicò il marchese con un leggero sorriso. «Ma senza grande successo, come scoprirete presto.»

«Crowley mi ha sparato» esclamò Wiltshire in tono accusatorio. Aveva il volto contratto dallo stupore e dall'ira, e la voce impastata dal liquore che aveva consumato per trovare il coraggio. «Crowley non... non si è comportato da gen... gentiluomo. E adesso sarò io a sparare a lui.»

«Non ho sparato a te» scattò Crowley furioso, di fianco a Jason. «Se l'avessi fatto, ti avrei colpito.»

«Non hai mirato in... in aria» gli gridò Wiltshire. «Non... non sei un gentiluomo. Meriti di morire, e io ti sparerò!» Il braccio gli tremava quando sollevò la pistola verso l'avversario, e poi tutto accade in un istante. Il colpo partì nel momento in cui il marchese de Salle fece un balzo in avanti per cercare di toglierla dalle mani di Wiltshire, mentre Jason si gettava su Crowley, buttandolo a terra. La pallottola fischiò di fianco all'orecchio di Jason mentre rimbalzò contro il tronco dell'albero e ritornò verso il suo avambraccio.

Dopo un istante di stupore, Jason si alzò lentamente a sedere, con espressione incredula. Si portò una mano al braccio, nel punto in cui si concentrava il dolore, e fissò sbigottito il sangue che gli copriva le dita.

Il medico, il marchese de Salle e il giovane Wiltshire accorsero subito. «Fatemi vedere il braccio» ordinò il dottor Worthing, facendo segno agli altri di restare indietro.

Strappò la camicia a Jason e il giovane Wiltshire emise un gemito strozzato quando vide il sangue fuoriuscire dalla ferita. «Oh, Signore!» mugolò. «Lord Fielding, non avevo intenzione di...»

«Silenzio!» esclamò il dottor Worthing. «Qualcuno mi passi il whisky nella mia valigetta.» Si rivolse a Jason. «È soltanto una ferita di striscio, milord, ma è piuttosto profonda. Dovrò disinfettarla e dare qualche punto.» Prese la bottiglia che gli stava porgendo il marchese de Salle e guardò Jason con espressione addolorata. «Brucerà come le fiamme dell'inferno.»

Lui annuì e serrò la mascella.

Il medico irrorò la carne viva con l'alcol, poi gli porse la bottiglia. «Se fossi in voi berrei il resto. Saranno necessari parecchi punti.»

«Io non gli ho sparato» esclamò Wiltshire temendo che lord

Fielding, il leggendario vendicatore, si sentisse in diritto di sfidarlo per pareggiare i conti. Quattro paia di occhi lo guardarono disgustati. «Non sono stato io!» ripeté disperatamente. «È stato l'albero che ha provocato tutto questo. La pallottola ha colpito il tronco ed è arrivata a lord Fielding di rimbalzo.»

Jason sollevò gli occhi cupi e luccicanti verso il giovane terrorizzato e disse con voce tenebrosa: «Se sarete molto fortunato, Wiltshire, riuscirete a stare alla larga da me fino a quando sarò troppo vecchio per prendervi a frustate».

Il giovane indietreggiò, si girò e iniziò a correre.

Jason si voltò inchiodando sotto il suo sguardo implacabile l'altro duellante impietrito. «Crowley» lo ammonì pacatamente «la vostra presenza mi offende.»

Quello corse al suo cavallo.

Una volta che entrambi furono scomparsi al galoppo, Jason sollevò la bottiglia di whisky e bevve un lungo sorso, sussultando quando il dottor Worthing infilò l'ago nella carne gonfia, tirando con forza per unire i lembi di pelle. Passando la bottiglia a de Salle, disse piano: «Purtroppo non abbiamo un bicchiere adatto, ma se volete servirvi, fate pure».

De Salle non si fece pregare e la prese, mentre spiegava: «Non appena ho saputo del duello, sono andato a casa vostra, ma il valletto non ha voluto dirmi dove foste». Bevve un lungo sorso di whisky e restituì la bottiglia a Jason. «Così ho cercato il dottor Worthing e siamo venuti qui, sperando di fermarli.»

«Avremmo dovuto lasciare che si sparassero fra loro» commentò Jason con disprezzo, poi serrò i denti e s'irrigidì quando l'ago gli penetrò di nuovo nella pelle lacerata.

«Probabilmente avete ragione.»

Jason prese altri due sorsi di whisky e sentì che iniziavano ad annebbiarglisi i sensi. Appoggiando la testa contro il tronco dell'albero, sospirò con divertita esasperazione. «Cos'avrebbe fatto esattamente la mia piccola contessa per provocare questo duello?»

De Salle si risentì per quell'appellativo affettuoso e la sua voce perse il tono amichevole ed educato. «Dalle informazioni che ho raccolto, lady Victoria ha definito Wiltshire un rozzo inglese travestito da damerino.»

«Allora Wiltshire avrebbe dovuto sfidare lei a duello» osservò Jason ridendo, prima di bere un altro po' di whisky. «Victoria non avrebbe sbagliato la mira.»

De Salle non rise per la battuta. «Cosa intendete dicendo "la mia piccola contessa"?» chiese seccato. «Se è vostra, ve la state prendendo comoda prima di ufficializzarlo. Voi stesso avete detto che non c'era niente di definito tra voi. A che gioco giocate, Wakefield?»

Lo sguardo di Jason si fermò sui lineamenti ostili dell'altro, poi chiuse gli occhi e sospirò: «Se state pensando di sfidarmi a duello, spero che siate almeno in grado di sparare. È maledettamente umiliante per un uomo con la mia reputazione essere colpito da un albero».

Victoria si rigirava nel letto, troppo stanca per dormire e incapace di fermare i pensieri che le affollavano la mente. All'alba si arrese e si alzò a sedere sul letto, osservando il cielo che passava dal grigio scuro a un grigio pallido, quasi accordandosi al suo umore triste e depresso. Adagiata sui cuscini, pizzicava distrattamente il copriletto di seta, mentre vedeva scorrere davanti a sé la sua vita come un tunnel buio, deserto e spaventoso. Pensò a Andrew, sposato con un'altra donna e ormai perduto; pensò agli abitanti del villaggio, a cui aveva voluto bene fin dall'infanzia e che avevano ricambiato il suo amore. Adesso non aveva più nessuno. A eccezione di zio Charles, ovviamente, ma nemmeno il suo affetto riusciva a placare l'inquietudine e il vuoto che avvertiva dentro di lei.

Si era sempre sentita necessaria e utile; ora la sua vita era costituita da una serie infinita di frivolezze. Aveva l'impressione di essere così… improduttiva, inutile e di peso.

Aveva cercato di seguire il consiglio di Jason e di scegliere un uomo da sposare. Ci aveva provato, ma semplicemente non riusciva a immaginarsi con nessuno di quegli insulsi giovanotti che stavano cercando di conquistarla. Non avevano bisogno di lei come moglie; sarebbe stata solo un ornamento, una decorazione della loro vita. A parte i Collingwood e pochi altri, il matrimonio tra nobili era una scelta di convenienza e nulla di più. Le coppie raramente si presentavano insieme agli eventi, e se lo facevano, era inusuale vederli restare in compagnia l'uno dell'altra una volta arrivati a destinazione. I bambini nati da queste unioni venivano subito affidati a governanti e istitutrici.

Victoria ripensò alle coppie che aveva conosciuto a Portage. Ricordò il vecchio signor Prowther, seduto sotto il portico d'estate a leggere ad alta voce alla moglie paralitica, che sapeva a malapena dove si trovava. Rivide lo sguardo del signor Makepeace e di sua moglie quando suo padre li aveva informati che dopo vent'anni di matrimonio senza figli, la signora era rimasta incinta. I due si erano abbracciati e avevano pianto, senza nascondere la gioia. Quelli erano veri matrimoni: due persone che stavano insieme e si aiutavano l'un l'altra nella buona e nella cattiva sorte; due persone che sapevano ridere, crescere i figli e persino piangere insieme.

Victoria pensò a sua madre e suo padre. Anche se Katherine Seaton non amava suo marito, aveva reso la sua casa un luogo accogliente e l'aveva sempre sostenuto. Facevano anche molte cose insieme, come giocare a scacchi davanti al camino in inverno e passeggiare nelle sere d'estate.

A Londra, Victoria era una preda ambita per la semplice ragione che in quel momento era "di moda". Come moglie sarebbe stata inutile, senza altro scopo che quello di fare da soprammobile quando c'erano ospiti a casa. Victoria sapeva che non avrebbe mai potuto essere felice conducendo quella vita.

Lei voleva condividere la sua esistenza con qualcuno che avesse bisogno di lei, voleva renderlo felice ed essere importante per lui. Voleva essere più di un ornamento.

Il marchese de Salle l'apprezzava sinceramente, lo percepiva, ma non l'amava, nonostante le sue dichiarazioni.

Victoria si morse il labbro per frenare il dolore mentre ripensava alle promesse di Andrew. Non l'aveva mai amata veramente. Nemmeno de Salle l'amava. Forse gli uomini facoltosi, compreso Andrew, erano incapaci di provare vero amore. Forse...

Victoria s'irrigidì quando sentì dei passi strascicati in corridoio. Era troppo presto perché fossero i domestici, e inoltre loro generalmente *correvano* nella frenesia di accontentare il padrone di casa. Qualcuno urtò contro il muro e si udì un gemito. Zio Charles forse stava male, pensò lei, e buttò indietro le coperte, balzando giù dal letto. Corse alla porta e la spalancò. «Jason!» chiamò, con il cuore in gola, mentre lui si afflosciava alla parete, il braccio sinistro avvolto in una fasciatura improvvisata. «Cos'è successo?» sussurrò, poi si corresse subito. «Non importa. Non cercate di parlare. Chiamerò uno dei domestici perché vi aiuti.» Si voltò, ma lui le afferrò il braccio con una stretta sorprendentemente forte e la trattenne, con un sorriso teso sul volto.

«Voglio che sia tu ad aiutarmi» disse e le passò il braccio destro intorno alle spalle, facendola quasi cadere sotto il suo peso. «Portami nella mia camera, Victoria» le ordinò con voce roca e suadente.

«Dov'è?» mormorò lei mentre percorrevano a fatica il corridoio.

«Non lo sai?» scherzò lui fingendosi offeso. «Io so dove si trova la *tua*.»

«Che cosa c'entra?» chiese Victoria leggermente agitata mentre cercava di sostenerlo.

«Nulla» rispose lui tranquillo, e si fermò di fronte alla porta sulla destra. Victoria l'aprì e lo aiutò a entrare.

In fondo al corridoio si aprì un'altra porta e Charles Fielding comparve sulla soglia, con il volto ansioso e preoccupato, mentre s'infilava una vestaglia di seta. Si bloccò sentendo la frase di Jason. «Ora, piccola contessa, accompagnami nel mio letto.»

Victoria notò il suo tono sommesso e pensò persino che fosse un tentativo di seduzione, ma poi lo attribuì al dolore o all'eccessiva perdita di sangue.

Quando raggiunsero l'enorme letto, Jason staccò il braccio e aspettò docilmente mentre lei tirava indietro le coperte. Poi si sedette e la guardò con un sorriso inebetito.

Victoria l'osservava, cercando di nascondere la propria ansia. Usando il tono gentile e concreto del padre, chiese: «Siete in grado di dirmi cosa vi è successo?».

«Certo!» ribatté lui con aria offesa. «Non sono un imbecille. Aiutami a sfilare gli stivali.»

Victoria esitò. «Penso che sia meglio chiamare Northrup.»

«Allora lasciamo perdere gli stivali» concesse lui, e si sdraiò incrociando i piedi sul copriletto marrone. «Siediti di fianco a me e tienimi la mano.»

«Non siate sciocco.»

Le lanciò un'occhiata ferita. «Dovresti essere più carina con me, Victoria. Dopotutto, sono stato ferito in un duello per difendere il tuo onore.» Allungò un braccio e le afferrò la mano.

Orripilata nel sentir parlare di un duello, lei accettò la pressione sempre maggiore della sua mano e si sedette di fianco a lui. «Oh, Signore... un duello! Perché?» Gli scrutò il viso pallido e il suo cuore si contrasse per il dolore e il senso di colpa. «Ditemi per quale ragione l'avete fatto» lo implorò.

Lui rise. «Perché Wiltshire ti ha dato della rozza inglese travestita da nobildonna.»

«Cosa? Jason, quanto sangue avete perso?» chiese ansiosa.

«Tutto» replicò lui con enfasi. «Ti dispiace per me?»

«Molto» rispose lei meccanicamente. «Adesso volete provare a parlare in maniera sensata? Wiltshire vi ha sparato perché...»

Lui alzò gli occhi al cielo, disgustato. «Wiltshire non ha sparato a me. Non riuscirebbe a colpire un bersaglio a due passi da lui. Mi ha sparato un *albero.*» Si sollevò e prese il viso sconvolto di lei fra le mani. L'attirò a sé, e la sua voce divenne un sussurro. «Sai quanto sei bella?» disse con voce roca, e questa volta l'odore pungente del whisky la investì.

«Siete ubriaco!» lo accusò Victoria, indietreggiando.

«Esatto» convenne lui. «Mi ha fatto ubriacare il tuo amico de Salle.»

«Signore!» trasalì Victoria. «C'era anche lui?»

Jason annuì, ma non disse nulla mentre il suo sguardo affascinato indugiava su di lei. I capelli lucenti le ricadevano sulle spalle in un magnifico disordine, incorniciando il viso di una bellezza sconvolgente. La pelle era liscia e candida, le sopracciglia disegnavano un arco perfetto e le ciglia erano folte e ricurve. Gli occhi, simili a grandi zaffiri, studiavano il suo volto con apprensione. Dignità e coraggio trasparivano da ogni tratto del suo viso, dagli zigomi alti al nasino delicato, al mento con quella piccola fossetta incantevole al centro. E la bocca era vulnerabile e morbida... morbida come i seni che spuntavano dalla scollatura della vestaglia color crema bordata di pizzo, proprio all'altezza degli occhi di lui, praticamente supplicandolo di toccarli. Ma prima Jason voleva assaggiare la bocca... Le strinse la mano sull'avambraccio e l'avvicinò a sé.

«Lord Fielding!» lo ammonì seria, cercando di tirarsi indietro.

«Un attimo fa mi hai chiamato Jason, ti ho sentito. Non negarlo.»

«È stato un errore» replicò Victoria disperatamente.

Le labbra di lui si piegarono in un debole sorriso. «Allora facciamone un altro.» Mentre parlava, le premette la mano sulla nuca e la costrinse ad accostare il volto.

«Vi prego, no» supplicò Victoria, a poca distanza da lui.

«Non costringetemi a opporre resistenza, vi farei male alla ferita.» La pressione sulla nuca si allentò leggermente, ma non abbastanza da lasciarla andare; intanto Jason la guardava riflettendo in silenzio.

Victoria aspettò pazientemente, sapendo che i sensi di lui erano appannati dalla perdita di sangue, dal dolore e da una buona dose di alcol. Nemmeno per un istante pensò che Jason provasse un desiderio sincero per lei. Lo scrutò con aria quasi divertita.

«Sei mai stata baciata, baciata davvero, da qualcuno che non fosse il vecchio Arnold?» le chiese lui biascicando.

«Andrew» lo corresse Victoria, torcendo le labbra per trattenere il riso.

«Non tutti gli uomini baciano nello stesso modo, lo sai?»

Le sfuggì una risata. «Davvero? Quanti uomini avete baciato?»

Lui le rispose con un sorriso sulle labbra sensuali, però ignorò la battuta. «Abbassati» le chiese con voce suadente, aumentando leggermente la pressione della mano sulla nuca. «E appoggia le labbra sulle mie. Faremo a modo mio.»

La compostezza di Victoria svanì del tutto, lasciando il posto al panico. «Jason, basta» implorò. «Non vuoi baciarmi. Non ti piaccio nemmeno un po', quando non sei ubriaco.»

«Mi piaci maledettamente!» sussurrò con amarezza, e poi l'attirò a sé, catturandole le labbra in un bacio avido e ardente, che prendeva tutto senza dare nulla in cambio. Victoria si dimenò terrorizzata, appoggiando entrambe le mani contro di lui e spingendolo via nel tentativo di liberarsi. «Non agitarti» disse con i denti serrati. «Mi fai male.»

«Sei tu che stai facendo male a *me!*» esclamò Victoria disperata, con le labbra a un soffio dalle sue. «Lasciami andare.»

«Non posso» rispose lui, ma allentò la presa, mentre i suoi incantevoli occhi verdi affondavano lo sguardo in quelli di lei. Come se gli avesse estorto una confessione sotto tortura, dichiarò: «Ho provato a lasciarti andare centinaia di volte, Victoria, ma non ci riesco». E mentre lei assimilava quell'affermazione incredibile, l'attirò a sé e s'impossessò della sua bocca in un bacio infinito e travolgente, che le tolse il respiro e la costrinse a restare immobile. Le sue labbra si muovevano contro quelle di lei con tenerezza e avidità allo stesso tempo, assaporando e accarezzando, staccandosi e tornando da lei, come se non riuscisse a farne a meno. Victoria percepì quanto il suo desiderio fosse disperato e non poté che ricambiare. Ammorbidì le labbra e si lasciò andare contro di lui. Istantaneamente la passione di Jason aumentò. Le passò la lingua sulle labbra, invitandola a schiuderle, e infine lei cedette a quella pressione sensuale.

Una sensazione eccitante attraversò il corpo di Victoria mentre lui le esplorava la bocca con la lingua. Quando, in un impulso, anche lei sfiorò timidamente con la lingua le labbra di lui, la reazione di Jason fu immediata: gemette e l'avvolse con il braccio sano, spingendole i seni contro il proprio petto, mentre la lingua affondava in lei e si ritirava, in preda all'eccitazione, in un ritmo forsennato.

Un'eternità più tardi, staccò la bocca da Victoria e le fece scorrere le labbra sulla guancia calda, baciandole il collo e le tempie. Poi, senza alcun preavviso, si fermò.

Il buonsenso si fece di nuovo strada in lei, portando con sé la terribile consapevolezza del proprio comportamento spudorato. Aveva la guancia premuta contro il petto di Jason ed era praticamente sdraiata su di lui come una... una svergognata! Profondamente scossa, si sforzò di sollevare la testa, aspettandosi di vedere Jason che la fissava con aria trionfante, come in effetti si sarebbe meritata. Aprì gli occhi con riluttanza e si costrinse a incrociare il suo sguardo.

«Signore» sussurrò lui con la voce roca e gli occhi ardenti.

Victoria trasalì istintivamente quando lo vide sollevare una mano, ma invece di mandarla via, lui le appoggiò il palmo sulla guancia bollente e le accarezzò il viso con la punta delle dita. Confusa da quell'atteggiamento inspiegabile, lei scrutò i suoi occhi in cerca di una risposta.

«Il tuo nome non ti si addice» mormorò lui riflettendo. «Victoria è troppo lungo e freddo per una creatura così piccola e appassionata.»

Completamente catturata dalla gentilezza nel suo tono di voce, Victoria deglutì e disse: «I miei genitori mi chiamavano Tory».

«Tory» ripeté lui, sorridendo. «Mi piace. È perfetto.» Il suo sguardo ipnotico sostenne quello di lei e la sua mano continuò con quelle carezze seducenti, scorrendo sulle spalle e lungo il braccio. «Mi piacciono anche i tuoi capelli accesi dal sole quando ti allontani in carrozza con Caroline Collingwood» continuò lui. «E mi piace il suono della tua risata. Adoro il bagliore nei tuoi occhi quando sei arrabbiata... Sai cos'altro apprezzo di te?» le chiese chiudendo gli occhi.

Victoria scosse il capo, incantata dalla sua voce e dalla dolcezza delle sue parole.

Con le palpebre abbassate e un sorriso sulle labbra, Jason sussurrò: «Sopra ogni cosa... mi piaci in camicia da notte».

Victoria indietreggiò offesa e la mano di lui si abbassò, atterrando mollemente di fianco alla sua testa sul cuscino. Era quasi addormentato.

Rimase a fissarlo incredula, con gli occhi sgranati, senza sapere cosa pensare o come sentirsi. Era davvero il più arrogante, sfacciato... L'insulto che stava cercando si rifiutava di uscire, e un sorriso riluttante le sfiorò le labbra mentre lo osservava. Nel sonno i tratti del viso si erano rilassati e, senza l'espressione cinica dipinta sulle labbra, aveva un aspetto vulnerabile, quasi infantile.

Si accorse di quanto fossero folte le sue ciglia, lunghe ciglia ricurve che erano il sogno di ogni donna. Guardandolo, iniziò a chiedersi che tipo di bambino fosse stato. Di certo non cinico, distaccato e inavvicinabile. «Andrew ha infranto tutti i miei sogni di bambina» disse ad alta voce. «Mi domando chi abbia distrutto i tuoi.» Lui girò il viso sul cuscino e una ciocca ondulata di capelli scuri gli ricadde sulla fronte. Rispondendo a uno strano istinto materno e leggermente malizioso, Victoria allungò una mano e la scostò con la punta delle dita. «Ti dirò un segreto» confessò, sapendo che non l'avrebbe sentita. «Anche tu mi piaci, Jason.»

In fondo al corridoio si udì il rumore di una porta che si chiudeva e Victoria balzò in piedi, lisciandosi la camicia da notte e sistemandosi i capelli. Ma quando fece capolino in corridoio, non vide nessuno.

18

Quando Victoria scese per colazione, si sorprese nel trovare zio Charles già seduto a tavola. Aveva un'aria felice.

«Hai un aspetto adorabile, come sempre» disse il duca raggiante, alzandosi per scostarle la sedia.

«E voi sembrate molto più in forma del solito, zio Charles» replicò Victoria, sorridendo mentre versava il tè e aggiungeva un goccio di latte.

«Non mi sono mai sentito meglio» dichiarò lui espansivo. «Dimmi, come sta Jason?»

Victoria lasciò cadere il cucchiaino.

Lui spiegò con tranquillità: «L'ho sentito aggirarsi in corridoio molto presto questa mattina, e ho udito anche la tua voce. Jason sembrava... leggermente in difficoltà. Non è così?».

Victoria annuì sorridente. «Ubriaco fradicio!»

Invece di commentare questo dettaglio, Charles disse: «Northrup mi ha informato che il tuo amico Wiltshire è stato qui un'ora fa chiedendo disperatamente in che condizioni di salute fosse Jason». Le lanciò un'occhiata divertita. «Sembrava convinto che Jason stamattina avesse partecipato a un duello e fosse rimasto ferito.»

Victoria si rese conto che era inutile cercare di tenerlo

all'oscuro. Annuì. «Secondo quanto mi ha raccontato Jason, si è battuto contro lord Wiltshire perché questi mi avrebbe chiamato "rozza inglese travestita da nobildonna".»

«Wiltshire mi ha dato il tormento per avere il permesso di corteggiarti formalmente. Non posso credere che abbia usato quella definizione.»

«Sono certa di no. Soprattutto perché non ha alcun senso.»

«Nessuno» convenne Charles di buonumore. «Ma a prescindere dalla provocazione, Wiltshire ha davvero sparato a Jason?»

Negli occhi di Victoria brillò una scintilla divertita. «Secondo lord Fielding, a colpirlo sarebbe stato un *albero*.»

«Per carità» disse zio Charles ridendo. «È esattamente la storia che il giovane Wiltshire ha raccontato a Northrup!» Dopo un istante aggiunse: «Non importa. Per quanto ne so, il dottor Worthing si è occupato di Jason. È un mio amico e un medico eccellente. Se Jason fosse realmente in pericolo, sarebbe già qui per controllarlo. Inoltre si può contare su Worthing per quanto riguarda la discrezione. I duelli sono illegali, sai». Victoria impallidì e zio Charles allungò una mano sul tavolo e coprì quella di lei, con una stretta rassicurante. «Non c'è nulla di cui preoccuparsi.» Un'inspiegabile tenerezza gli fece tremare la voce quando aggiunse: «Non so dirti quanto... quanto sia profondamente felice di averti qui con noi, tesoro. Ci sono così tante cose che vorrei raccontarti di Ja... di tutto. Presto ci sarà l'occasione per farlo».

Victoria approfittò di quel momento per chiedergli di raccontarle di quando aveva conosciuto sua madre, ma zio Charles si limitò a scuotere il capo e la sua espressione si fece solenne. «Un giorno, molto presto» le promise come faceva sempre. «Ma non ancora.»

Il resto della mattinata parve interminabile a Victoria, mentre aspettava nervosa che Jason comparisse, chiedendosi come si sarebbe comportato con lei dopo la notte precedente. La sua mente analizzava le diverse possibilità, senza riuscire a concentrarsi su altro. Forse l'avrebbe disprezzata perché gli aveva permesso di baciarla. Forse si sarebbe odiato per aver ammesso di provare attrazione per lei e di non volerla lasciare andare. O forse non pensava veramente nessuna delle cose dolci che le aveva detto.

Era quasi sicura che le sue azioni della notte precedente fossero state ispirate dall'alcol, ma si augurava che la loro amicizia si sarebbe rinsaldata come risultato di quel cedimento delle barriere tra loro. Nelle settimane precedenti si era molto affezionata a lui; lo stimava e lo ammirava. E poi... e poi si rifiutava di pensare ad altro.

Con il passare delle ore, le sue speranze iniziarono a svanire e la tensione crebbe. Una condizione che fu soltanto peggiorata dalla ventina di corteggiatori che si presentarono alla porta, ansiosi di sapere la verità sul duello. Northrup informò tutti quanti che lady Victoria non era in casa per quel giorno, e lei continuò ad aspettare.

All'una Jason finalmente scese al piano inferiore solo per recarsi direttamente nel suo studio, dove rimase chiuso a lungo con lord Collingwood e altri due uomini, venuti per parlare di alcuni investimenti.

Alle tre Victoria andò in biblioteca. Furiosa con se stessa perché permetteva alla preoccupazione di distrarla in quel modo, rimase seduta lì, cercando inutilmente di concentrarsi su un libro. Non riuscì nemmeno a intrattenere una conversazione intelligente con zio Charles, seduto a sfogliare un giornale dall'altra parte della stanza, vicino alle finestre.

Quando Jason finalmente comparve in biblioteca, Victoria era così tesa che per poco non balzò in piedi nel vederlo.

«Cosa stai leggendo?» le chiese con noncuranza, fermandosi di fronte a lei e infilandosi le mani nelle tasche dei pantaloni aderenti.

«Un volume di Shelley» rispose lei dopo un lungo istante imbarazzato, in cui cercò di ricordare il nome dell'autore.

«Victoria» esordì Jason, e per la prima volta lei notò la tensione sul suo viso. Esitò, come se stesse cercando le parole giuste, poi disse: «Ieri notte ho fatto qualcosa di cui dovrei scusarmi?».

Il cuore di Victoria sprofondò. Lui non rammentava nulla. «Non ricordo» disse, cercando di non mostrare la propria delusione.

Un accenno di sorriso gli sfiorò le labbra. «Di solito la persona che non riesce a ricordare è quella che ha passato il limite, e non il contrario.»

«Capisco. Be', non l'hai fatto.»

«Bene. In questo caso, ci vedremo più tardi per andare a teatro...» Con un sorriso smagliante, aggiunse con aria allusiva: «... Tory». Poi si voltò per uscire.

«Avevi detto di non ricordare nulla» scattò Victoria prima di riuscire a fermarsi.

Jason si girò verso di lei con un sorriso malizioso. «Mi ricordo tutto, Tory. Volevo solo sapere se *secondo te* avessi fatto qualcosa per cui avrei dovuto scusarmi.»

Victoria fece una risata strozzata. «Sei l'uomo più esasperante che io conosca!»

«È vero» ammise lui caparbio. «Ma ti piaccio comunque.»

Mentre lo guardava allontanarsi, Victoria sentì le guance avvampare. Mai avrebbe pensato che fosse sveglio quando lei aveva pronunciato quelle parole. Si appoggiò allo schienale della poltroncina e chiuse gli occhi, profondamente mortificata. Poi un movimento dall'altra parte della stanza le fece ricordare la presenza di zio Charles. Aprì gli occhi di scatto e vide che la osservava con un'espressione di gioioso trionfo.

«Ben fatto, tesoro» commentò lui. «Ho sempre sperato che alla fine ti sarebbe piaciuto, e vedo che così è stato.»

«Sì, ma non lo capisco, zio Charles.»

Quell'ammissione non fece che gratificare il duca ancora di più. «Se ti piace anche se non lo capisci, ti piacerà cento volte di più quando finalmente lo capirai, te lo prometto.»

Si alzò in piedi. «Sarà meglio che vada. Sono occupato per il resto del pomeriggio e per la serata con un vecchio amico.»

Quando Victoria entrò in salotto quella sera, Jason la stava aspettando. Portava un elegante completo color vinaccia e un rubino gli spuntava tra le pieghe del fazzoletto da collo bianco. Due rubini gemelli facevano bella mostra di sé anche sui polsini della camicia, quando allungò il braccio per prendere il suo bicchiere di vino.

«Hai tolto la fasciatura!» esclamò Victoria.

«Non ti sei vestita per il teatro» ribatté lui. «E i Mortram danno un ricevimento. Ci recheremo là subito dopo.»

«Non ho molta voglia di andare in nessuno dei due posti. Ho già scritto un biglietto al marchese de Salle dicendogli che non parteciperò con lui alla cena dai Mortram.»

«Sarà devastato» osservò Jason con soddisfazione. «Soprattutto quando sentirà che invece ci sei andata con me.»

«Oh, ma non posso!»

«Sì che puoi» ribatté lui senza battere ciglio.

«Vorrei che indossassi la fascia» commentò lei evasiva.

Jason le lanciò un'occhiata esasperata. «Se mi presento in pubblico con una fasciatura, quel bamboccio di Wiltshire dirà a tutta Londra che sono stato abbattuto da un albero.»

«Dubito che lo direbbe» obiettò Victoria. «È molto giovane, e perciò sarà più propenso a vantarsi di averti battuto a duello.»

«Che sarebbe ancora più imbarazzante di essere battuto da un albero. Wiltshire» spiegò con aria sprezzante «non sa nemmeno da che parte girare la pistola per mirare il bersaglio.»

Victoria trattenne una risata. «Ma perché dovrei uscire con te, se tutto quello che ti occorre è apparire in pubblico senza ferite?»

«Perché se non sei al mio fianco, qualche donna che desidera diventare duchessa potrebbe appendersi al mio braccio dolente. E poi perché voglio andarci con te.»

Victoria non seppe opporre resistenza a quell'argomento.

«Va bene» cedette. «Non potrei mai perdonarmi se la tua reputazione di invincibile duellante ne uscisse rovinata.» Fece per voltarsi, poi fece una pausa, quindi aggiunse con un sorriso impudente: «Hai veramente ucciso una decina di uomini in duello in India?».

«No» rispose lui sincero. «Ora corri a cambiarti d'abito.»

Sembrava che quella sera mezza Londra fosse a teatro. E tutti gli occhi si appuntarono su di loro quando fecero il loro ingresso nel palco di Jason. Le teste si girarono, i ventagli si misero a sbattere e iniziò il brusio. Sulle prime Victoria pensò che fossero sorpresi di vedere Jason perfettamente in salute, ma più tardi iniziò a cambiare idea. Quando uscirono dal palco tra un atto e l'altro, si rese conto che c'era qualcosa di diverso. Parecchie signore che in passato erano state amichevoli, la guardavano con volti severi e occhi sprezzanti. E Victoria alla fine capì perché: Jason si era battuto a duello per lei. La sua reputazione aveva appena subito un brutto colpo.

Non molto distante da loro, una donna anziana che indossava un turbante bianco di seta con al centro un'enorme ametista osservava Jason e Victoria assottigliando gli occhi. «Dunque» sibilò la duchessa di Claremont alla sua accompagnatrice «Wakefield si è battuto per lei.»

«È quello che ho sentito dire, Vostra Grazia» confermò lady Faulklyn.

La duchessa di Claremont si appoggiò al bastone di ebano, osservando la pronipote. «È l'immagine di Katherine.»

«Sì, Vostra Grazia.»

Gli occhi azzurri della duchessa squadrarono Victoria dalla testa ai piedi, poi passarono a Jason Fielding. «Un diavolo pieno di fascino, non credi?»

Lady Faulklyn impallidì, come se avesse paura di azzardare una risposta affermativa.

Ignorando il suo silenzio, la duchessa tamburellò la punta delle dita sul prezioso pomello del bastone e continuò a studiare il marchese di Wakefield strizzando gli occhi. «Sembra Atherton» commentò.

«C'è una leggera somiglianza» mormorò lady Faulklyn esitante.

«Sciocchezze!» scattò la duchessa. «Wakefield è esattamente come Atherton quando aveva la sua età.»

«Esatto!» dichiarò lady Faulklyn.

Un sorriso malizioso illuminò il volto sottile della duchessa. «Atherton crede di riuscire a ottenere un matrimonio tra le nostre due famiglie contro il mio volere. Ha aspettato ventidue anni per vendicarsi, e adesso è convinto di farcela.» Una risata gracchiante le salì dal petto, mentre osservava la bella coppia poco distante. «Si sbaglia» sentenziò.

Victoria distolse nervosamente lo sguardo dalla donna con quello strano turbante bianco che la fissava con aria severa. Le sembrava che tutti guardassero solo lei e Jason, persino certe donne anziane che lei non aveva mai notato prima di allora, come quella col turbante. Si rivolse a Jason con apprensione. «Venire qui con te è stato un terribile errore» gli disse mentre le passava un bicchiere di ratafià.

«Perché? Lo spettacolo ti è piaciuto.» Sorrise scrutando i suoi occhi azzurri preoccupati. «E a me è piaciuto guardare te.»

«Non dovresti farlo, e soprattutto non dovresti far capire che ti diverte così tanto» dichiarò Victoria, cercando di ignorare il piacere che provava per quel complimento inaspettato.

«Perché no?»

«Perché ci stanno osservando tutti.»

«Ci hanno già visto insieme» disse Jason alzando le spalle, e la ricondusse nel palco privato.

La situazione peggiorò ancora di più quando arrivarono al ballo dei Mortram. Nel momento in cui entrarono insieme, le parve che tutta la gente che affollava la sala da ballo si voltasse verso di loro con aria poco amichevole.

«Jason, è orribile! È peggio che a teatro. Almeno là qualcuno era concentrato sul palcoscenico. Qui ci fissano tutti! Potresti...» lo implorò «potresti smetterla di sorridermi in quel modo seducente? Ci stanno osservando!»

«Sono seducente?» scherzò lui, ma con lo sguardo scrutò rapidamente le facce nella sala. «Quello che vedo» dichiarò a bassa voce facendo un cenno col capo «sono una mezza dozzina di tuoi ammiratori in piedi là in fondo, che mi guardano come se volessero prendermi per il collo ed eliminarmi definitivamente.»

Victoria avrebbe voluto battere i piedi a terra per la frustrazione. «Stai ignorando quello che succede. Caroline Collingwood è informata su tutte le voci che circolano nell'alta società, e mi ha confidato che nessuno credeva che ci fosse un vero interesse fra noi. Il nostro fidanzamento era ritenuto una farsa per compiacere zio Charles. Ma adesso tu hai duellato per qualcosa che avrebbero detto di me e tutto è cambiato. E poi sanno quanto tempo passi a casa quando ci sono anch'io...»

«Se non sbaglio, è anche casa mia» sottolineò Jason, corrugando la fronte sui minacciosi occhi verdi.

«Lo so, ma è il principio che conta. Ora tutti, in particolare le signore, immagineranno chissà quale comportamento immorale da parte nostra. Se si trattasse di chiunque altro a parte te, non importerebbe così tanto» disse, riferendosi al fatto che il loro fidanzamento poco chiaro non faceva che alimentare i pettegolezzi. «È il principio...»

La voce di Jason si abbassò fino a diventare un sussurro glaciale. «Ti sbagli, se pensi che m'importi qualcosa di quello che pensa la gente, compresa te. Non perdere tempo a darmi lezioni sui principi, perché non ne ho, e non prendermi per un "gentiluomo", perché non lo sono. Ho vissuto in luoghi che tu non hai mai nemmeno sentito nominare, facendo cose che offenderebbero la tua sensibilità puritana. Sei una giovane innocente e sciocca. Io non sono mai stato innocente. Non sono mai stato nemmeno un bambino. Tuttavia, dal momento che sei così preoccupata di ciò che pensa la gente, il problema è relativamente facile da risolvere. Puoi passare il resto della serata con i tuoi affezionati corteggiatori e io troverò qualcun altro con cui divertirmi.» Ciò detto, si dileguò tra gli invitati.

Victoria rimase così confusa e ferita dall'aggressione improvvisa di Jason che non seppe cosa pensare. Ciononostante fece esattamente ciò che le aveva suggerito, e anche se gli sguardi ostili erano diminuiti, passò una serata terribile. L'orgoglio ferito la spinse a fingere che si stesse divertendo a ballare con i diversi partner e ad ascoltare i loro complimenti, ma le sue orecchie sembravano sintonizzate sul suono della voce profonda di Jason, e il suo cuore reagiva soltanto quando lui era nelle vicinanze.

Sempre più depressa, Victoria si rese conto che Jason era circondato da tre bionde di bell'aspetto che facevano a gara per catturare la sua attenzione e per strappargli uno dei suoi sorrisi distratti. Nemmeno una volta, dopo la notte precedente, si era concessa di ripensare al piacere che aveva provato al contatto con le sue labbra. Ora invece non sembrava in grado di pensare ad altro, e desiderava riaverlo al proprio fianco, invece di vederlo amoreggiare con quelle altre donne, e al diavolo l'opinione pubblica!

Di fianco a lei, un giovanotto sui venticinque anni le ricordò che gli aveva promesso un ballo. «Sì, certo» rispose Victoria educatamente, ma senza entusiasmo. «Sapete che ore sono, signor Bascomb?» gli chiese mentre la conduceva sulla pista.

«Certo» fece lui orgoglioso. «Sono le undici e mezzo.»

Victoria emise un gemito. Mancavano ore alla fine di quel calvario.

Non appena Charles infilò la chiave nella serratura e aprì la porta, il maggiordomo corse nell'atrio. «Non era necessario aspettarmi alzato, Northrup» gli disse lui con gentilezza, passandogli cappello e bastone. «Che ore sono?»

«Le undici e mezzo, Vostra Grazia.»

«Jason e Victoria non saranno a casa prima dell'alba, perciò non è necessario che restiate in piedi» lo avvertì. «Sapete come vanno queste cose.»

Northrup gli augurò la buonanotte e scomparve in direzione della sua stanza. Charles si avviò verso il salone, con l'intenzione di concedersi un bicchiere di porto e abbandonarsi a piacevoli pensieri sulla storia d'amore tra Jason e Victoria, finalmente sbocciata la notte precedente. Qualcuno bussò con forza e determinazione al portone, costringendolo a fermarsi e a tornare indietro. Pensando che Jason e Victoria avessero perso la chiave e fossero rientrati prima del previsto, aprì la porta, ma quando si trovò di fronte un uomo alto ed elegante il suo sorriso svanì, lasciando il posto a un'espressione interrogativa.

«Perdonatemi l'intrusione a quest'ora, Vostra Grazia» disse il gentiluomo. «Sono Arthur Winslow, e ho avuto l'incarico da una società di avvocati in America di consegnarvi immediatamente questa lettera. Ne ho un'altra per la signorina Victoria Seaton.»

Un brutto presentimento si agitò nella mente di Charles, mentre accettava la lettera. «Lady Seaton è uscita.»

«Lo so, Vostra Grazia.» Il giovane indicò la carrozza sulla strada alle sue spalle. «Sono ore che aspetto il ritorno di uno di voi. Nel caso in cui lady Seaton non fosse stata qui, ho avuto istruzioni di consegnare a voi la sua missiva e chiedervi di assicurarvi che la riceva subito.» Consegnò la seconda lettera a Charles e si toccò il cappello. «Buona serata, Vostra Grazia.»

Un brivido di terrore scosse Charles mentre apriva la lettera, in cerca dell'identità del mittente. Il nome "Andrew Bainbridge" lo colpì come uno schiaffo. Lo fissò con il cuore che batteva all'impazzata; poi si sforzò di leggere il contenuto. Mentre lo faceva, il colore abbandonò del tutto le sue guance e le parole gli si appannarono davanti agli occhi.

Quando ebbe terminato, le mani gli ricaddero lungo i fianchi e crollò la testa in avanti. Le lacrime iniziarono a rigargli le guance, mentre i suoi sogni e le sue speranze si infrangevano. Restò così a lungo, con il viso rivolto verso il pavimento. Alla fine, lentamente, raddrizzò le spalle e sollevò la testa. «Northrup» chiamò iniziando a salire le scale, ma sussurrava appena. Si schiarì la gola e chiamò di nuovo. «Northrup!»

Il maggiordomo arrivò di corsa, infilandosi la giacca. «Avete chiamato, Vostra Grazia?» disse guardando allarmato il duca, che si era fermato a metà scala, reggendosi al corrimano per non cadere.

Charles si voltò. «Chiamate il dottor Worthing» ordinò. «Ditegli di venire subito qui. È urgente.»

«Devo far chiamare anche lord Fielding e lady Victoria?» chiese Northrup.

«No, maledizione!» esplose Charles, e poi riprese il controllo. «Vi informerò dopo l'arrivo del dottor Worthing» si corresse, continuando a salire lentamente.

Era quasi l'alba quando il cocchiere di Jason fece fermare i vigorosi cavalli grigi di fronte al numero 6 di Upper Brook Street. Né Jason né Victoria avevano detto una parola da quando avevano lasciato il ballo dei Mortram, ma sentendo il compagno trasalire all'improvviso, Victoria si animò subito e si guardò intorno. «Di chi è quella carrozza?» chiese.

«Del dottor Worthing, riconosco i bai.» Jason spalancò la portiera e scese con un balzo dalla carrozza, aiutandola a smontare senza cerimonie, poi salì di corsa i gradini. Victoria sollevò le lunghe gonne e lo seguì in fretta, in preda al panico. Northrup sembrava sconvolto quando aprì loro la porta.

«Cosa succede?» scattò Jason.

«Vostro zio, milord» rispose serio il maggiordomo. «Ha avuto un attacco... il cuore. Il dottor Worthing è con lui.»

«Oh, Signore!» esclamò Victoria, stringendo la manica di Jason terrorizzata.

Salirono insieme le scale, mentre Northrup li avvisava: «Il dottor Worthing ha chiesto di non raggiungerlo senza prima averlo informato del vostro arrivo!».

Jason sollevò la mano per bussare alla porta di Charles, ma il dottor Worthing la stava già aprendo. Uscì in corridoio, chiudendosela alle spalle. «Mi era sembrato di avervi sentito» spiegò, passandosi le dita fra i capelli bianchi con un gesto tormentato.

«Come sta?» s'informò Jason.

Il dottore si sfilò gli occhiali cerchiati di bianco e si concentrò sulla pulizia delle lenti. Dopo un istante infinito, espirò a lungo e sollevò gli occhi. «Ha subito un colpo molto grave, Jason.»

«Possiamo vederlo?» chiese lui.

«Sì, ma vi devo chiedere di non dire o fare nulla che possa turbarlo.»

Victoria si portò la mano alla gola. «Non... non morirà, vero, dottor Worthing?»

«Prima o poi tutti dobbiamo morire, mia cara» le disse con un'espressione così cupa che la ragazza iniziò a tremare per la paura.

Entrarono nella stanza del malato e si misero di fronte al letto, lei da una parte e Jason dall'altra. Sul comodino erano accese delle candele, ma a Victoria la stanza sembrava già una tomba tetra e spaventosa. La mano di Charles era abbandonata sul copriletto e, trattenendo le lacrime, lei la strinse tra le sue, cercando disperatamente di infondergli un po' della propria forza.

Gli occhi di Charles si aprirono e si concentrarono sul suo viso. «Mia cara» sussurrò. «Non volevo morire così presto. Desideravo così tanto vederti sistemata felicemente. Chi si occuperà di te quando non ci sarò più? C'è qualcun altro che potrà provvedere a te e ospitarti?»

Le lacrime rigavano le guance di Victoria. Lo amava così

tanto, e adesso l'avrebbe perso. Cercò di parlare, ma un nodo di angoscia e paura le chiudeva la gola e riuscì soltanto a stringere la fragile mano di Charles con ancora più forza.

Il malato girò la testa sul cuscino e guardò Jason. «Sei tanto simile a me» mormorò. «Così ostinato. E ora sarai solo come lo sono sempre stato io.»

«Non parlate» lo ammonì Jason, con voce roca per il dolore. «Riposate.»

«Non posso riposare» ribatté Charles debolmente. «Non posso morire in pace, sapendo che Victoria resterà sola. Sarete entrambi soli. Lei non può rimanere sotto la tua protezione, Jason. La società non glielo perdonerebbe mai...» S'interruppe. Sforzandosi visibilmente per proseguire, si voltò verso la ragazza. «Victoria, porti il mio stesso nome. Io e tua madre ci amavamo. Un... un giorno ti avrei raccontato tutto. Ora non c'è più tempo.»

Lei scoppiò in lacrime e chinò il capo, con le spalle scosse da forti singhiozzi.

Charles distolse lo sguardo e si rivolse a Jason. «Il mio sogno era che tu e Victoria vi sposaste. Volevo che apparteneste l'uno all'altra dopo la mia morte...»

Il volto di Jason era una maschera rigida, tanto si sforzava di controllare il dolore. Annuì, con i muscoli tesi sul collo. «Mi occuperò io di Victoria. La sposerò» chiarì subito, prima che Charles potesse obiettare.

Gli occhi sconvolti e pieni di lacrime di Victoria si appuntarono su Jason; poi si rese conto che stava soltanto cercando di alleviare la pena di Charles in punto di morte.

Il duca chiuse gli occhi affaticato. «Non ti credo, Jason» sussurrò.

Provata dal dolore e dalla disperazione, Victoria cadde in ginocchio di fianco al letto, stringendogli la mano. «Non dovete preoccuparvi per noi, zio Charles» pianse.

Voltando il capo sul cuscino, lui aprì gli occhi e fissò Jason.

«Lo giuri?» sussurrò. «Giurami che sposerai Victoria, e che ti occuperai sempre di lei.»

«Lo giuro» dichiarò Jason, e il suo sguardo fiero convinse Victoria che non si trattava di una farsa. Stava dando la sua parola a un uomo sul letto di morte.

«E tu, piccola mia?» disse questi a Victoria. «Giuri solennemente che lo accetterai?»

Victoria s'irrigidì. Non era il momento di mettersi a discutere di piccolezze. La realtà brutale era che al di fuori di Jason e di Charles lei non aveva nessun altro al mondo, e lo sapeva. Ricordò il piacere che le avevano suscitato i baci di Jason, e anche se temeva la freddezza che lui mostrava in superficie, sapeva che era forte e l'avrebbe protetta. Cosa contavano i suoi progetti di tornare un giorno nella sua America, di fronte alla necessità di sopravvivere e confortare Charles in punto di morte?

«Victoria» insisté il duca debolmente.

«Starò con lui» mormorò lei con voce rotta.

«Grazie» bisbigliò Charles con un patetico tentativo di sorridere. Estrasse la mano sinistra da sotto la coperta e prese la mano di Jason. «Ora posso morire in pace.»

Di colpo il corpo di Jason s'irrigidì. Scrutò il duca, e il suo volto divenne una maschera cinica. Con sarcasmo pungente, commentò: «Sì, ora puoi morire in pace, Charles».

«No!» esclamò Victoria, piangendo. «Non morire, zio Charles. Ti prego, no!» Cercando disperatamente di dargli una ragione per lottare per la vita, disse singhiozzando: «Se morirai, non riuscirai ad a accompagnarmi all'altare...».

Il dottor Worthing emerse dall'ombra e l'aiutò gentilmente ad alzarsi in piedi. Fece un cenno a Jason, chiedendogli di seguirlo, e la condusse in corridoio. «Basta così, mia cara» disse con voce calma. «Vi ammalerete.»

Lei sollevò il volto rigato di lacrime. «Credete che sopravviverà, dottor Worthing?»

Il buon dottore le accarezzò un braccio. «Starò con lui e vi avviserò se dovessero esserci dei cambiamenti.» E senza aggiungere parole di conforto, tornò nella camera da letto, chiudendosi la porta alle spalle.

I due giovani scesero nel salone. Jason si sedette di fianco a lei, la cinse con un braccio e le fece appoggiare la testa sulla sua spalla. Victoria gli affondò il viso nel petto e singhiozzò finché non esaurì tutte le lacrime. Passò le ore successive fra le braccia di Jason, vegliando in silenzio.

Charles trascorse il resto della nottata a giocare a carte con il dottor Worthing.

19

Nel primo pomeriggio del giorno seguente, il dottor Worthing comunicò che Charles "reggeva ancora". Il giorno dopo scese nella sala da pranzo, dove Jason e Victoria stavano cenando, e li informò che Charles sembrava "molto migliorato".

Victoria riuscì a malapena a trattenere un'esplosione di gioia, ma Jason si limitò a sollevare un sopracciglio e invitare il dottore a unirsi a loro per cena.

«Mmh… grazie» disse il dottor Worthing, lanciando un'occhiata all'espressione imperscrutabile di Jason. «Credo di potermi allontanare dal mio paziente per un breve periodo.»

«Ne sono certo» rispose Jason pacato.

«Si riprenderà, dottor Worthing?» esclamò Victoria, chiedendosi come Jason potesse apparire così impassibile.

Evitando con cautela lo sguardo attento del marchese, il dottore si schiarì la gola. «È difficile dirlo. Sapete, dice che vuole vivere per potervi vedere sposati. È molto determinato in tal senso. Sembra quasi che si aggrappi a questa prospettiva come unica ragione di vita.»

Victoria si morse il labbro e guardò in direzione di Jason un po' a disagio, prima di domandare al dottore: «Cosa succederebbe se si riprendesse e noi... noi gli dicessimo che abbiamo cambiato idea?».

Jason le rispose in tono incolore: «In quel caso avrebbe una ricaduta». Guardando il medico, chiese con freddezza: «Non è così?».

Il dottor Worthing ignorò il suo sguardo tagliente. «Sono certo che lo conosciate meglio di me, Jason. Secondo voi cosa accadrebbe?»

Jason alzò le spalle. «Credo che avrebbe una ricaduta.»

Victoria aveva l'impressione che la vita la tormentasse di proposito, togliendole la casa e le persone che amava e costringendola a venire in quello strano paese straniero per poi punirla con un matrimonio senza amore con un uomo che non la voleva.

Dopo che i due uomini se ne furono andati, stava ancora rigirando il cibo nel piatto, cercando di trovare una soluzione a quel dilemma per il proprio bene e quello di Jason. I suoi sogni di una casa felice, con un marito amorevole al fianco e un bambino tra le braccia tornarono a prendersi gioco di lei, e si concesse un momento di autocommiserazione. Dopotutto, lei non chiedeva molto alla vita; non pretendeva pellicce e gioielli, stagioni in società a Londra o case lussuose in cui giocare a fare la regina. Non desiderava nulla più di ciò che aveva in America... a parte il marito e i figli.

Fu sopraffatta da un'ondata di nostalgia. Chinò il capo. Quanto avrebbe voluto tornare indietro nel tempo e rivedere i volti sorridenti dei suoi genitori; ascoltare suo padre che parlava dell'ospedale che progettava di aprire e riabbracciare gli abitanti del villaggio, che erano come una seconda famiglia per lei. Avrebbe fatto qualsiasi cosa per tornare di nuovo a casa. Un'immagine del viso attraente e allegro di Andrew le apparve davanti per tormentarla, e Victoria la scacciò, rifiutandosi di versare altre lacrime per l'uomo infedele che un tempo aveva adorato.

Spinse indietro la sedia e andò a cercare Jason. Andrew l'aveva abbandonata al proprio destino, ma Jason era lì e doveva aiutarla a escogitare un modo per evitare un matrimonio che nessuno dei due voleva.

Lo trovò da solo nel suo studio, che rimuginava con un braccio appoggiato alla cappa, fissando il caminetto vuoto. Victoria provò un moto di compassione quando realizzò che anche se di fronte al dottor Worthing si era finto freddo e privo di emozioni, Jason si era rifugiato lì per dare sfogo alla propria preoccupazione in solitudine.

Reprimendo l'istinto di correre a offrirgli conforto, sapendo che l'avrebbe rifiutato, lo chiamò piano. «Jason?»

Lui sollevò la testa e la guardò impassibile.

«Cosa faremo?»

«In che senso?»

«Riguardo all'idea assurda di zio Charles di vederci sposati.»

«Perché assurda?»

Victoria fu sorpresa dalla sua risposta, ma era decisa a discutere la questione con calma e franchezza. «È assurda perché io non voglio sposarti.»

Lo sguardo di lui s'incupì. «Ne sono ben cosciente, Victoria.»

«Nemmeno tu vuoi sposarmi» ribatté lei, sollevando le mani in un gesto di resa.

«Hai ragione.» Tornando a guardare il caminetto, ammutolì. Victoria aspettò che dicesse qualcosa, ma lui rimase zitto. Lei sospirò e fece per andarsene, ma le sue parole la fecero voltare. «Anche se il nostro matrimonio darebbe a entrambi ciò che *vogliamo.*»

«Che cosa intendi dire?» chiese lei, scrutando il suo profilo severo.

Lui si raddrizzò e infilò le mani in tasca, incrociando lo sguardo di lei. «Tu vorresti tornare in America ed essere indipendente, vivere tra i tuoi amici e magari costruire l'ospedale che tuo padre sognava di fondare. Sei stata tu a dirmi tutto questo. Se fossi onesta con te stessa, diresti anche che ti piacerebbe tornare per mostrare a Andrew e a chiunque altro che il suo abbandono non ha significato nulla per te... che l'hai dimenticato con la stessa facilità con cui lui ha dimenticato te, e sei andata avanti con la tua vita.» Victoria era così umiliata da quel riferimento alla sua situazione, che impiegò un istante a registrare le parole che seguirono. «E io» concluse lui «voglio un figlio.»

Lei rimase a bocca aperta, mentre Jason continuava con la massima calma.

«Potremmo procurarci l'un l'altro ciò che vogliamo. Sposami e dammi un figlio. In cambio, ti manderò in America con tanto denaro da vivere come una regina e costruire decine di ospedali.»

Victoria lo fissava incredula. «Darti un figlio?» gli fece eco. «Darti un figlio e poi mi rimanderai in America? Darti un figlio e lasciarlo qui?»

«Non sono del tutto egoista, potresti tenerlo fino a quando non avrà... diciamo, quattro anni. Un bambino ha bisogno della madre fino a quell'età. Dopodiché vorrei che stesse con me. Magari potresti decidere di restare qui con noi al tuo ritorno. A dire il vero, io preferirei che rimanessi qui per sempre, ma lascerò a te la scelta. C'è tuttavia una condizione su cui insisto.»

«Quale condizione?» chiese Victoria frastornata.

Jason esitò, come se stesse valutando la risposta con attenzione, e quando alla fine parlò, sembrava impegnato a studiare il paesaggio sopra il caminetto, come se volesse evitare di incrociare gli occhi di lei. «A causa del modo in cui ti sei espressa in mia difesa l'altra sera, la gente ha dedotto che non mi disprezzi né mi temi. Se acconsentirai a questo matrimonio, mi aspetto da te che rafforzi questa convinzione e non faccia o dica nulla che possa persuadere gli altri del contrario. In altre parole, indipendentemente da quello che potrà accadere tra noi nel privato, quando saremo in pubblico vorrei che ti comportassi come se mi avessi sposato per qualcosa di più dei miei soldi e del titolo. O, per semplificare: come se t'importasse di me.»

A Victoria vennero in mente le sue parole caustiche al ballo dei Mortram: "Ti sbagli, se pensi che m'importi qualcosa di quello che pensa la gente...". Mentiva, realizzò con un moto di tenerezza. Era evidente che tenesse a ciò che gli altri pensavano, altrimenti non le avrebbe fatto quella richiesta.

Guardò l'uomo freddo e disilluso in piedi davanti a lei. Aveva un'aria distaccata e del tutto sicura di sé. Era impossibile credere che volesse un figlio, lei o chiunque altro. Così come era impossibile credere che gli importasse del fatto che la gente lo temesse o non si fidasse di lui. Impossibile, ma vero. Ricordò quanto le era sembrato infantile la notte del duello, quando l'aveva stuzzicata per strapparle un bacio. Ricordò il desiderio appassionato dei suoi baci e la disperazione delle sue parole: "Ho provato a lasciarti andare centinaia di volte... ma non ci riesco".

Forse sotto quella facciata fredda e priva di emozioni, Jason si sentiva solo e disperato quanto lei. O forse anche questa volta era lei che si stava illudendo. Diede voce a una parte dei suoi pensieri. «Non puoi aspettarti che ti dia un figlio per poi consegnartelo e andare per la mia strada. Non puoi essere freddo e senza cuore come sembrerebbe da quello che dici. Non... non posso credere che tu lo sia.»

«Non sarei un marito crudele.»

«Non è questo che intendo» obiettò Victoria, leggermente alterata. «Come puoi parlare di sposarmi come se discutessi di un... un semplice accordo d'affari, senza sentimenti, né emozioni o almeno una parvenza d'amore...»

«Sono certo che tu non abbia più illusioni sull'amore» ribatté lui impaziente. «La tua esperienza con Bainbridge dovrebbe averti insegnato che l'amore non è altro che una farsa usata per manipolare gli sciocchi. Non mi aspetto né voglio il tuo amore, Victoria.»

Lei vacillò a quelle parole e si aggrappò allo schienale della sedia al suo fianco. Aprì la bocca per rifiutare la sua offerta, ma lui scosse il capo e l'anticipò.

«Non rispondermi prima di aver valutato ciò che ti ho detto. Se mi sposerai, avrai la libertà di fare ciò che vorrai nella vita. Potresti costruire un ospedale in America e un altro vicino a Wakefield e restare in Inghilterra. Ho sei proprietà e un migliaio di domestici. Soltanto la mia servitù potrebbe procurarti pazienti sufficienti per riempire il tuo ospedale. E se così non fosse, li pagherò per ammalarsi.» Un accenno di sorriso gli si affacciò sul volto, però Victoria era troppo avvilita per cogliere l'umorismo.

Quando lui si accorse che la propria battuta non aveva ottenuto alcun effetto, aggiunse con leggerezza: «Potrai coprire tutte le pareti di Wakefield con i tuoi disegni, e se finirai lo spazio, farò ingrandire la casa». Victoria stava ancora cercando di assorbire la sorpresa per il fatto che sapesse che lei disegnava, quando Jason allungò una mano e le accarezzò la guancia. «Troverai in me un marito molto generoso, te lo prometto.»

La parola "marito" suonava così definitiva che le suscitò un brivido. «Perché io? Se vuoi dei figli, ci sono decine di donne a Londra che farebbero follie per sposarti.»

«Perché sono attratto da te, lo sai» dichiarò. «Inoltre» aggiunse con sguardo provocatorio, mentre la sua mano si abbassava sulla spalla di lei «io ti piaccio. Me l'hai detto quando pensavi che stessi dormendo, ricordi?»

Victoria lo guardava senza riuscire a credere che fosse realmente attratto da lei. «Mi piaceva anche Andrew» replicò con impertinenza. «Non sono molto brava a giudicare gli uomini.»

«Hai ragione» convenne lui con sguardo divertito.

«Penso che tu sia uscito di senno!» sbottò lei con voce strozzata. «Sei pazzo!»

«È così» disse lui mentre le allungava un braccio dietro la schiena per avvicinarla a sé.

«Non lo farò. Non...»

«Victoria» mormorò lui piano. «Non hai scelta.» La sua voce divenne roca quando il seno di lei finalmente giunse a contatto con la sua camicia. «Posso darti tutto ciò che una donna può desiderare...»

«Tutto tranne l'amore» concluse lei con un filo di voce.

«Tutto ciò che una donna desidera *davvero*» si corresse lui, e abbassò le labbra verso quelle di lei. «Ti darò pellicce e gioielli» promise. «Avrai più soldi di quanti tu abbia mai sognato.» Con la mano libera le cinse la nuca, scompigliandole i capelli mentre le reclinava il capo per baciarla. «In cambio, tutto quello che dovrai darmi è...»

Stranamente, l'unico pensiero di Victoria fu che lui le si stava offrendo in cambio di troppo poco. Era bello, ricco e desiderato... aveva sicuramente diritto di pretendere di più da una moglie... E poi le si appannò la mente, mentre la sua bocca sensuale s'impadroniva di lei in un bacio infinito ed eccitante. Le sfiorò le labbra con la lingua, costringendola a schiuderle, e appena lo fece, le affondò nella bocca, scatenando in lei un'ondata di emozioni sconvolgenti. Victoria gemette e le braccia di lui la strinsero in maniera protettiva, accarezzandole i fianchi, la schiena e le spalle.

Quando infine sollevò la testa, Victoria si sentiva confusa, accaldata e inspiegabilmente impaurita.

«Guardami» sussurrò lui, sollevandole il mento con una mano. «Stai tremando» disse quando i suoi grandi occhi azzurri si posarono su di lui. «Hai paura di me?»

Senza badare a tutte le emozioni prepotenti che l'attraversavano, Victoria scosse il capo. Non aveva paura di lui; all'improvviso e inspiegabilmente, aveva paura di se stessa. «No» affermò.

Un sorriso incurvò le labbra di Jason. «Sì, invece, ma non

hai alcun motivo di averne.» Le mise una mano sulla guancia accaldata, sui capelli. «Ti farò male solo una volta e proprio perché è inevitabile.»

«Cosa? Perché?»

La mascella di Jason si contrasse. «Forse non farà alcun male. Giusto?»

«Ma cosa?» esclamò Victoria esasperata. «Vorrei che fossi meno enigmatico, dal momento che sono così confusa da riuscire a malapena a pensare.»

Con uno dei suoi repentini cambiamenti di umore, Jason liquidò la questione con un'alzata di spalle. «Non importa» tagliò corto. «Non m'importa cosa hai fatto con Bainbridge. È stato prima.»

«Prima?» ripeté Victoria frustrata. «Prima di cosa?»

«Prima di me» disse lui in tono piccato. «Ma voglio che tu sappia fin da ora che non tollererei di essere tradito. È chiaro?»

Victoria rimase a bocca aperta. «Tradito! Tu sei pazzo. Completamente pazzo.»

«Abbiamo già chiarito questo punto» osservò con un sorriso.

«Se continuerai con simili insinuazioni» lo ammonì lei «andrò di sopra a chiudermi nella mia stanza.»

Jason guardò i suoi occhi furibondi e represse l'impulso di prenderla fra le braccia e tornare a gettarsi sulla sua bocca. «Molto bene, parliamo di qualcosa di semplice. Cosa sta preparando la signora Craddock?»

Victoria si sentiva turbata come se il mondo, e tutti coloro che lo abitavano, stesse viaggiando in una direzione, mentre lei si muoveva costantemente in quella opposta. «La signora Craddock?» chiese senza capire.

«La cuoca. Hai visto? Ho imparato il suo nome. So anche che O'Malley è il tuo valletto preferito.» Sorrise. «Allora, cosa sta preparando per cena la signora Craddock?»

«Anatra» rispose Victoria, cercando di riprendersi. «È di tuo gusto?»

«Perfetto. Mangeremo a casa?»

«Io sì» fece lei.

«In tal caso, naturalmente, lo farò anch'io.»

Stava già interpretando il ruolo del marito, si rese conto lei confusa. «Allora informerò la signora Craddock» disse, e si voltò come in trance. Jason aveva detto di essere attratto da lei. Voleva sposarla. Impossibile. Se zio Charles fosse morto, lei avrebbe dovuto per forza sposarlo. Se l'avesse sposato ora, forse zio Charles avrebbe trovato la forza di vivere. E i figli... Jason voleva dei figli. Anche lei li desiderava molto. Voleva qualcuno da amare. Forse avrebbero potuto essere felici insieme; c'erano volte in cui Jason sapeva essere affascinante e travolgente, momenti in cui il suo sorriso la riempiva di gioia. Aveva detto che non le avrebbe fatto male... Era quasi a metà della stanza, quando la voce calma di Jason la fece arrestare.

«Victoria...»

Lei si girò meccanicamente.

«Credo che tu abbia già preso la tua decisione riguardo al nostro matrimonio. Se è sì, dovremmo andare da Charles dopo cena per dirgli che stiamo decidendo la data delle nozze. Ne sarà contento, e prima glielo diremo, meglio sarà.»

Jason insisteva per sapere se avesse intenzione di sposarlo, realizzò Victoria. Guardò l'uomo attraente dall'altra parte della stanza e quel momento parve fermare il tempo. Perché le sembrava di vederlo teso mentre aspettava la sua risposta? Perché le aveva chiesto di sposarlo come se fosse una proposta d'affari?

«Io...» iniziò Victoria incerta, mentre la dichiarazione di Andrew, dolce e formale, all'improvviso le attraversava la mente. "Dimmi che mi sposerai, Victoria. Ti amo. Ti amerò per sempre..."

Sollevò il mento in un moto di rabbia ribelle. Almeno Jason Fielding non diceva parole d'amore che non provava. Tuttavia non le aveva nemmeno mostrato il minimo segno d'affetto.

Perciò accettò la proposta nello stesso modo freddo in cui era stata fatta. Guardò Jason e annuì. «Glielo diremo dopo cena.»

Avrebbe potuto giurare che in quel momento la tensione avesse abbandonato il volto e il corpo di Jason.

Tecnicamente era la sera del loro fidanzamento, e Victoria decise di sfruttare quell'opportunità per dare una svolta al loro futuro. La mattina del duello Jason le aveva detto che le piaceva la sua risata. Forse insieme potevano dare una nuova impronta alla loro vita. A piedi nudi di fronte al guardaroba, osservava la fila di bellissimi vestiti, cercando di decidere cosa indossare per quella fittizia occasione di festa. Alla fine scelse un abito di chiffon azzurro con una sopraggonna punteggiata di lustrini dorati, e vi aggiunse la collana d'oro e acquamarina che Jason le aveva regalato il giorno del suo debutto in società. Ruth le spazzolò i capelli fino a quando non furono lucidi, poi li separò al centro e li fece ricadere in onde brillanti, in modo che le incorniciassero il volto e coprissero le spalle e la schiena. Una volta scesa al piano inferiore, Victoria si accorse che Jason aveva ragionato nello stesso modo, perché la sua figura imponente era fasciata in un abito formale di velluto rosso, con un gilet di broccato bianco e bottoni di rubino sulla camicia.

Stava versando dello champagne in una coppa quando alzò lo sguardo e la vide, e i suoi occhi sfrontati la squadrarono senza celare l'apprezzamento. L'orgoglio maschile era evidente nel suo sguardo possessivo e a Victoria si contrasse lo stomaco non appena se ne accorse. Non l'aveva mai guardata in quel modo prima di allora, come se fosse un bocconcino prelibato che stava meditando di divorare.

«Hai la straordinaria capacità di apparire una bambina incantevole un attimo prima e una donna piena di fascino subito dopo» le disse lui.

«Ti ringrazio» rispose Victoria incerta. «O almeno penso.»

«Voleva essere un complimento» la rassicurò, sorridendo. «Di solito non sono così impacciato nei complimenti, tanto che non si capisca se lo sono. La prossima volta farò più attenzione.»

Toccata dal pensiero che si sforzava di compiacerla, Victoria l'osservò mentre versava il liquido frizzante in due bicchieri. Gliene passò uno e lei si voltò per andare a sedersi, ma lui le mise una mano sul braccio per fermarla. Con l'altra mano aprì il coperchio di una scatola di velluto e ne estrasse un filo triplo delle perle più grandi e magnifiche che Victoria avesse mai visto. Senza dire una parola, la fece girare verso lo specchio e le scostò i lunghi capelli su un lato. Le sue mani le suscitarono dei piccoli brividi lungo la schiena, mentre sostituiva la collana di acquamarina con il girocollo di perle.

Nello specchio, Victoria scrutava i suoi lineamenti imperturbabili. Quando finì, Jason sollevò lo sguardo, studiando l'effetto del gioiello indosso a lei. «Grazie» sussurrò lei imbarazzata, voltandosi. «Io...»

«Preferirei essere ringraziato con un bacio» suggerì Jason pazientemente.

Victoria si alzò in punta di piedi e ubbidì, premendogli un bacio sulla guancia liscia, fresca di rasatura. C'era qualcosa nel modo in cui le aveva dato le perle, aspettandosi in cambio un bacio, che la infastidiva profondamente... era come se stesse comprando i suoi favori.

Quell'impressione fu tragicamente confermata dal suo commento.

«Non è granché per una collana così bella» e si avventò sulle sue labbra con improvvisa insistenza. Quando la lasciò andare, sorrise ai suoi occhi azzurri preoccupati. «Non ti piacciono le perle, Victoria?»

«Oh, sì, davvero!» rispose lei nervosa, maledicendo se stessa per non essere in grado di controllare le proprie assurde paure. «Non ne ho mai viste di altrettanto belle. Nemmeno quelle di lady Wilhelm erano così grosse. Queste si addicono a una regina.»

«Appartenevano a una principessa russa vissuta un secolo fa» le spiegò, e Victoria fu stranamente colpita dall'idea che avesse pensato di donarle quel gioiello dal valore inestimabile.

Dopo cena, andarono al piano di sopra da Charles. Nell'apprendere la loro decisione di procedere con i preparativi per le nozze sembrò ringiovanito di anni, e quando Jason mise un braccio intorno alle spalle di Victoria, il malato costretto a letto fece una risata di gioia. Appariva così felice e sicuro che stessero facendo la cosa giusta, da convincere quasi anche lei.

«Quando avverranno le nozze?» chiese Charles all'improvviso.

«Tra una settimana» disse Jason, suscitando l'occhiata sorpresa di Victoria.

«Eccellente! Eccellente!» commentò Charles, raggiante. «Voglio rimettermi così da poter presenziare.»

Victoria fece per protestare, ma le dita di Jason si strinsero intorno al suo braccio, chiedendole di non contraddirlo.

«E cos'è quella lì, mia cara?» domandò Charles indicando la collana.

La mano di lei andò automaticamente al gioiello. «Jason me l'ha regalata stasera per suggellare il nostro acc... fidanzamento» spiegò.

Concluso l'incontro con Charles, Victoria disse di essere esausta e Jason l'accompagnò alla porta della sua camera da letto. «C'è qualcosa che ti preoccupa» le fece notare calmo. «Di cosa si tratta?»

«Oltre al resto, mi sento a disagio per il fatto che il matrimonio verrà celebrato prima della fine del mio periodo di lutto. Mi sono sentita in colpa ogni volta che andavo a un ballo. Sono sempre stata evasiva sulla data di morte dei miei genitori per non far sapere alla gente quanto fossi irrispettosa come figlia.»

«Hai fatto ciò che dovevi, e i tuoi genitori capirebbero. Sposandomi immediatamente, stai dando a Charles una ragione di vita. Hai visto com'è apparso subito più in salute quando gli abbiamo comunicato la data delle nozze. Inoltre, la decisione di interrompere il tuo periodo di lutto è stata mia, non tua, perciò non avevi scelta. Se devi biasimare qualcuno, allora dai la colpa a me.»

Victoria sapeva che, a rigor di logica, aveva ragione. Cambiò argomento. «Senti» disse, con un sorriso leggermente accusatorio. «Ora che ho scoperto che *noi* abbiamo deciso di sposarci tra una settimana, potrei sapere *dove* ci sposeremo?»

«Touché» sorrise lui. «Molto bene. Abbiamo deciso di sposarci qui.»

Victoria scosse il capo con enfasi. «Ti prego, Jason, non potremmo sposarci nella chiesetta del villaggio che ho visto vicino a Wakefield? Potremmo aspettare finché zio Charles non potrà affrontare il viaggio.» Sbalordita, vide dipingersi la repulsione sul viso di Jason al sentir menzionare una chiesa, ma dopo un attimo di esitazione, lui acconsentì con un cenno del capo. «Se quello che desideri è un matrimonio in chiesa, lo celebreremo qui a Londra, in un luogo abbastanza grande da contenere tutti gli invitati.»

«Ti prego, no...» esclamò Victoria, appoggiando istintivamente la mano sulla manica di lui. «Preferisco la chiesa vicino a Wakefield... mi ricorda casa mia. Fin da piccola ho sempre sognato di sposarmi in una chiesetta di campagna...» Aveva sognato di sposarsi in una chiesetta di campagna con Andrew, realizzò Victoria un attimo dopo, e avrebbe preferito non aver pensato affatto alla chiesa.

«Voglio che il nostro matrimonio venga celebrato a Londra, di fronte a tutta l'aristocrazia» dichiarò Jason fermamente. «Tuttavia possiamo trovare un compromesso» propose. «Ci sposeremo qui in chiesa, e poi andremo a Wakefield per i festeggiamenti.»

Victoria levò la mano dalla sua giacca. «Lascia perdere la chiesa. Invita tutti qui a casa. Sarebbe blasfemo celebrare in un luogo di culto un semplice accordo d'affari.» Quindi aggiunse, cercando di buttarla sul ridere: «Mentre ci giuriamo amore e rispetto reciproci, potrei essere colpita da un fulmine».

«Ci sposeremo in chiesa» tagliò corto Jason. «E se un fulmine si abbatterà sull'edificio, mi accollerò le spese per un tetto nuovo.»

20

«Buon pomeriggio, mia cara» esordì Charles allegramente, indicando il letto di fianco a sé. «Vieni a sederti qui. L'altra sera la tua visita con Jason ha giovato alla mia salute in modo incredibile. Ora, dimmi di più sui vostri progetti per le nozze.»

Victoria si sedette. «A dire il vero, è tutto ancora confuso, zio Charles. Northrup mi ha appena comunicato che Jason questa mattina ha raccolto tutto il suo materiale dallo studio ed è tornato a Wakefield.»

«Lo so» fece Charles, sorridendo. «È venuto a salutarmi prima di partire e mi ha detto che si trasferiva là per "salvare le apparenze". Meno tempo passerà vicino a te, minori saranno le possibilità di dare adito a ulteriori pettegolezzi.»

«Allora è per questo che se n'è andato.» Victoria era visibilmente sollevata.

Una risata scosse le spalle del duca. «Mia cara, credo che sia la prima volta in tutta la sua vita che Jason decide di attenersi all'etichetta! Non era felice di farlo, ma l'ha fatto comunque. Hai decisamente una buona influenza su di lui» concluse gioviale.

Victoria ricambiò il sorriso, all'improvviso di ottimo umore. «Temo di non sapere nulla sui preparativi per il matrimonio» ammise. «A parte il fatto che avverrà in una grande chiesa qui a Londra.»

«Jason si sta occupando di tutto. Ha portato il suo segretario con sé a Wakefield, insieme ai principali membri della servitù, per organizzare ogni cosa. Dopo la cerimonia, ci sarà un rito nuziale a Wakefield per i vostri amici più intimi e alcuni abitanti del villaggio. Credo che gli inviti siano già in via di preparazione. Perciò non ti resta nient'altro da fare che restare qui e goderti la sorpresa di tutti quanti, quando scopriranno che sarai veramente la prossima duchessa di Atherton.»

Victoria cambiò argomento per parlare di una cosa che le stava molto più a cuore. «La notte in cui vi siete sentito male, avete accennato a qualcosa su voi e mia madre... qualcosa che avevate intenzione di dirmi.» Charles distolse lo sguardo e lei disse in fretta: «Non è necessario che me ne parliate, se farlo vi turba».

«Non è questo» replicò lui, tornando lentamente a girarsi verso di lei. «So quanto tu sia comprensiva e ragionevole, ma sei ancora assai giovane. Amavi tuo padre, probabilmente tanto quanto volevi bene a tua madre. Dopo che ti avrò raccontato la mia storia, potresti vedermi come un intruso nel loro matrimonio, anche se ti posso giurare di non aver mai più comunicato con tua madre dopo le sue nozze. Victoria» spiegò afflitto «sto cercando di dirti che non voglio che tu mi disprezzi, anche se temo che potresti farlo dopo aver sentito la vicenda.»

Victoria gli prese la mano e disse: «Come potrei mai disprezzare una persona che ha avuto il buonsenso di amare mia madre?».

«Hai ereditato anche il buon cuore di tua madre, lo sai?» osservò Charles con voce rotta dall'emozione. Victoria rimase in silenzio e lui si voltò di nuovo verso la finestra e iniziò a raccontare. Tornò a guardarla solo dopo aver finito, e non vide alcuna condanna negli occhi di lei, solo dolore e compassione.

«Capisci?» concluse. «L'amavo con tutto il mio cuore. L'amavo, ma l'ho tagliata fuori dalla mia vita, anche se era l'unica cosa per cui valesse la pena vivere.»

«La mia bisnonna vi ha costretto a farlo» replicò Victoria con sguardo tempestoso.

«Erano felici tua madre e tuo padre? Mi sono sempre chiesto che tipo di matrimonio fosse il loro, ma avevo paura di chiederlo.»

Victoria ricordò l'orribile scena tra i suoi genitori a cui lei aveva assistito quel Natale di qualche anno prima, ma i diciotto anni di affetto e considerazione che avevano condiviso avevano un peso maggiore. «Sì, erano felici. Il loro non era affatto il tipico matrimonio dell'aristocrazia inglese.»

Parlava di quelle unioni con tale avversione da provocare un sorriso incuriosito da parte di Charles. «Che cosa intendi con tipico matrimonio dell'aristocrazia inglese?»

«Quelli di quasi tutte le coppie che ho visto qui a Londra, a eccezione di Robert e Caroline Collingwood e pochi altri. Matrimoni in cui gli sposi passano di rado del tempo insieme, e quando s'incontrano, si comportano come cortesi ed educati estranei. I gentiluomini sono spesso assenti per dedicarsi ai propri svaghi, e le signore hanno degli amanti. Almeno i miei genitori vivevano insieme in una vera casa e noi eravamo una vera famiglia.»

«Ne deduco che tu desideri un matrimonio all'antica con una famiglia all'antica» scherzò lui con aria molto compiaciuta.

«Non penso che sia il tipo di vita coniugale che vuole Jason.» Non riusciva a confessare a Charles che l'offerta di Jason prevedeva che lei gli desse un figlio e poi se ne andasse.

Si consolava pensando che, anche se le aveva fatto quella proposta, sembrava preferire che rimanesse con lui in Inghilterra.

«Dubito fortemente che Jason sappia cosa vuole in questo momento» sentenziò Charles con solennità. «Ha bisogno di te, bambina. Ha bisogno del tuo calore e del tuo spirito. Ma non lo ammetterà nemmeno con se stesso, e quando alla fine se ne renderà conto, non gli piacerà, credimi. Ti darà del filo da torcere» l'avvertì con gentilezza. «Ma prima o poi aprirà il suo cuore a te, e allora troverà la pace. In cambio, ti renderà più felice di quanto tu abbia mai sognato di essere.» Victoria aveva un'aria così dubbiosa e scettica, che il sorriso di Charles svanì. «Abbi pazienza con lui, Victoria. Se non fosse così forte nel corpo e nella mente, non sarebbe mai sopravvissuto fino all'età di trent'anni. Ha delle cicatrici profonde, ma tu hai il potere di guarirle.»

«Che tipo di cicatrici?»

Charles scosse il capo. «Sarà meglio per entrambi se sarà Jason stesso a parlarti della sua vita, soprattutto dell'infanzia. Se non lo farà, potrai venire da me.»

Nei giorni che seguirono, Victoria ebbe poco tempo per pensare a Jason o ad altro. Subito dopo essere uscita dalla stanza di Charles, arrivò infatti Madame Dumosse con quattro sarte. «Lord Fielding mi ha chiesto di prepararvi un abito da sposa, signorina» le spiegò mentre le girava intorno. «Ha precisato che dovrà essere molto elegante. Particolare. Adatto a una regina. Senza volant.»

Combattuta tra il fastidio e il divertimento per la prepotenza di Jason, Victoria le lanciò un'occhiata di traverso. «Ha scelto anche il colore?»

«Azzurro.»

«Azzurro?» esclamò Victoria, pronta a battersi per il bianco.

Madame annuì, con le dita premute sulle labbra mentre rifletteva. «Sì, azzurro ghiaccio. Ha detto che con quel colore siete magnifica... un "angelo dai capelli color tiziano".»

Victoria di colpo decise che l'azzurro ghiaccio era un colore splendido con cui sposarsi.

«Lord Fielding ha un gusto eccellente» proseguì Madame, con le sopracciglia sottili inarcate sugli occhi attenti. «Non siete d'accordo?»

«Decisamente» disse Victoria ridendo, e si mise nelle mani dell'abile stilista.

Quattro ore dopo, quando finalmente Madame la lasciò andare, rispedendo le sarte al negozio, Victoria fu informata che lady Caroline Collingwood la stava aspettando nel salone dorato.

«Victoria» esclamò l'amica, con il bel visino ansioso mentre tendeva le mani per stringere quelle di Victoria. «Lord Fielding è venuto questa mattina a casa nostra per annunciarci il matrimonio. Sono onorata di essere la tua damigella, come mi ha chiesto lord Fielding, ma è tutto così improvviso... voglio dire, le vostre nozze.»

Victoria rimase piacevolmente sorpresa quando seppe che Jason si era ricordato che lei avrebbe avuto bisogno di una damigella e si era fermato dai Collingwood, ma non lo diede a vedere.

«Non avevo mai sospettato che il tuo rapporto con lord Fielding si fosse trasformato in una relazione seria» continuò Caroline. «E non posso fare a meno di esserne meravigliata. Tu desideri sposarlo, vero? Non sei... insomma, non sei costretta a farlo?»

«Solo dal destino» rispose Victoria sorridendo, sprofondando esausta su una poltroncina. Colse l'espressione accigliata di Caroline e aggiunse subito: «Non mi sta costringendo nessuno. È ciò che desidero».

Caroline s'illuminò, sollevata e felice. «Sono così contenta, speravo che accadesse.» Di fronte allo sguardo perplesso di Victoria, spiegò: «Nelle ultime settimane l'ho conosciuto meglio, e sono quasi d'accordo con Robert, che mi ha detto che le cose che si dicono di lord Fielding sono la conseguenza di pettegolezzi messi in giro da un'unica donna maligna. Dubito che qualcuno avrebbe dato credito a certe voci, se lord Fielding non fosse così distaccato e poco comunicativo. Probabilmente non sente la necessità di smentirle. E come ha detto Robert, lord Fielding è un uomo orgoglioso, che non si umilierebbe mai di fronte all'opinione pubblica, in particolare se è stata così scorretta con lui!».

Victoria soffocò una risata per il tono accorato con cui l'amica difendeva l'uomo che un tempo aveva temuto e condannato, ma era tipico di Caroline: lei si rifiutava di vedere dei difetti nelle persone che le piacevano, e al contrario non ammetteva alcun pregio quando si trattava di persone che disprezzava. Quell'aspetto d'altronde faceva di lei un'amica assolutamente leale, e Victoria le era molto grata per il suo affetto incondizionato.

«Non riesco a capire come facessi a essere intimorita da lui» riprese Caroline, mentre Victoria serviva il tè. Sembrava ansiosa di assolvere Jason da qualsiasi colpa di cui poteva averlo accusato in passato. «Ho sbagliato a lasciare che la mia immaginazione prendesse il sopravvento. Credo che mi mettesse in soggezione per il suo aspetto... è talmente alto e ha i capelli così neri... il che è del tutto assurdo da parte mia. Sai cos'ha detto stamattina quando ci siamo salutati?»

«No» disse Victoria, reprimendo un altro sorriso per la determinazione di Caroline a elevare Jason da diavolo a santo. «Che cosa?»

«Ha detto che gli ho sempre ricordato una bella farfalla.»

«Che gentile» dichiarò Victoria con sincerità.

«Sì, ma nulla in confronto al modo in cui ha descritto te.»

«Me? E come siete arrivati a questo punto?»

«Vuoi dire ai complimenti? Avevo appena finito di sottolineare quanto fossi felice che sposassi un uomo inglese, così saresti rimasta qui e avremmo potuto mantenere la nostra amicizia. Lord Fielding ha riso e ha detto che io e te ci completiamo alla perfezione, perché io gli ho sempre ricordato una bella farfalla, e tu sei come un fiore selvatico che sboccia anche nelle avversità e rallegra la vita di tutti. Non è adorabile?»

«Assolutamente» convenne Victoria, sentendosi compiaciuta in modo insensato.

«Credo che sia molto più innamorato di quanto voglia far credere» le confidò Caroline. «Dopotutto, si è battuto in un duello per te.»

Al termine della visita dell'amica, Victoria era quasi del tutto convinta che Jason provasse un vero interesse per lei, una convinzione che la rese piuttosto allegra e ottimista anche il mattino seguente, quando iniziò la lunga processione di curiosi che intendevano farle le congratulazioni per il matrimonio imminente.

Victoria stava intrattenendo un gruppo di giovani signore venute esattamente per quella ragione, quando l'oggetto delle loro romantiche discussioni entrò nel salone blu. Le risate si trasformarono in un mormorio nervoso e incerto nel momento in cui le visitatrici si accorsero della presenza imprevista del marchese di Wakefield, giacca nera e pantaloni aderenti dello stesso colore che gli donavano un aspetto terribilmente virile. Inconsapevole dell'effetto che faceva su quelle femmine impressionabili, molte delle quali avevano sognato in segreto di riuscire a conquistarlo, Jason rivolse loro un sorriso smagliante. «Buongiorno, signore» esordì. Poi si rivolse a Victoria e il suo sorriso divenne più intimo. «Potreste concedermi un istante?»

Lei lo seguì nel suo studio.

«Non ti tratterrò a lungo dalle tue amiche» promise lui, infilando una mano nella tasca della giacca. Senza aggiungere altro, le infilò un grosso anello al dito. Victoria lo ammirò: una fila di grandi zaffiri affiancata da diamanti splendenti su entrambi i lati. «Jason, è molto bello» mormorò. «Da togliere il fiato. Graz...»

«Ringraziami con un bacio» le ricordò lui piano, e quando Victoria alzò il viso, le sue labbra catturarono quelle di lei in un bacio appassionato che le cancellò ogni pensiero dalla mente e ogni resistenza dal corpo. Scossa da quell'ardore, Victoria fissò i suoi occhi color giada, cercando di capire perché i baci di Jason avessero sempre quell'effetto destabilizzante su di lei.

Lo sguardo di lui si abbassò sulle sue labbra. «La prossima volta credi di riuscire a trovare la voglia di baciarmi senza che sia io a chiedertelo?»

Quello che fece sciogliere il cuore di Victoria fu la punta di delusione che percepì in lui. Si era offerto come marito; in cambio le chiedeva molto poco... solo questo. Alzandosi in punta di piedi, gli fece scorrere le mani sul petto muscoloso e le incrociò dietro la nuca, dopodiché coprì le sue labbra con le proprie. Sentì il fremito che lo scosse in tutto il corpo, quando con innocenza mosse avanti e indietro le labbra, esplorando lentamente le curve calde della sua bocca, imparando a riconoscere il suo sapore, e lui rispose con un bacio appassionato ed eccitante.

Victoria gli fece scorrere le dita tra i capelli morbidi, mentre il suo corpo automaticamente aderiva a quello di lui, e improvvisamente tutto cambiò. Le braccia di Jason si chiusero intorno a lei con forza sorprendente e la sua bocca si fece più avida. Le separò le labbra, stuzzicandola con la lingua, spingendola a rispondere con la propria, e quando lei lo fece, sussultò avvicinandola ancora di più a sé, il corpo teso per il desiderio.

Quando finalmente sollevò la testa, la guardò con una strana espressione ironica sui lineamenti aspri. «Avrei dovuto regalarti diamanti e zaffiri anche l'altra sera, invece delle perle» commentò. «Ma non baciarmi più così, finché non saremo sposati.»

Victoria era stata avvertita da sua madre e dalla signorina Flossie del fatto che un gentiluomo potesse essere travolto dal proprio ardore, che avrebbe potuto indurlo a comportarsi in un modo del tutto inappropriato (anche se non meglio specificato), nei confronti della giovane donna che l'avesse portato a perdere la testa. Si rese conto che Jason le stava dicendo di essere molto vicino a quel punto ed era abbastanza femmina da provare una punta di soddisfazione al pensiero che il proprio bacio inesperto avesse eccitato in quel modo un uomo navigato, soprattutto dal momento che Andrew non ne era mai sembrato così sconvolto. D'altra parte lei non aveva mai baciato Andrew nel modo in cui Jason chiedeva di essere baciato.

«Vedo che hai capito cosa intendo» aggiunse lui. «Personalmente non ho mai apprezzato in modo particolare la verginità. Ci sono diversi vantaggi nello sposare donne che hanno già imparato come soddisfare un uomo...» La guardò attentamente, come se si aspettasse, o forse sperasse, di vedere una reazione da parte di lei, ma Victoria distolse lo sguardo, demoralizzata. La verginità avrebbe dovuto rappresentare un dono prezioso per suo marito. Di certo non poteva offrire alcuna esperienza su come "soddisfare un uomo", qualunque cosa intendesse con quell'espressione. «Mi... mi dispiace deluderti» disse, imbarazzata per quell'argomento. «In America le cose funzionano diversamente.»

Nonostante la tensione nella voce, le parole di Jason furono gentili. «Non è necessario che ti scusi o mi guardi in quel modo triste, Victoria. Non avere mai paura di dirmi la verità. Per quanto possa essere brutta, posso accettarla e persino ammirarti per avere avuto il coraggio di ammetterla.» Sollevò la mano per accarezzarle la guancia. «Non importa» aggiunse per tranquillizzarla. Ma di colpo i suoi modi tornarono a essere bruschi. «Dimmi se ti piace l'anello, e poi torna dalle tue amiche.»

«Lo adoro» rispose lei, cercando di assecondare i suoi repentini cambiamenti di umore. «È così bello che sono già terrorizzata all'idea di perderlo.»

Jason scrollò le spalle con indifferenza. «Se lo perderai, te ne comprerò un altro.»

Poi se ne andò, e Victoria abbassò lo sguardo sull'anello di fidanzamento: sperava che fosse più importante per lui, e non così facile da sostituire. D'altra parte era del tutto in linea con il resto, dal momento che lei stessa non era importante, e sarebbe stata facile da rimpiazzare.

"Ha bisogno di te, bambina." Le tornarono in mente le parole di Charles e la rassicurarono. Sorrise, ricordando che almeno quando era tra le sue braccia, Jason sembrava davvero avere bisogno di lei. Sentendosi in un certo senso confortata, tornò nel salone, dove il suo anello fu notato immediatamente e apprezzato con grandi esclamazioni da parte delle signore.

Nei giorni che precedettero il matrimonio, quasi trecento persone vennero a trovare Victoria per farle gli auguri. Carrozze eleganti sfilavano sulla strada, scaricando i passeggeri e tornando venti minuti dopo a riprenderli, mentre lei restava seduta nel salone ad ascoltare matrone di mezza età che le dispensavano consigli su come svolgere l'arduo compito di gestire una grande casa e attenersi agli alti standard della nobiltà. Le più giovani le parlavano del problema di trovare governanti capaci e validi istitutori per i figli. E in mezzo a tutta quell'allegra confusione, Victoria iniziò a maturare un profondo senso di appartenenza. Fino a quel momento non aveva avuto occasione di conoscere a fondo quelle persone, o di conversare con loro su argomenti che non fossero superficiali. Si era convinta che quelle donne ricche e altezzose pensassero solo a vestiti, gioielli e svaghi. Ora le vedeva sotto una nuova luce, come mogli e madri interessate a svolgere il loro dovere in maniera esemplare, e questo gliele faceva apprezzare molto di più.

L'unico a restare sempre in disparte fu Jason, ma lo faceva per salvare le apparenze, e Victoria doveva essergliene grata, anche se a volte aveva la strana sensazione di essere sul punto di sposare uno sconosciuto. Charles a volte scendeva a intrattenere le signore, per chiarire che Victoria aveva tutto il suo appoggio. Per il resto del tempo non si faceva vedere e se ne stava da solo a "raccogliere le forze", come aveva detto alla sua protetta, in modo da poter avere l'onore di accompagnarla all'altare. Né lei né il dottor Worthing riuscirono a dissuaderlo da quell'idea. Jason non ci provò nemmeno.

Col passare dei giorni, Victoria iniziò a gradire veramente il tempo che passava nel salone con le signore, a parte le occasioni in cui si nominava Jason e lei percepiva un senso di apprensione in loro. Era evidente che le sue nuove amiche e conoscenti l'ammiravano anche per il prestigio sociale di cui avrebbe goduto come moglie di un marchese strepitosamente ricco, eppure Victoria aveva la brutta sensazione che alcune di loro nutrissero ancora delle riserve sul suo futuro marito. Le dispiaceva perché cominciava a tenere all'amicizia di quelle persone, e desiderava che Jason piacesse anche a loro. A volte, mentre parlava con un ospite, sentiva dei commenti su Jason in un'altra parte della stanza, che si interrompevano di colpo appena lei si voltava per ascoltare con più attenzione. Così non poteva prendere le sue parti, perché non sapeva da cosa difenderlo.

Il giorno prima delle nozze i pezzi del puzzle finalmente andarono al loro posto, formando un'immagine che rischiò di far svenire Victoria. Lady Clappeston, l'ultima visitatrice del pomeriggio, stava per andarsene, quando accarezzò il braccio di Victoria e le disse: «Sei una ragazza dotata di buonsenso, mia cara. E diversamente da quelle sciocche che si preoccupano per la tua sicurezza, io sono sicura che te la caverai bene con Wakefield. Non sei come la sua prima moglie. Secondo me, lady Melissa meritava tutto quello che le ha fatto, e anche di più. Quella donna non era altro che una poco di buono!».

Dopodiché lady Clappeston uscì dal salone, lasciando Victoria a fissare Caroline. «La sua prima moglie?» esclamò, sentendosi come in un incubo. «Jason è già stato sposato? Perché... perché non me l'ha detto nessuno?»

«Ma pensavo che sapessi almeno questo» dichiarò Caroline, ansiosa di giustificarsi. «Ero sicura che tuo zio o lord Fielding te ne avessero parlato. Avrai sentito almeno qualche pettegolezzo...»

«Ho colto solo brandelli di conversazione» replicò Victoria, impallidita per la rabbia e lo shock. «Ho sentito nominare questa lady Melissa in relazione a Jason, però nessuno mi ha mai informato che fosse sua moglie. Di solito la gente ne parla così male da farmi dedurre che avesse... una liaison... con Jason, capisci» concluse goffamente «così come l'aveva con la signorina Sybil, o come si chiama, finora.»

«L'aveva?» ripeté Caroline, sorpresa nel sentirle usare il passato. Si trattenne subito e abbassò lo sguardo, come se d'un tratto fosse affascinata dal motivo degli intarsi del divano di seta blu.

«Naturalmente quando io e Jason saremo sposati, lui non... o sì?» chiese Victoria.

«Non lo so» dichiarò Caroline afflitta. «Alcuni uomini, come Robert, rinunciano alle loro amanti dopo il matrimonio, ma altri non lo fanno.»

Victoria si massaggiò le tempie con la punta delle dita, con la mente confusa. «A volte l'Inghilterra mi appare così strana. Nel mio paese, i mariti non dedicano il loro tempo e il loro affetto a donne diverse dalla propria moglie. Almeno, non ne ho mai sentito parlare. Mentre qui sembra del tutto accettabile che ricchi gentiluomini sposati si intrattengano con donne che non sono le loro mogli.»

Caroline dirottò la conversazione su un altro argomento. «Per te è così importante il fatto che lord Fielding sia già stato sposato?»

«Certo. Almeno, penso di sì. Non lo so. Quello che mi fa specie è che nessuno della famiglia me ne abbia mai parlato.» Si alzò così di colpo che Caroline sussultò. «Se vuoi scusarmi, voglio andare di sopra a parlare con mio zio Charles.»

Il valletto si portò un dito davanti alle labbra quando Victoria bussò alla porta di Charles e la informò che il duca stava dormendo. Troppo sconvolta per aspettare che si svegliasse, Victoria percorse il corridoio in direzione della camera della signorina Flossie. Nelle ultime settimane, la donna aveva passato il testimone di dama di compagnia a Caroline Collingwood. Di conseguenza, si erano viste soltanto di rado, in qualche incontro occasionale ai pasti.

Victoria bussò alla porta, e quando la signorina Flossie la invitò allegramente a entrare, avanzò nel salottino adiacente alla camera da letto.

«Victoria, mia cara, hai proprio l'aspetto radioso di una sposa!» esclamò la signorina Flossie con il suo sorriso smagliante e la solita scarsa attenzione, perché in realtà la ragazza era cadaverica e visibilmente contrariata.

«Signorina Flossie» esordì Victoria andando dritta al punto. «Vengo dalla camera di zio Charles, che però sta dormendo. A questo punto voi siete l'unica persona a cui posso rivolgermi. Si tratta di Jason. C'è qualcosa che non va.»

«Santo cielo!» si meravigliò la signorina Flossie, appoggiando il ricamo. «Cosa vuoi dire?»

«Ho appena scoperto che è già stato sposato!» sbottò Victoria.

La donna inclinò il capo da una parte, come un'anziana bambola di porcellana con una cuffietta di pizzo. «Tesoro, pensavo che Charles te ne avesse parlato... o lo stesso Wakefield. Comunque Jason era sposato. Adesso lo sai.» Avendo liquidato il problema, sorrise e raccolse il ricamo.

«Ma non ne so nulla. Lady Clappeston ha insinuato cose strane... ha detto che la moglie di Jason meritava tutto ciò che le ha fatto passare Jason. Cosa le ha fatto?»

«Fatto?» ripeté la signorina Flossie sbattendo le ciglia. «Nulla che io sappia con certezza. Lady Clappeston ha sbagliato ad affermare una cosa simile, perché nemmeno lei potrebbe esserne al corrente, a meno che non fosse sposata con lui... cosa che, ti posso assicurare, non è mai avvenuta. Ora ti senti meglio?»

«No!» esclamò Victoria un po' irritata. «Quello che vorrei sapere è perché lady Clappeston è convinta che Jason abbia fatto delle brutte cose alla moglie. Deve avere una ragione per pensarlo, e a meno che io non mi sbagli del tutto, molte altre persone sono della sua stessa opinione.»

«Può darsi» convenne la signorina Flossie. «Sai, quella spudorata della moglie di Jason, che riposi in pace... anche se non so come potrebbe, considerando il modo in cui si è comportata quando era viva... si lamentava con tutti del trattamento abominevole che le riservava Wakefield. Alcuni devono averle creduto, ma il fatto che non l'abbia uccisa dovrebbe provare che è un uomo dotato di un autocontrollo ammirevole. Se avessi un marito, che ovviamente non ho, e mi comportassi come Melissa... cosa che ovviamente non farei... di sicuro mi picchierebbe. Perciò, se Wakefield avesse picchiato Melissa... cosa di cui non ho alcuna certezza, sarebbe stato più che giustificato. Hai la mia parola.»

Victoria pensò alle volte in cui aveva visto Jason arrabbiato, alla furia selvaggia che traspariva sotto il suo aspetto civile. Un'immagine attraversò la sua mente terrorizzata: quella di una donna che urlava mentre lui la picchiava per aver infranto una delle sue regole personali. «Che...» sussurrò con voce roca. «Che genere di cose faceva Melissa?»

«Non c'è un modo carino per dirlo. La verità è che si faceva vedere in compagnia di altri uomini.»

Victoria rabbrividì. Quasi ogni donna che avesse una vita mondana a Londra si faceva vedere in compagnia di altri uomini. Era normale che anche le donne sposate avessero i propri ammiratori in società. «E per questo la picchiava?» mormorò afflitta.

«Non *sappiamo* se la picchiasse» sottolineò la signorina Flossie. «Di fatto io lo dubito. Una volta ho sentito un gentiluomo che criticava Jason... alle sue spalle ovviamente, perché nessuno avrà mai il coraggio di fargli degli appunti di persona... per il modo in cui *ignorava* il comportamento di Melissa.»

Un'idea improvvisa si affacciò nella mente di Victoria. «Cos'ha detto esattamente quel gentiluomo?» chiese prudente. «*Esattamente*» insisté.

«Esattamente? Be', dal momento che ci tieni tanto, se non ricordo male ha detto: "Wakefield viene tradito sotto gli occhi di tutta Londra e lo sa perfettamente, ma se ne frega e si tiene le corna. Sta dando un cattivo esempio a tutte le mogli. Se fosse per me, chiuderei quella sgualdrina nella sua proprietà in Scozia e butterei la chiave".»

Victoria appoggiò la testa all'indietro contro lo schienale e chiuse gli occhi con un misto di sollievo e dolore. «Tradito» bisbigliò. «È così...» Pensò a quanto fosse orgoglioso Jason e a quanto dovesse aver patito per la pubblica infedeltà della moglie.

«C'è altro che vorresti sapere?» chiese la signorina Flossie.

«Sì» disse Victoria visibilmente imbarazzata.

La tensione nella sua voce inquietò la signorina Flossie. «Spero che non riguardi *quella cosa*» cinguettò nervosa. «Perché come parente più stretta di sesso femminile, mi rendo conto che sarebbe mia responsabilità spiegartelo, ma la verità è che sono tremendamente ignorante in materia. Nutrivo la speranza che tua madre ti avesse già informato su come funziona.»

Victoria spalancò gli occhi incuriosita. «Non capisco di cosa stiate parlando, signora.»

«Parlo di *quella cosa*. La mia amica Prudence la chiamava sempre in questo modo piuttosto ridicolo, dal momento che io non ne sapevo niente. Tuttavia ti posso ripetere le informazioni date alla mia amica Prudence da sua madre il giorno prima del suo matrimonio.»

«Prego?» fece Victoria, sentendosi stupida.

«Non ti preoccupare, avrei dovuto farlo prima. Ma le signore non discutono di *quella cosa*. Vuoi sapere cosa disse la madre di Prudence?»

Victoria increspò le labbra. «Sì, signora» rispose, senza avere la minima idea di che cosa stessero parlando.

«Molto bene. La prima notte di nozze, tuo marito ti raggiungerà a letto, o forse ti porterà nel suo, non ricordo. Comunque tu non dovrai mai, per nessuna ragione, mostrare repulsione, né gridare o sentirti mancare. Devi chiudere gli occhi e permettergli di fare *quella cosa*. Qualsiasi cosa sia. Farà male e sarà ripugnante, e la prima volta ci sarà del sangue, ma devi chiudere gli occhi e sopportare. Credo che la madre di Prudence suggerisse di provare a pensare a qualcos'altro durante *quella cosa*, come una nuova pelliccia o un nuovo vestito che potrai comprarti se tuo marito sarà soddisfatto. Brutto affare, non trovi?»

Lacrime di divertimento e ansia si raccolsero negli occhi di Victoria, mentre le spalle le sussultavano per la risata che non riuscì a trattenere. «Grazie, signorina Flossie» ridacchiò. «Siete stata molto rassicurante.» Fino a quel momento, Victoria non si era preoccupata dell'intimità nel matrimonio, a cui Jason avrebbe avuto diritto e di cui senza dubbio si sarebbe avvalso, dal momento che desiderava un figlio da lei. Anche se era la figlia di un medico, suo padre si era sempre assicurato che i suoi occhi non vedessero certe parti anatomiche dei pazienti maschi. Ma Victoria non era del tutto ignorante sul processo di accoppiamento. A casa avevano dei polli e lei aveva assistito allo sbattere di ali e agli strilli che accompagnavano l'atto, anche se era impossibile capire cosa avvenisse esattamente. Inoltre, aveva sempre distolto lo sguardo per lasciare agli animali la loro intimità.

Una volta, quando aveva quattordici anni, suo padre si era recato a casa di un contadino per assistere la moglie dell'uomo durante il parto. Mentre aspettava, Victoria era andata a passeggiare nel piccolo pascolo dove tenevano i cavalli. Lì aveva assistito al terribile spettacolo di uno stallone che montava una cavalla. L'animale aveva conficcato i denti nel collo della femmina, immobilizzandola mentre le faceva le cose più turpi e la povera cavalla gridava di dolore.

Immagini di ali svolazzanti, polli che gridavano e cavalle terrorizzate le attraversarono la mente, e Victoria rabbrividì.

«Mia cara, sei piuttosto pallida, e non posso biasimarti» osservò la signorina Flossie senza essere di alcun conforto. «Tuttavia mi sembra di capire che una volta che la moglie ha fatto il proprio dovere e prodotto un erede, un marito ragionevole si trova un'amante e fa *quella cosa* con lei, lasciando in pace la moglie, che può godersi tranquilla il resto della vita.»

Lo sguardo di Victoria si rivolse nervosamente verso la finestra. «Un'amante» sospirò, sapendo che Jason ne aveva già una e che ne aveva avute molte altre in passato, stando ai pettegolezzi che aveva sentito. Iniziò a riflettere su ciò che aveva sempre pensato dei gentiluomini e delle loro amanti. Li aveva considerati perfidi per il fatto che mantenessero le loro amanti pur essendo sposati, ma forse non era affatto così. Come suggeriva la signorina Flossie, sembrava che i gentiluomini fossero più civili, raffinati e accorti delle loro mogli. Invece di usare queste per soddisfare i propri bassi istinti, si trovavano un'altra donna che lo facesse, la sistemavano in una bella casa con domestici e bei vestiti, e lasciavano in pace le povere mogli. Sì, decise, probabilmente era il modo ideale di gestire la questione. Senza dubbio era quello che pensavano le signore dell'aristocrazia, e di certo ne sapevano molto più di lei.

«Grazie, signorina Flossie» disse con sincerità. «Siete stata di grande aiuto e molto gentile.»

La donna s'illuminò, con i riccioli biondi che dondolavano sotto la cuffietta di pizzo. «Grazie a te, mia cara. Hai reso Charles più felice di quanto l'abbia mai visto. E anche Jason, certo» aggiunse educatamente.

Victoria sorrise, ma non poté credere di aver reso davvero felice anche Jason.

Tornando nella sua stanza, si sedette davanti al caminetto vuoto e si sforzò di analizzare le proprie emozioni, per smetterla di sfuggire alla realtà. La mattina seguente avrebbe sposato Jason. Voleva renderlo felice... lo voleva così tanto da non saper nemmeno come gestire i propri sentimenti. Il fatto che lui fosse stato sposato con una donna infedele suscitava simpatia e compassione nel suo cuore, non risentimento, e persino un desiderio maggiore di rimediare a tutta l'infelicità della sua vita.

Inquieta, Victoria si alzò in piedi e si mise a girare per la stanza, raccogliendo il carillon di porcellana sul tavolo da toeletta per poi rimetterlo giù. Cercò di convincere se stessa che stava sposando Jason perché non aveva scelta, ma mentre si sedeva sul letto, ammise che non era del tutto vero. Una parte di lei *voleva* sposarlo. Amava i suoi occhi, il suo sorriso e il suo senso dell'umorismo così spiccato. Amava il tono autoritario della sua voce profonda e la sicurezza delle sue atletiche falcate. Adorava vedere lo splendore nei suoi occhi quando rideva e come s'infiammavano quando la baciava. La sensazione delle sue labbra...

Victoria distolse i pensieri dalle labbra di Jason e si mise a fissare il baldacchino dorato. C'erano molte cose che amava di lui, troppe. Non era brava a giudicare gli uomini; la sua esperienza con Andrew ne era la prova. Si era illusa credendo che Bainbridge l'amasse, ma non si faceva illusioni sui sentimenti di Jason. Era attratto da lei e voleva un figlio. Victoria sapeva di piacergli, ma oltre a questo lui non provava nulla. Lei invece stava già rischiando seriamente di innamorarsi di lui. Ma Jason non voleva amarla. Gliel'aveva detto a chiare lettere.

Per settimane Victoria aveva cercato di convincere se stessa che quello che provava per Jason fosse solo gratitudine e amicizia, ma adesso sapeva di essere andata molto oltre. Altrimenti per quale motivo avrebbe sentito quel bisogno impellente di renderlo felice e farsi amare? Perché avrebbe provato tanta rabbia quando la signorina Flossie aveva parlato della pubblica infedeltà di sua moglie?

Ebbe un moto di paura e si sfregò i palmi umidi sul vestito verde di mussola. La mattina seguente avrebbe messo tutta la sua vita nelle mani di un uomo che non l'amava, un uomo che avrebbe potuto usare la tenerezza che provava per lui come arma per ferirla. Il suo istinto di sopravvivenza la metteva in guardia da quel matrimonio. Le parole di suo padre le ronzavano nella mente da giorni, chiedendole di non andare all'altare: "Amare senza essere ricambiati è un inferno!... Non lasciarti convincere che potrai essere felice con qualcuno che non ti ama... non amare mai nessuno più di quanto lui ami te, Tory...".

Victoria chinò il capo e i capelli le ricaddero sul viso, mentre le mani si serravano a pugno. La sua mente le diceva di non sposarlo, perché l'avrebbe resa infelice, ma il suo cuore la supplicava di puntare su di lui e raggiungere la felicità a un passo da lei.

La mente le ordinava di scappare, ma il cuore le chiedeva di non essere codarda.

Northrup bussò alla porta. «Scusate, lady Victoria» esordì con voce piena di disapprovazione. «Al piano di sotto c'è una giovane donna disperata e scarmigliata, senza un accompagnatore né un cappellino, arrivata con una carrozza a noleggio, che sostiene di essere... mmh... vostra sorella? Non sono a conoscenza di vostre parenti qui a Londra, perciò le ho chiesto di andarsene, tuttavia...»

«Dorothy?» esclamò Victoria, spalancando la porta e scostandosi i capelli dalla fronte. «Dov'è?» chiese raggiante.

«L'ho sistemata nel salottino all'ingresso» rispose Northrup visibilmente costernato. «Ma se si tratta di vostra sorella, ovviamente la farò spostare nel più confortevole salone giallo e...»

La sua voce svanì mentre Victoria correva giù dalle scale.

«Tory!» esclamò Dorothy, stringendo la sorella in una forte abbraccio protettivo. «Avresti dovuto vedere lo sguardo che il maggiordomo ha rivolto alla mia carrozza a noleggio... era contrariato quasi quanto quello che ha riservato a me.»

«Perché non hai risposto alla mia ultima lettera?» disse Victoria stringendola.

«Perché sono tornata da Bath soltanto oggi. Domani andrò in Francia per due mesi, per acquisire quella che la bisnonna definisce "raffinatezza". Andrà su tutte le furie quando scoprirà che sono venuta qui, ma non posso sopportare l'idea che sposi quell'uomo. Tory, cos'hanno fatto per indurti ad accettare? Ti hanno picchiato, affamato o…»

«Niente di tutto ciò» la rassicurò Victoria sorridendo e accarezzando i capelli biondi della sorella. «Voglio sposarlo.»

«Non ti credo. Stai soltanto cercando di ingannarmi per non farmi preoccupare…»

Jason si appoggiò allo schienale della carrozza, sbattendo i guanti sul ginocchio mentre guardava fuori dal finestrino, osservando le case signorili che sfilavano in Upper Brook Street. Il matrimonio era il giorno seguente…

Ora che aveva ammesso con se stesso di desiderare Victoria e aveva deciso di sposarla, la voleva con un'urgenza quasi irrazionale. Il bisogno sempre crescente di lei lo faceva sentire vulnerabile e a disagio, perché sapeva per esperienza quanto il "gentil sesso" potesse rivelarsi perfido e traditore. Tuttavia non riusciva a smettere di desiderarla e di nutrire l'ingenua speranza che potessero rendersi felici l'un l'altra.

La vita con lei non sarebbe mai stata tranquilla, pensò sorridendo. Victoria l'avrebbe divertito, sfidato e frustrato in ogni occasione, lo sapeva, così come era certo che lei lo sposava soltanto perché non aveva altra scelta, e che la sua verginità era già stata offerta a Andrew.

Il sorriso gli svanì di colpo dalle labbra. L'altro pomeriggio aveva sperato che lo negasse; invece lei aveva distolto lo sguardo dicendo: "Mi dispiace".

Anche se aveva odiato sentirsi dire la verità, lui l'aveva ammirata per averlo confessato. Nel suo cuore non poteva biasimare Victoria per essersi concessa a Andrew: capiva perfettamente come potesse essere andata. Una ragazza innocente, cresciuta in campagna, era stata convinta dall'uomo più ricco della zona che sarebbe diventata sua moglie. Dopodiché

Bainbridge probabilmente non aveva avuto difficoltà nel portarle via la verginità. Victoria era una ragazza passionale e generosa, e si era concessa all'uomo che amava con la stessa naturalezza con cui dedicava le proprie attenzioni ai domestici o il proprio affetto a Wolf.

Dopo la vita dissoluta che lui stesso aveva condotto, condannare Victoria per aver ceduto all'uomo che amava sarebbe stata pura ipocrisia, e Jason disprezzava gli ipocriti. Purtroppo, mal sopportava anche il pensiero di lei nuda fra le braccia di un altro. Andrew l'aveva istruita bene, pensò, mentre la carrozza si fermava davanti al numero 6 di Upper Brook Street. Le aveva insegnato a baciare un uomo e a eccitarlo premendosi contro di lui...

Distogliendo i pensieri da quelle immagini tormentose, scese dalla carrozza e salì i gradini. Victoria non aveva più a che fare con Andrew, disse a se stesso con fierezza. L'aveva dimenticato negli ultimi mesi.

Bussò al portone, sentendosi leggermente ridicolo nel presentarsi alla porta la sera prima delle nozze. Non aveva alcun motivo per essere lì, a parte il piacere di vederla e, sperava, di compiacerla raccontandole del pony indiano che era riuscito a far caricare su una delle sue navi provenienti dall'America. Era un regalo di nozze, ma in realtà lui era terribilmente ansioso di vederla mostrare la propria abilità in sella. Sapeva che avrebbe avuto un aspetto splendido con il corpo aggraziato chino sul dorso del cavallo, e i magnifici capelli che brillavano al sole... «Buonasera, Northrup. Dov'è lady Victoria?»

«Nel salone giallo, milord» rispose il maggiordomo. «Con sua sorella.»

«Sua sorella?» ripeté Jason, sorridendo con sorpresa e piacere, mentre Northrup annuiva. «Evidentemente la vecchia strega le ha tolto il divieto di venire qui» aggiunse, avviandosi in corridoio. Felice di avere l'opportunità di conoscere la sorella minore di cui Victoria gli aveva parlato, aprì la porta del salone giallo.

«Non posso sopportarlo» piagnucolava una giovane nel fazzoletto. «Sono felice che la bisnonna non mi permetta di assistere al tuo matrimonio. Non potrei tollerare di stare lì a guardarti mentre vai all'altare, sapendo che stai fingendo che sia Andrew...»

«Evidentemente sono arrivato in un brutto momento» intervenne Jason. La sua speranza che Victoria lo volesse sposare veramente si dissolse all'istante, nello scoprire che aveva bisogno di immaginare che lui fosse Andrew per riuscire a raggiungerlo all'altare.

«Jason!» esclamò Victoria mortificata, quando si rese conto che doveva aver sentito le assurde parole di Dorothy. Si ricompose e gli tese le mani. «Sono così felice che tu sia qui. Vieni a presentarti a mia sorella.» Sapendo che non c'era modo di appianare la situazione con una patetica menzogna, cercò di aiutarlo a comprendere dicendogli la verità. «Dorothy ha sentito dei commenti negativi da parte della dama di compagnia della mia bisnonna, lady Faulklyn, e per questo si è fatta l'idea del tutto sbagliata che tu sia un mostro di crudeltà.» Si morse il labbro quando Jason inarcò un sopracciglio senza dire nulla. Quindi Victoria si rivolse alla sorella. «Dorothy, vuoi essere ragionevole e permettermi almeno di presentarti lord Fielding, in modo che tu possa vedere coi tuoi occhi che si tratta di una persona molto piacevole?»

Poco convinta, Dorothy alzò lo sguardo verso il volto freddo e implacabile dell'uomo che incombeva davanti a lei come un gigante arrabbiato, con le braccia incrociate sull'ampio petto. Sgranò gli occhi e, senza dire una parola, si alzò lentamente in piedi, ma invece di fare una riverenza, rimase a fissarlo. «Lord Fielding» disse in tono di sfida. «Non so se siate una persona "molto piacevole" o no. Tuttavia vi avverto, se oserete torcere un solo capello a mia sorella, non avrò scrupoli e vi sparerò! Sono stata chiara?» La sua voce tremava per la rabbia e la paura, ma con grande coraggio non abbassò lo sguardo.

«Decisamente.»

«Allora, dal momento che non riesco a convincere mia sorella a scappare da voi» concluse «tornerò a casa dalla bisnonna. Buona serata.»

Uscì seguita da Victoria. «Dorothy, come hai potuto?» chiese questa afflitta. «Come hai potuto essere così scortese?»

«Meglio che pensi che sono scortese, piuttosto che di poter abusare di te senza che nessuno gliela faccia pagare.»

Victoria alzò gli occhi al cielo e abbracciò la sorella per salutarla, poi tornò in tutta fretta nel salone.

«Mi dispiace» si giustificò con Jason, che era in piedi alla finestra e osservava la partenza della carrozza di Dorothy.

Lui si voltò e inarcò le sopracciglia. «Sa sparare?»

Victoria fece una risatina nervosa e scosse il capo. Quando Jason tornò a rivolgersi verso la finestra senza aggiungere altro, cercò di dargli una spiegazione. «Dorothy ha una fervida immaginazione e si rifiuta di credere che non ti sposo solo perché sono distrutta dall'abbandono di Andrew.»

«Non è così?» chiese lui sarcastico.

«No, non è così.»

A quel punto Jason si voltò con gli occhi che sembravano cocci di vetro verde. «Quando domani andrai all'altare, Victoria, non ci sarà il tuo prezioso Andrew ad aspettarti, ma io. Ricordalo. Se non riesci ad affrontare la realtà, non entrare in chiesa.» Era venuto per dirle che aveva comprato un pony indiano. Voleva stuzzicarla e farla sorridere. Ma se ne andò senza aggiungere altro.

21

Il cielo era nuvoloso e grigio quando la carrozza nera laccata di Jason attraversò le strade trafficate di Londra, guidata da quattro cavalli bai con magnifiche briglie argentate. La processione era guidata da sei cavalieri in livrea di velluto verde, e chiusa da altri quattro uomini a cavallo in uniforme che seguivano la carrozza. Due cocchieri erano seduti a cassetta impettiti.

Victoria era seduta nella lussuosa vettura di Jason, avvolta in un abito di incredibile bellezza e assurdamente caro, persa in pensieri cupi come la giornata all'esterno.

«Hai freddo, mia cara?» chiese Charles dal suo posto di fronte a lei.

Victoria scosse il capo, domandandosi nervosa perché Jason avesse insistito per fare del loro matrimonio uno spettacolo così grandioso.

Pochi minuti dopo mise la mano in quella di Charles e percorse lentamente i bassi gradini dell'imponente chiesa gotica come una bambina accompagnata dai genitori a un evento che la terrorizza.

Aspettò di fianco a Charles in fondo alla chiesa, cercando di non pensare all'enormità del gesto che stava per compiere, lasciando indugiare lo sguardo sulla folla di invitati. La sua mente angosciata si concentrò sulla grande differenza tra gli aristocratici londinesi coperti di seta e broccato che erano venuti ad assistere al suo matrimonio, e i cordiali abitanti del villaggio che si era sempre aspettata di avere accanto a sé nel giorno delle nozze. Conosceva a malapena la maggior parte di quelle persone. Alcune non le aveva mai viste prima di allora. Evitò attentamente di guardare verso l'altare, dove Jason, e non Andrew, presto sarebbe stato lì ad aspettarla, e osservò i banchi. In prima fila c'era un posto vuoto, riservato a Charles, ma tutti gli altri erano occupati. Di fronte all'altare, nei posti che normalmente sarebbero stati riservati ai familiari più stretti della sposa, c'era un'anziana signora appoggiata a un bastone di ebano, con i capelli nascosti da un turbante di seta viola.

Le parve vagamente familiare, ma era troppo nervosa per ricordare dove l'avesse già vista, e Charles la distrasse facendo un cenno a lord Collingwood, che stava andando verso di loro.

«Jason è arrivato?» chiese il duca quando Robert li raggiunse.

Il conte, che era il testimone dello sposo, baciò la mano a Victoria e fece un sorriso rassicurante. «È qui ed è pronto, se lo siete anche voi.»

Alla ragazza iniziarono a tremare le ginocchia. Non era pronta. Non era affatto pronta per tutto questo!

Caroline le raddrizzò lo strascico del vestito di seta azzurra tempestato di diamanti e sorrise al marito. «Lord Fielding è nervoso?»

«Lui dice di no» dichiarò Robert. «Ma vorrebbe dare inizio all'evento.»

Che freddezza, pensò Victoria, mentre la sua paura invece si trasformava in panico. Che assoluta mancanza di emozione. Tipico di Jason.

Charles era ansioso. «Siamo pronti» disse con entusiasmo. «Iniziamo.»

Sentendosi come una marionetta con i fili tirati da qualcun altro, Victoria gli mise la mano sul braccio e si avviò lungo l'infinita navata illuminata dalle candele. Muovendosi, produceva un luccichio di seta azzurra e diamanti che brillavano come piccole stelle nei suoi capelli, al collo e sul velo. Dal coro sopra di loro veniva un canto, ma Victoria non lo sentiva. Dietro di lei, i giorni spensierati e le risate della sua giovinezza si allontanavano sempre di più a ogni passo. Davanti a lei... davanti a lei c'era Jason, fasciato da uno splendido abito di velluto blu. Con il viso parzialmente in ombra, sembrava molto alto e torvo. Cupo come l'ignoto... cupo come il futuro che l'aspettava.

"Perché lo fai?" gridava la mente terrorizzata di Victoria mentre Charles la conduceva da Jason.

"Non lo so" rispondeva lei silenziosamente. "Jason ha bisogno di me."

"Non è una ragione valida!" ribatteva la sua mente. "Puoi ancora scappare. Voltati e corri via."

"Non posso!" urlava il suo cuore.

"Sì che puoi. Voltati e corri via. Adesso, prima che sia troppo tardi."

"Non posso! Non posso lasciarlo qui."

"Perché no?"

"Sarebbe un'umiliazione per lui... peggiore di quelle subite dalla sua prima moglie."

"Ricorda quello che ti ha detto tuo padre: non permettere a nessuno di convincerti che potrai essere felice con qualcuno che non ti ama. Ricorda quanto era infelice lui. Scappa! Presto! Esci di qui prima che sia troppo tardi!"

Il cuore di Victoria perse la battaglia contro il terrore che le agitava la mente quando Charles mise la sua mano gelida in quella calda di Jason e si allontanò. Il suo corpo s'irrigidì e la mano libera strinse la gonna, mentre il respiro le si faceva più affannoso. Nel momento in cui le dita di lui si strinsero intorno alle sue come una trappola d'acciaio, Victoria si divincolò e lui si voltò puntando gli intensi occhi verdi nei suoi, avvertendola di non provarci. Poi all'improvviso la sua stretta si allentò. Gli occhi si fecero spenti e vuoti. Le lasciò la mano e guardò l'arcivescovo.

"Sta per fermarlo!" realizzò Victoria mentre l'arcivescovo si chinava e chiedeva: «Possiamo cominciare, milord?».

Jason scosse il capo.

«No!» sussurrò Victoria, cercando di bloccarlo.

«Cos'avete detto?» chiese l'arcivescovo, guardandola accigliato.

Victoria alzò gli occhi verso Jason e vide l'umiliazione che nascondeva dietro la solita maschera di cinica indifferenza. «Ho solo paura, milord. Vi prego, prendete la mia mano.»

Lui esitò, scrutandola negli occhi, e il sollievo lentamente sostituì la tensione sui suoi lineamenti. Le prese la mano e la avvolse in modo rassicurante nella propria.

«Ora, possiamo procedere?» mormorò l'arcivescovo infastidito.

Le labbra di Jason si contrassero. «Prego.»

Mentre il prelato iniziava a leggere il lungo cerimoniale, Charles guardava gli sposi con il cuore sul punto di esplodere per la contentezza. Ma un lampo viola individuato con la coda dell'occhio, unito all'antipatica sensazione di essere osservato, improvvisamente catturò la sua attenzione. Si voltò di lato e si irrigidì per lo shock quando incrociò lo sguardo della duchessa di Claremont. Charles la fissò con un'espressione trionfante, poi si voltò e cancellò quella presenza dalla sua mente. Osservò il figlio di fianco a Victoria, due giovani fieri e belli che si scambiavano i voti che li avrebbero uniti per sempre. Gli vennero le lacrime agli occhi, quando l'arcivescovo disse: «Vuoi tu, Victoria Seaton...».

"Katherine, amore mio" sussurrò Charles nel suo cuore. "Vedi i nostri figli? Non sono belli insieme? Tua nonna ci ha impedito di avere dei figli nostri, tesoro mio. Ha vinto lei allora, ma questa è la nostra vittoria. Avremo dei nipoti, mia cara. Mia dolce, bella Katherine, avremo dei nipoti..." Charles chinò il capo per non mostrare all'anziana donna dall'altra parte dell'altare che stava piangendo.

Ma la duchessa di Claremont non riusciva a vedere nulla attraverso le lacrime che le gonfiavano gli occhi e le scorrevano lungo le guance rugose. "Katherine, amore mio" sussurrò nel suo cuore. "Guarda cos'ho fatto. Nel mio stupido, cieco egoismo, ti ho impedito di sposarlo e di avere dei figli con lui. Ma adesso ho fatto in modo che abbiate dei nipoti. Oh, Katherine, ti amavo così tanto. Volevo che avessi il mondo ai tuoi piedi e non potevo credere che tutto ciò che desideravi fosse lui..."

Quando l'arcivescovo chiese a Victoria di ripetere i voti, lei si ricordò che Jason le aveva chiesto di fingere che fossero veramente legati. Sollevò il volto verso di lui e cercò di parlare con voce chiara e sicura, ma mentre prometteva di amarlo, lo sguardo di Jason all'improvviso si rivolse verso il tetto della chiesa e un sorriso sardonico gli comparve sulle labbra. Victoria capì che stava aspettando di vedere se un fulmine l'avrebbe colpito, e la sua tensione si dissolse in una risatina camuffata, che provocò un'occhiata severa da parte dell'arcivescovo.

Quindi la voce profonda e tonante di Jason riecheggiò nella chiesa, mentre ripeteva le sue parole. E poi tutto finì. «Potete baciare la sposa» disse l'arcivescovo.

Jason si voltò a guardarla, con gli occhi illuminati da un trionfo così intenso, inaspettato e terrificante, che Victoria si irrigidì quando le sue braccia la avvolsero. Chinando il capo, lui catturò le sue labbra tremanti in un lungo bacio audace, che fece trasalire l'arcivescovo e ridacchiare molti invitati. Poi si staccò e la prese sottobraccio.

«Milord» sussurrò lei, mentre percorrevano la navata. «Non riesco ad andare al vostro passo.»

«Chiamami Jason» scattò lui, ma rallentò. «E la prossima volta che ti bacerò, fingi che ti piaccia.»

Il suo tono glaciale la colpì come un secchio di acqua gelata, ma in qualche modo Victoria riuscì a resistere accanto a lui e Charles fuori dalla chiesa, sorridendo a tutti gli ottocento invitati che si fermarono a fare loro gli auguri.

Charles si girò per parlare con uno dei suoi amici proprio nel momento in cui l'ultima invitata emergeva dalla chiesa, appoggiandosi al pomello ingioiellato del bastone di ebano.

Ignorando completamente Jason, la duchessa si rivolse a Victoria, guardandola dritto negli occhi azzurri. «Sai chi sono?» chiese senza preamboli quando la ragazza le sorrise educatamente.

«No, signora» disse Victoria. «Mi dispiace molto, ma non vi conosco. Credo di avervi già incontrato da qualche parte, perché avete un aspetto familiare, ma...»

«Sono la tua bisnonna.»

La ragazza si aggrappò con forza al braccio del marito. Quella era la donna che si era rifiutata di darle ospitalità e che aveva distrutto la felicità di sua madre. Victoria sollevò il mento. «Non ho una bisnonna» disse con calma letale.

Quell'affermazione ebbe uno strano effetto sulla duchessa. I suoi occhi si illuminarono per l'ammirazione e un accenno di sorriso le addolcì i lineamenti.«Oh, invece sì, mia cara» disse. «Invece sì» ripeté quasi orgogliosa. «Somigli molto a tua madre nell'aspetto, ma quella tua aria di sfida viene da me.» Rise scuotendo il capo quando Victoria fece per ribattere. «No, non disturbarti a negare di nuovo la mia esistenza, perché il mio sangue ti scorre nelle vene ed è la mia caparbietà quella che vedo nel tuo mento. Hai preso gli occhi di tua madre, ma la mia forza di volontà...»

«State alla larga da lei!» sibilò Charles furioso, voltandosi di scatto. «Andatevene di qua!»

La duchessa s'irrigidì e i suoi occhi si riempirono di rabbia. «Non azzardatevi a usare quel tono con me, Atherton, altrimenti...»

«Altrimenti cosa?» ribatté Charles. «Non provate a minacciarmi. Ora ho tutto ciò che voglio.»

La duchessa di Claremont lo guardò dall'alto in basso con espressione trionfante. «L'avete perché io ve l'ho dato, illuso.» Ignorando lo sguardo furioso di Charles, tornò a rivolgersi a Victoria e il suo sguardo si fece più caloroso. Allungò un braccio e mise la fragile mano sulla guancia della nipote mentre le si inumidivano gli occhi. «Forse verrai a Claremont House a trovare Dorothy quando tornerà dalla Francia. Non è stato facile tenerla lontana da te, ma avrebbe rovinato tutto con quelle assurde chiacchiere su vecchi scand... vecchi pettegolezzi» si corresse subito. Si voltò verso Jason e la sua espressione divenne molto severa. «Vi affido la mia pronipote, Wakefield, ma vi riterrò personalmente responsabile della sua felicità, è chiaro?»

«Abbastanza» disse lui con voce solenne, ma guardava quella donna minuta che lo stava minacciando con un'aria vagamente divertita.

La duchessa lo squadrò e poi annuì. «Dal momento che ci siamo intesi, me ne vado.» Protese il polso. «Potete baciarmi la mano.»

Con perfetta galanteria, Jason gliela prese e premette un bacio sul dorso.

Rivolgendosi a Victoria, la duchessa aggiunse: «Suppongo che sia troppo chiedere...?».

La ragazza non aveva capito molto di ciò che era accaduto negli ultimi minuti, ma sapeva senza ombra di dubbio che il sentimento che vedeva negli occhi dell'anziana donna non poteva essere che amore. Amore e un terribile rimpianto.

«Nonna» sussurrò con voce rotta, e si ritrovò stretta nel suo abbraccio.

Quindi la duchessa si ritrasse con un sorriso burbero e sicuro di sé e rivolse uno sguardo solenne a Jason. «Wakefield, ho deciso di non morire fino a quando non avrò tenuto fra le braccia il mio pronipote. Dal momento che non posso pretendere di vivere in eterno, non tollererò alcun indugio da parte vostra.»

«Mi occuperò prontamente della questione, Vostra Grazia» disse Jason serio, ma con gli occhi di giada che ridevano.

«Non tollererò alcun indugio neanche da parte tua, mia cara» ammonì l'anziana donna. Accarezzando la mano a Victoria, spiegò: «Ho deciso di ritirarmi in campagna. Claremont è a soltanto un'ora a cavallo da Wakefield, perciò forse qualche volta verrete a trovarmi». Dopodiché fece un cenno al suo avvocato, in piedi davanti al portone della chiesa, e ordinò maestosa: «Porgetemi il braccio, Weatherford. Ho visto ciò che desideravo vedere e detto ciò che desideravo dire». Con un'ultima occhiata trionfante a Charles, confuso, si voltò e se ne andò, le spalle dritte e il bastone che sfiorava appena il terreno.

Molti degli invitati erano ancora nei dintorni ad aspettare la propria carrozza, quando Jason condusse Victoria al suo lussuoso veicolo. Lei sorrideva meccanicamente alla gente che la salutava, ma la sua mente era così provata dalle emozioni che non si accorse più di quello che la circondava finché non raggiunsero il villaggio vicino a Wakefield. Si rese conto di non aver quasi più parlato a Jason nelle ultime due ore.

Lanciò un'occhiata furtiva all'uomo attraente che ora era suo marito. Non la stava guardando e il suo profilo severo e l'espressione seria non comunicavano alcuna emozione Era arrabbiato con lei per aver tentato di abbandonarlo sull'altare, lo sapeva... Victoria si domandò se avesse causato una rottura insanabile fra loro. «Jason» lo chiamò timidamente. «Mi dispiace per quello che è successo in chiesa.»

Lui scrollò le spalle.

Il suo silenzio non fece che alimentare l'ansia di Victoria. In quel momento la carrozza svoltò e s'immerse nel pittoresco villaggio vicino a Wakefield. Lei stava per scusarsi di nuovo quando le campane della chiesa iniziarono a suonare e vide gli abitanti del villaggio per la strada con indosso gli abiti migliori.

Sorridevano e salutavano al passaggio della carrozza, e i bambini correvano a offrirle mazzolini di fiori di campo, attraverso il finestrino aperto della carrozza.

Un bimbo di circa quattro anni infilò il piede in una radice lungo la strada e cadde addosso ai fiori. «Jason» implorò Victoria, dimenticandosi dell'imbarazzo fra loro. «Chiedi al cocchiere di fermarsi, ti prego!»

Jason l'accontentò e lei aprì la portiera. «Che bei fiori!» esclamò rivolta al piccolo, che si stava rialzando da terra, mentre alcuni ragazzi più grandi lo prendevano in giro. «Sono per me?» gli chiese con entusiasmo, facendo un cenno in direzione del mazzetto infangato.

Il bambino tirò su col naso, sfregandosi via le lacrime dagli occhi con i pugnetti sporchi. «Sì, signora... erano per voi prima che ci cadessi sopra.»

«Posso tenerli?» chiese Victoria, sorridendo. «Starebbero benissimo col mio bouquet.»

Il bimbo le allungò timidamente i gambi decapitati. «Li ho raccolti io» sussurrò orgoglioso, mentre Victoria infilava con attenzione due steli nel suo bouquet rigoglioso. «Mi chiamo Billy» aggiunse lui, guardandola con l'occhio sinistro. Il destro era rivolto verso il naso. «Vivo nell'orfanotrofio lassù.»

Lei sorrise e rispose con gentilezza: «Il mio nome è Victoria. Ma i miei amici più cari mi chiamano Tory. Ti piacerebbe chiamarmi Tory?».

Il piccolo petto si gonfiò per l'orgoglio, ma Billy lanciò un'occhiata prudente a Jason e aspettò che annuisse prima di risponderle con un sì esuberante.

«Vorresti venire un giorno a Wakefield ad aiutarmi a far volare un aquilone?» continuò lei, mentre Jason la osservava sorpreso.

Il sorriso del piccolo si spense. «Non sono molto bravo a correre. Cado spesso» ammise addolorato.

Victoria annuì comprensiva. «Probabilmente a causa dell'occhio. Ma forse io so come raddrizzarlo. Conoscevo un bambino con un occhio come il tuo. Un giorno che stavamo giocando a guardie e ladri, cadde e si ferì l'occhio buono, e mio padre dovette metterci sopra una benda per farlo guarire. Ebbene, mentre l'occhio buono era coperto, quello storto iniziò a raddrizzarsi. Mio padre concluse che fosse successo perché l'occhio doveva per forza lavorare mentre l'altro era chiuso. Vorresti provare a bendarlo?»

«Avrò un'aria stramba, signora» disse lui esitante.

«Secondo noi Jimmy, quel bambino, con la benda sembrava un pirata» disse Victoria. «E poco dopo tutti quanti abbiamo voluto bendarci un occhio. Ti piacerebbe giocare ai pirati con me?»

Lui annuì e si voltò sorridendo verso i ragazzi più grandi. «Cos'ha detto la signora?» gli chiesero quando Jason fece segno al cocchiere di proseguire.

Billy si infilò le mani in tasca, gonfiò il petto e dichiarò trionfante: «Ha detto che posso chiamarla Tory».

I bambini si unirono agli adulti formando una processione che seguì la carrozza fino in cima alla collina. Quando i cavalli trottarono attraverso i cancelli di Wakefield Park, si era raccolto un piccolo esercito di paesani e altri li stavano aspettando lungo il viale alberato che attraversava il parco. Victoria guardò Jason incerta e avrebbe potuto giurare che stava trattenendo un sorriso.

La ragione di quel sorriso divenne ovvia quando la carrozza si avvicinò alla grande casa. Aveva detto a Jason che aveva sempre sognato di sposarsi in un piccolo villaggio con tutti gli abitanti che festeggiavano con lei quell'occasione, e con un gesto stranamente cavalleresco, l'uomo enigmatico che aveva appena sposato stava cercando di realizzare almeno in parte quel sogno. Aveva trasformato i prati di Wakefield Park in un regno fiorito fiabesco. Orchidee, gigli e rose erano disseminati sulle lunghe tavolate, apparecchiate con posate d'argento e fini porcellane. Il padiglione in fondo al giardino era cosparso di fiori e lanterne colorate. Ovunque erano accese delle torce che illuminavano il crepuscolo e davano un tocco di mistero alla scena.

Invece di essere infastidito per aver dovuto lasciare Londra, Jason aveva speso una fortuna per trasformare la sua residenza di campagna in un paradiso e poi aveva invitato tutti gli abitanti del villaggio a festeggiare con loro il matrimonio. Persino la natura aveva collaborato con il progetto di Jason, perché le nuvole erano sparite, sostituite dal sole al tramonto, che decorava il cielo con pennellate di rosa acceso e viola.

La carrozza si fermò di fronte alla casa e Victoria si accorse che lui tratteneva un sorriso compiaciuto. «Jason» sussurrò con la voce scossa dall'emozione. «Gr... grazie.» Ricordando la sua richiesta di ringraziarlo con un bacio, gli appoggiò una mano sul petto e lo baciò con timida tenerezza.

Un'allegra voce dall'accento irlandese riportò Victoria alla realtà. «Jason, ragazzo mio, intendi scendere da quella carrozza e presentarmi tua moglie, o devo farlo da solo?»

Jason si voltò e un'espressione di allegra sorpresa si dipinse sul suo volto abbronzato mentre balzava giù dalla carrozza. Allungò il braccio per dare la mano all'irlandese, ma l'uomo lo strinse in un forte abbraccio. «Allora» disse infine lo sconosciuto, prendendolo per le spalle e guardandolo senza nascondere il proprio affetto per lui. «Finalmente hai trovato una moglie per riscaldare questo enorme palazzo. Avresti potuto aspettare che la mia nave arrivasse in porto, così avrei assistito alla cerimonia» scherzò.

«Non mi aspettavo di vederti prima del mese prossimo» disse Jason. «Quando sei tornato?»

«Ho seguito lo scarico del cargo e poi sono venuto qui a cavallo. Sono arrivato circa un'ora fa, ma invece di trovarti al lavoro, ho scoperto che eri occupato a sposarti. Bene, vuoi presentarmi tua moglie?» chiese di buon umore.

Jason si voltò per aiutare Victoria a scendere e poi le presentò l'uomo come capitano Michael Farrell. Il capitano era sulla cinquantina, giudicò Victoria, con folti capelli ramati e gli occhi castani più allegri che avesse mai visto. Aveva il viso abbronzato e segnato dalle intemperie, con rughe sottili agli angoli degli occhi, a testimonianza delle innumerevoli giornate passate sul ponte di una nave. Le piacque subito, ma sentirsi definire per la prima volta come la moglie di Jason la scosse al punto che lo salutò con tutta la formalità che le avevano insegnato a usare da quando era arrivata in Inghilterra.

A quel punto l'espressione del capitano Farrell si alterò. La calorosa approvazione sparì e i suoi modi divennero ancora più rigidi di quelli di Victoria. «È un piacere conoscervi, lady Fielding» dichiarò con un breve inchino. «Spero che vogliate perdonare il mio abbigliamento inadatto all'occasione. Non avevo idea che stesse per cominciare una festa. Ora, se volete scusarmi, sono stato per mare per sei mesi e sono ansioso di tornare a casa mia.»

«Oh, ma non potete andarvene!» esclamò Victoria, reagendo in modo molto più naturale, senza toni affettati e formali. Aveva capito che il capitano Farrell era un caro amico di Jason e voleva disperatamente farlo sentire benvenuto. «Io e mio marito siamo fin troppo eleganti per quest'ora del giorno» scherzò. «Inoltre, dopo essere stata per mare per solo sei settimane, desideravo più di ogni altra cosa cenare a una tavola che non dondolasse, e sono certa che i nostri tavoli staranno al loro posto.»

Il capitano Farrell la guardò, incerto su come giudicarla.

«Deduco che il viaggio non vi sia piaciuto, lady Fielding?» chiese senza sbilanciarsi.

Victoria scosse il capo sorridendo. «Non quanto rompermi un braccio o avere il morbillo... almeno allora non ho avuto la nausea, che invece in mare mi è durata per un'intera settimana. Temo di non essere una grande navigatrice, perché quando è scoppiata una tempesta ho avuto molta paura.»

«Santo cielo!» esclamò il capitano Farrell, tornando a mostrare il suo sorriso caloroso. «Non consideratevi codarda per questo. Navigatori esperti hanno temuto di morire durante le tempeste sull'Atlantico.»

«Ma io» lo contraddisse Victoria «temevo di *non* morire.»

Mike Farrell buttò indietro la testa e scoppiò a ridere; poi strinse le mani di Victoria nelle sue, grandi e callose, e le sorrise. «Sarò lieto di fermarmi con voi. Perdonatemi per essermi fatto pregare.»

Victoria annuì felice. Poi prese un bicchiere di vino dal vassoio portato da un valletto e andò a cercare i due contadini che l'avevano accompagnata a Wakefield il giorno del suo arrivo.

Appena lei si allontanò, Mike Farrell si rivolse piano a Jason: «Quando l'ho vista baciarti sulla carrozza, mi è piaciuta subito. Ma poi mi ha salutato con quei modi affettati, con lo sguardo spento come se non mi stesse nemmeno vedendo e ho temuto per un istante che avessi sposato un'altra sgualdrina antipatica come Melissa».

Jason osservò Victoria conversare con i due contadini «Non è affatto antipatica. Ha un cane che è metà lupo. La servitù stravede per lei, Charles la adora e ogni singolo damerino londinese si dice innamorato di lei.»

«Compreso te?» chiese subito Mike Farrell.

Jason guardò Victoria finire il vino e prendere un altro bicchiere. Per riuscire a sposarlo quella mattina aveva dovuto fingere che lui fosse Andrew, e anche così, era stata maledettamente vicina a lasciarlo sull'altare di fronte a ottocento persone. Dal momento che non l'aveva mai vista bere più di un sorso di vino prima di allora, e adesso si stava già servendo del secondo bicchiere, Jason dedusse che stesse cercando di placare la repulsione al pensiero di giacere con lui quella notte.

«Non sembri uno sposo felice» disse Mike Farrell, osservando la sua espressione accigliata.

«Non sono mai stato più felice» replicò Jason amareggiato, e andò a salutare gli ospiti di cui non conosceva il nome, per presentarli alla donna che stava iniziando a pentirsi di aver sposato. Si comportò da perfetto padrone di casa, ma per tutto il tempo continuò a pensare che Victoria era quasi fuggita davanti all'altare. Quel ricordo era doloroso, e non riusciva a toglierselo dalla mente.

Le stelle brillavano in cielo e Jason rimase a lungo a guardarla ballare con un signorotto locale, poi con Mike Farrell e altri abitanti del villaggio. Lo stava evitando deliberatamente, lo sapeva, e nelle rare occasioni in cui i loro occhi si incrociavano, Victoria distoglieva subito lo sguardo.

Si era tolta da tempo il velo e aveva pregato l'orchestra di suonare pezzi allegri, chiedendo ai paesani di insegnarle le danze locali. La luna era ormai alta nel cielo, e tutti stavano ballando, battendo le mani e divertendosi, compresa Victoria, che aveva già bevuto cinque bicchieri di vino. Era evidente che stava cercando di stordirsi con l'alcol, pensò Jason con sarcasmo, notando le sue guance arrossate. Un moto di disgusto gli contrasse lo stomaco mentre pensava alle proprie speranze per quella notte e per il loro futuro. Come un illuso, aveva creduto che la felicità fosse finalmente a portata di mano.

Si appoggiò a un albero e la osservò, chiedendosi perché le donne fossero così attratte da lui fino a quando non le sposava, dopodiché lo disprezzavano. Aveva fatto lo stesso stupido errore per ben due volte: sposare una donna che aveva accettato di farlo perché voleva qualcosa *da lui*, e non perché voleva *lui*.

Melissa desiderava ogni uomo che vedeva, a parte lui. Victoria voleva solo Andrew: il buono, gentile, cortese, *smidollato* Andrew.

L'unica differenza tra le due era che Victoria recitava molto meglio, stabilì Jason. Lui sapeva fin dall'inizio che Melissa era una poco di buono, egoista e calcolatrice, mentre finora aveva pensato che Victoria fosse un angelo... un angelo caduto, ovviamente, grazie a Andrew, ma non aveva dato la colpa a lei per questo. Adesso invece sì. La disprezzava per essersi concessa a Andrew, mentre non sopportava di darsi al marito, come dimostrava il fatto che stesse consumando più vino possibile per annebbiarsi i sensi. Victoria aveva tremato tra le sue braccia ed evitato il suo sguardo quando avevano ballato insieme qualche minuto prima, e appena lui le aveva suggerito di rientrare l'aveva sentita rabbrividire.

Freddamente, Jason si chiese come mai riuscisse a portare all'estasi le sue amanti, mentre le donne che sposava non volevano avere niente a che fare con lui, subito dopo aver pronunciato i voti. Si chiese come mai fare soldi fosse così facile per lui, mentre non riusciva a trovare la felicità. La vecchia sgualdrina viziosa che lo aveva allevato evidentemente aveva ragione: lui era il frutto del demonio, non meritava la vita, figuriamoci la felicità.

Le uniche tre donne che avevano mai fatto parte della sua vita, Victoria, Melissa e la sua matrigna, dovevano aver visto in lui qualcosa di repellente, anche se entrambe le mogli avevano celato il proprio disprezzo fino a dopo le nozze, quando avevano già messo le mani sulla sua ricchezza.

Con determinazione implacabile, Jason avvicinò Victoria e le toccò il braccio. Lei sussultò e indietreggiò, come se la sua mano l'avesse scottata. «È tardi ed è ora di rientrare.» Persino al chiaro di luna, notò che era impallidita e aveva uno sguardo tormentato che faceva apparire i suoi occhi ancora più grandi.

«Ma... non è poi così tardi.»

«È abbastanza tardi per andare a letto, Victoria» tagliò corto lui.

«Ma non ho affatto sonno!»

«Meglio» commentò Jason con deliberata crudezza. «Abbiamo fatto un accordo» aggiunse secco. «E mi aspetto che tu faccia la tua parte, per quanto l'idea di venire a letto con me ti sembri disgustosa.»

La sua voce gelida e autoritaria la fece rabbrividire. Victoria entrò in casa con passo rigido e si diresse verso le sue stanze, adiacenti a quelle di Jason.

Ruth l'aiutò in silenzio a togliere il vestito da sposa e le fece indossare una camicia da notte di seta e pizzo color crema che Madame Dumosse aveva creato apposta per lei per quella notte.

Victoria sentì la bile risalirle in gola per il terrore quando Ruth cominciò a preparare il letto. Il vino che aveva bevuto sperando di placare le sue paure ora le dava il capogiro e la nausea. Si sentiva incapace di controllare le proprie emozioni. Desiderò non averlo toccato. L'unica altra occasione in cui si era concessa più di un sorso di alcol era stata dopo il funerale dei suoi genitori, quando il dottor Morrison aveva insistito per farle bere due bicchieri. Quella volta aveva vomitato e il dottore le aveva detto che forse era una di quelle persone che non tolleravano l'alcol.

Con le parole della signorina Flossie che le rimbombavano nella mente, Victoria si avviò verso il letto. Tra poco il suo sangue avrebbe intriso quelle lenzuola, pensò agitata. Quanto sangue? Quanto dolore? Iniziò a sudare freddo e si sentì sempre più debole, mentre Ruth sprimacciava i cuscini. Si infilò sotto le coperte come un'automa, cercando di controllare il panico e la nausea crescente. Non doveva gridare o mostrare ribrezzo, le aveva detto la signorina Flossie, ma quando Jason aprì la porta comunicante ed entrò nella stanza con indosso una vestaglia di broccato marrone che mostrava buona parte del petto nudo e delle gambe, Victoria non poté trattenere un urletto impaurito. «Jason!» esclamò, indietreggiando contro i cuscini.

«Chi ti aspettavi, Andrew?» chiese lui in tono pacato.

Le sue mani si abbassarono sulla cintura di seta che teneva chiusa la vestaglia e la paura di Victoria si trasformò in puro panico. «Non farlo» lo implorò, incapace di parlare con coerenza. «Di sicuro un gentiluomo non si spoglia di fronte a una signora, anche se sono sposati.»

«Credo che abbiamo già discusso di questo argomento, ma nel caso in cui tu l'abbia dimenticato, ti ricordo che non sono un gentiluomo.» Le sue mani tirarono i due capi della cintura. «Tuttavia, se la vista del mio corpo offende la tua sensibilità, puoi sempre chiudere gli occhi. L'unica soluzione alternativa sarebbe che mi togliessi la vestaglia solo dopo essere entrato nel letto, ma questa opzione offende la *mia* sensibilità.» Aprì l'indumento sfilandoselo, e Victoria sgranò gli occhi di fronte al suo imponente corpo muscoloso.

Qualsiasi segreta speranza di Jason che lei cedesse volentieri alle sue avances svanì quando la vide strizzare le palpebre e voltare la testa.

La fissò e poi, con calcolata freddezza, le strappò di mano le lenzuola e le tirò indietro. Entrò nel letto di fianco a lei e senza dire una parola, sciolse il fiocco del corpetto di seta e pizzo della camicia da notte. Poi trattenne il fiato di fronte alle perfezione del suo corpo nudo.

I seni erano pieni e prosperosi, la vita stretta e i fianchi delicatamente arrotondati. Le gambe erano lunghe e incredibilmente tornite, con cosce sottili e polpacci scolpiti. Mentre il suo sguardo indugiava su di lei, la pelle d'avorio di Victoria arrossì, e quando lui le appoggiò una mano sul seno voluttuoso, tutto il suo corpo s'irrigidì, rifiutando il suo tocco.

Per essere una donna con esperienza, era fredda come una pietra, sdraiata immobile, con il viso girato in segno di rifiuto. Jason considerò la possibilità di sedurla per spingerla a collaborare, ma poi accantonò l'idea. Victoria era stata sul punto di abbandonarlo all'altare quella mattina, e ovviamente non aveva alcun desiderio di sopportare le sue carezze.

«Non farlo» lo supplicò lei mentre le accarezzava il seno. «Mi sentirò male!» gemette, cercando di scendere dal letto. «Mi farai stare male!»

Le sue parole gli penetrarono nel cervello come aghi appuntiti, e una rabbia folle gli esplose dentro. Infilando le mani nella folta chioma di lei, Jason rotolò sopra il suo corpo. «In questo caso» ruggì «meglio fare in fretta.»

Immagini di sangue e di una sofferenza terribile si accalcarono nella mente di Victoria, aggiungendo il terrore alla nausea provocata dal vino. «Non voglio!» piagnucolò.

«Abbiamo fatto un accordo, e finché saremo sposati, lo rispetterai» sussurrò lui, mentre le divaricava le cosce rigide. Victoria s'irrigidì quando sentì l'erezione premerle contro, ma sapeva che lui aveva ragione, e così smise di opporsi. «Rilassati» le suggerì Jason. «Potrò non essere premuroso come il tuo caro Andrew, ma non voglio farti male.»

Il fatto che in quel momento così delicato lui avesse citato Andrew la colpì al cuore, e la sua angoscia si sfogò in un grido di dolore quando la penetrò. Si contorse sotto di lui e dai suoi occhi sgorgarono calde lacrime che le rigarono le guance, mentre subiva il marito che la usava senza alcuna gentilezza o attenzione.

Nell'istante in cui il suo peso si sollevò da lei, Victoria si girò su un fianco, affondando il volto nel cuscino, scossa dai singhiozzi. «Vattene» disse con voce rotta, avvicinando le ginocchia al petto. «Vattene, vattene!»

Jason esitò, poi si alzò, raccolse la vestaglia e tornò nella sua camera. Chiuse la porta, ma il suono dei singhiozzi di lei lo seguì. Nudo, raggiunse il cassettone, afferrò il decanter del brandy e se ne servì mezzo bicchiere. Scolò tutto il liquore, cercando di allontanare il ricordo della resistenza di lei e l'immagine del suo volto terrorizzato di fronte all'altare.

Che stupido era stato a illudersi di aver sentito del calore da parte di Victoria quando l'aveva baciato. Sapeva già che lei non lo voleva come marito. Molto tempo prima, quando aveva scoperto che erano fidanzati, lei gli aveva detto ciò che pensava veramente di lui: "Siete un mostro freddo, insensibile, arrogante... Nessuna donna sana di mente vi vorrebbe mai...".

Che stupido era stato a credere che le importasse veramente qualcosa di lui... Jason si voltò per appoggiare il bicchiere sul cassettone e vide il proprio riflesso nello specchio. Aveva tracce di sangue sulle cosce.

Il sangue di Victoria.

Il suo cuore forse apparteneva a Andrew, ma non il suo bel corpo, che aveva dato solo a lui. Rimase a guardarsi mentre il disprezzo per se stesso gli scorreva nelle vene come acido. Era così maledettamente geloso, così ferito dal suo tentativo di lasciarlo sull'altare, da non aver nemmeno notato che lei era vergine.

Chiuse gli occhi per il rimorso pungente, incapace di sopportare la vista di se stesso. Non aveva mostrato più tenerezza a Victoria di quanto avrebbe fatto un marinaio ubriaco con una sgualdrina.

Ripensò a quanto gli fosse sembrata piccola e fragile tra le sue braccia e a come lui l'avesse usata barbaramente, e un profondo senso di colpa lo travolse.

Aveva trasformato la sua prima notte di nozze in un incubo. Victoria era davvero l'angelo gentile, coraggioso e buono che aveva visto in lei fin dall'inizio. E lui... lui era esattamente come gli diceva la sua matrigna da piccolo: il frutto del demonio.

Infilandosi la vestaglia, Jason prese una scatola di velluto da un cassetto e tornò nella camera accanto. Si fermò di fianco al letto e la guardò dormire. «Victoria» sussurrò. Lei trasalì nel sonno al suono della sua voce, suscitandogli una nuova fitta di rimorso. Che aria ferita e vulnerabile. Era incredibilmente bella coi capelli sparsi sul cuscino che brillavano alla luce della candela.

La osservò in un silenzio tormentato per non disturbarla.

Alla fine le sistemò la coperta sulle spalle nude e le tolse i capelli dalla fronte. «Mi dispiace» mormorò alla moglie addormentata.

Spense la candela e mise la scatola di velluto sul comodino, dove lei l'avrebbe certamente vista al suo risveglio. I diamanti l'avrebbero consolata. Le donne perdonavano qualsiasi cosa per i diamanti.

22

Victoria aprì gli occhi e guardò con aria assente il cielo cupo e coperto fuori dalla finestra. Il sonno l'avvolgeva come una coltre pesante, confondendole i pensieri, mentre osservava i drappeggi rosa e oro del baldacchino, così poco familiari.

Si sentiva fiacca e intorpidita, come se non avesse dormito affatto. La sua mente fluttuava senza un obiettivo preciso, e poi di colpo iniziò a schiarirsi.

Santo cielo, era sposata! Si era sposata davvero. Era la moglie di Jason.

Trattenne un gemito di protesta a quel pensiero e il ricordo della notte precedente la investì. Ecco da cosa aveva cercato di metterla in guardia la signorina Flossie. Non si meravigliava che le donne non ne parlassero! Fece per balzare giù dal letto, rispondendo a un istinto di fuga tardivo. Poi si controllò, raddrizzò i cuscini e ci si ributtò sopra, mordendosi il labbro inferiore. I dettagli umilianti della sua prima notte di nozze le tornarono alla mente e si raggomitolò su se stessa, rabbrividendo al ricordo: il modo crudo in cui Jason si era spogliato di fronte a lei, come l'avesse provocata parlando di Andrew, prima di usarla. L'aveva trattata come se fosse un animale, un animale privo di sentimenti ed emozioni, che non meritava né tenerezza né la minima gentilezza.

Una lacrima le rigò la guancia al pensiero della notte che l'aspettava, e di quella seguente, di tutte le notti che aveva davanti fino a quando Jason non fosse finalmente riuscito a metterla incinta. Quante volte sarebbero servite? Una decina? Venti? Di più? No, per favore, non di più. Non poteva sopportarne di più.

Si asciugò la lacrima con rabbia, furiosa con se stessa per aver ceduto alla paura e alla debolezza. La notte precedente lui le aveva detto che intendeva continuare a farle quella cosa orribile e umiliante... era parte del loro accordo. Ma ora che sapeva cosa significasse davvero quell'accordo, lei voleva annullarlo immediatamente!

Buttò le coperte da una parte: quel bozzolo di seta avrebbe dovuto compensare una vita infelice accanto a un uomo cinico e senza cuore. Ebbene, lei non era una leziosa ragazza inglese, che aveva paura di difendersi o affrontare il mondo. Avrebbe preferito trovarsi davanti a un plotone di esecuzione piuttosto di passare un'altra notte come quella appena trascorsa! Avrebbe vissuto senza lusso, se questo era il prezzo da pagare.

Si guardò intorno, cercando di decidere la prossima mossa, e i suoi occhi si fermarono su una scatoletta di velluto nero appoggiata sul suo comodino. La prese e la aprì, poi serrò i denti per la rabbia alla vista della spettacolare collana di diamanti che conteneva. Aveva il disegno di un delicato mazzo di fiori, con diamanti tagliati in forme diverse per simulare i petali e le foglie di tulipani, rose e orchidee.

Raccolse la collana reggendola con due dita come se fosse un serpente velenoso, per poi ributtarla nella scatola senza alcuna cura.

Adesso capiva cosa l'aveva infastidita sempre nei regali di Jason e nella sua richiesta di essere ringraziato con un bacio.

La stava comprando. Credeva veramente che lei potesse essere comprata, come una prostituta da quattro soldi. No, non da quattro soldi, ma pur sempre una prostituta.

Victoria si sentiva già usata e ferita; la collana non fece che aggiungere un altro insulto alla lista sempre crescente delle offese di Jason. Non riusciva a credere di essersi illusa che gli importasse di lei, che avesse bisogno di lei. Non gli interessava nessuno e non aveva amore da dare a nessuno. Lei avrebbe dovuto saperlo, lo aveva detto lui stesso.

Gli uomini! pensò furiosa, con la collera che le colorava le guance pallide. Che mostri: Andrew con le sue false dichiarazioni d'amore e Jason che pensava di poterla usare e poi ripagare con una stupida collana.

Trasalendo per il dolore tra le cosce, si diresse verso il bagno di marmo. Avrebbe chiesto il divorzio, stabilì. Ne aveva sentito parlare. Avrebbe detto a Jason che lo voleva, subito.

Ruth arrivò nel momento in cui Victoria usciva dal bagno.

La cameriera nascondeva un sorriso, mentre entrava in punta di piedi e si guardava intorno. Qualsiasi cosa si aspettasse di vedere, ovviamente non era la sua padrona già sveglia e lavata, avvolta in un telo, intenta a sfregarsi i capelli con vigore. Né si aspettava di sentire la novella sposa di Jason Fielding, che aveva fama di essere un amante irresistibile, dire in tono glaciale: «Non c'è ragione di startene lì in un angolo, Ruth. Il predone non è qui».

«Pr-predone, signora?» balbettò la povera cameriera. «Oh» aggiunse con una risatina nervosa, credendo di aver capito male. «Avete detto "padrone", pensavo...»

«Ho detto *predone*» scattò Victoria. Al suono della propria voce piccata si pentì subito. «Mi dispiace, Ruth. Sono solo un po' stanca, credo.»

Per qualche ragione, quelle parole fecero arrossire e sorridere la cameriera, cosa che irritò ulteriormente Victoria, nonostante gli sforzi per imporsi di essere fredda e determinata. Aspettò, tamburellando le dita, che Ruth finisse di riordinare la stanza. L'orologio sul camino segnava le undici quando si avviò alla porta che aveva usato Jason la sera prima per andare da lei. Si fermò con la mano sul pomello, cercando di darsi un contegno. Tremava come una foglia al pensiero di affrontarlo e chiedergli il divorzio, ma non c'era nulla che l'avrebbe distolta da quell'obiettivo. Una volta informato che il loro matrimonio era finito, Jason non avrebbe più avuto alcun diritto su di lei. Più tardi lei avrebbe deciso dove sarebbe andata e cosa avrebbe fatto. Per ora doveva convincerlo ad accettare il divorzio. Ci voleva il suo permesso? Non ne era sicura, così decise che sarebbe stato meglio non disturbarlo inutilmente o farlo arrabbiare. Ma non voleva nemmeno perdere tempo.

Victoria raddrizzò le spalle, strinse la cintura della vestaglia di velluto ed entrò nella camera di Jason.

Reprimendo il desiderio di lanciargli in testa la brocca di porcellana di fianco al letto, disse in tono molto civile: «Buongiorno».

Jason aprì gli occhi di scatto con un'espressione allarmata, quasi preoccupata, poi sorrise. Quel sorriso assonnato e sensuale, che prima le avrebbe sciolto il cuore, ora le fece digrignare i denti per la rabbia. Ma in qualche modo riuscì a mantenere un'espressione pacata, quasi cordiale.

«Buongiorno» disse Jason con voce roca, facendo scorrere gli occhi sulla sua figura voluttuosa, avvolta nel morbido velluto dorato. Ricordando il modo brutale in cui l'aveva trattata la notte precedente, staccò lo sguardo dalla scollatura della vestaglia e si spostò per lasciarle spazio sul letto. Profondamente colpito dal fatto che lei fosse venuta ad augurargli il buongiorno, mentre avrebbe avuto tutte le ragioni per disprezzarlo, batté la mano sul lenzuolo di fianco a sé e le disse con gentilezza: «Vuoi sederti?».

Victoria era così occupata a cercare un modo per introdurre l'argomento che le stava a cuore, da accettare meccanicamente l'invito di Jason. «Grazie» rispose educata.

«Di cosa?» scherzò lui.

Era esattamente l'appiglio che serviva a Victoria. «Grazie di tutto. In molti sensi, sei stato straordinario con me. So quanto ti abbia contrariato trovarmi alla tua porta mesi fa, ma pur non volendomi qui, mi hai permesso di restare. Mi hai comprato dei bei vestiti, mi hai portato alle feste... Hai fatto un duello per me, del tutto innecessario, ma sei stato molto galante. Mi hai sposato in chiesa, cosa che non desideravi affatto, e hai organizzato una festa meravigliosa ieri sera, invitando persone che non conoscevi solo per farmi felice. Grazie per tutto questo.»

Jason sollevò la mano al viso candido di Victoria. «Prego» disse piano.

«Ora vorrei il divorzio.»

La sua mano si paralizzò. «Vuoi *cosa*?» sussurrò minaccioso.

Pur continuando ad aprire e chiudere le mani in grembo, Victoria non perse la determinazione. «Voglio il divorzio» ripeté con finta calma.

«E me lo dici così?» sibilò lui. Anche se era disposto ad ammettere di averla trattata male la notte prima, non si aspettava nulla di simile. «Dopo un giorno di matrimonio, vuoi il divorzio?»

Victoria vide la rabbia che gli aveva acceso gli occhi e si alzò subito in piedi, ma la mano di lui la afferrò per il braccio e la costrinse a risedersi. «Non toccarmi, Jason» lo ammonì.

La notte scorsa lui l'aveva lasciata come una bambina ferita, e ora si trovava di fronte una donna che non riconosceva: una virago bella e fredda. Invece di scusarsi, come intendeva fare un minuto prima, le disse: «Sei assurda. Negli ultimi cinquant'anni in Inghilterra ci sono stati una manciata di divorzi, e noi non lo faremo».

Victoria divincolò il braccio, a costo di slogarsi la spalla, e poi indietreggiò, con il petto ansimante per la collera e la paura. «Sei una bestia!» sibilò. «Non sono assurda, e non ti permetterò mai più di usarmi come un animale!»

Se ne andò nella sua stanza sbattendo la porta, poi la chiuse a chiave facendola scattare rumorosamente.

Aveva mosso solo pochi passi, quando la porta si spalancò alle sue spalle con uno schianto esplosivo, rimanendo appesa a un solo cardine. Jason era in piedi sulla soglia, con il volto bianco per la rabbia. «Non osare mai più chiudermi una porta in faccia» dichiarò. «E non minacciarmi con il divorzio! Questa casa mi appartiene per legge, e anche tu sei di mia proprietà. Hai capito?»

Victoria annuì, ritraendosi mentalmente dalla violenza che vedeva lampeggiare negli occhi di lui. Jason si voltò e uscì dalla stanza, lasciandola tremante per la paura. Non aveva mai visto tanta rabbia in un essere umano: Jason non era una bestia, era un mostro impazzito. Aspettò, ascoltando il rumore dei cassetti che si aprivano e chiudevano mentre lui si vestiva, riflettendo alacremente alla ricerca di un modo per liberarsi dall'incubo in cui si era trasformata la sua vita. Quando sentì sbattere la porta dell'altra stanza e capì che lui era sceso al piano inferiore, si buttò sul letto. Rimase lì a pensare per quasi un'ora, ma non c'era via d'uscita. Era intrappolata per il resto dei suoi giorni. Jason aveva detto la verità: lei gli apparteneva, proprio come la casa e i cavalli.

Se lui non avesse accettato il divorzio, Victoria non aveva idea di come avrebbe potuto ottenerlo da sola. Non era nemmeno certa di avere una motivazione adeguata, ed era del tutto sicura di non poter spiegare a un gruppo di giudici di sesso maschile quello che le aveva fatto Jason la notte precedente, per spingerla a chiedere il divorzio.

Quando aveva concepito quell'idea era disperata. Ma era irrealizzabile, concluse con un sospiro scoraggiato. Lei sarebbe rimasta intrappolata lì fino a quando non avesse dato a Jason il figlio che voleva. Poi sarebbe stata comunque legata a Wakefield, perché sapeva che non avrebbe mai potuto partire abbandonando il bambino.

Victoria si guardò intorno nella stanza lussuosa. Avrebbe dovuto imparare ad adattarsi alla sua nuova vita, per cercare di sopravvivere al meglio, fino a quando il destino non fosse intervenuto in qualche modo in suo aiuto. Nel frattempo, doveva mantenere la propria salute mentale, stabilì mentre una calma solenne s'impadroniva di lei. Poteva trascorrere più tempo in compagnia di altre persone, uscire spesso e pensare a divertirsi. Doveva trovare il modo per distrarsi dai suoi problemi. Odiava l'autocommiserazione e si rifiutava di lasciarsi andare a quello stato d'animo.

Aveva già degli amici in Inghilterra. Presto avrebbe avuto un bambino da amare. Avrebbe tratto il meglio da una vita vuota, riempiendola di tutto ciò che poteva trovare per evitare di impazzire.

Si scostò i capelli dal volto pallido e si alzò con fare deciso. Ciononostante, mentre chiamava Ruth, fu presa di nuovo dallo sconforto. Perché Jason le dimostrava tanto disprezzo? si chiese triste. Le serviva qualcuno con cui confidarsi. Un tempo c'erano sua madre o suo padre, o Andrew, sempre disposti ad ascoltarla. Parlare con gli altri le era di grande aiuto. Ma da quando era venuta in Inghilterra, non aveva più nessuno con cui sfogarsi. Charles era cagionevole di salute, inoltre era lo zio di Jason e quindi lei non poteva parlargli delle proprie paure. Caroline Collingwood era un'amica leale, ma si trovava a miglia di distanza; e poi Victoria dubitava che fosse in grado di capire.

Non le restava altro da fare che tenersi tutto dentro, decise, fingendosi felice e sicura di sé, fino a quando, un giorno, non si sarebbe sentita di nuovo così. Promise a se stessa che sarebbe giunto il momento in cui avrebbe affrontato la notte senza il timore che Jason entrasse nella sua stanza. Un giorno l'avrebbe guardato senza provare nulla, né paura né umiliazione. Quel giorno sarebbe arrivato, prima o poi sarebbe arrivato! Non appena avesse concepito un bambino, lui l'avrebbe lasciata in pace. Victoria pregava che avvenisse in fretta.

«Ruth» domandò alla cameriera quando comparve «potresti dire a qualcuno di attaccare un cavallo alla carrozza più piccola che abbiamo? E per favore, chiedigli di scegliere il cavallo più docile, perché non sono molto abituata a guidare. Poi di' alla signora Craddock di preparare dei cestini con il cibo avanzato dalla festa di ieri, in modo che possa portarli con me.»

«Ma, milady» osservò Ruth esitante. «È in arrivo un temporale, vedete?»

Victoria guardò fuori, verso il cielo coperto. «Ci vorranno ore prima che inizi a piovere» stabilì, vagamente disperata. «Sarò pronta tra mezz'ora. Ah... lord Fielding è uscito o è al piano di sotto?»

«Sua Signoria è uscito, milady.»

«Sai per caso se si trova da qualche parte nei paraggi?» chiese Victoria, incapace di nascondere l'ansia nella sua voce. Nonostante si fosse imposta di pensare a Jason come a un perfetto estraneo e di trattarlo come tale, non aveva voglia di affrontarlo di nuovo. Inoltre era quasi certa che le avrebbe proibito di uscire con quel tempaccio in arrivo. Ma la verità era che lei aveva bisogno di allontanarsi da quella casa per un po'. Ne aveva assolutamente bisogno!

«Lord Fielding ha fatto attaccare i cavalli al phaeton e se n'è andato. Ha detto di avere degli appuntamenti. L'ho visto partire coi miei occhi» le assicurò Ruth.

Il cibo fu caricato in carrozza e quando Victoria scese al piano inferiore, il veicolo la stava già aspettando sul vialetto.

«Cosa devo dire a Sua Signoria?» chiese Northrup, con aria terribilmente agitata, quando lei insisté per uscire nonostante la minaccia di pioggia.

Victoria si voltò per permettergli di posarle sulle spalle una mantella leggera color malva. «Ditegli che lo saluto» rispose evasiva.

Andò sul retro della casa e liberò Wolf. Lo stalliere capo la aiutò a montare in carrozza e Wolf salì al suo fianco. L'animale sembrava così felice di non essere legato alla catena, che Victoria gli sorrise e gli accarezzò il muso regale. «Finalmente sei libero» gli disse. «Proprio come me.»

23

Victoria fece schioccare le redini con più sicurezza di quanta ne provasse, e il cavallo partì al galoppo, con il manto setoso che luccicava. «Piano» sussurrò spaventata. Ovviamente Jason non aveva dei cavalli docili nelle sue scuderie e la giumenta attaccata alla carrozza era incredibilmente difficile da controllare. Tirava così tanto da farle venire le vesciche alle mani nel tentativo di tenerla al trotto.

Quando Victoria fu nei pressi del villaggio, si levò il vento e il cielo fu solcato da fulmini. I tuoni rimbombavano spaventosamente e il cielo era nero come la notte. Alcuni minuti più tardi iniziò a cadere una pioggia insistente, che le sferzava il volto, oscurandole la vista.

Allungandosi per vedere la strada, Victoria rabbrividì. Non aveva mai visto l'orfanotrofio, ma il capitano Farrell le aveva descritto minuziosamente il percorso. Strizzò gli occhi e scorse una delle strade che lui le aveva indicato. Svoltava a sinistra e lei guidò il cavallo in quella direzione, senza sapere con certezza se portasse all'orfanotrofio o alla casa del capitano Farrell. In quel momento non le importava, le bastava raggiungere un posto caldo e asciutto dove avrebbe potuto ripararsi dal temporale. La strada descriveva una curva e si inoltrava in un bosco sempre più fitto. Superati due cottage disabitati, si restrinse fino a diventare poco più di un sentiero fangoso, che a causa della pioggia si stava trasformando rapidamente in un pantano.

Le ruote della carrozza affondavano nel fango e la cavalla iniziava a fare fatica persino a sollevare le zampe dal fondo melmoso. Finalmente, Victoria vide una luce fioca attraverso gli alberi. Scossa da un brivido per il sollievo e il freddo, svoltò in un piccolo sentiero riparato da una fila di querce secolari, con i rami che formavano un ombrello naturale. All'improvviso un fulmine attraversò il cielo, illuminando un cottage abbastanza grande per una piccola famiglia, ma di certo non sufficiente per ospitare venti orfani. Un tuono rimbombò in cielo e la cavalla nitrì, impennandosi. Victoria balzò giù dalla carrozza. «Tranquilla» disse all'animale afferrando le briglie. I piedi affondarono nel fango mentre la conduceva al palo davanti al cottage e la legava.

Con Wolf al suo fianco, sollevò le gonne intrise di acqua e salì i gradini davanti all'ingresso. Bussò.

Un istante dopo la porta si spalancò e comparve il volto rude del capitano Farrell, illuminato alle spalle dalla fiamma del caminetto. «Lady Fielding!» esclamò, allungando una mano per trascinarla dentro in fretta. Un basso ringhio minaccioso di Wolf lo bloccò a metà dell'azione: sgranò gli occhi quando vide l'animale che lo fissava con fare intimidatorio, mostrando le zanne.

«Wolf, basta!» ordinò Victoria esausta, e il cane si quietò.

«Cosa fate in giro con questo tempo?» chiese preoccupato il capitano Farrell facendola entrare.

«N-nuotavo» cercò di scherzare lei, ma batteva i denti e tremava per il freddo, quando l'uomo le sfilò la mantella e la buttò sullo schienale di una sedia vicino al camino.

«Dovrete togliervi quei vestiti, o vi ammalerete. Quella bestia enorme vi permetterà di allontanarvi il tempo necessario per indossare degli abiti asciutti?»

Victoria si strinse nelle braccia e annuì, guardando il suo fedele guardiano. «R-resta qui, Wolf.»

Il cane si mise a cuccia di fronte al fuoco e appoggiò il muso sulle zampe, con gli occhi fissi sulla porta della camera da letto attraverso cui erano spariti.

«Attizzerò il fuoco» disse il capitano Farrell, passandole un paio dei suoi pantaloni e una delle sue camicie. «Questo è il meglio che ho da offrirvi.» Victoria aprì la bocca per parlare, ma lui la anticipò. «Non accetterò alcuna obiezione sull'opportunità di indossare abiti da uomo, ragazza» disse in tono autoritario. «Usate l'acqua della brocca per lavarvi e poi mettete questi e avvolgetevi nella coperta. Quando sarete pronta, uscite e venite a scaldarvi davanti al caminetto. Se temete che Jason potrebbe disapprovare il fatto che portiate i miei vestiti, smettete pure di preoccuparvi, lo conosco da quando era un ragazzino.»

Victoria sollevò la testa, sulla difensiva. «Non sono affatto preoccupata di ciò che potrebbe pensare Jason» ribatté. «Non ho intenzione di morire di freddo per compiacere lui. O chiunque altro» aggiunse subito dopo.

L'uomo le lanciò un'occhiata strana, ma si limitò ad annuire. «Bene, concordo con voi.»

Quando Victoria uscì dalla camera da letto, il capitano Farrell aveva già messo il suo cavallo al riparo nella stalla dietro la casa, acceso il fuoco e preparato una tazza di tè. Le passò un grande telo. «Usate questo per asciugarvi i capelli» le suggerì gentilmente, indicandole una sedia su cui accomodarsi, sistemata davanti al caminetto. «Vi dispiace se fumo?» le chiese poi sollevando una pipa, mentre si sedeva di fronte a lei.

«Assolutamente no» rispose Victoria compita.

Lui riempì la pipa con del tabacco e l'accese soffiando, con lo sguardo puntato su Victoria. «Perché non l'avete fatto?» chiese infine.

«Fatto cosa?»

«Restare a casa.»

Victoria alzò le spalle in maniera evasiva. «Volevo portare del cibo all'orfanotrofio. C'erano così tanti avanzi dalla festa di ieri sera.»

«Ma era ovvio che sarebbe piovuto, e avreste potuto mandare uno dei domestici all'orfanotrofio, che tra l'altro è a poco più di un miglio da qui. Invece avete deciso di affrontare il maltempo e trovarlo da sola.»

«Avevo bisogno... volevo... uscire, uscire di casa per un po', tutto qui» disse Victoria, prestando un'attenzione spropositata alla tazza del tè.

«Sono sorpreso che Jason non abbia insistito per farvi restare a casa» sottolineò lui.

«Non ho pensato che fosse necessario chiedere il suo permesso» replicò Victoria, sentendosi a disagio sotto lo sguardo indagatore del capitano Farrell.

«In questo momento sarà terribilmente preoccupato per voi.»

«Dubito che sappia che sono uscita.» "O che gliene importi, se lo sa" pensò tristemente.

«Lady Fielding?»

C'era qualcosa nei suoi modi diretti, celati dietro il tono cortese, che diceva a Victoria di porre fine immediatamente a quella conversazione. Ma non aveva molta scelta. «Sì, capitano?»

«Questa mattina ho visto Jason.»

L'imbarazzo di Victoria aumentò. «Oh, davvero?» Aveva la terribile sensazione che Jason fosse andato lì per confidarsi col suo vecchio amico, e si sentì come se tutto il mondo cospirasse contro di lei.

Apparentemente il capitano Farrell percepì il suo sospetto, perché le spiegò: «Jason possiede una grande flotta di navi e io ho il comando di una di queste. Voleva discutere con me dell'esito dell'ultimo viaggio».

Victoria si appigliò a quella precisazione per cercare di distogliere la conversazione da se stessa. «Non sapevo che lord

Fielding avesse a che fare con le navi» disse con voce squillante e incuriosita.

«Strano.»

«Cosa?»

«Sarò ingenuo e antiquato, ma trovo piuttosto strano che una donna non sappia che suo marito ha passato anni della propria vita a bordo di una nave.»

Victoria lo guardò. Per quanto ne sapeva lei, Jason era un aristocratico arrogante, danaroso, viziato e annoiato. L'unica cosa che lo distingueva dal resto dei nobili di sua conoscenza era che Jason trascorreva ore e ore nel suo studio a lavorare, mentre gli altri ricchi gentiluomini inglesi passavano tutto il tempo alla ricerca di piaceri e svaghi.

«Forse semplicemente non siete interessata ai suoi successi?» suggerì il capitano Farrell, raffreddando il tono. Aspirò dalla pipa per un istante, e poi aggiunse sfacciatamente: «Perché l'avete sposato?».

Victoria sbarrò gli occhi. Si sentiva come un coniglio in trappola. Una sensazione che stava iniziando a provare troppo spesso e che attentava pericolosamente al suo orgoglio. Sollevò la testa e guardò l'inquisitore, mal celando il risentimento. Con tutta la dignità che riuscì a trovare, rispose evasiva: «Ho sposato lord Fielding per le solite ragioni».

«Soldi, influenza e posizione sociale» riassunse il capitano Farrell sprezzante. «Bene, adesso avete tutte e tre le cose. Congratulazioni.»

Quell'attacco ingiustificato risultò intollerabile per Victoria. Lacrime di rabbia le salirono agli occhi mentre balzava in piedi, avvolgendosi nella coperta. «Capitano Farrell, non sono abbastanza fradicia, triste o disperata per starmene seduta qui ad ascoltare mentre mi accusate di essere una mercenaria egoista e una parassita…»

«Perché no?» esclamò lui. «È evidente che siete tutte queste cose.»

«Non m'importa ciò che pensate di me. Io...» Le si spezzò la voce e si diresse verso la camera da letto con l'intenzione di raccogliere i propri vestiti, ma lui scattò in piedi e le sbarrò il passo, scrutandola come se stesse cercando di penetrare nella sua anima.

«Perché volete il divorzio?» le chiese senza mezzi termini, ma la sua espressione divenne leggermente più gentile mentre osservava i lineamenti fragili della ragazza.

Persino avvolta nella coperta di lana, Victoria Seaton era una vista decisamente gradevole, con la luce del fuoco nei capelli rossi e i meravigliosi occhi azzurri che ardevano di collera. Aveva carattere, ma era evidente che stava per crollare.

«Questa mattina» insisté lui «scherzando ho chiesto a Jason se l'avevate già lasciato. E lui mi ha detto che non l'avevate lasciato, ma che avevate chiesto il divorzio. Ho pensato che volesse fare lo spiritoso, ma quando siete entrata da questa porta, non avevate di certo l'aspetto di una sposina felice.»

Sull'orlo della disperazione, Victoria guardò il volto implacabile dell'uomo che la stava tormentando. «Potreste togliervi dal passaggio, per favore?» disse con voce roca, trattenendo le lacrime e cercando di mantenere la dignità.

Invece di farsi da parte, lui la prese per le spalle. «Ora che avete tutto ciò per cui l'avete sposato... i soldi, l'influenza e la posizione sociale... perché volete divorziare?» le chiese.

«Non ho nulla!» sbottò Victoria. «E ora lasciatemi andare!»

«Non fino a quando non avrò capito come possa avervi giudicato così male. Ieri vi ho trovato splendida. Ho visto il modo in cui trattavate gli abitanti del villaggio. Ho pensato che foste una vera donna, dotata di cuore e carattere, non una mercenaria viziata e codarda!»

Gli occhi di Victoria si riempirono di lacrime per quella condanna ingiusta da un perfetto estraneo, per di più amico di Jason. «Lasciatemi sola, maledizione!» gli chiese disperata, e cercò di farlo spostare.

Con sua grande sorpresa, lui aprì le braccia e se la strinse contro l'ampio petto. «Piangete, Victoria!» le ordinò in modo goffo. «Santo cielo, piangete.» Lei rabbrividì mentre lui sussurrava: «Lasciate scendere le lacrime». Le accarezzò la schiena con la grande mano. «Se cercherete di tenere tutto dentro, esploderete.»

Victoria aveva imparato a gestire le tragedie e le avversità, tuttavia non era in grado di opporsi alla gentilezza e alla compassione. Le lacrime sgorgarono, insieme a singhiozzi che le scuotevano il corpo. Il capitano Farrell riuscì a farla sedere sul divano di fianco a lui, e lei iniziò a raccontargli tutto, dalla morte dei suoi genitori fino alla fredda proposta di matrimonio di Jason. Con il volto affondato nella sua spalla, rispose alle domande dell'uomo. E quando ebbe terminato, si sentì molto meglio, come non le accadeva da settimane.

«Allora» concluse il capitano con un sorriso ammirato. «Nonostante la proposta di matrimonio di Jason priva di romanticismo, e il fatto che non sapete nulla di lui, pensavate che avesse veramente bisogno di voi?»

Victoria si asciugò gli occhi e annuì. «Ovviamente sono stata una sciocca e un'ingenua a crederci, ma c'erano momenti in cui sembrava così solo... a volte lo guardavo in una sala da ballo affollata circondato dalle persone, di solito donne, e avevo la strana sensazione che si sentisse solo come me. E anche zio Charles diceva che aveva bisogno di me. Ma ci sbagliavamo entrambi. Jason vuole un figlio, è semplicissimo. Non ha bisogno di me e non mi vuole.»

«Avete torto» disse il capitano Farrell con fermezza. «Jason ha bisogno di una donna come voi dal giorno in cui è nato. Ha bisogno di qualcuno che curi le sue profonde ferite, che gli insegni a lasciarsi amare e a ricambiare con altrettanto amore. Se sapeste più cose su di lui, capireste perché parlo in questo modo.» Il capitano si accostò a un tavolino e prese una bottiglia. Versò il liquore in due bicchieri e ne passò uno a lei.

«Volete parlarmi di Jason?» chiese lei.

«Sì.»

Victoria guardò il whisky, dall'aroma intenso, e lo appoggiò sul tavolino.

«Se volete ascoltare la storia di Jason, vi suggerisco di bere prima quello» disse il capitano Farrell. «Ne avrete bisogno.»

Victoria prese un sorso del liquore bruciante, mentre l'irlandese si scolava metà del bicchiere, come se ne avesse bisogno anche lui.

«Vi racconterò cose di Jason che so soltanto io, cose che ovviamente lui non vi avrebbe mai detto. Nel rivelarvi questi fatti, tradisco la sua fiducia e ciò mi fa soffrire. Per me è come un figlio, Victoria. Ma ritengo fondamentale che voi lo comprendiate.»

Lei scosse lentamente il capo. «Forse non dovreste dirmi nulla, capitano. Io e lord Fielding siamo spesso in disaccordo, ma non voglio che uno di voi sia ferito da ciò che state per dirmi.»

Un sorriso si affacciò sul volto teso del capitano Farrell. «Se pensassi che voi potreste usare ciò che sto per raccontarvi come un'arma contro di lui, manterrei il silenzio. Ma non lo farete. C'è una gentilezza in voi, una compassione che ho colto fin dal primo istante, ieri sera. Vi ho osservato con la gente del villaggio, e ho pensato che foste una donna meravigliosa, e la moglie perfetta per Jason. E lo penso ancora.» Fece un respiro profondo e iniziò. «La prima volta che ho visto vostro marito, è stato a Delhi, molti anni fa. Allora lavoravo per un ricco mercante di nome Napal, che spediva merci dall'India in tutto il mondo. Napal possedeva anche le quattro navi di cui si serviva per i suoi commerci e io ero primo ufficiale su una di quelle navi. Ero stato in viaggio per sei mesi per una missione particolarmente redditizia, e quando tornai in porto, Napal invitò me e il capitano a casa sua per una piccola festa privata.

«In India fa sempre molto caldo, ma quel giorno mi sembrò ancora più afoso, soprattutto perché mentre cercavo la casa di Napal, mi persi. Vagai a lungo in un intrico di strade e alla fine sbucai in una squallida piazzetta piena di indiani sporchi e coperti di stracci. La povertà laggiù va al di là di ogni immaginazione. Comunque mi guardai intorno sperando di trovare qualcuno che parlasse francese o inglese per chiedere indicazioni.

«Vidi un piccolo gruppo di persone in fondo alla piazza, intente a osservare qualcosa, e le raggiunsi. Stavano guardando all'interno di un edificio su cui era appesa una croce di legno. Pensando che fosse una chiesa cristiana e che potesse esserci qualcuno in grado di parlare la mia lingua, mi feci largo tra la folla ed entrai. Sentii una fanatica che gridava, in inglese, qualcosa a proposito della libidine e della vendetta dell'Onnipotente.

«Arrivai finalmente dove potevo vederla ed eccola, in piedi su un pulpito di legno, con un ragazzino al suo fianco. Lo indicava e urlava che era il diavolo, il "frutto della libidine", il "figlio del demonio". Rimasi sconvolto quando mi resi conto che era bianco e non indiano. "Guardate il demonio e la vendetta del Signore" gridò; poi fece voltare il bambino e mostrò "la vendetta del Signore". Io fui sul punto di sentirmi male.» Il capitano Farrell deglutì rumorosamente. «Victoria, la schiena di quel bambino era livida per le percosse appena ricevute e aveva cicatrici di chissà quante altre botte. Quella donna doveva aver appena finito di picchiarlo di fronte alla "congregazione". Gli indiani non si oppongono a crudeltà barbariche di quel genere.» Il suo volto si contrasse mentre proseguiva. «Quella strega gridò al bambino di mettersi in ginocchio per pregare e chiedere il perdono del Signore. Lui la guardò negli occhi senza dire nulla, ma non si mosse, e lei lo colpì con la frusta sulle spalle, con tanta forza da piegare un uomo adulto. Il bambino si inginocchiò. "Prega, diavolo" gli urlò lei, e lo colpì di nuovo. Il bambino non disse nulla, guardava fisso davanti a sé, e fu allora che vidi i suoi occhi... quegli occhi erano asciutti. Non c'era una sola lacrima. Ma c'era della sofferenza. Oh, Signore, c'era tanta sofferenza!»

Victoria fu scossa da un brivido di pietà per quel bambino

sconosciuto, anche se si chiedeva perché il capitano Farrell le stesse raccontando quella storia orribile invece di parlarle di Jason.

«Non dimenticherò mai il tormento nei suoi occhi» mormorò il capitano. «O quanto fossero verdi in quel momento.»

Il bicchiere di Victoria cadde a terra e si frantumò in mille pezzi. Scosse il capo, cercando di allontanare la verità. «No» gemette. «Oh, vi prego, no...»

Come se non percepisse il suo orrore, il capitano Farrell continuò, perso nei ricordi: «A quel punto il bambino pregò, con le mani giunte, recitando: "Mi inchino al Signore e chiedo perdono". La donna glielo fece ripetere a voce più alta, diverse volte, e quando fu soddisfatta, lo lasciò alzare in piedi. Indicando gli indiani sporchi e cenciosi, gli disse di andare a implorare il loro perdono. Gli passò una piccola ciotola. Rimasi a guardare mentre il ragazzino passava in mezzo alla folla, inginocchiandosi di fronte ai fedeli e baciando gli orli dei loro stracci "supplicando il loro perdono"».

«No» gemette Victoria, stringendosi nelle braccia e chiudendo gli occhi nel tentativo di scacciare l'immagine di un bambino con i ricci neri e quei familiari occhi verdi sottomesso a tanta malvagità.

«Qualcosa dentro di me si spezzò» continuò Farrell. «Gli indiani sono dei fanatici e a me non interessano i loro rituali. Ma vedere un bambino della mia razza ridotto in quel modo mi faceva impazzire. E poi c'era qualcosa in quel bambino che mi aveva colpito. Era sporco, coperto di stracci e denutrito, ma aveva uno sguardo fiero in quegli occhi tormentati che mi spezzò il cuore. Quando portò la ciotola con le monetine alla donna, lei sorrise e gli disse che era "buono", con quella sua aria da fanatica. Guardavo quell'orribile donna con la croce in mano, sull'altare improvvisato, e avrei voluto ucciderla. Ma non sapevo quanto la congregazione le fosse fedele e non sarei stato in grado di battermi da solo contro tutti, perciò le chiesi soltanto di vendermi il bambino. Le dissi che aveva bisogno di essere punito da un uomo.»

Il capitano Farrell guardò Victoria, con un sorriso privo di allegria sul volto.

«Me lo vendette per la paga di sei mesi che avevo in tasca. Suo marito era morto l'anno prima e lei aveva bisogno di soldi, così come di un ragazzino da frustare. Prima che uscissi dall'edificio, iniziò a spargere il denaro tra i fedeli, urlando che Dio aveva mandato loro i suoi doni attraverso di lei. Era folle. Completamente pazza.»

La voce di Victoria era un sussurro implorante. «Pensate che le cose andassero meglio prima della morte del padre di Jason?»

«Suo padre è ancora vivo» rispose il capitano Farrell teso. «Jason è il figlio illegittimo di Charles.»

Victoria si portò una mano davanti alla bocca, lottando contro la nausea e le vertigini che si erano impadronite di lei.

«Siete così disgustata dalla scoperta di aver sposato un bastardo?» le chiese Farrell, notando la sua reazione.

«Come potete anche solo pensare una cosa tanto stupida!» esclamò Victoria indignata.

Lui sorrise. «Bene. Immaginavo che non vi sarebbe importato, ma gli inglesi sono piuttosto sensibili a certe cose.»

«Un atteggiamento estremamente ipocrita da parte loro, dal momento che tre duchi reali sono diretti discendenti dei figli illegittimi di re Carlo. Inoltre io non sono inglese, ma americana.»

«Siete adorabile» commentò lui gentilmente.

«Volete dirmi il resto su Jason?» chiese lei con il cuore già pieno di compassione.

«Il resto non è così importante. Portai Jason a casa di Napal quella sera stessa. Non voleva parlare, ma quando iniziò a farlo, fu evidente che era molto sveglio. Sentendo la sua storia, Napal ebbe pietà di lui e lo impiegò nel proprio lavoro come una sorta di fattorino. Non lo pagava, ma gli diede un letto nel retro dell'ufficio, del cibo decente e dei vestiti. Jason imparò da solo a leggere e scrivere. Aveva un desiderio insaziabile di imparare. Quando compì sedici anni, sapeva tutto sull'attività di Napal. Oltre a essere intelligente e arguto, Jason aveva un'incredibile inclinazione per gli affari, forse proprio perché era stato costretto a chiedere l'elemosina da bambino. Comunque, con il passare degli anni, Napal divenne più tenero con lui, e dal momento che non aveva figli, iniziò a considerarlo più come un figlio che come un dipendente mal pagato. Jason lo convinse a lasciarlo partire con una della sue navi per imparare sul campo. A quell'epoca io ero già capitano e viaggiò con me per cinque anni.»

«Era un buon marinaio?» chiese Victoria, sentendosi terribilmente orgogliosa per quel bambino diventato un uomo di straordinario successo.

«Il migliore. S'imbarcò come marinaio comune, ma imparò da me tutto ciò che c'era da sapere sulla navigazione. Napal morì due giorni dopo il nostro ritorno da un viaggio. Era seduto in ufficio quando il suo cuore si fermò. Jason fece di tutto per rianimarlo, cercò persino di soffiargli l'aria nei polmoni. Gli altri pensarono che fosse impazzito, ma lui amava quel vecchio taccagno. Soffrì a lungo per la sua morte. Ma non versò nemmeno una lacrima» spiegò Mike Farrell con calma. «Jason non sa piangere. La strega che l'ha cresciuto era convinta che i "demoni" non potessero piangere e lo picchiava se lo faceva. Me l'ha raccontato Jason quando aveva circa nove anni. Comunque Napal alla sua morte lasciò tutto a lui. Nei sei anni che seguirono, Jason fece ciò che aveva già consigliato a Napal: comprò un'intera flotta di navi e moltiplicò il proprio patrimonio.»

Quando il capitano Farrell rimase in silenzio a fissare il fuoco, Victoria chiese: «Jason si è anche sposato, vero? L'ho scoperto solo pochi giorni fa».

«Ah, sì, si è sposato» disse Mike, facendo una smorfia mentre si versava un altro bicchiere di whisky. «Due anni dopo la morte di Napal, Jason era già diventato uno degli uomini più ricchi di Delhi. Quel fatto catturò l'interesse di una bella donna priva di moralità, di nome Melissa. Suo padre era un inglese che viveva a Delhi e lavorava per il governo. Melissa era bella, di buona famiglia e dotata di stile, aveva tutto, tranne ciò di cui aveva più bisogno... il denaro. Sposò Jason solo per interesse.»

«Ma perché Jason sposò proprio lei?» volle sapere Victoria.

Mike Farrell scrollò le spalle. «Era più giovane di lei e accecato dalla sua bellezza, suppongo. Quella donna aveva un aspetto... che avrebbe fatto desiderare a qualsiasi uomo di riscaldarsi tra le sue braccia. Lei vendette quel calore a Jason in cambio di ciò che gli poté estorcere. E lui le diede tutto: gioielli che avrebbero compiaciuto una regina. Lei li prendeva e sorrideva. Aveva un bel viso, ma per qualche ragione, quando gli sorrideva in quel modo, mi ricordava la strega folle con la ciotola di legno.»

Victoria rivide la scena di Jason che le dava le perle e gli zaffiri, chiedendole di ringraziarlo con un bacio. Si domandò se pensasse di dover per forza comprare l'affetto di una donna.

Sollevando il bicchiere, Mike bevve un lungo sorso. «Melissa era una sgualdrina. Una poco di buono che passava da un letto all'altro. La cosa divertente fu che quando scoprì che Jason era un bastardo ne rimase sconvolta. Ero a casa loro a Delhi quando arrivò il duca di Atherton chiedendo di parlare con suo figlio. Melissa diventò pazza di rabbia appena si rese conto che Jason era il figlio illegittimo di Charles. Sembrava che mescolare il suo sangue con quello di un bastardo offendesse i suoi principi. Ma non offendeva i suoi principi concedersi a qualsiasi gentiluomo la invitasse nel proprio letto. Uno strano codice etico, non trovate?»

«Decisamente strano!» convenne Victoria.

Il capitano Farrell sorrise per quella risposta sincera, poi riprese: «Qualsiasi forma di affetto Jason provasse per lei quando si sposarono, fu distrutta dalla convivenza. Ma lei gli diede un figlio e per questa ragione continuò a mantenerla nel lusso, ignorando le sue relazioni. Francamente non credo che gli importasse di quello che faceva».

Victoria, che non sapeva che Jason avesse un figlio, si raddrizzò sulla sedia, guardando sconvolta e confusa il capitano Farrell.

«Jason adorava quel bambino. Lo portava con sé quasi dovunque. Accettò persino di tornare in Inghilterra e spendere i suoi soldi per restaurare le tenute di Charles Fielding, ridotte in pessimo stato, in modo che Jamie potesse ereditare una proprietà adeguata. E alla fine è stato tutto inutile. Melissa cercò di fuggire con il suo ultimo amante e portò Jamie con sé, con l'intenzione di restituirlo a Jason in cambio di un riscatto. Ma la loro nave affondò in una tempesta.» La mano del capitano si strinse intorno al bicchiere e i muscoli del collo si tesero. «Fui il primo a scoprire che Melissa aveva portato via anche Jamie. Fui io a dire a Jason che suo figlio era morto. Piansi» disse con voce roca. «Ma Jason no. Nemmeno allora. Non sa piangere.»

«Capitano Farrell» intervenne Victoria con voce soffocata. «Ora vorrei tornare a casa. Si sta facendo tardi e Jason sarà preoccupato per me.»

Un sorriso illuminò il volto dell'uomo. «Un'idea eccellente» concordò. «Ma prima che andiate, voglio dirvi una cosa.»

«Cosa?»

«Non lasciate che Jason convinca voi o se stesso che l'unica cosa che desidera sia un figlio. Lo conosco meglio di chiunque altro e ho visto il modo in cui vi guardava l'altra sera. È già innamorato di voi, anche se dubito che sia ciò che vuole.»

«Non posso biasimarlo se non vuole amare nessuna donna» disse Victoria rattristata. «Non riesco nemmeno a immaginare come abbia fatto a sopravvivere e rimanere sano di mente dopo tutto quello che gli è successo.»

«È forte» rispose il capitano Farrell. «Jason è l'uomo più forte che abbia mai conosciuto. E il più buono. Concedetevi di amarlo, Victoria, so che lo volete. E insegnategli ad amarvi. Ha molto amore da dare, ma prima dovrà imparare a fidarsi di voi. Dopodiché metterà il mondo ai vostri piedi.»

Victoria si alzò, gli occhi offuscati dall'angoscia. «Come fate a esserne così sicuro?»

L'irlandese rispose con voce pacata: «Perché conoscevo una ragazza come voi molto tempo fa. Aveva il vostro calore e il vostro coraggio. Mi ha insegnato cosa significa fidarsi, amare ed essere ricambiati. Non ho paura di morire, perché so che lei è là ad aspettarmi. La maggior parte degli uomini si innamora facilmente, ma Jason somiglia a me. Amerà una volta sola, e sarà per sempre».

24

Mentre Victoria indossava gli abiti ancora umidi, il capitano Farrell portò il cavallo e la carrozza fuori dalla stalla. Il temporale si era trasformato in una pioggia leggera e persistente. Cavalcava al fianco di Victoria sulla strada per Wakefield.

«Non c'è ragione che mi accompagnate» disse lei. «So come arrivare a casa.»

«Ci sono ottime ragioni» la ammonì il capitano. «Dopo il tramonto le strade non sono sicure per una donna. La settimana scorsa, dall'altra parte del villaggio, una carrozza è stata rapinata e un passeggero è stato ucciso con un colpo di pistola. Due settimane prima una delle ragazze più grandi dell'orfanotrofio era stata trovata morta nel fiume. Era una tipa irrequieta, perciò non si può sapere in cosa fosse coinvolta, ma non è il caso di correre pericoli.»

Victoria lo sentiva, ma la sua mente era concentrata su Jason: il suo cuore era pieno di calore per l'uomo che le aveva offerto un tetto quando era arrivata in Inghilterra, le aveva regalato un sacco di belle cose, aveva scherzato con lei, l'aveva consolata e infine l'aveva sposata. Per la verità era spesso distante e inavvicinabile, ma più ripensava alla sua storia, più si convinceva che il capitano Farrell avesse ragione e che Jason tenesse a lei, altrimenti non avrebbe mai rischiato di sposarsi un'altra volta.

Si ricordò la passione dei suoi baci prima del matrimonio e se ne convinse sempre di più. Nonostante le pene che aveva sofferto da bambino nel nome della "religione", l'aveva sposata in chiesa, perché lei gliel'aveva chiesto.

«Credo sia meglio che non mi seguiate oltre» disse Victoria quando si avvicinarono ai cancelli di Wakefield.

«Perché?»

«Perché se Jason sapesse che ho passato il pomeriggio con voi, sospetterebbe che mi avete raccontato la sua storia, vedendo che ho cambiato atteggiamento nei suoi confronti.»

Il capitano Farrell inarcò le sopracciglia. «Vi comporterete diversamente con lui?»

Victoria annuì nell'oscurità. «Penso di sì.» E con un leggero sospiro, aggiunse: «Cercherò di domare una pantera».

«In questo caso, avete ragione. È meglio non dire a Jason che siete stata da me. Ci sono due cottage disabitati prima del mio. Potreste dire di esservi riparata là. Ma vi avverto, Jason odia le menzogne. Non traditevi.»

«Anch'io non sopporto le bugie» ammise Victoria con un piccolo brivido. «E non sopporterei di essere colta in fallo da Jason.»

«Temo che sarà in ansia e arrabbiato se ha scoperto che siete uscita da sola col temporale.»

Jason era tornato. Victoria lo sentì urlare dentro casa, mentre entrava dal retro, dopo aver legato fuori Wolf. Animata al tempo stesso dalla paura e dal desiderio di vederlo, percorse il corridoio ed entrò nel suo studio. Stava camminando avanti e indietro, dandole la schiena, e si rivolgeva a un gruppo di sei domestici terrorizzati. La camicia bianca, fradicia, gli aderiva alle spalle ampie e alla schiena muscolosa, e gli stivali erano coperti di fango. «Ripetimi ancora una volta cos'ha detto lady Fielding» ordinò infuriato a Ruth. «E smettila di piagnucolare in quel modo! Ricomincia da capo e dimmi quali sono state le sue *esatte* parole.»

La cameriera si sfregava le mani. «Ha chiesto di far attaccare il cavallo più docile alla carrozza più piccola, perché non è molto brava a guidare le carrozze. Poi mi ha detto di far preparare alla signora Craddock, la cuoca, dei cestini con il cibo avanzato dalla festa di ieri sera e di farli caricare sulla carrozza. L'ho avvertita che stava per arrivare un temporale, ma lei ha risposto che ci sarebbero volute ore prima che cominciasse a piovere. Mi ha chiesto se fossi sicura che voi eravate fuori casa e io le ho detto di sì. Dopodiché è uscita.»

«E voi l'avete lasciata andare?» tuonò Jason rivolto alla servitù, lanciando un'occhiata piena di collera a tutti quanti. «Avete permesso che una donna emotiva, completamente inetta con le redini, uscisse sotto un temporale con abbastanza cibo da sfamarsi per un mese, e nessuno di voi ha avuto il buonsenso di fermarla?» I suoi occhi si posarono sullo stalliere. «L'hai sentita dire al cane che finalmente erano liberi: non l'hai trovato strano?» Senza aspettare una risposta, rivolse il suo sguardo tagliente su Northrup, sull'attenti come un uomo pieno di dignità di fronte a un plotone di esecuzione. «Ditemi di nuovo che cosa vi ha detto esattamente» scattò Jason.

«Ho chiesto alla signora cos'avrei dovuto riferirvi al vostro ritorno» replicò Northrup rigido. «Lei ha risposto: "Ditegli che lo saluto".»

«E questo non vi è sembrato neanche un po' bizzarro?» domandò Jason. «Una novella sposa che lascia la sua casa e dice di salutare il marito!»

Northrup avvampò fino alle radici dei capelli bianchi. «Considerando il resto, milord, non mi è sembrato "bizzarro".»

Jason si fermò e lo fissò furioso. «Considerando il resto?» ripeté.

«Alla luce di quello che mi avevate detto voi quando siete

uscito di casa, un'ora prima, ho dedotto che foste in disaccordo e che la signora fosse turbata per questo.»

«Quello che ho detto io?» chiese Jason furibondo.

Le labbra sottili di Northrup fremettero per il risentimento. «Quando siete uscito di casa questa mattina, vi ho augurato una buona giornata.»

«E allora?» ribatté Jason.

«E voi mi avete risposto che avevate altri piani. Naturalmente ho dedotto che non avevate intenzione di passare una buona giornata e così, quando la signora è scesa, ho immaginato che foste in disaccordo.»

«È maledettamente grave che non abbiate "dedotto" che mi stava lasciando e non abbiate cercato di fermarla.»

Victoria provò una stretta al cuore. Jason pensava che lei l'avesse lasciato e per un uomo orgoglioso come lui ammettere una cosa simile di fronte ai domestici doveva essere terribile. Adesso che sapeva ciò che aveva fatto Melissa, Victoria capiva come mai fosse saltato a quella conclusione. Determinata a salvare la dignità del marito, attraversò lo spesso tappeto Aubusson, arrivandogli al fianco. «Northrup non sarebbe mai così folle da pensare che vi stia lasciando, milord» disse allegra, prendendolo sottobraccio.

Jason si voltò con tanta violenza da rischiare di sollevarla da terra.

Victoria aggiunse pacatamente: «Sarò anche emotiva, ma spero di non essere completamente pazza».

Gli occhi di Jason si illuminarono per il sollievo, istantaneamente sostituito dalla collera. «Dove diavolo sei stata?» sibilò.

Victoria ebbe pietà dei domestici mortificati e disse: «Avete tutto il diritto di rimproverarmi, ma vi prego di non farlo di fronte alla servitù».

Jason serrò i denti con tanta forza che un muscolo gli guizzò sulla guancia mentre annuiva in direzione dei domestici per congedarli. Nel silenzio che seguì, uscirono uno dopo l'altro dalla stanza. Nell'istante in cui la porta si chiuse, l'ira di Jason esplose. «Idiota!» disse fra i denti. «Ho setacciato le campagne qui intorno per cercarti.»

Victoria guardò il suo volto attraente, con la bocca severa e sensuale e la mascella pronunciata, ma quello che vide fu un bambino indifeso e sporco, picchiato perché rappresentava il "male". Ebbe un moto di tenerezza e, senza pensare, gli appoggiò una mano sulla guancia. «Scusa» sussurrò addolorata.

Jason si staccò da lei, corrugando la fronte. «Scusa di cosa?» chiese con sarcasmo. «Per gli uomini che sono ancora là fuori a cercarti?» Si voltò come se non riuscisse a sopportare quella vicinanza e andò alla finestra. «Scusa per il cavallo che ho fatto arrancare nel fango?»

«Mi dispiace che tu abbia pensato che ti stavo lasciando» lo interruppe Victoria con un filo di voce. «Non lo farei mai.»

Lui si voltò e la guardò con aria ironica. «Considerando che ieri hai cercato di abbandonarmi sull'altare e che stamattina mi hai chiesto il divorzio, trovo questa tua dichiarazione un tantino sorprendente. A cosa dovrei attribuire tanta lealtà improvvisa?»

Victoria percepì la rigidità del marito sotto l'atteggiamento sarcastico e indifferente e sentì una fitta al cuore. «Milord...» esordì piano.

«Oh, santo cielo!» scattò lui. «Smettila di chiamarmi milord e non adularmi. Odio gli adulatori.»

«Non ti stavo adulando!» protestò Victoria, e nella sua mente lo visualizzò inginocchiato sotto una frusta implacabile. Dovette trattenere le lacrime per proseguire. «Quello che stavo per dire è che ho soltanto cercato di portare il cibo avanzato all'orfanotrofio. Mi dispiace che ti sia preoccupato. Non lo farò più.»

Lui la fissò, mentre la sua rabbia scemava. «Sei libera di fare ciò che vuoi, Victoria» disse stanco. «Questo matrimonio è stato il più grande errore della mia vita.»

Lei esitò, sapendo che nulla di ciò che avrebbe detto gli avrebbe fatto cambiare idea finché fosse stato di quell'umore, quindi si congedò per andare a cambiarsi d'abito. Non cenarono insieme quella sera, ma Victoria si aspettava che Jason la raggiungesse a letto, se non altro per rispettare l'accordo e concepire il figlio che desiderava tanto.

Jason non andò da lei quella notte, né le tre notti seguenti. Di fatto sembrava evitarla. Restava nel suo studio tutto il giorno, a dettare lettere al segretario, il signor Benjamin, e a incontrare uomini che venivano da Londra per parlare con lui di questioni d'affari. Se incrociava Victoria in casa, la salutava educatamente ma senza familiarità, come se fossero due estranei.

Quando finiva di lavorare, andava al piano superiore, saliva a cambiarsi e partiva per Londra.

Dal momento che Caroline era andata nel sud dell'Inghilterra a trovare una cognata che era in procinto di partorire, Victoria passava le giornate all'orfanotrofio, organizzando giochi per i bambini, o andando a trovare gli abitanti del villaggio. Ma per quanto si tenesse occupata, Jason le mancava molto. A Londra aveva passato molto tempo con lei: l'aveva accompagnata quasi ovunque, a balli, feste e a spettacoli teatrali, e anche se non restava al suo fianco, lei sapeva che era là, attento e protettivo. Le mancavano i suoi commenti beffardi e persino il suo cipiglio. Nelle settimane successive all'arrivo della lettera della madre di Andrew, Jason era diventato suo amico, un amico molto speciale.

Adesso era un estraneo che faceva di tutto per tenerla alla larga. Sapeva che non era più arrabbiato con lei; semplicemente l'aveva estromessa dal suo cuore e dalla sua mente, come se non esistesse.

La quarta notte Jason andò di nuovo a Londra e Victoria rimase a letto sveglia, desiderando stupidamente poter ballare ancora con lui come aveva fatto tante volte in passato.

Jason era un ballerino meraviglioso, si muoveva con una grazia così naturale...

Si chiese cosa facesse in quelle lunghe notti in città prima di tornare a casa. Probabilmente giocava d'azzardo in qualche club esclusivo.

La quinta notte Jason non tornò nemmeno a casa. Il mattino seguente, a colazione, Victoria sfogliò la "Gazette" e scoprì cosa aveva fatto suo marito nelle sue notti londinesi. Non aveva giocato d'azzardo o frequentato uomini d'affari. Era stato al ballo di lord Muirfield e aveva ballato con la sensuale e squisita moglie del padrone di casa. E la sera precedente aveva assistito a uno spettacolo teatrale in compagnia di una ballerina mora non meglio identificata. Victoria sapeva tre cose sull'amante di Jason: si chiamava Sybil, ballava all'opera e aveva i capelli neri.

Fu travolta da un'ondata di gelosia. La colse completamente alla sprovvista, perché prima di quel momento non aveva mai provato un sentimento simile.

Con un pessimo tempismo, Jason scelse proprio quell'istante per entrare nella sala da pranzo, con indosso gli stessi vestiti che portava quando era uscito, la sera prima. Solo che ora la bella giacca nera era buttata senza cura sulla spalla sinistra, il fazzoletto da collo era sciolto e penzolante sotto la camicia aperta. Era evidente che non aveva passato la notte nella sua casa di Londra, dove aveva a disposizione un intero guardaroba.

Le fece un cenno col capo e si diresse al tavolo del buffet per versarsi una tazza di caffè fumante.

Victoria si alzò lentamente dalla sedia, tremando di rabbia. «Jason» disse con voce fredda e tesa.

Lui voltò la testa e la guardò con aria interrogativa, poi vide i suoi lineamenti rigidi e si girò del tutto. «Sì?» disse, portandosi la tazza alle labbra.

«Ti ricordi come ti sentivi quando la tua prima moglie era a Londra a darsi alla pazza gioia?»

Lui abbassò un poco la tazza, ma rimase impassibile. «Perfettamente» disse.

Sorpresa dal proprio coraggio, Victoria guardò il giornale con aria eloquente e poi sollevò il mento. «Allora spero che non mi farai più sentire in quel modo.»

Lui lanciò un'occhiata alla pagina e poi sollevò di nuovo lo sguardo su di lei. «Da quanto ricordo, non mi importava particolarmente di ciò che faceva.»

«Invece a me importa!» esplose Victoria, incapace di trattenersi. «So che molti mariti si concedano delle... delle amanti, com'è ragionevole che sia, ma dovresti almeno essere discreto. Voi inglesi avete delle regole per tutto, e la discrezione dovrebbe essere una di queste. Il fatto che ostenti le tue... le tue amiche, mi umilia e mi ferisce.» Uscì dalla stanza, sentendosi come una scarpa scartata.

Aveva l'aspetto di una giovane regina, con i lunghi capelli che ondeggiavano con grazia sulla schiena. Jason la osservò in silenzio, dimenticando la tazza di caffè che aveva in mano. Sentì rinascere il desiderio che aveva provato per mesi di prenderla fra le braccia e perdersi dentro di lei. Ma non si mosse. Qualsiasi cosa provasse Victoria nei suoi confronti, non era né amore né desiderio. Pensava che fosse "ragionevole" che lui avesse un'amante, in modo da soddisfare i suoi più bassi istinti, realizzò Jason con amarezza. Ma si sentiva ferita nell'orgoglio all'idea che fosse visto in pubblico con una donna.

Era solo orgoglio, nulla di più. Tuttavia al pensiero del terribile colpo che aveva già subito la dignità di Victoria a causa del suo amato Andrew, Jason non se la sentì di biasimarla. Sapeva cosa significasse essere feriti nell'orgoglio. Si ricordava bene cos'aveva provato quando aveva scoperto per la prima volta la perfidia di Melissa.

Passò dal suo studio per ritirare dei documenti e poi salì al piano di sopra.

«Buongiorno, milord» lo salutò il suo valletto, lanciando

un'occhiata di rimprovero alla giacca sciupata appesa al pollice del padrone.

«Buongiorno, Franklin» disse Jason, passandogli la giacca senza staccare gli occhi dai documenti appena arrivati.

Il domestico gli porse il necessario per la rasatura, poi iniziò a spazzolare la giacca. «Stasera intendete indossare abiti formali o informali, milord?» si informò educatamente.

«Informale» rispose Jason con aria assente. «Lady Fielding pensa che stia passando troppo tempo fuori casa di sera.»

Si diresse verso il bagno adiacente alla camera da letto, senza notare l'espressione compiaciuta comparsa sul volto del valletto. Franklin restò a guardare finché Jason non scomparve in bagno, poi mise via la giacca e corse al piano di sotto per comunicare la felice notizia a Northrup.

Fino a quando lady Victoria non era arrivata in quella casa mesi prima, sconvolgendone l'ordine e la disciplina, Franklin e Northrup avevano protetto gelosamente i rispettivi ruoli, evitandosi a vicenda per quattro lunghi anni. Tuttavia adesso i due ex avversari si erano alleati nell'interesse del padrone di casa e di sua moglie.

Northrup era nel corridoio principale e stava lucidando un tavolino. Guardandosi intorno per assicurarsi che non ci fossero altri servitori in ascolto, Franklin si accostò al confidente, ignaro della presenza di O'Malley, che era nel salone con l'orecchio premuto contro la parete. «Sua Signoria stasera intende cenare a casa, signor Northrup» lo avvisò il valletto bisbigliando. «Credo che sia un buon segno. Un ottimo segno.»

Northrup si raddrizzò senza apparire impressionato. «È un evento inusuale, considerando il comportamento di Sua Signoria nelle ultime sere, ma non lo trovo particolarmente incoraggiante.»

«Non capite, Sua Signoria ha specificato che resterà a casa per accontentare la signora!»

«Questo sì che è incoraggiante, signor Franklin!» Northrup si sporse all'indietro, assicurandosi che non ci fosse nessuno nei paraggi e aggiunse: «Credo che la ragione della richiesta da parte della signora risieda in un particolare articolo della "Gazette", che le ha fatto pensare che Sua Signoria si sia intrattenuto con una certa donna... una ballerina, credo».

O'Malley staccò l'orecchio dalla parete e corse nel corridoio sul retro, usato dalla servitù per portare il cibo nel salone. «La signora l'ha fatto!» gracchiò trionfante mentre entrava in cucina.

La signora Craddock si distrasse dall'impasto del dolce, così ansiosa di sapere cos'avesse da dire da non accorgersi che O'Malley aveva preso una mela dal tavolo di lavoro. «Cos'ha fatto la signora?»

O'Malley si appoggiò alla parete e si concesse un bel morso alla mela succosa, agitandola poi nell'aria per enfatizzare le sue parole. «Ha dato a Sua Signoria una strigliata, ecco cos'ha fatto! Ha letto sul giornale che il marito aveva incontrato la signorina Sybil, e ha chiesto a lord Fielding di restare a casa. E lui lo farà. Ve l'avevo detto che quella ragazza sarebbe riuscita a domarlo. L'ho capito subito quando mi ha confidato di essere irlandese! Ma è anche una vera signora» aggiunge leale. «Gentile e sorridente.»

«Poverina, era così triste in questi giorni» disse la signora Craddock, ancora un po' preoccupata. «Quando lui non c'è, mangia appena, e sì che le ho preparato tutti i suoi piatti preferiti. Ma mi ringrazia sempre con tanta cortesia. Che peccato. Non capisco perché lui la notte non dorma nel letto con lei...»

O'Malley scosse il capo accigliato. «Non c'è più stato dopo la prima notte di nozze. Ruth ne è certa. E la signora non ha dormito nel letto di lui, a quanto riferiscono le cameriere dei piani superiori.» Terminò la mela in silenzio e fece per prenderne un'altra, ma questa volta la signora Craddock lo colpì sulla mano con uno strofinaccio. «Smettila di rubare le mele,

Daniel, sono per una torta che sto preparando come dessert.» Un sorriso improvviso le distese i lineamenti. «No, prendile pure. Per stasera preparerò un'altra cosa. Qualcosa di più speciale di una torta.»

La più giovane inserviente della cucina, una ragazzotta di sedici anni, intervenne: «Una della lavanderia mi ha parlato di una certa polverina che si può mettere nel vino di un uomo per stuzzicare la sua virilità. Forse il padrone potrebbe prendere un po' di quella polverina, per aiutarsi un po'...».

Gli inservienti della cucina concordarono sussurrando fra loro, ma O'Malley esclamò: «Ragazza! Da dove ti vengono certe idee? Sua Signoria non ha bisogno di polverine, te lo dico io! Lo scorso inverno il cocchiere era perennemente raffreddato a causa delle nottate passate seduto a cassetta in balia degli elementi ad aspettare che Sua Signoria lasciasse il letto della signorina Hawthorne. Per tua informazione, la signorina Hawthorne era l'amante che ha preceduto la signorina Sybil!».

«Era con la signorina Sybil ieri sera?» chiese la signora Craddock, mentre pesava la farina per il suo dessert "speciale". «O erano solo pettegolezzi del giornale?»

Il volto allegro di O'Malley s'incupì. «Era con lei, questo è certo. L'ho sentito dire da uno degli stallieri. Certo, non possiamo sapere con sicurezza se ci sia stato qualcosa tra loro. Forse le stava soltanto dando il ben servito.»

La signora Craddock gli rivolse un debole sorriso. «Almeno stasera resterà a casa per cenare con sua moglie. È un buon inizio.»

O'Malley annuì e andò a comunicare le ultime notizie allo stalliere che l'aveva informato sugli spostamenti del padrone la notte precedente.

Motivo per cui, di tutte le centoquaranta persone presenti a Wakefield Park, l'unica a essere stupita quando Jason comparve in sala da pranzo per cena fu Victoria.

«Resti a casa stasera?» chiese sorpresa e sollevata vedendolo sedersi all'altro capo del tavolo.

Lui le rivolse un'occhiata inquisitrice. «Pensavo che fosse ciò che volevi.»

«È così» ammise Victoria. «Ma non mi aspettavo che lo facessi davvero. È che...» Si interruppe quando O'Malley si staccò dal tavolo da buffet con in mano un vassoio con due bicchieri di cristallo. Era quasi impossibile conversare con Jason a quella distanza.

O'Malley si diresse da lei con uno strano sguardo determinato. «Il vostro vino, milady» disse e appoggiò un bicchiere sul tavolo con enfasi eccessiva, rovesciandolo sulla tovaglia candida.

«O'Malley!» esclamò Northrup dalla sua postazione vicino al tavolo con le portate, da cui supervisionava il servizio.

O'Malley gli lanciò un'occhiata di finta innocenza e spostò all'indietro la sedia di Victoria, aiutandola ad alzarsi in piedi e accompagnandola all'altro capo del tavolo, accanto a Jason. «Ecco, milady» disse, mostrandosi mortificato. «Vi porterò immediatamente dell'altro vino, dopodiché sistemerò il disordine. Quando lo si rovescia, il vino emana un odore orribile. È meglio che restiate a distanza. Non capisco come abbia potuto combinare un simile disastro» aggiunse, aprendo un tovagliolo di lino e distendendolo sul grembo di Victoria. «Ultimamente ho dei dolori alle braccia. Niente di preoccupante, solo una frattura che risale a diversi anni fa.»

Victoria si lisciò le gonne e lo guardò con un sorriso cordiale. «Mi dispiace per il vostro braccio, signor O'Malley.»

Il valletto si rivolse poi a lord Fielding, con altre false scuse pronte, ma gli si seccò la bocca quando incrociò lo sguardo penetrante e implacabile del padrone, e vide che stava passando le dita sulla lama del coltello, come se ne stesse testando l'affilatura.

O'Malley si schiarì la gola e balbettò a Victoria: «Vado subito a prendervi un altro bicchiere di vino».

«Lady Fielding non beve vino a cena» ruggì Jason. Ripensandoci, le rivolse un'occhiata. «A meno che tu non abbia cambiato le tue abitudini...»

Victoria scosse il capo, confusa dai messaggi non verbali che sembravano scambiarsi Jason e il povero O'Malley. «Ma penso che stasera ne berrò un po'» aggiunse, cercando di risolvere la situazione.

I domestici si ritirarono, lasciandoli soli a cenare nello splendore opprimente dell'enorme sala da pranzo. Per tutto il pasto regnò un silenzio totale, accompagnato soltanto dal ticchettio delle posate dorate sulla porcellana... un silenzio ancora più pesante per Victoria, consapevole che Jason in quel momento si sarebbe divertito ben di più se fosse stato a Londra invece che a casa con lei.

Al dessert, la sua tristezza si era trasformata in disperazione. Aveva cercato per due volte di abbattere quella barriera fra loro facendo commenti su argomenti innocui come il tempo e l'ottima cena. Le risposte di Jason erano state cortesi, ma concise.

Victoria giocherellava col cucchiaio, sapendo di dover fare qualcosa in fretta, perché la distanza tra loro cresceva ogni giorno di più, e ben presto non sarebbe più stato possibile colmarla.

Dimenticò per un attimo l'ansia quando O'Malley fece il suo ingresso con il dessert e un sorriso mal celato. Si trattava di una piccola torta decorata con due bandiere incrociate, una britannica e l'altra con le stelle e strisce americane.

Jason osservò la torta e sollevò lo sguardo sardonico verso il cameriere importuno. «Devo dedurre che la signora Craddock stasera fosse in vena patriottica?» Gli occhi di O'Malley assunsero un'espressione preoccupata quando il suo padrone si mise a fissarlo con fredda insofferenza. «O voleva ricordarmi, in maniera simbolica, che sono sposato?»

Il valletto impallidì. «No di certo, milord.» Aspettò paralizzato, fino a quando Jason non lo congedò con un cenno del capo.

«Se la torta voleva rappresentare il nostro matrimonio» commentò Victoria con umorismo «la signora Craddock doveva decorarla con due spade incrociate e non due bandiere.»

«Hai ragione» convenne Jason, ignorando il dolce e afferrando il bicchiere di vino.

Sembrava così disinteressato che Victoria andò nel panico e affrontò la questione che l'aveva tenuta sulle spine per tutta la sera. «Non voglio avere ragione!» Si voltò verso il viso imperscrutabile di lui. «Jason, ti prego, voglio che le cose tra noi vadano diversamente.»

Lui parve lievemente sorpreso mentre si appoggiava allo schienale della sedia e la osservava impassibile. «Che cosa avevi in mente?»

I suoi modi erano così distaccati da far aumentare il nervosismo di Victoria. «Be', per prima cosa vorrei che fossimo amici. Una volta ridevamo e parlavamo di tutto.»

«Parla» la esortò lui.

«C'è qualcosa in particolare di cui ti piacerebbe discutere?» chiese lei seria.

Gli occhi di Jason indugiarono sul viso affascinante di lei. Pensò: "Voglio parlare del perché hai bisogno di stordirti con l'alcol prima di venire a letto con me. Voglio parlare del perché quando ti tocco, ti senti male". Ma disse: «Nulla in particolare».

«Molto bene, allora comincerò io. Che cosa ne pensi del mio vestito? È uno di quelli che mi hai fatto fare da Madame Dumosse.»

Lo sguardo di Jason si soffermò sulla pelle candida che spuntava invitante dal corpetto. In verde era incantevole, pensò, ma avrebbe dovuto avere degli smeraldi intorno al collo sottile per completare la mise. Se le cose tra loro fossero andate diversamente, avrebbe congedato i domestici e l'avrebbe presa in braccio, slacciandole il vestito per scoprire i magnifici seni. Li avrebbe baciati a lungo e poi l'avrebbe portata al piano di sopra per fare l'amore fino a stordirsi. «Il vestito va bene. Ci vorrebbero degli smeraldi per completarlo» dichiarò.

La mano di Victoria si spostò automaticamente sul collo scoperto. «Anche tu hai un ottimo aspetto» disse, ammirando la giacca costosa che gli fasciava le splendide spalle. Il viso abbronzato e i capelli scuri spiccavano contro la camicia bianca e il fazzoletto da collo. «Sei molto attraente» aggiunse sognante.

Un lieve sorriso sorpreso comparve sulle labbra di lui. «Grazie» disse, visibilmente colpito.

«Prego» rispose Victoria e, dal momento che le era sembrato contento continuò: «La prima volta che ti ho visto mi hai fatto paura, sai? Certo, c'era quasi buio e io ero piuttosto nervosa, ma... sei così grosso che ti ho trovato spaventoso».

Jason rischiò di strozzarsi col vino. «Di cosa stai parlando?»

«Del nostro primo incontro» spiegò lei innocente. «Ti ricordi, io ero fuori al sole, con in braccio quel porcellino, e poi tu mi hai tirato dentro casa...»

Jason si alzò di colpo. «Mi dispiace di averti trattato in modo incivile. Ora, se non ti dispiace, penso che passerò il resto della serata a lavorare.»

«No» disse subito Victoria. «Ti prego, non lavorare. Facciamo qualcos'altro... insieme. Qualcosa che ti piace.»

Il cuore di Jason pulsò più forte. Guardò le guance arrossate di lei e gli occhi azzurri imploranti. Speranza e incredulità gli esplosero nel petto, mentre le posava la mano con tenerezza sui capelli di seta, accarezzandoli.

Victoria fremette di piacere, perché finalmente la stava trattando con un po' di calore. Avrebbe dovuto parlargli giorni prima, invece di soffrire in silenzio. «Potremmo giocare a scacchi, se ne hai voglia» disse allegra. «Non sono molto brava, ma se hai le carte...»

La mano di lui si staccò di colpo e il suo volto divenne una maschera rigida. «Scusa, Victoria, ho del lavoro da fare.» La superò e si diresse nel suo studio, dove rimase per il resto della serata.

Lei rimase profondamente delusa, e passò la sera cercando di leggere. Quando fu ora di andare a letto, decise di fare qualcosa per impedire che la trattasse con la solita fredda cortesia. L'espressione con cui l'aveva guardata appena prima che gli suggerisse di giocare a scacchi era la stessa che aveva prima di baciarla. Il suo corpo l'aveva riconosciuta immediatamente, diventando caldo e fremente, come accadeva tutte le volte che Jason la toccava. Forse avrebbe voluto baciarla, invece di giocare a scacchi. Santo cielo, forse voleva farle di nuovo quella cosa orribile...

Victoria rabbrividì al pensiero, ma era disposta a fare persino quello, se fosse servito a ristabilire l'armonia. Forse non sarebbe stato così terribile se lui fosse stato più amabile. Amabile come quando l'aveva baciata.

Aspettò nella propria camera fino a quando non sentì Jason muoversi in quella accanto, dopodiché indossò la vestaglia di seta turchese, orlata con un ampio pizzo beige. Aprì la porta comunicante con la camera del marito, che era stata riparata, ed entrò. «Milor... Jason» si corresse.

Lui si stava sfilando la camicia, e aveva il torace quasi del tutto scoperto.

«Vorrei parlarti» dichiarò lei decisa.

«Esci di qui, Victoria» rispose lui infastidito.

«Ma...»

«Non voglio parlare» affermò Jason con sarcasmo. «Non voglio giocare a scacchi. Non voglio giocare a carte.»

«Allora cosa vuoi?»

«Voglio che te ne vada di qui. È chiaro?»

«Direi che sei stato molto chiaro» ribatté lei dignitosamente. «Non ti disturberò più.» Tornò nella sua stanza e chiuse la porta, ma era ancora determinata a rendere felice il proprio matrimonio. Non capiva cosa Jason si aspettasse da lei. Di fatto non capiva *lui*. Ma conosceva qualcuno che invece ci riusciva. Jason aveva trent'anni, ed era molto più esperto di lei, ma il capitano Farrell era più vecchio e sarebbe stato in grado di darle dei consigli su come comportarsi.

25

Il mattino seguente Victoria entrò nelle scuderie e aspettò che le sellassero un cavallo. Il suo nuovo completo da equitazione aveva un taglio perfetto, con la giacca aderente che le metteva in risalto il petto prosperoso e la vita stretta. I capelli rossi erano raccolti in un elegante chignon, che la faceva sembrare più adulta e sofisticata.

Aspettò battendo il frustino contro la gamba, poi sorrise allo stalliere che le consegnò un destriero scattante, con il manto nero lucido come la seta.

Victoria lo guardò ammirata. «È molto bello, John. Come si chiama?»

«Questo è Matador» disse lo stalliere. «Viene dalla Spagna. Sua Signoria l'ha scelto per voi, ma tra poche settimane arriverà il vostro nuovo cavallo.»

Le aveva comprato un cavallo, realizzò Victoria mentre lo stalliere l'aiutava a montare. Non riusciva a immaginare perché Jason l'avesse fatto, dal momento che le sue scuderie vantavano già i migliori esemplari di tutta l'Inghilterra. In ogni caso, era stato molto generoso da parte sua, anche se non si era nemmeno premurato di informarla.

Rallentò Matador quando svoltarono sul sentiero ripido e

ventoso che conduceva alla casa del capitano Farrell. L'uomo comparve sul portico per aiutarla a smontare. «Grazie» gli disse quando appoggiò i piedi a terra. «Speravo che foste qui.»

Il capitano Farrell le sorrise. «Oggi volevo venire a Wakefield, per vedere come ve la stavate cavando voi e Jason.»

«In questo caso» rispose Victoria con un sorriso depresso «è meglio che non vi siate disturbato.»

«Nessun miglioramento?» domandò lui sorpreso, conducendola in casa. Riempì d'acqua un bricco per il tè e lo mise sul fuoco.

Victoria si sedette e scosse il capo. «Forse va anche peggio. Be', non proprio. Almeno Jason ieri sera è rimasto a casa invece di andare a Londra a trovare la sua... ma sì, sapete cosa intendo» disse. Non aveva pensato di affrontare un argomento così personale. Voleva parlare soltanto dell'umore di Jason, e non dei loro rapporti intimi.

Il capitano Farrell prese due tazze da uno scaffale e si voltò con aria perplessa. «No, non lo so. Cosa volete dire?»

Victoria gli rivolse uno sguardo imbarazzato.

«Su, sputate il rospo. Io mi sono confidato con voi. Ora sapete che potete fare altrettanto. Con chi altro potreste parlare?»

«Nessuno» ammise Victoria tristemente.

«Se quello che state cercando di dirmi è così difficile, provate a immaginare che io sia vostro padre, o il padre di Jason.»

«Non siete né l'uno né l'altro. E non sono certa che riuscirei a parlarne con mio padre.»

Il capitano Farrell appoggiò le tazze. «Sapete cos'è l'unica cosa che non mi piace del mare?» Quando lei scosse il capo, le spiegò: «La solitudine della mia cabina. A volte mi piace. Ma quando sono preoccupato per qualcosa, come una brutta tempesta in arrivo, non c'è nessuno a cui possa confidare le mie paure. Non posso far sapere ai miei uomini che sono spaventato, altrimenti scatenerei il panico. Così devo tenermi tutto dentro, e la paura cresce in modo spropositato. Se non potete parlare con Jason e non lo farete con me, non troverete mai le risposte che cercate».

Victoria lo guardò con affetto. «Siete uno degli uomini più gentili che abbia mai conosciuto, capitano.»

«Allora perché non immaginate che io sia vostro padre?»

Molte persone, comprese le donne, si erano confidate col dottor Seaton senza imbarazzo né vergogna, Victoria lo sapeva. E se voleva davvero riuscire a capire Jason, doveva parlare di lui col capitano Farrell.

«Molto bene» disse, e fu sollevata quando lui si voltò per preparare il tè. Era più facile parlare alla sua schiena. «A dire il vero, ero venuta per chiedervi se foste certo di avermi detto tutto ciò che sapete di Jason. Ma, per rispondere alla vostra domanda, ieri sera è rimasto a casa per la prima volta. Le altre sere è andato a Londra, sapete, per vedere la sua...» Inspirò a fondo e poi concluse con fermezza: «... amante».

La schiena del capitano Farrell s'irrigidì, ma lui non si voltò. «Che cosa ve lo fa pensare?» domandò, prendendo la zuccheriera.

«Oh, ne sono certa. Ne hanno parlato i giornali ieri. Jason era stato fuori tutta la notte, e quando è tornato io stavo facendo colazione e avevo appena letto la notizia. Ero sconvolta...»

«Posso immaginarlo.»

«E ho quasi perso il controllo, ma ho cercato di capire. Gli ho detto che è ragionevole che un marito abbia un'amante, ma che deve comportarsi con discrezione e...»

Il capitano Farrell si girò con la zuccheriera in una mano e una brocca di latte nell'altra. «Gli avete detto che è "ragionevole" da parte sua avere un'amante, ma che avrebbe dovuto essere "discreto"?»

«Sì, non avrei dovuto dirlo?»

«Ma perché gliel'avete detto? E, soprattutto, perché l'avete *pensato*?»

Victoria udì il tono critico nella voce del capitano e s'irrigidì leggermente. «La signorina Wilson, Flossie Wilson mi ha spiegato che in Inghilterra è ragionevole che i mariti abbiano...»

«Flossie Wilson?» esclamò lui incredulo. «Flossie Wilson?» ripeté come se non riuscisse a credere alle proprie orecchie. «Flossie Wilson è una zitella, per non dire una testa di rapa! Un'oca! Jason la teneva a Wakefield per occuparsi del piccolo Jamie quando lui era via, in modo che il bambino avesse accanto una figura femminile amorevole. Flossie era amorevole, è vero, ma quella svampita un giorno se l'è dimenticato fuori. Chiedereste a una donna del genere consigli su come comportarsi col proprio marito?»

«Non le ho fatto domande, è stata lei a offrirsi di darmi le informazioni» rispose Victoria sulla difensiva, arrossendo.

«Scusate se ho gridato» disse lui, massaggiandosi il collo. «In Irlanda le donne prendono a bastonate il marito, se va con un'altra donna! È molto più semplice, diretto ed efficace, ne sono sicuro. Ma vi prego, proseguite. Avete affrontato Jason...»

«Preferirei non continuare...» disse Victoria agitata. «Non sarei dovuta venire. È stata una pessima idea. Speravo soltanto che poteste spiegarmi perché Jason è così distante dopo la prima...»

«Cosa intendete con "distante"?» chiese il capitano Farrell.

«Non so come spiegarlo.»

Lui versò il tè nelle tazze, corrugando la fronte. «State cercando di dirmi che non vi raggiunge nel vostro letto molto spesso?»

Victoria arrossì e si fissò le mani. «A dire il vero non c'è più stato dalla prima notte di nozze. Anche se lo temevo, visto che il mattino seguente ha divelto la porta comunicante, che io avevo chiuso a chiave.»

Senza una parola, il capitano Farrell appoggiò le tazze di tè, si voltò verso la dispensa e riempì due bicchieri di whisky.

Gliene porse uno. «Bevete questo» le ordinò. «Sarà più facile parlare e intendo sentire il resto di questa storia.»

«Sapete che prima di venire in Inghilterra non avevo mai bevuto alcol?» disse lei, scossa da un brivido. «Ma da quando sono qui, la gente mi offre spesso vino, brandy e champagne, dicendomi di bere così mi sentirò meglio. Invece non mi ha mai fatto stare bene.»

«Provate» insisté lui.

«L'ho fatto. Sapete, il giorno delle nozze ero così nervosa che sull'altare ho cercato di scappare. E quando siamo arrivati a Wakefield, ho pensato che un po' di vino mi avrebbe aiutato ad affrontare il resto della notte, ma tutto ciò che ho ottenuto è stata una forte nausea quando... quando sono andata a letto.»

«Ho capito bene? Avete rischiato di abbandonare Jason sull'altare in una chiesa piena di invitati?»

«Sì, ma non se ne è accorto nessuno. Solo lui.»

«Santo cielo» mormorò il capitano.

«E la prima notte ho quasi vomitato.»

«Santo cielo» ripeté lui con un filo di voce. «E il mattino seguente avete chiuso a chiave la porta comunicante con la camera di Jason?»

Victoria annuì mortificata.

«E ieri gli avete detto che ritenete "ragionevole" che abbia un'amante?» Quando Victoria annuì di nuovo, il capitano Farrell la guardò affascinato, senza dire una parola.

«Ma poi ho cercato di rimediare» lo informò lei sulla difensiva.

«Sono sollevato di sentirvelo dire.»

«Sì, mi sono offerta di fare qualsiasi cosa volesse.»

«Questo non può che aver migliorato il suo umore» indovinò il capitano con un sorriso.

«Per un istante mi è sembrato di sì. Ma quando ho proposto di giocare a scacchi o a carte, lui è diventato...»

«Avete suggerito di giocare a scacchi? Ma per carità, perché gli scacchi?»

Victoria lo guardò ferita. «Ho pensato alle cose che mia madre e mio padre facevano insieme. Avrei proposto anche una passeggiata, ma faceva un po' freddo.»

Visibilmente combattuto tra il riso e la disperazione, il capitano Farrell scosse il capo. «Povero Jason» disse divertito. Ma quando tornò a guardarla, era assolutamente serio. «Posso assicurarvi che i vostri genitori facevano... altre cose.»

«Cioè?» chiese Victoria, pensando alle tante serate che i suoi genitori avevano trascorso seduti l'uno di fronte all'altra davanti al camino, leggendo un libro. Lanciò un'occhiata al capitano Farrell, che era piombato in un silenzio imbarazzato. «A che tipo di cose vi riferite?»

«Parlo dei rapporti intimi che i vostri genitori avevano quando voi eravate nel vostro letto» disse sfacciato «e loro nella loro stanza.»

Un ricordo di molti anni prima le attraversò la mente: suo padre che implorava la moglie cercando di abbracciarla... "Non dirmi di no, Katherine..."

Sua madre si rifiutava di andare a letto con suo padre, realizzò Victoria. E poi si ricordò di quanto lui le fosse sembrato ferito e disperato. I suoi genitori erano amici, è vero, ma sua madre non amava il marito. Lei amava Charles Fielding, e per questo aveva bandito suo padre dal suo letto dopo la nascita di Dorothy.

Victoria si morse il labbro, ricordando quanto le fosse parso solo suo padre. Si chiese se tutti gli uomini si sentissero soli, o rifiutati, se le mogli non si concedevano loro.

Almeno i suoi erano stati amici. Amici... Lei stava cercando di diventare amica di Jason, si rese conto all'improvviso, esattamente come aveva fatto sua madre con suo padre.

«Siete una donna aperta, Victoria, piena di vita e coraggio. Dimenticate i matrimoni tra aristocratici. Sono vuoti, insoddisfacenti e superficiali. Pensate invece al matrimonio dei vostri genitori. Erano felici, vero?» Di fronte al suo silenzio prolungato il capitano Farrell si accigliò e cambiò immediatamente versione. «Non considerate il matrimonio dei vostri genitori. Conosco gli uomini, e conosco Jason, perciò voglio che ricordiate una cosa: se una donna chiude il marito fuori dalla propria camera da letto, lui la chiuderà fuori dal suo cuore. Almeno, se ha un po' di orgoglio. E Jason ne ha una buona dose. Non vi cadrà ai piedi, supplicandovi di concedergli i vostri favori. Vi siete negata a lui e adesso è compito vostro fargli capire che non intendete più comportarvi così.»

«E cosa dovrei fare?»

«Di certo non suggerirgli di giocare a scacchi. E non pensare che sia ragionevole da parte sua frequentare un'altra donna.» Il capitano Farrell si massaggiò i muscoli del collo. «Non avevo mai realizzato quanto fosse difficile per un uomo crescere una figlia. Ci sono cose davvero complicate da discutere con il sesso opposto.»

Victoria si alzò inquieta. «Penserò a tutto ciò che mi avete detto» promise, cercando di nascondere l'imbarazzo.

«Posso farvi una domanda?» chiese lui esitante.

«Certo» disse Victoria con un sorriso affascinante. «Dopotutto, io ve ne ho fatte moltissime.»

«Qualcuno vi ha mai parlato dell'amore tra coniugi?»

«È un argomento che difficilmente si affronta con qualcuno che non sia la propria madre» rispose Victoria, arrossendo di nuovo. «Ho sentito parlare dei doveri coniugali, certo, ma non capisco fino in fondo...»

«Doveri!» ripeté lui disgustato. «Nel mio paese, le ragazze aspettano con trepidazione la prima notte di nozze. Andate a casa e seducete vostro marito, ragazza mia, e lui penserà al resto. Dopodiché non lo vedrete più come un dovere. Conosco Jason abbastanza bene da potervelo assicurare!»

«Se... se facessi come dite, lui ne sarebbe felice?»

«Sì» rispose il capitano Farrell sorridendo. «E ricambierà rendendo felice voi.»

Victoria appoggiò il bicchiere di whisky intatto. «So poche

cose sul matrimonio, meno ancora su cosa significhi essere una moglie, e assolutamente niente sulla seduzione.»

Il capitano Farrell guardò la giovane bellezza di fronte a lui e scoppiò a ridere. «Non penso che farete molta fatica a sedurre Jason, mia cara. Appena si renderà conto che lo volete nel vostro letto, sono sicuro che sarà ansioso di accontentarvi.»

Victoria arrossì, accennò un sorriso e si diresse verso la porta.

Tornando a casa era così persa nei propri pensieri da rendersi vagamente conto del tragitto del cavallo. Quando si arrestò di fronte a Wakefield Park, era sicura almeno di una cosa: non voleva che Jason si sentisse solo come lo era stato suo padre.

Concedersi a lui non sarebbe stato poi così terribile, se magari l'avesse baciata in quel suo modo audace e intimo, che le accendeva tutti i sensi e rendeva il suo corpo caldo e vulnerabile. Quando era a letto con Jason, invece di pensare ai vestiti nuovi, come aveva suggerito la signorina Flossie, avrebbe pensato ai suoi baci. Dovette ammettere con se stessa che quei baci le erano piaciuti moltissimo. Era un peccato che gli uomini non facessero quel tipo di cose anche tra le lenzuola, rifletté. Avrebbero reso tutto quanto molto più gradevole. Evidentemente però ci si baciava solo fuori dal letto.

«Non importa!» concluse Victoria con determinazione mentre uno stalliere accorreva per aiutarla a smontare. Era decisa a fare qualsiasi cosa per rendere felice Jason e ricostruire il buon rapporto che si era instaurato fra loro. Secondo il capitano Farrell, tutto quello che doveva fare adesso era far capire a suo marito che voleva andare a letto con lui.

«Lord Fielding è a casa?» chiese a Northrup.

«Sì, milady» disse lui inchinandosi. «È nel suo studio.»

«È solo?»

«Sì, milady.» Northrup si inchinò di nuovo.

Victoria lo ringraziò e percorse il corridoio. Aprì la porta dello studio e si infilò dentro senza fare rumore. Jason era seduto alla scrivania in fondo alla lunga stanza, con una pila di fogli di fianco. Victoria lo guardò, pensando al bambino che si era riscattato da un'infanzia piena di squallore, diventando un uomo ricco e potente. Aveva accumulato una fortuna, comprato proprietà, perdonato suo padre e accolto un'orfana dall'America. Eppure era ancora solo. Lavorava senza sosta.

"Ti amo" pensò Victoria, e quella riflessione spontanea la fece quasi vacillare. Aveva amato sempre e solo Andrew. Ma allora perché non aveva mai provato quel desiderio di renderlo felice? Nonostante l'ammonimento di suo padre, adesso amava Jason, anche se lui le aveva detto di non amarla e di desiderare soltanto il suo corpo. Era determinata a fargli desiderare entrambe le cose.

Attraversò la stanza, i passi attutiti dal folto tappeto, e si fermò di fianco alla sedia. «Perché lavori così tanto?» chiese piano.

Lui sussultò al suono della sua voce, ma non si voltò. «Mi piace lavorare» rispose brevemente. «Hai bisogno di qualcosa? Sono molto occupato.»

Non era un inizio incoraggiante, e per una frazione di secondo Victoria considerò l'idea di dirgli a chiare lettere che voleva andare a letto con lui. Ma la verità era che non poteva essere tanto sfrontata, e poi non era nemmeno così ansiosa di andare di sopra con lui... soprattutto quando era di un umore persino più cupo del giorno delle nozze. Sperando di rabbonirlo, disse con calma: «Ti farà male la schiena visto che sei rimasto seduto qui tutto il giorno». Raccolse il coraggio e gli mise le mani sulle ampie spalle.

Jason s'irrigidì all'istante. «Cosa stai facendo?» le chiese.

«Pensavo di massaggiarti le spalle.»

«Le mie spalle non hanno bisogno delle tue cure, Victoria.»

«Perché mi tratti in questo modo?» chiese lei, guardando la mano di Jason che si muoveva rapida sul foglio, e la sua calligrafia decisa. Dal momento che lui la ignorava, si sedette sul bordo della scrivania.

Lui abbassò la penna di scatto e indietreggiò contro lo schienale della sedia, studiandola. La gamba di lei era di fianco alla sua mano e dondolava avanti e indietro. Senza che lui lo volesse, i suoi occhi passarono al suo seno, e ammirarono le curve invitanti delle labbra. Victoria aveva una bocca che implorava di essere baciata, e le ciglia così lunghe che creavano un'ombra sulle guance. «Scendi dalla scrivania ed esci di qui» sbottò.

«Come desideri» disse allegra sua moglie, e si alzò. «Ero venuta soltanto per augurarti il buongiorno. Cosa vorresti per cena?»

"Te" pensò lui. «Non importa» rispose.

«Allora c'è qualcosa di speciale che gradiresti come dessert?»

"La stessa cosa che vorrei per cena" pensò lui. «No» dichiarò, lottando contro gli istinti del suo corpo.

«Sei incredibilmente facile da accontentare» scherzò lei, e allungò una mano per passargli un dito sulla fronte.

Jason le afferrò la mano a mezz'aria, con una presa d'acciaio. «Cosa diavolo pensi di fare?» domandò.

Victoria sussultò, ma riuscì a simulare un'alzata di spalle. «C'è sempre qualche porta chiusa a dividerci. Ho pensato di venire qui a vedere cosa stavi facendo.»

«Non ci separano solo delle porte» ribatté lui, lasciandole cadere la mano.

«Lo so» concordò lei triste.

Jason distolse lo sguardo da lei. «Sono molto occupato» tagliò corto, e raccolse i fogli.

«Lo vedo» rispose Victoria con una strana dolcezza nella voce. «Sei troppo occupato per me in questo momento.» Uscì piano.

All'ora di cena si presentò in sala da pranzo con indosso un abito quasi trasparente di chiffon color pesca che sottolineava tutte le curve del suo corpo voluttuoso. Gli occhi si Jason si assottigliarono come due fessure. «Ho pagato io anche quello?»

Victoria vide il suo sguardo indugiare sfacciatamente sulla scollatura profonda e sorrise. «Certo. Io non ho denaro.»

«Non indossarlo fuori casa. È indecente.»

«Sapevo che ti sarebbe piaciuto!» esclamò lei ridendo.

Jason la guardò con aria incredula, poi si voltò verso il decanter di cristallo sul tavolo. «Vuoi dello sherry?»

«Signore, no!» rispose lei in tono leggero. «Come avrai già capito, il vino non fa per me. Mi fa star male. Pensa a ciò che è accaduto la prima notte di nozze.» Senza rendersi conto dell'importanza di ciò che aveva appena detto, si girò per esaminare il vaso Ming di inestimabile valore posato su un tavolino dorato. Le era venuta un'idea. «Domani vorrei andare a Londra» aggiunse avvicinandosi alla sua sedia.

«Perché?»

«Per spendere i tuoi soldi, ovviamente.»

«Non sapevo di avertene dati» mormorò lui, distratto dalla vista della coscia vicino al suo petto. Alla luce romantica delle candele, lo chiffon sembrava del colore della pelle.

«Ho ancora quasi tutto il denaro che mi hai dato nelle ultime settimane per le spese. Verresti a Londra con me? Dopo gli acquisti, potremmo andare a teatro e dormire in città.»

«Ho una riunione qui, dopodomani mattina.»

«Meglio ancora» rispose lei senza riflettere. Soli per molte ore in carrozza avrebbero potuto conversare amabilmente. «Torneremo a casa insieme domani sera.»

«Non ho tempo» concluse lui.

«Jason...» disse lei dolcemente, allungando una mano per toccargli i capelli ricci e scuri.

Lui scattò in piedi, incombendo su di lei con aria oltraggiata. «Se hai bisogno di soldi da spendere a Londra, dillo e basta! Ma smettila di comportarti come una sgualdrina di bassa lega, o ti tratterò come tale e finirai su quel divano con le gonne sollevate.»

Victoria lo fissò, umiliata e furiosa. «Per tua informazione, preferirei essere una sgualdrina di bassa lega piuttosto che uno sciocco come te, che fraintende ogni gesto e salta alle conclusioni sbagliate!»

«Cosa vorresti dire esattamente?»

Victoria era sul punto di battere i piedi a terra per la frustrazione. «Dimmelo tu! Sei così bravo a capire quello che voglio, a parte il fatto che *sbagli* sempre! Ma ti dirò una cosa… se fossi una sgualdrina, morirei di fame con te! Per stasera puoi cenare da solo e accanirti con i domestici invece che con me. Domani andrò a Londra da sola.» Con quelle parole, Victoria uscì dalla stanza, lasciandolo a guardarla con aria sconcertata.

Salì di gran carriera nella sua stanza, si sfilò il vestito di chiffon e indossò una vestaglia di seta. Si sedette al tavolo da toeletta e, mentre la collera si placava, un sorriso le si affacciò sulle labbra. Lo sguardo sorpreso di Jason quando gli aveva detto che con lui sarebbe morta di fame se fosse stata una sgualdrina, era stato quasi comico.

26

Victoria partì per Londra molto presto il mattino seguente e rientrò a Wakefield al crepuscolo. Reggeva con la massima cura un oggetto che aveva visto in un negozio settimane prima. Fin da allora aveva pensato a Jason, ma le era sembrato terribilmente costoso, e inoltre all'epoca sarebbe stato del tutto inopportuno comprargli un regalo.

Non aveva idea di quando gliel'avrebbe dato. Di certo non subito – la tensione fra loro era ancora alta – ma comunque presto. Rabbrividì al ricordo del prezzo. Jason le aveva dato una quantità di denaro spropositata per le sue spese personali, ma per quel regalo aveva speso tutto, più una somma aggiuntiva, che il proprietario era stato felice di addebitare sul conto della marchesa di Wakefield.

«Sua Signoria è nel suo studio» le disse Northrup quando aprì il portone.

«Vuole vedermi?» chiese lei, sorpresa di essere subito informata su dove si trovasse Jason.

«Non lo so, milady» rispose Northrup a disagio. «Ma ha... ha voluto sapere se foste già rientrata.»

Victoria guardò l'espressione inquieta di Northrup e si ricordò dell'angoscia di Jason quando lei era sparita durante il temporale. Dal momento che la sua escursione a Londra era durata il doppio del necessario, dedusse che il maggiordomo fosse stato richiamato da Jason.

«Quante volte ha chiesto di me?» domandò.

«Tre» rispose Northrup. «Nell'ultima ora.»

«Capisco» disse Victoria con un sorriso comprensivo, ma fu incredibilmente felice di sapere che Jason avesse pensato a lei.

Andò nello studio. Non riuscendo a bussare con il regalo in mano, abbassò la maniglia e spinse la porta con le spalle. Invece di lavorare alla scrivania, Jason era in piedi alla finestra, e osservava con espressione assente i prati terrazzati che si estendevano di fianco alla casa. Sentendola, si raddrizzò subito.

«Sei tornata» disse, infilandosi le mani in tasca.

«Pensavi che non l'avrei fatto?» chiese Victoria, studiando i suoi lineamenti.

Lui alzò le spalle. «Francamente non ho idea di cosa potresti fare da un momento all'altro.»

Victoria capiva perché la considerasse la donna più impulsiva e imprevedibile del mondo. Soltanto il giorno prima l'aveva trattato con fare seduttivo e tenero, per poi uscire dalla sala da pranzo in preda all'ira. E adesso sentiva l'impulso irrefrenabile di buttargli le braccia al collo e chiedergli di perdonarla. Ma non volendo rischiare di ricevere un rifiuto netto come l'ultima volta, si trattenne e decise di dargli subito il regalo.

«C'era una cosa che dovevo comprare a Londra» disse allegra, mostrandogli il pacco. «L'ho vista settimane fa, ma non avevo abbastanza denaro.»

«Avresti dovuto chiedermelo» rispose lui, dirigendosi verso la scrivania con l'intenzione di tornare a dedicarsi al lavoro.

Victoria scosse il capo. «Non sarebbe stato giusto chiederti dei soldi, dal momento che si tratta di un regalo per te. Ecco» gli disse, allungando le braccia. «Tieni.»

Jason si bloccò e guardò il pacchetto oblungo avvolto nella carta argentata. «Cosa?» chiese confuso.

«Il motivo per cui volevo andare a Londra era per comprarti questo» spiegò Victoria con un sorriso enigmatico mentre gli porgeva il regalo.

Lui lo guardò perplesso, tenendo le mani in tasca. Con una stretta al cuore improvvisa, Victoria si chiese se qualcuno gli avesse mai fatto un regalo prima di allora. Probabilmente né la sua prima moglie né le sue amanti ci avevano mai pensato. Ed era scontato che nemmeno la donna crudele che l'aveva cresciuto l'avesse fatto.

Il desiderio di abbracciarlo era quasi incontrollabile, quando Jason infine prese il pacco e se lo rigirò fra le mani, guardandolo incerto. Nascondendo la tenerezza dietro un sorriso smagliante, Victoria si appoggiò al bordo del tavolo e chiese: «Non lo apri?».

«Cosa?» chiese lui assente. Poi si ricompose. «Vuoi che lo apra adesso?»

«Non c'è momento migliore» dichiarò Victoria e indicò con la mano il tavolo di fianco a lei. «Puoi appoggiarlo qui, ma stai attento... è fragile.»

«È pesante» osservò lui, rivolgendole un sorriso incerto, mentre scioglieva il nastro sottile e rimuoveva la carta argentata. Tolse il coperchio dalla scatola e infilò una mano all'interno, foderato di velluto.

«Mi ha fatto pensare a te» disse Victoria sorridendo, mentre lui estraeva una pantera intagliata nell'onice, con due smeraldi luccicanti al posto degli occhi. Era come se un felino vivo fosse stato magicamente catturato in corsa e tramutato in onice, perché ogni linea del corpo flessuoso trasmetteva le vibrazioni del movimento.

Jason, che possedeva una collezione d'arte tra le più raffinate d'Europa, esaminò la pantera con una deferenza tale che a Victoria vennero quasi le lacrime agli occhi. Lo trattava come se fosse un tesoro di valore inestimabile.

«È molto bello» disse poi piano, passando il pollice sulla

schiena della pantera. Con infinita cura, l'appoggiò sulla sua scrivania e si voltò verso Victoria. «Non so cosa dire» ammise con un sorriso.

Lei alzò lo sguardo e pensò che non fosse mai stato tanto affascinante. «Non devi dire nulla, a parte "grazie", se vuoi.»

«Grazie» ripeté lui con una strana voce rauca.

"Ringraziami con un bacio." Quel pensiero la colpì all'improvviso e le parole le uscirono di bocca prima che riuscisse a fermarle. «Ringraziami con un bacio» gli ricordò con un sorriso felice.

Jason fece un lungo respiro, come se si stesse preparando per un compito difficile, poi appoggiò le mani sulla scrivania di fianco a lei e si chinò. Le sfiorò le labbra e la dolcezza di quel contatto fu quasi insopportabile. Victoria reclinò la testa sotto la leggera pressione della sua bocca, e quando Jason fece per staccarsi, dovette aggrapparsi a lui per non cadere. Per Jason, sentire le mani di lei che lo stringevano in quel modo fu come un invito a un banchetto per un uomo affamato. Appoggiò di nuovo la bocca su quella di Victoria, muovendosi con tenera determinazione, e quando lei iniziò a ricambiare il bacio, divenne più insistente. Le separò le labbra con la lingua, spingendola a fare lo stesso.

La lingua di lei lo sfiorò timidamente e Jason perse il controllo. Gemette e la cinse con le braccia, sollevandola dal tavolo e attirandola a sé. Sentì le mani di Victoria che gli scorrevano sul petto e gli avvolgevano il collo, e l'invito che percepì in quel gesto accese una fiamma di passione che gli fece quasi perdere la ragione. Risalì con la mano al corpetto per toccare i seni pieni e voluttuosi. Victoria fremette per l'intimità di quella carezza, ma invece di staccarsi, come Jason si era aspettato, si spinse contro la sua erezione, persa in quel bacio appassionato.

La voce allegra del capitano Farrell risuonò nel corridoio, appena fuori dallo studio. «Non preoccupatevi, Northrup, conosco la strada.» La porta si spalancò e Victoria si sciolse dall'abbraccio. «Jason, io...» iniziò il capitano Farrell, entrando nella stanza. Si fermò subito, con un sorriso mortificato sulle labbra, mentre il suo sguardo passava dalle guance arrossate di Victoria agli occhi torvi dell'amico. «Avrei dovuto bussare.»

«Abbiamo finito» disse Jason asciutto.

Victoria rivolse un rapido sorriso e borbottò che doveva salire a cambiarsi per cena.

Il capitano Farrell tese la mano. «Come stai, Jason?»

«Non ne sono sicuro» rispose lui assente, osservando Victoria che usciva.

Le labbra di Mike Farrell si curvarono in un sorriso, ma il divertimento lasciò il posto alla preoccupazione, quando Jason si voltò e andò alla finestra, massaggiandosi il collo, come se fosse incredibilmente esausto.

«C'è qualcosa che non va?»

La risposta di Jason fu una risata sinistra. «Non c'è niente che non va, Mike. E niente di cui non possa occuparmi.»

Quando Mike Farrell se ne andò, un'ora dopo, Jason si appoggiò allo schienale della sedia e chiuse gli occhi. Il desiderio che Victoria aveva risvegliato in lui lo stava ancora consumando come un fuoco ardente. La voleva così disperatamente da provare dolore. Avrebbe voluto strozzarla quando gli aveva detto di prendersi pure un'amante, ma di essere discreto.

La sua giovanissima sposa lo stava facendo impazzire. Prima voleva giocare a scacchi con lui. Adesso stava tentando un gioco più intrigante... lo provocava. Victoria era diventata una tentazione continua, ed era terribilmente efficace. Si sedeva sulla scrivania, si appoggiava al bracciolo della sua sedia, gli portava un regalo, gli chiedeva un bacio. Si domandò se avesse immaginato che fosse Andrew anche quando l'aveva baciato pochi minuti prima, come aveva fatto quando si erano sposati.

Disgustato dalle reazioni del proprio corpo, si alzò in piedi e salì in fretta l'ampia scala. Sapeva di aver sposato la donna di un altro, ma non si aspettava che questo lo infastidisse così tanto. L'unica cosa che lo frenava dal costringerla ad andare a letto con lui era l'orgoglio. L'orgoglio e la consapevolezza che non avrebbe provato più soddisfazione di quanta ne avesse provata la prima notte di nozze.

Victoria lo sentì muoversi nella sua stanza e bussò alla porta comunicante. Il suo sorriso si spense quando, entrando, vide Franklin, il valletto, preparare i bagagli, mentre Jason infilava dei documenti in una custodia di pelle. «Dove vai?» gli chiese.

«A Londra.»

«Ma... perché?» insisté lei delusa.

Jason si rivolse al valletto. «Finirò io i bagagli, Franklin.» Aspettò che il domestico si ritirasse, poi spiegò brevemente: «Là lavoro meglio».

«Ma ieri sera hai detto che non potevi fermarti a Londra con me per la notte, perché avevi un appuntamento qui la mattina presto.»

Jason smise di maneggiare i fogli e si raddrizzò. Con deliberata schiettezza, le chiese: «Victoria, sai cosa succede a un uomo se per giorni non si sente sessualmente appagato?».

«No» disse lei con un filo di voce.

«In questo caso, te lo spiegherò» scattò lui.

Victoria scosse il capo preoccupata. «Meglio di no, finché sei in questo stato d'animo...»

«Non ero mai in questo "stato d'animo" prima di conoscere te» dichiarò Jason. Dandole la schiena, appoggiò le mani sulla cappa e fissò il pavimento. «Ti avviso, torna nella tua stanza, prima che io dimentichi come si comporta un marito "ragionevole" e rimandi la partenza per Londra.»

Victoria si sentì male. «Stai andando dalla tua amante, vero?» domandò con voce rotta.

«Stai iniziando a parlare come una moglie gelosa» sibilò lui tra i denti.

«Non posso farne a meno, io *sono* una moglie.»

«Hai un'idea molto particolare di cosa significa essere una moglie» la canzonò lui. «E adesso esci di qui.»

«Maledizione!» esplose lei. «Io non *so* come si fa a fare la moglie, non lo capisci? So cucinare, cucire e occuparmi delle faccende di casa, ma a te tutto questo non serve, perché ci sono altre persone che provvedono. E ti dirò un'altra cosa, lord Fielding» continuò mentre la sua collera aumentava. «Potrò anche non essere una buona moglie, ma tu sei un marito *impossibile*! Quando ti ho proposto di giocare a scacchi, ti sei arrabbiato. Quando ho cercato di sedurti, hai perso le staffe...» Vide la testa di Jason scattare all'indietro, ma era così furiosa da non notare l'espressione sbalordita sul suo volto. «E quando ti porto un regalo, te ne vai a Londra dalla tua amante!»

«Tory» gemette lui. «Vieni qui.»

«No, non ho finito!» esclamò lei umiliata. «Vattene dalla tua amante, se è questo quello che vuoi, ma non dare la colpa a me se non avrai mai un figlio. Sarò anche ingenua, ma non sono così stupida da pensare di poter generare un bambino senza... senza la tua collaborazione!»

«Tory, ti prego, vieni qui» ripeté lui con voce roca.

Victoria finalmente registrò l'emozione nella sua voce, che neutralizzò all'istante la rabbia, ma aveva ancora paura di un rifiuto. «Jason, penso che tu non sappia ciò che vuoi. Hai detto di volere un figlio, ma...»

«So esattamente ciò che voglio» la contraddisse lui, aprendo le braccia. «Se verrai qui, te lo mostrerò...»

Confusa dall'invito seducente di quegli occhi verdi e dal tono vellutato della sua voce, Victoria camminò piano verso di lui e si ritrovò stretta in un abbraccio travolgente. La bocca di lui s'impossessò della sua, in un bacio eccitante e selvaggio che le provocò un'ondata di calore in tutto il corpo. Victoria sentì l'erezione premere contro di sé, mentre le sue mani la accarezzavano in modo possessivo, calmando le sue paure e accendendo il desiderio ovunque la toccasse. «Tory» sussurrò lui con voce roca, facendole scorrere le labbra sul collo. «Tory» ripeté premendo di nuovo la bocca sulla sua.

La baciò lentamente, a fondo, e poi con avidità, spingendola contro il pene rigido e pulsante. Victoria emise un gemito di puro piacere.

Con le labbra sempre premute contro quelle di lei, Jason la sollevò. Persa nella magia vibrante delle sue mani e della sua bocca, Victoria sentì il mondo vorticarle intorno quando la distese sul letto. Aggrappandosi disperatamente a quel momento speciale in cui non esisteva altro a parte suo marito, strizzò gli occhi, mentre lui si spogliava. Lo sentì sdraiarsi sul letto e lottò contro il panico che le risaliva dentro in attesa che le slacciasse la vestaglia.

Invece lui le baciò con tenerezza le palpebre abbassate e la circondò con le braccia, attirandola delicatamente verso di sé. «Principessa» sussurrò, in un tono di voce dolcissimo. «Ti prego, apri gli occhi e ti prometto che non mi avventerò su di te.»

Victoria deglutì e aprì gli occhi, sollevata oltre misura nel vedere che Jason aveva spento tutte le candele tranne quelle sul camino dall'altra parte della stanza.

Lui lesse la paura nei suoi occhioni azzurri e si sollevò su un gomito, allungando una mano per accarezzare con tenerezza i riccioli ramati sparsi sul cuscino. Nessun altro uomo oltre a lui l'aveva mai toccata, pensò adorante. Quella magnifica ragazza, coraggiosa e piena di vita si era concessa a lui, e soltanto a lui. Voleva rimediare al proprio comportamento della prima notte di nozze e farla gemere di piacere.

Ignorando il desiderio urgente che gli fremeva nei lombi, le sfiorò l'orecchio con le labbra. «Non so a cosa stai pensando» disse piano «ma sembri terrorizzata. Non è cambiato nulla da pochi minuti fa, quando ci stavamo baciando.»

«A parte il fatto che non hai più i vestiti addosso» gli ricordò Victoria tremante.

Lui trattenne un sorriso. «È vero, ma tu sì.»

"Non per molto" pensò lei, e sentì la sua risata sensuale, come se le stesse leggendo nel pensiero.

Le baciò l'angolo dell'occhio. «Vuoi restare vestita?»

La moglie a cui aveva tolto brutalmente la verginità lo guardò negli occhi e gli mise una mano sulla guancia, sussurrando: «Voglio fare ciò che piace a te. E non penso che tu voglia che rimanga vestita».

Con un gemito sommesso, Jason si chinò e la baciò con tenerezza, fremendo in modo incontrollato quando lei ricambiò il bacio con passione innocente. Staccò la bocca da lei. «Tory» disse «se mi dessi più piacere di quello che provo quando mi baci, potrei morire.» Inspirò a fondo e le slacciò la vestaglia di velluto in vita, ma quando stava per aprirla, la mano di lei lo bloccò. «Non l'aprirò, se non vuoi, tesoro» promise, senza muovere le dita. «Speravo soltanto che non ci fosse più nulla a separarci: né incomprensioni né porte, e nemmeno vestiti. Ho tolto i miei per mostrarmi a te, non per spaventarti.»

Quella tenera spiegazione le provocò un brivido. Poi, con grande gioia di Jason, Victoria gli passò una mano intorno al collo e si offrì a lui.

La vestaglia scivolò sotto le sue dita ansiose mentre si chinava a baciarla. Le sfiorò i capezzoli e intanto premeva sulle sue labbra con la lingua per aprirgliele. Invece di limitarsi a cedere all'intimità di quel bacio, Victoria gli si aggrappò al collo e ricambiò con passione. Sotto il palmo di Jason, il capezzolo si inturgidì e lui staccò la bocca da quella di lei per chinarsi sul seno.

Victoria sussultò sorpresa, e lui la guardò, realizzando che nessun uomo l'aveva mai baciata o toccata in quel modo. «Non ti farò male» sussurrò rassicurandola, e appoggiò le labbra sul capezzolo teso, baciandolo e stimolandolo finché non la sentì più rilassata, dopodiché aprì la bocca e lo avvolse con le labbra.

La reazione sconvolta di Victoria gli provocò un gemito di

intenso piacere. Gli infilò le dita nei riccioli neri, tenendogli la testa abbassata come se non volesse più lasciarlo andare, fino a quando non sentì la sua mano scorrerle in mezzo alle gambe.

«No!» Gemette terrorizzata e strinse le ginocchia. Invece di contrariare Jason, come aveva temuto, quella resistenza gli strappò una risata sommessa.

Si sollevò e la baciò sulle labbra con avidità. «Sì» sussurrò, muovendosi avanti e indietro su di lei. «Oh, sì...» Abbassò di nuovo la mano, sfiorandole il triangolo tra le cosce, stimolandola con le dita fino a farle allargare le gambe per arrendersi alla sua provocazione insistente e dolce. Il calore bagnato che sentì dentro di lei gli fece quasi perdere il controllo. Non riusciva a credere a quell'eccitazione, né alla spontaneità con cui gli si offriva, facendolo impazzire. Mosse le dita e Victoria sollevò i fianchi, inarcandosi dolcemente contro la sua mano, mentre gli si aggrappava alle spalle, affondandogli le unghie nella pelle.

Il cuore di Victoria sussultò con un misto di piacere vibrante e terrore, quando percepì il calore della sua virilità premerle tra le gambe, ma invece di penetrarla, Jason mosse i fianchi in circolo contro di lei con un ritmo suadente che la portò lentamente verso un piacere pulsante e travolgente. Ormai non provava più alcuna paura, ma soltanto un desiderio squisito di sentirlo dentro di sé.

Jason si sistemò tra le cosce di lei. «Non avere paura» mormorò. «Non avere paura di me.»

Victoria aprì gli occhi e lo guardò. Aveva il volto teso per la passione, le spalle e le braccia contratte nello sforzo di trattenersi e il respiro ansimante. Come in trance, passò le dita sulle sue labbra sensuali, realizzando istintivamente quanto lui la desiderasse e quanto si stesse sforzando per non prenderla immediatamente. «Sei così gentile» sussurrò con un filo di voce «così gentile...»

Un gemito profondo scaturì dal petto di Jason, che non riuscì più a trattenersi. La penetrò fermandosi a metà, per poi uscire e spingersi più a fondo subito dopo, e dopo ancora, finché lei non inarcò i fianchi e lo accolse in profondità, avvolgendolo con il suo incredibile calore. Jason aveva la fronte imperlata di sudore, mentre lottava contro gli istinti del proprio corpo e si muoveva piano dentro di lei. La sentì ansimare e iniziò ad aumentare il ritmo delle spinte. «Dai, Tory» le disse con voce roca. «Ti darò piacere, lo prometto.»

L'estasi scosse tutto il corpo di Victoria fino a culminare in un'esplosione che la fece urlare. Jason si chinò su di lei e la baciò disperatamente un'ultima volta, dopodiché la penetrò unendosi a lei nella dolcezza dell'orgasmo.

Temendo che il proprio peso potesse schiacciarla, si spostò su un fianco, rotolando insieme a lei, mentre i loro corpi erano ancora intimamente uniti. Quando il respiro affannoso di lei si placò, le baciò la fronte e le tolse i capelli dal viso. «Come ti senti?» le chiese piano.

Le lunghe ciglia di Victoria si sollevarono e i suoi occhi azzurri lo guardarono pieni di languida meraviglia. «Mi sento come una moglie» sussurrò.

Quelle parole lo fecero ridere. Con un dito seguì la curva della sua guancia, mentre lei gli si accoccolava contro.

«Jason» gli disse, con voce piena di emozione, alzando lo sguardo verso di lui. «C'è una cosa che voglio dirti.»

«Cosa?» chiese lui sorridendo teneramente.

Con semplicità e senza alcun imbarazzo, gli rivelò: «Ti amo».

Il sorriso di lui svanì.

«Sì, ti...»

Jason le premette un dito sulle labbra per zittirla e scosse la testa. «No, non è vero» disse con determinazione implacabile. «Né devi. Non darmi più di quanto tu abbia già fatto, Tory.»

Victoria distolse lo sguardo e non disse nulla, ma il suo rifiuto la ferì profondamente. Le sue parole la tormentavano... "Non mi aspetto né voglio il tuo amore."

In corridoio, Franklin bussò alla porta, per sentire se lord Fielding desiderasse aiuto con i bagagli. Non ricevendo risposta, dedusse che Sua Signoria fosse da qualche altra parte e, come faceva di solito, aprì la porta.

Fece un passo nella stanza in penombra e sbatté le palpebre, guardando sconvolto la coppia sdraiata sull'enorme letto, e poi sussultando orripilato di fronte alla pila di vestiti che Jason aveva tolto dagli armadi e che ora giaceva a terra in un mucchio disordinato. Il diligente valletto si morse il labbro di fronte all'impulso irrefrenabile di proseguire in punta di piedi e ripiegare la giacca elegante e i pantaloni di daino del padrone. Invece indietreggiò saggiamente e richiuse la porta con la massima delicatezza.

Una volta in corridoio, il disappunto per gli abiti maltrattati da lord Fielding lasciò il posto a una gioia profonda. Andò di corsa verso la balaustra che sovrastava l'atrio al piano inferiore. «Signor Northrup!» chiamò con voce sussurrata, sporgendosi pericolosamente e facendo cenni frenetici al maggiordomo, ritto di fianco al portone d'ingresso. «Signor Northrup, ho una notizia importantissima! Venite più vicino, così non ci sentirà nessuno...»

In fondo al corridoio al primo piano, due cameriere uscirono dalle camere che stavano pulendo e andarono a sbattere l'una contro l'altra nell'ansia di sentire la notizia. Alla destra di Franklin, si materializzò all'improvviso un valletto che iniziò a pulire con entusiasmo uno specchio con cera d'api e olio di limone.

«Finalmente è successo!» sibilò Franklin a Northrup, parlando in codice, per essere sicuro che nessuno capisse a cosa si stava riferendo.

«Sei sicuro?»

«Certo» disse Franklin oltraggiato.

Un sorriso addolcì i lineamenti severi di Northrup, ma subito si ricomposero nella solita maschera impassibile. «Grazie, signor Franklin. In questo caso, farò rientrare la carrozza nelle scuderie.»

Con queste parole, Northrup si voltò e si diresse verso il portone. Uscì al buio, dov'era in attesa una carrozza lussuosa di lacca marrone, con lo stemma dorato di Wakefield sulla portiera. Quattro cavalli bai sbattevano gli zoccoli a terra e scuotevano le briglie per l'impazienza di partire. Non riuscendo ad attirare l'attenzione dei cocchieri seduti a cassetta, Northrup scese i gradini fino al vialetto.

«Sua Signoria per stasera non avrà più bisogno dei vostri servizi» comunicò al cocchiere in tono freddo e autoritario. «Potete far rientrare i cavalli.»

«Non gli servirà la carrozza?» chiese sorpreso il cocchiere. «Ma mi ha avvertito personalmente un'ora fa, dicendo di volere tutto pronto e in fretta!»

«I suoi piani sono cambiati» dichiarò Northrup glaciale.

Il cocchiere emise un sospiro irritato e lanciò un'occhiata torva al maggiordomo. «Vi dico che c'è un errore. Ha intenzione di andare a Londra...»

«Idiota! *Voleva* andare a Londra. Invece adesso si è ritirato per la notte!»

«Alle sette e mezzo...» Mentre Northrup si voltava e marciava verso la casa, il cocchiere, ridendo, diede di gomito al suo compagno. «Credo che lady Fielding abbia deciso che le more non vanno più di moda.» Dopodiché condusse i cavalli nelle scuderie per comunicare la notizia anche agli altri stallieri.

Northrup andò direttamente in sala da pranzo, dove O'Malley stava fischiettando allegramente sottovoce mentre sistemava il prezioso servizio di porcellana che aveva usato per apparecchiare la tavola. «C'è stato un cambiamento, O'Malley» disse Northrup.

«Sì» concordò il valletto insolente «senza dubbio.»

«Puoi togliere le tovaglie.»

«Sì, l'ho già fatto.»

«Tuttavia, lord e lady Fielding potrebbero desiderare di cenare più tardi.»

«Al piano di sopra» specificò O'Malley con un sorriso sfacciato.

Northrup s'irrigidì e se ne andò. «Maledetto irlandese insolente!» borbottò furioso.

«Pallone gonfiato!» commentò O'Malley alle sue spalle.

27

«Buongiorno, milady» disse Ruth, raggiante.

Victoria rotolò sull'enorme letto di Jason con un sorriso sognante. «Buongiorno, che ore sono?»

«Le dieci. Volete che vi porti una vestaglia?» le chiese, guardando le coperte e i vestiti ammucchiati sul pavimento.

Victoria avvampò, ma si sentiva troppo esausta per provare più di un leggero imbarazzo per essere stata scoperta nel letto di Jason con i vestiti sparsi ovunque. Prima di addormentarsi avevano fatto l'amore due volte, e poi ancora quella mattina. «Non preoccuparti, Ruth. Credo che dormirò ancora un po'.»

Quando la cameriera uscì, Victoria si sdraiò a pancia in giù e affondò la faccia nei cuscini con un sorrisetto sulle labbra. Tutti erano convinti che Jason Fielding fosse freddo, cinico e inavvicinabile, ricordò ridendo dentro di sé. Quanto sarebbero rimasti colpiti se solo avessero sospettato che amante tenero, appassionato e audace sapeva essere sotto le coperte. O forse non era affatto un segreto, pensò mentre il suo sorriso si spegneva. Aveva visto gli sguardi che spesso le donne sposate rivolgevano a Jason, e siccome il loro obiettivo non poteva essere quello di sposarlo, ciò a cui puntavano era averlo come amante.

Riflettendoci sopra, ricordò quante volte avesse sentito pronunciare il suo nome associato a quello di belle signore, sposate con uomini brutti e anziani. Senza dubbio, prima di lei Jason aveva avuto molte donne, perché sapeva esattamente come baciarla e dove toccarla per far accendere il suo corpo di desiderio.

Victoria allontanò quei pensieri sconci dalla mente. Non importava quante donne avessero goduto del piacere selvaggio di fare l'amore con lui, perché da quel momento in poi Jason sarebbe stato suo e soltanto suo. Stava per richiudere gli occhi quando notò la scatola piatta di velluto nero appoggiata sul comodino. Senza entusiasmo, estrasse la mano dalle lenzuola di seta e aprì il gancio. Dentro c'era una magnifica collana di smeraldi con un biglietto: "Grazie per la notte indimenticabile".

Victoria corrugò la fronte. Avrebbe preferito che lui non si fosse opposto quando aveva cercato di dirgli che l'amava. E avrebbe voluto sentirsi dire che era ricambiata. E desiderava con tutto il cuore che la smettesse di regalarle gioielli ogni volta che lo compiaceva. Quel monile in particolare le dava la fastidiosa sensazione che fosse un pagamento per i suoi servizi...

Victoria si svegliò di soprassalto. Era quasi mezzogiorno e Jason le aveva detto che per quell'ora la sua riunione di lavoro sarebbe stata conclusa. Ansiosa di vederlo e crogiolarsi nel calore del suo sorriso, si vestì con un abito color lavanda con morbide maniche che terminavano in ampi polsini. Aspettò impaziente che Ruth finisse di sistemarle i capelli, spazzolandoli fino a farli diventare lucidi e arricciandoli prima di legarli con un nastro di seta.

Dopodiché, Victoria corse in corridoio e si sforzò di procedere a un passo più decoroso scendendo la scala. Chiese dove si trovasse Jason e Northrup le sorrise, e quando superò O'Malley, diretta al suo studio, avrebbe potuto giurare che l'irlandese le avesse ammiccato. Bussò alla porta ed entrò. «Buongiorno» esordì raggiante. «Pensavo che ti avrebbe fatto piacere pranzare con me.»

Jason la guardò appena. «Mi dispiace, Victoria. Sono occupato.»

Sentendosi come una bambina noiosa appena messa al suo posto, con gentilezza ma decisione, Victoria chiese esitante: «Jason, perché lavori così tanto?».

«Mi piace lavorare» rispose lui freddo.

Era ovvio che lo preferisse alla sua compagnia, realizzò Victoria, dal momento che di certo non aveva bisogno di soldi. «Scusa per l'interruzione» disse piano. «Non succederà più.»

Quando uscì, Jason fece per richiamarla e dirle che aveva cambiato idea, ma frenò quell'impulso e tornò a sedersi alla scrivania. Aveva voglia di mangiare con lei, ma non sarebbe stato saggio passare troppo tempo insieme. Avrebbe lasciato che Victoria fosse una parte piacevole della sua vita, ma non le avrebbe permesso di diventarne il centro. Non avrebbe concesso quel potere a nessuna donna.

Victoria rideva mentre il piccolo Billy brandiva la sua sciabola giocattolo nel campo sul retro dell'orfanotrofio e ordinava a uno degli altri ragazzini di "camminare sulla tavola fino a gettarsi in mare". Con una benda nera sull'occhio buono, il piccolo aveva un aspetto adorabile, da vero pirata.

«Pensate che la cosa funzionerà?» chiese il vicario al suo fianco.

«Non ne sono sicura. Mio padre restò sorpreso come tutti gli altri dall'effetto che fece sul bambino di cui vi parlavo. Quando l'occhio si raddrizzò, mio padre si domandò se in quel caso fossero stati solo i muscoli che ne controllano il movimento ad avere problemi. Se fosse così anche per Billy, coprire l'occhio sano può servire a rinforzare i muscoli dell'altro.»

«Io e mia moglie saremmo felici se voleste onorarci della vostra presenza a cena stasera, dopo che i bambini avranno presentato il loro spettacolo con le bambole. Se posso permettermi, milady, gli ospiti dell'orfanotrofio sono molto fortunati ad avere una signora premurosa come voi. Oserei dire che non esiste un altro orfanotrofio in Inghilterra dove i bambini hanno a disposizione tanti vestiti e cibo, grazie alla vostra generosità.»

Victoria sorrise ed era sul punto di declinare gentilmente l'invito, quando di colpo cambiò idea e accettò. Mandò uno dei ragazzini più grandi a Wakefield con un messaggio per Jason, informandolo che avrebbe cenato a casa del vicario, poi si appoggiò al tronco di un albero a guardare i piccoli che giocavano ai pirati, chiedendosi come avrebbe reagito Jason alla sua inusuale assenza.

In realtà non c'era modo di capire se la cosa gli importasse. La sua vita era diventata molto strana e confusa. Oltre ai gioielli che già possedeva, ora Victoria poteva vantare un paio di orecchini e un braccialetto di smeraldi abbinati alla collana, pendenti di diamante, una spilla di rubini e un set di pettinini incrostati di brillanti, una cosa per ognuna delle cinque notti consecutive in cui avevano fatto l'amore.

Tutte le notti lui la amava con passione. La mattina le lasciava un gioiello prezioso e poi la estrometteva dai suoi pensieri e dalla sua vita fino all'ora di cena. Il risultato di quello strano trattamento era che Victoria aveva sviluppato un certo risentimento nei confronti di Jason e un disgusto ancora più profondo per i gioielli.

Forse avrebbe potuto tollerare meglio il suo atteggiamento se lui avesse lavorato veramente senza sosta, ma non era così. Trovava il tempo per andare a cavallo con Robert Collingwood, per far visita al signorotto locale e per dedicarsi a ogni sorta di altra attività. Victoria poteva contare sulla sua presenza solo a cena e più tardi, in camera da letto. Il pensiero che quella sarebbe stata la sua vita la rattristava e la faceva arrabbiare. In quell'occasione era abbastanza infastidita da saltare la cena con lui di proposito.

Era evidente che Jason desiderava il tipico matrimonio degli aristocratici inglesi, in cui ognuno degli sposi conduceva la propria vita. Le coppie sofisticate non condividevano molti momenti, lei lo sapeva; trascorrere troppo tempo insieme era considerato volgare e ordinario. Non si facevano nemmeno dichiarazioni l'amore, ma in quel senso Jason si comportava in modo veramente bizzarro. Le aveva chiesto di non amarlo, ma faceva l'amore con lei notte dopo notte, accendendole i sensi fino a farla gridare. Più lei cercava di trattenere le parole "ti amo", più lui la seduceva con passione, con le sue mani, la bocca e il corpo possente, costringendola ad ammettere quel sentimento. Solo allora le lasciava raggiungere l'estasi esplosiva che era in grado di darle unicamente lui.

Era come se volesse, o meglio avesse bisogno di sentire, quelle parole d'amore; ma nemmeno al culmine del proprio piacere, Jason le diceva a lei. Il cuore e il corpo di Victoria erano in balia dei capricci di lui, che la teneva incatenata deliberatamente, con astuzia, procurandole un piacere selvaggio, ma sul piano delle emozioni era distaccato.

Dopo una settimana così, Victoria era determinata a costringerlo in qualche modo ad ammettere ciò che provava. Non voleva e non poteva credere che lui non l'amasse, lo percepiva dalla tenerezza delle sue mani su di sé e dall'avidità delle sue labbra. Inoltre, se non voleva amarla, per quale motivo la spingeva a dirlo a lui?

Dopo quello che le aveva raccontato il capitano Farrell, Victoria capiva perché Jason non riuscisse ad affidarle del tutto il suo cuore. Lo capiva, ma era decisa a cambiare la situazione. Il capitano Farrell aveva detto che Jason avrebbe amato solo una volta... Una volta e per sempre. Lei desiderava disperatamente essere amata in quel modo da lui. Forse se non fosse stata sempre così a sua disposizione, Jason si sarebbe accorto di quanto gli mancasse e lo avrebbe persino ammesso con lei. Questa almeno era la speranza che la animava quella sera.

Victoria rimase sulle spine per tutta la cena a casa del vicario, in attesa del momento in cui sarebbe tornata a Wakefield e avrebbe constatato la reazione di Jason alla sua assenza. Nonostante le proteste di lei, il vicario insisté per scortarla a casa, mettendola in guardia per tutto il tragitto dai pericoli in agguato per una donna così sconsiderata da avventurarsi fuori da sola dopo il tramonto.

Victoria corse dentro casa con l'immagine meravigliosa, ma altamente improbabile, di Jason che le dichiarava il suo amore in ginocchio, perché aveva sentito la sua mancanza.

Northrup la informò che lord Fielding, saputo che lei avrebbe cenato da un'altra parte, aveva deciso di mangiare da alcuni vicini e non era ancora rientrato.

Frustrata, Victoria salì in camera sua, fece un bagno rilassante e si lavò i capelli. Quando ebbe finito, Jason non c'era, così si infilò nel letto e si mise a sfogliare svogliatamente una rivista. Se l'intenzione di Jason era quella di vendicarsi, pensò irritata, non avrebbe potuto trovare un modo migliore, anche se non lo credeva sconvolto al punto di volerle dare una lezione.

Lo sentì entrare in camera sua solo verso le undici, e istantaneamente avvicinò il periodico e si mise a guardarlo come se fosse la lettura più interessante del mondo. Poco dopo, lui entrò nella sua stanza senza fazzoletto al collo, con la camicia slacciata fin quasi alla vita che rivelava la peluria scura sui muscoli abbronzati del petto. Aveva un aspetto così virile e attraente da togliere il fiato. Victoria aveva la salivazione azzerata, mentre il volto di Jason appariva perfettamente composto. «Non sei tornata per cena» disse lui, in piedi di fianco al letto.

«No» confermò Victoria, cercando di usare un tono altrettanto indifferente.

«Perché no?»

Lei gli lanciò un'occhiata innocente e ripeté la spiegazione che le dava lui quando la ignorava. «Mi piace la compagnia della gente, come a te piace lavorare.» Purtroppo Jason perse un po' della sua compostezza, e lei aggiunse, leggermente nervosa: «Non pensavo che ti dispiacesse».

«Non mi è dispiaciuto affatto» rispose lui, con suo grande disappunto, e dopo averle dato un bacio casto sulla fronte, tornò nella propria camera.

Victoria guardò delusa i cuscini vuoti di fianco a sé. Il suo cuore si rifiutava di credere che non gli importasse se lei cenava o no con lui. Non voleva credere che quella notte volesse dormire da solo e rimase sveglia ad aspettarlo, ma lui non la raggiunse.

Quando si svegliò, il mattino seguente, si sentiva già malissimo prima che Jason entrasse nella sua stanza, fresco di rasatura ed energico, per suggerirle tranquillamente: «Se senti il bisogno di un po' di compagnia, Victoria, forse potresti andare un paio di giorni in città».

Un moto di disperazione le fece scivolare via la spazzola dalle dita, però l'orgoglio venne in suo soccorso e la spinse a mostrare un sorriso smagliante. O Jason stava fingendo, o aveva intenzione di liberarsi di lei, ma qualsiasi fosse la ragione di quell'atteggiamento, lei avrebbe seguito il suo consiglio. «Fantastico, Jason. Penso che lo farò. Grazie per il suggerimento.»

28

Victoria andò a Londra e rimase in città quattro giorni, sperando inutilmente che Jason la seguisse, sentendosi sempre più sola e frustrata ogni ora che passava senza di lui. Assistette a tre spettacoli musicali, andò all'opera e fece visita ad amici. Giaceva sola, cercando di capire come un uomo potesse essere così appassionato di notte e freddo di giorno. Non riusciva a credere che Jason la vedesse unicamente come uno sfogo per il proprio desiderio. Non poteva essere vero, anche perché sembrava che lui gradisse enormemente la sua compagnia a cena. Indugiava a ogni portata, scherzava con lei e la spingeva a parlare liberamente di qualsiasi argomento. Una volta le aveva persino fatto i complimenti per la sua intelligenza e perspicacia. Inoltre le aveva chiesto la sua opinione su diversi argomenti, come la sistemazione dei mobili in salotto, e se fosse il caso di pensionare l'amministratore della proprietà per assumerne uno più giovane.

La quarta sera Charles l'accompagnò a teatro e al suo ritorno a casa, in Upper Brook Street, si cambiò d'abito per andare a un ballo. Sarebbe ripartita il mattino seguente, stabilì con un misto di esasperazione e rassegnazione. Era pronta a cedere in questa sfida, e a riprendere la battaglia per conquistare l'affetto del marito a casa.

Avvolta in uno spettacolare abito da sera di velo argentato, entrò nella sala da ballo con il marchese de Salle da una parte e il barone Arnoff dall'altra.

Al suo ingresso diverse teste si voltarono, e Victoria notò ancora una volta il modo particolare in cui le persone la scrutavano. La sera prima aveva avuto la stessa fastidiosa sensazione. Faceva fatica a credere che la criticassero solo per il fatto che si trovasse a Londra senza il marito. Inoltre le occhiate che riceveva da parte delle signore e dei gentiluomini non erano censorie. Nei loro sguardi c'era comprensione, o forse pietà.

Caroline Collingwood arrivò verso la fine della serata, e Victoria la prese in disparte, con l'intenzione di chiederle il motivo di quello strano atteggiamento. Ma Caroline le fornì spontaneamente la risposta. «Victoria» chiese ansiosa «va tutto bene fra te e lord Fielding? Non ti sei già allontanata da lui, vero?»

«Allontanata?» le fece eco Victoria senza capire. «È questo ciò che pensa la gente? Il motivo per cui mi fissano in quel modo strano?»

«Non stai facendo nulla di sbagliato» la rassicurò subito Caroline, guardandosi intorno. «È solo che in certe circostanze, le persone saltano alle conclusioni. E deducono che tu e lord Fielding siate in disaccordo e che tu... che tu l'abbia lasciato.»

«Io cosa?» esclamò Victoria disgustata. «Perché dovrebbero pensare una cosa simile? Lady Calliper non è qui con suo marito, e nemmeno la contessa di Graverton...»

«Nemmeno io sono accompagnata da mio marito» la interruppe Caroline. «Ma sai, nessuno dei nostri mariti era stato sposato in precedenza. Mentre il tuo sì.»

«E questo cambia le cose?» disse Victoria, chiedendosi quale sconosciuta convenzione avesse violato stavolta. Il bel mondo aveva regole che governavano il comportamento individuale di chiunque, con una lunga lista di eccezioni che rendeva tutto terribilmente confuso. Ma lei non riusciva ancora a credere che le prime mogli avessero il diritto di uscire da sole in società, mentre le seconde no.

«Sì, le cambia» sospirò Caroline. «Perché la prima signora Fielding raccontava cose terribili sul comportamento crudele di lord Fielding nei suoi confronti. E parecchie persone le hanno creduto. Tu sei sposata da meno di due settimane, e adesso sei qui, e non hai un aspetto molto felice, Victoria, per niente. La gente che ha prestato fede alle bugie della prima signora Fielding adesso le sta ripetendo in giro, indicandoti come conferma.»

Victoria la guardò, sentendosi perseguitata. «Non avrei mai immaginato una cosa simile. In ogni caso, avevo già stabilito di tornare a casa domani. Se non fosse così tardi, partirei stasera.»

Caroline le appoggiò una mano sul braccio. «Se c'è qualcosa che ti angoscia, qualcosa di cui hai voglia di discutere, sai che puoi sempre contare su di noi.»

Scuotendo il capo, Victoria la rassicurò subito. «Voglio tornare a casa domani. Per stasera non c'è nulla che io possa fare.»

«A parte cercare di avere un aspetto allegro» le suggerì l'amica.

Victoria lo giudicò un consiglio eccellente e si dispose a seguirlo, con una piccola modifica personale. Nelle successive due ore cercò di discorrere con più persone possibili, inserendo ogni volta il nome di Jason nella conversazione e parlandone in termini entusiastici. Quando lord Armstrong fece notare a un gruppo di amici che stava diventando impossibile riuscire a soddisfare i fittavoli, Victoria dichiarò che suo marito era in ottimi rapporti con i propri. «Lord Fielding è così abile nella gestione» concluse con la voce accalorata di una sposina infatuata «che i suoi fittavoli lo adorano e i domestici lo venerano!»

«Davvero?» domandò lord Armstrong sorpreso. «Dovrò fare due chiacchiere con lui. Non sapevo che Wakefield si curasse così tanto dei suoi dipendenti, ma si vede che... mi sbagliavo.»

A lady Brimworthy, che le fece i complimenti per la collana di zaffiri, Victoria rispose: «Lord Fielding mi copre di regali. È così generoso, gentile e pieno di attenzioni. E ha un gusto meraviglioso, non trovate?».

«Assolutamente sì» commentò la gentildonna, ammirando la fortuna in diamanti e zaffiri intorno al collo sottile di Victoria. «Brimworthy va su tutte le furie quando compro dei gioielli» aggiunse con una nota rammaricata. «La prossima volta che mi rimprovererà per la mia avventatezza, gli ricorderò la generosità di Wakefield!»

Quando l'anziana contessa di Draymore la invitò a colazione, Victoria rispose: «Temo di non poter partecipare, milady. Sono stata lontana da mio marito per quattro giorni, e a dire il vero, mi manca la sua compagnia. È così amabile e premuroso!».

L'altra rimase a bocca aperta. Quando Victoria si allontanò, l'anziana donna si voltò verso le sue accompagnatrici sbattendo le palpebre. «Amabile e premuroso?» ripeté perplessa. «Non era sposata con Wakefield?»

Nella casa di Upper Brook Street, Jason camminava avanti e indietro nella sua stanza come un animale in gabbia, maledicendo il vecchio maggiordomo londinese per avergli dato indicazioni sbagliate sugli impegni di Victoria per quella sera, e maledicendo se stesso per essere venuto a Londra a cercarla in preda a smanie di gelosia degne di un ragazzino innamorato. Era già stato dai Berford, ma non l'aveva vista in mezzo alla gente che affollava il ballo. E non era nemmeno negli altri tre posti che il maggiordomo aveva indicato.

Victoria ebbe così tanto successo nel suo intento di apparire devota al marito, che alla fine della serata gli ospiti la guardavano più divertiti che preoccupati. Stava ancora sorridendo quando arrivò a casa, poco prima dell'alba.

Accese la candela che i domestici le avevano lasciato sul tavolino nell'atrio e salì per le scale. Era appena entrata nella sua camera da letto, quando un rumore furtivo dalla stanza adiacente catturò la sua attenzione. Pregando che si trattasse di un servitore e non di un ladro, Victoria si mosse piano verso la porta. Con la candela sollevata nella mano tremante, tese le dita verso il pomello della porta comunicante, quando questa si spalancò, facendola urlare di paura. «Jason!» esclamò scossa, con una mano sul collo. «Grazie a Dio sei tu. Pensavo che fosse un intruso.»

«Molto coraggiosa» disse lui, guardando la candela. «Cosa avresti fatto se fossi stato un intruso? Avresti minacciato di darmi fuoco alle ciglia?»

La risata che sfuggì a Victoria le si bloccò in gola quando notò il lampo minaccioso negli occhi verdi di lui e il muscolo che gli guizzò sulla mascella. Capì che dietro quella facciata sarcastica c'era una rabbia furiosa. Jason entrò, incombendo su di lei. Nonostante l'eleganza degli abiti, non aveva mai avuto un aspetto tanto pericoloso come in quel momento, mentre si dirigeva verso di lei a passo lento ma determinato.

Victoria iniziò a indietreggiare girando intorno al letto, poi si fermò e placò la propria paura irrazionale. Non aveva fatto nulla di sbagliato, e ora si stava comportando come una bambina codarda! Avrebbero discusso pacatamente, decise. «Jason» esordì con un piccolo fremito nella voce. «Sei arrabbiato?»

Lui si bloccò a poca distanza da lei, le mani sui fianchi, le gambe divaricate con aria inequivocabilmente aggressiva. «Puoi dirlo forte» tuonò con una voce terribile. «Dove diavolo sei stata?»

«Al ballo di... di lady Dunworthy.»

«Fino all'alba?» ribatté lui facendo una smorfia.

«Sì. Non c'è niente di strano. Sai come vanno queste cose...»

«No, non lo so» disse lui asciutto. «Ma suppongo che tu saprai dirmi come mai un istante dopo esserti allontanata da me, ti dimentichi di contare!»

«Contare?» ripeté Victoria sempre più spaventata. «Contare cosa?»

«Contare i giorni» chiarì lui acido. «Ti ho dato il permesso di stare qui due giorni e non quattro!»

«Non ho bisogno del tuo permesso» dichiarò Victoria poco saggiamente. «E non fingere che ti interessi se sono qui o a Wakefield!»

«Oh, ma a me importa» sibilò lui, mentre si sfilava la giacca con deliberata lentezza e iniziava a sbottonare la camicia. «E tu hai bisogno del mio permesso. Stai perdendo la memoria, tesoro... Sono tuo marito, ricordi? Togliti i vestiti.»

Victoria scosse la testa con decisione.

«Non farmi arrabbiare» la ammonì. «Non ti piacerà, credimi.»

Victoria gli credette. Allungò le mani tremanti verso il retro del vestito, cercando goffamente l'allacciatura. «Jason, per carità, cosa c'è che non va?» lo supplicò.

«Cosa c'è che non va?» ripeté lui ironico, buttando la camicia a terra. «Sono geloso, mia cara.» Passò ai pantaloni. «Sono geloso e trovo questa sensazione non solo nuova, ma anche alquanto fastidiosa.»

In altre circostanze, Victoria sarebbe stata oltremodo felice di quell'ammissione. Adesso invece non faceva altro che renderla più timorosa, tesa e impacciata.

Vedendo che non si sbrigava, Jason allungò un braccio e la fece voltare di colpo, poi le slacciò il vestito con un'abilità che la diceva lunga sulla sua esperienza con le donne. «Mettiti sul letto» scattò, dandole una spinta.

Victoria si sedette, combattuta tra la ribellione e la paura, quando lui la raggiunse e la prese fra le braccia con foga. Le catturò la bocca in un bacio intenso e ruvido, tanto da indurla a serrare i denti sotto quella pressione.

«Apri la bocca, maledizione!»

Victoria gli mise le mani sul petto e lo allontanò. «No! Non così. Non te lo permetterò!»

Lui sorrise, un sorriso duro e crudele che le gelò il sangue. «Me lo permetterai eccome, tesoro» sussurrò. «E prima che abbia finito, mi supplicherai.»

Furiosa, Victoria lo colpì sul petto con una forza inaspettata e sgusciò via sotto di lui. Stava per alzarsi in piedi, quando Jason l'afferrò e la tirò di nuovo sul letto, sollevandole le braccia sulla testa e coprendole le gambe con le sue. «È stata una sciocchezza» mormorò e chinò lentamente il capo.

Lacrime di paura comparvero agli occhi di Victoria, che giaceva bloccata sulla schiena come un animale in trappola. Ma invece di strapazzarla, lui le diede un lungo bacio profondo, mentre con una mano l'accarezzava. Le sue dita le avvolsero il seno, strinsero e massaggiarono i capezzoli e infine si abbassarono fino al ventre piatto, giocherellando con i ricci dorati, fino a quando il corpo traditore di lei non iniziò a reagire a quell'abile tocco. Victoria si dimenò freneticamente quando le sue dita si insinuarono ancora più giù, ma invano: lui le mise una gamba tra le ginocchia e si fece largo.

Un calore liquido iniziò a scorrere dentro di lei, togliendole le forze, sciogliendo ogni resistenza, e le sue labbra si dischiusero sotto quelle di lui. La lingua di Jason si infilò nella sua bocca, riempiendola per poi ritirarsi, mentre le dita seguivano il ritmo lento di quei movimenti: una sensazione incredibilmente erotica. Con un gemito sommesso Victoria si arrese, offrendosi a lui e ricambiando il bacio. Nel momento in cui lo fece, Jason le lasciò le mani.

Abbassò la testa e le stuzzicò il collo, scendendo poi verso i seni prosperosi. Descrisse piccoli circoli con la lingua sulla sua pelle calda, quindi le avvolse un capezzolo con la bocca, strappandole un gemito di puro piacere. Victoria gli afferrò la testa scura e lo tenne premuto contro di sé. Con una strana risata sommessa, lui si mosse verso il basso, tracciandole una lunga scia sull'addome con la lingua, finché lei non realizzò cos'aveva intenzione di fare e cercò freneticamente di divincolarsi. Le mani di lui le bloccarono i fianchi, sollevandoli, mentre la sua bocca si chiudeva su di lei. Quando si fermò, tutto il corpo di Victoria era scosso da scariche di piacere che preludevano all'orgasmo.

Lui si alzò e puntò l'erezione gonfia e possente nel punto in cui l'aveva appena stuzzicata con le mani e con la bocca. Gemendo piano, Victoria si inarcò e spinse i fianchi contro di lui. Jason la penetrò con lentezza, tormentandola, muovendosi delicatamente avanti e indietro, spingendosi ogni volta un po' più in fondo, per poi ritirarsi e affondare di nuovo, fino a quando Victoria non fu sul punto di esplodere per il desiderio di essere riempita del tutto. Si aggrappò a lui con le gambe per andargli incontro a ogni spinta, con il volto arrossato, il respiro affannoso. Improvvisamente lui la penetrò con una forza che le strappò un grido di piacere, e quasi con la stessa rapidità si ritirò.

«No!» esclamò Victoria sorpresa, avvolgendolo con le braccia.

«Mi vuoi, Victoria?» sussurrò lui.

Lei aprì gli occhi e lo vide sostenersi sulle mani, con un'espressione tesa.

«Mi vuoi?» ripeté.

«Non ti perdonerò mai per questo» rispose Victoria.

«Mi vuoi?» ripeté lui, muovendo i fianchi contro di lei in modo provocante. «Dimmelo.»

Era geloso. Gli importava di lei. Era ferito dalla sua lunga assenza. Le labbra di Victoria formarono la parola "Sì", ma nemmeno il suo desiderio disperato riuscì a farglielo dire a voce alta.

Soddisfatto, Jason le diede ciò che voleva. Come per farsi perdonare per averla umiliata, si concesse a lei senza alcun egoismo, opponendosi all'urgenza del proprio desiderio impellente. La portò a un orgasmo violento, restando immobile dentro di lei per tutto il tempo in cui il suo corpo fu scosso da spasmi di piacere. Poi si abbandonò anche lui all'estasi.

Alla fine calò il silenzio fra loro. Jason rimase fermo per un minuto, fissando il soffitto. Poi scese dal letto e andò nella sua stanza. A parte la prima notte di nozze, fu l'unica volta che la lasciò sola nel letto dopo aver fatto l'amore.

29

Victoria si svegliò sentendosi pesta e malinconica, come se non avesse dormito affatto. Un gemito di disperazione le risalì in gola, quando ricordò il modo umiliante in cui Jason si era vendicato con lei la sera prima. Si allontanò dal volto i capelli arruffati, sollevandosi su un gomito, mentre il suo sguardo annebbiato vagava per la stanza. Poi individuò la custodia di pelle sul comodino di fianco al letto.

Una rabbia mai provata le esplose nel cervello, cancellando ogni altra emozione. Balzò giù dal letto, si infilò la vestaglia e aprì la scatola.

In un turbinio di seta verde, spalancò la porta della camera di Jason ed entrò. «Non regalarmi mai più gioielli!» sibilò.

Lui era in piedi di fianco al letto, con le lunghe gambe fasciate in un paio di pantaloni color biscotto, a torso nudo. Alzò gli occhi appena in tempo per vederla scagliare la scatola, ma non si scompose e non mosse nemmeno un muscolo per evitare la pesante custodia di pelle che volava nella sua direzione, mancando di pochissimo il suo orecchio.

«Non ti perdonerò mai per questa notte!» esclamò Victoria, stringendo i pugni, con il petto che si alzava e abbassava per il respiro affannoso. «Mai!»

«Sono sicuro che lo farai, invece» disse lui con voce piatta e inespressiva, prendendo la camicia.

«Odio i tuoi gioielli, odio il modo in cui mi tratti e odio te! Non sai amare nessuno… sei un cinico bastardo senza cuore!»

Quelle parole le sfuggirono di bocca senza che si rendesse conto di ciò che stava dicendo, ma la reazione che scatenarono non fu quella che si sarebbe aspettata. «Hai ragione» convenne lui. «È esattamente ciò che sono. Mi dispiace aver distrutto le illusioni che forse ti eri fatta su di me, però la verità è che sono il prodotto di una breve relazione giovanile priva di significato tra Charles Fielding e un'oscura ballerina.»

Infilò la camicia sulle spalle muscolose, mentre Victoria si rendeva conto che lui pensava di averle appena fatto una confessione terribile e ripugnante.

«Sono cresciuto in mezzo allo squallore, allevato dalla cognata di Charles. In seguito ho dormito a lungo in un magazzino. Ho imparato a leggere e scrivere da solo; non sono andato a Oxford e non ho fatto nulla che possa somigliare alla carriera dei tuoi raffinati corteggiatori aristocratici. Per farla breve, non ho nulla di ciò che pensi… nessuna delle cose buone o positive che mi attribuisci.» Iniziò ad abbottonarsi la camicia, con lo sguardo abbassato sulle proprie mani. «Non sono il marito adatto a te. Non dovrei toccarti. Ho fatto cose che ti farebbero orrore.»

Il racconto del capitano Farrell si affacciò nella mente di Victoria: quella strega lo obbligava a inginocchiarsi e implorare il perdono di quegli indiani coperti di stracci. Victoria guardò il volto teso e orgoglioso di Jason e sentì che le si spezzava il cuore. Ora capiva perché non volesse accettare il suo amore.

«Sono un bastardo» concluse lui. «Nel senso più stretto del termine.»

«Allora sei in eccellente compagnia» sentenziò lei, con la voce rotta dall'emozione. «Lo erano anche i tre figli di re Carlo, e sono diventati tutti dei duchi.»

Per un istante Jason parve sconcertato, poi scrollò le spalle.

«Il fatto è che mi hai detto di amarmi, e io non posso permetterti di pensarlo. Amavi un miraggio, non me. Non mi conosci nemmeno.»

«Invece sì»obiettò Victoria, conscia che quello che avrebbe detto in quel momento avrebbe determinato il suo futuro. «So tutto di te, il capitano Farrell me l'ha raccontato una settimana fa. So cosa ti è successo quando eri bambino...»

La collera illuminò gli occhi di Jason per un istante, ma osservò rassegnato: «Non avrebbe dovuto parlartene».

«Avresti dovuto farlo tu» gridò Victoria, senza riuscire a controllare la voce, né le lacrime che le rigavano le guance. «Ma non l'hai fatto perché ti vergogni delle cose di cui dovresti essere più orgoglioso!» Asciugandosi il viso con foga, continuò: «Vorrei che non me l'avesse detto. Prima ti amavo solo un po'. Ma quando ho capito quanto sei stato coraggioso e forte, ti ho amato ancora di più...».

«Cosa?» chiese lui con un filo di voce.

«Non ti avevo mai ammirato prima di quel giorno» dichiarò lei, ormai isterica «ma adesso sì, e non posso sopportare che tu...» Attraverso le lacrime, lo vide muoversi e sentì che la stringeva. «Non m'interessa chi siano i tuoi genitori» singhiozzò tra le sue braccia.

«Non piangere, tesoro» sussurrò lui. «Ti prego, non farlo.»

«Odio quando mi tratti come una bambola senza cervello e mi copri di vestiti da sera e...»

«Non ti comprerò mai più un vestito» cercò di scherzare lui, ma la sua voce era roca. «E nemmeno gioielli» aggiunse, premendola contro di sé.

«E poi, quando hai finito di giocare con me, mi butti in un angolo.»

«Sono un idiota» disse lui, accarezzandole i capelli e sfregando la guancia contro la sua testa.

«Non mi dici mai cosa pensi, e io non posso entrare nella tua testa.»

«Non ce l'ho la testa» ammise lui piano. «L'ho persa mesi fa.»

Victoria sapeva di aver vinto, ma il sollievo fu così terribilmente squisito che iniziò a sussultare, scossa da singhiozzi di emozione.

«Oh, Signore, ti prego, non fare così» la implorò Jason, accarezzandole le spalle e la schiena nel tentativo di consolarla. «Non sopporto di vederti piangere.» Le passò le mani fra i capelli e sollevò il suo volto rigato di lacrime verso di sé. «Non ti farò mai più soffrire» aggiunse addolorato. «Te lo giuro.» Chinò il capo e la baciò con foga. «Vieni a letto con me» mormorò, con voce suadente. «Vieni a letto con me e ti farò dimenticare la notte scorsa.»

Victoria rispose cingendogli il collo e Jason la prese in braccio, deciso a farsi perdonare nell'unico modo che conosceva. L'adagiò piano sul materasso, con le labbra unite alle sue in un bacio infinito.

Quando si ritrasse per spogliarsi, Victoria lo guardò senza pudore, ammirando il suo corpo statuario, le gambe lunghe e muscolose e i fianchi stretti, le braccia forti e le spalle larghe, i muscoli guizzanti sulla schiena... Le sfuggì un grido strozzato.

Jason lo sentì e tutto il suo corpo s'irrigidì. Le cicatrici! Aveva dimenticato quelle maledette cicatrici. Si ricordava molto bene l'ultima volta che aveva scordato di nasconderle: la reazione di orrore della donna che era a letto con lui, la repulsione sul suo volto, rendendosi conto che era stato frustato come un cane. Per quel motivo non aveva mai rivolto la schiena a Victoria quando andava da lei di notte e spegneva le candele prima di coricarsi.

«Oh, Signore!» esclamò lei, fissando sconvolta le cicatrici bianche che s'incrociavano sulla sua bella schiena. Ce n'erano decine. Le tremavano le dita mentre allungava la mano per toccarle. Nel momento in cui lo fece, lui si scostò. «Ti fanno ancora male?» sussurrò lei angosciata.

«No» rispose Jason. La vergogna lo travolse, in attesa dell'inevitabile rifiuto di Victoria.

Con sua grande sorpresa, sentì le braccia di lei cingerlo da dietro e le sue labbra sfiorargli la schiena con un bacio. «Quanto devi essere stato coraggioso per sopportare tutto questo» mormorò lei afflitta. «Sei riuscito a sopravvivere e a continuare la tua vita...»

Quando iniziò a baciare ogni cicatrice, Jason si voltò e la prese fra le braccia. «Ti amo» sussurrò con un filo di voce, affondando le mani nella chioma rigogliosa di lei e sollevandole il viso. «Ti amo così tanto...» I suoi baci le lasciarono una scia bollente sulla pelle, scendendo dal collo ai seni, facendola gemere e tremare sotto quel tenero assalto. Poi lui si alzò reggendosi sulle braccia e con voce piena di passione le chiese: «Ti prego, toccami. Voglio sentire le tue mani su di me».

Victoria non aveva mai pensato che potesse piacergli essere toccato da lei, ma quella scoperta fu eccitante. Gli posò le mani sul petto abbronzato, allargando lentamente le dita, sorpresa da come quel semplice movimento turbasse il respiro di lui. Fece un esperimento e lo accarezzò più giù, e i muscoli dell'addome di lui sussultarono. Appoggiò le labbra sul piccolo capezzolo e lo baciò come aveva fatto lui, spingendo la lingua avanti e indietro e, quando lo risucchiò nella bocca, un gemito profondo gli sgorgò dal petto.

Eccitata dal potere appena scoperto, Victoria lo fece rotolare sulla schiena e gli sfiorò la bocca con le labbra socchiuse, dolcemente, offrendogli la lingua. Un verso a metà tra un mugolio e una risatina si levò da lui mentre l'accoglieva e con la mano sulla nuca la spingeva contro di sé.

Senza riflettere, Victoria mosse i fianchi sopra il pene rigido, agitandosi sinuosamente; poi si abbassò, persa dal desiderio disperato di dargli piacere, posandogli una serie di baci sul petto e sul ventre, finché la mano di lui non si strinse nei suoi capelli, riportandola verso l'alto. Sotto di sé Victoria sentiva le pulsazioni dell'erezione, la pelle calda e i battiti del cuore di lui che le martellavano contro i seni. Ma invece di prenderla, Jason la scrutò con un desiderio intenso negli occhi e le sussurrò ciò che lui stesso la sera prima l'aveva costretta a dire: «Ti voglio». Poi, come se non pensasse di aver supplicato abbastanza, aggiunse: «Ti prego, tesoro».

Victoria temette che il cuore le scoppiasse per l'amore che conteneva, e rispose con un bacio profondo. Jason la strinse tra le braccia, la fece scivolare sulla schiena ed entrò velocemente in lei, cingendola fino a diventare una cosa sola, muovendosi avanti e indietro.

Victoria s'inarcò nel desiderio di condividere la sua passione, premendogli i fianchi contro le cosce pulsanti, mentre ondate di piacere le scorrevano dentro a ritmo sempre più intenso, divampando infine in una scia di pura estasi vibrante.

Un brivido scosse il corpo possente di Jason sentendo gli spasmi dell'orgasmo di lei che lo avvolgevano, e la penetrò un'ultima volta, fremendo in maniera convulsa: il corpo di Victoria lo riscattava dall'amarezza e dalla disperazione di una vita intera. La gioia gli esplose nel cuore e iniziò a scorrergli nelle vene fino a quando il piacere non divenne quasi doloroso.

Dopo tutti i suoi grandiosi successi finanziari e le prestazioni sessuali senza scopo, aveva infine trovato ciò che inconsciamente aveva sempre cercato: il posto a cui apparteneva. Possedeva sei proprietà in Inghilterra, due palazzi in India e un'intera flotta di navi, eppure non si era mai sentito a casa. Quella stupenda ragazza tra le sue braccia era la sua casa.

Senza lasciarla, si spostò su un fianco e le passò le dita tra i capelli scompigliati, dandole un bacio sulla tempia.

Le ciglia di Victoria si sollevarono e lui ebbe l'impressione di affondare in quegli occhi azzurri. «Come ti senti?» gli chiese divertita.

«Mi sento come un marito» le rispose con tenera solennità. Le diede un lungo e dolce bacio, poi la guardò negli occhi azzurri. «E pensare che non credevo all'esistenza degli angeli» sospirò, rilassandosi contro i cuscini, godendosi il semplice piacere di tenerla fra le braccia. «Che stupido...»

«Sei un uomo molto intelligente» lo difese sua moglie.

«No che non lo sono» rise lui. «Se fossi stato anche solo minimamente intelligente, sarei saltato nel letto con te la prima volta che l'ho desiderato e poi avrei insistito affinché mi sposassi.»

«Quando è stata la prima volta che l'hai desiderato?» scherzò lei.

«Il giorno in cui sei arrivata a Wakefield» ammise Jason, sorridendo al ricordo. «Penso di essermi innamorato di te quando ti ho visto sulla porta di casa con quel maialino in braccio e i capelli che ondeggiavano al vento come fiamme dorate.»

Victoria divenne seria e scosse il capo. «Ti prego, cerchiamo di non mentirci a vicenda, Jason. Allora non mi amavi e non mi amavi nemmeno quando mi hai sposato. Ma non importa, davvero. Quello che conta è che adesso mi ami.»

Jason le prese il mento fra le dita e la costrinse a incrociare il suo sguardo. «No, tesoro. Non ho mentito. Ti ho sposato perché ti amavo.»

«Jason!» esclamò lei lusingata, eppure determinata a fondare il loro rapporto sull'onestà e la franchezza. «Mi hai sposato perché era il desiderio di un uomo in fin di vita.»

«Il desiderio di un uomo in fin...» Con grande sorpresa di Victoria, Jason buttò la testa all'indietro e scoppiò a ridere; poi l'abbracciò e l'attirò sul proprio petto nudo. «Oh, cara» disse accarezzandole con dolcezza la guancia. «Quell'uomo "in fin di vita" che ci ha chiamati al suo capezzale e si è aggrappato alla tua mano, nell'altra stringeva le carte da gioco.»

Victoria si sollevò sui gomiti. «*Cosa?*» domandò, combattuta tra la collera e il riso. «Ne sei sicuro?»

«Assolutamente» dichiarò Jason, senza smettere di ridere. «Le ho viste quando la coperta si è spostata. Aveva quattro donne.»

«Ma perché avrebbe fatto una cosa simile?»

Jason scrollò le spalle. «Evidentemente aveva deciso che ci stavamo mettendo troppo tempo ad arrivare al matrimonio.»

«Quando penso a quanto ho pregato perché si rimettesse, potrei ucciderlo!»

«Ehi!» fece Jason divertito. «Non sei soddisfatta di com'è andata a finire?»

«Sì, ma perché non me l'hai detto? O, almeno, potevi fargli capire che sapevi cos'aveva in mente.»

Jason le mordicchiò l'orecchio. «Cosa? E rovinargli il divertimento? Mai!»

Victoria gli lanciò un'occhiata indignata. «Avresti dovuto parlarmene. Non avevi il diritto di tenermi all'oscuro.»

«Giusto.»

«Allora, perché non l'hai fatto?»

«Mi avresti sposato se avessi saputo che non era così necessario?»

«No.»

«Ecco perché non te l'ho detto.»

Victoria crollò sul suo petto, ridendo di quella totale mancanza di scrupoli. «Non hai nemmeno un principio?» gli chiese con finta severità.

«A quanto pare, no.»

30

Nel tardo pomeriggio Victoria era seduta nel salone in attesa del ritorno di Jason, uscito per una commissione, quando l'anziano maggiordomo che si occupava della casa di Londra comparve sulla soglia. «Sua Grazia la duchessa di Claremont desidera vedervi, milady. Le ho detto…»

«Mi ha detto che non aspettavi visite» intervenne Sua Grazia facendo irruzione nella stanza sotto gli occhi del maggiordomo orripilato. «Questo sciocco non capisce che faccio parte della "famiglia" e non delle "visite".»

«Nonna!» esclamò Victoria balzando in piedi, sorpresa e nervosa per l'arrivo inaspettato della donna.

La duchessa fece un cenno con la testa avvolta nel turbante al domestico sconvolto. «Ecco!» scattò, agitando il bastone. «Avete sentito? *Nonna!*» enfatizzò soddisfatta. Balbettando delle scuse, il maggiordomo fece un inchino e scomparve. L'anziana donna si sedette su una poltroncina, incrociando le mani coperte di vene blu sul prezioso pomello del bastone e scrutando i lineamenti di Victoria. «Hai un'aria piuttosto felice» concluse come se fosse una sorpresa.

«È per questo che siete venuta dalla campagna?» chiese Victoria sedendosi di fronte a lei. «Per vedere se sono felice?»

«Sono qui per parlare con Wakefield» dichiarò minacciosa Sua Grazia.

«Non è in casa» spiegò Victoria, colta alla sprovvista dalla collera improvvisa della donna.

La duchessa s'incupì. «Capisco. Tutta Londra sa che non è qui con te! Ho tutte le intenzioni di richiamarlo al suo dovere, anche se dovesse essere necessario inseguirlo per l'Europa intera!»

«Trovo sorprendente» tuonò Jason irrompendo nel salone «che quasi tutti quelli che mi conoscono siano messi in soggezione da me, fatta eccezione per la mia piccola moglie, la mia giovane cognata e voi, signora, che avete il triplo dei miei anni e un terzo del mio peso. Non posso che dedurne che il coraggio, o l'incoscienza, siano ereditarie, come i tratti somatici. Tuttavia» concluse, sorridendo «continuate pure. Potete richiamarmi all'ordine qui nel mio salone.»

La duchessa si alzò in piedi e lo fissò. «Eccovi! Finalmente vi ricordate dove abitate e che avete una moglie!» scattò imperiosa. «Vi ho detto che vi avrei ritenuto responsabile della felicità di Victoria, e voi non la state rendendo felice. Per niente!»

Lo sguardo interrogativo di Jason si rivolse a Victoria, ma lei scosse il capo sorpresa e impotente. Contento che non fosse lei la causa dell'opinione della duchessa, mise un braccio intorno alle spalle della moglie e disse con tranquillità: «In che modo non starei assolvendo ai miei doveri di marito?».

La donna rimase a bocca aperta. «In che modo?» ripeté incredula. «Ve ne state lì tutto compunto, ma da fonti autorevoli ho saputo che a Wakefield siete stato a letto con lei solo sei volte!»

«Nonna!» esclamò la nipote orripilata.

«Silenzio, Victoria» le ingiunse la duchessa, rivolgendo il suo sguardo tagliente a Jason, mentre continuava. «Due vostri domestici sono imparentati con i miei, e così ho saputo che vi siete rifiutato di andare a letto con vostra moglie per un'intera settimana dopo le nozze.»

Victoria emise un gemito mortificato e il braccio di Jason si strinse intorno alle sue spalle per sostenerla.

«Allora» scattò la donna «che cos'avete da dire, giovanotto?»

Jason sollevò un sopracciglio. «Direi che a quanto pare dovrò scambiare due parole coi miei domestici.»

«Non osate fare dell'umorismo! Un uomo come voi dovrebbe sapere come trattare una moglie. Sa il cielo quante delle donne sposate di Londra avete fatto sospirare negli ultimi quattro anni. Se foste uno di quei damerini imbalsamati potrei capire che non sappiate come procurarmi un erede...»

«Intendo mettere tra le mie priorità un erede per voi» rispose Jason con divertita solennità.

«Non tollererò altri indugi» lo ammonì lei lievemente più pacata.

«Siete molto paziente» convenne lui.

Ignorando l'ironia, lei annuì. «Ora che ci siamo capiti, potete invitarmi a cena. Tuttavia non potrò trattenermi a lungo.»

Con un sorriso malizioso, Jason le offrì il braccio. «Senza dubbio vorrete farci una visita più avanti, diciamo... tra nove mesi?»

«D'accordo» affermò lei con fierezza, ma quando guardò Victoria, i suoi occhi ridevano. Dirigendosi alla sala da pranzo, si chinò verso la nipote e sussurrò: «Un diavolo pieno di fascino, vero?».

«Esatto» confermò Victoria, accarezzandole la mano.

«E nonostante i pettegolezzi che ho sentito, tu sei felice, vero?»

«Tantissimo.»

«Mi piacerebbe che nei prossimi giorni venissi a farmi visita. Claremont House è a sole quindici miglia da Wakefield Park, seguendo la strada lungo il fiume.»

«Verrò presto» promise Victoria.
«Potrai portare tuo marito.»
«Grazie.»

Nei giorni che seguirono, il marchese e la marchesa di Wakefield presenziarono a molti eventi sociali. La gente non chiacchierava più della presunta crudeltà di lord Fielding nei confronti della moglie, perché era evidente a tutti che fosse un marito estremamente devoto e generoso.

Bastava guardare la coppia per rendersi conto che lady Victoria era raggiante di felicità e il suo affascinante marito l'adorava. Per il bel mondo era motivo di considerevole divertimento vedere quello che una volta era l'austero e minaccioso Jason Fielding sorridere con affetto alla moglie mentre ballavano un valzer o scoppiare a ridere nel bel mezzo di uno spettacolo teatrale a causa di un commento sussurrato da lei.

Molto presto furono tutti d'accordo nel ritenere che il marchese fosse sempre stato frainteso e mal giudicato. I gentiluomini e le signore che in passato l'avevano trattato con distacco adesso cercavano la sua amicizia.

Cinque giorno dopo il tentativo di Victoria di placare i pettegolezzi sul marito assente, lord Armstrong andò a trovare Jason chiedendogli consigli su come conquistarsi la lealtà e la collaborazione di domestici e fittavoli. Lord Fielding gli suggerì di parlarne con lady Fielding.

Quella stessa sera, da White's, lord Brimworthy diede la colpa a Jason per l'ultimo stravagante acquisto di lady Brimworthy: una costosa parure di zaffiri. Lui gli lanciò un'occhiata divertita, puntò cinquecento sterline sulla mano successiva e lo privò così anche di quella somma.

Il pomeriggio seguente, a Hyde Park, dove Jason stava insegnando a Victoria a guidare il nuovo splendido phaeton che aveva comprato per lei, una carrozza si fermò di colpo e tre signore anziane lo guardarono. «Sorprendente!» disse la contessa di Draymore alle sue accompagnatrici studiando il volto di Jason attraverso il monocolo. «Allora è davvero sposata con Wakefield!» Si rivolse alle amiche. «Quando lady Victoria ha dichiarato che suo marito era "amabile e premuroso", ho pensato che parlasse di qualcun altro!»

«Non è solo amabile, ma anche coraggioso» cinguettò la più anziana delle tre, guardando il mezzo proseguire a zigzag sul vialetto. «Ha rischiato di ribaltarsi per ben due volte con quel phaeton!»

Per Victoria la vita era diventata un arcobaleno di piaceri. Di notte, Jason faceva l'amore con lei e le insegnava come amarlo. Accendeva in lei una passione travolgente, che Victoria non avrebbe mai creduto di possedere. Ora suo marito le si concedeva completamente, cuore, anima e corpo. Non si risparmiava in nulla e le dava tutto l'amore di cui era capace e ogni sorta di regalo che riuscisse a concepire, stravagante ed estroso.

Fece ribattezzare il suo elegante panfilo *Victoria*, e la convinse a navigare con lui sul fiume. Quando lei commentò che le era piaciuto molto di più il Tamigi rispetto all'oceano, Jason fece costruire un'imbarcazione per il suo uso esclusivo, interamente ammobiliata nei toni del blu e dell'oro. Quel dono spettacolare suscitò diverse gelosie. La signorina Wilber una sera commentò con un gruppo di amiche, durante un ballo: «Siamo tutte sulle spine nell'attesa di scoprire cosa le comprerà Wakefield per superare la barca!».

Robert Collingwood inarcò un sopracciglio e sorrise alla giovane invidiosa. «Forse il Tamigi?»

Per Jason, che non aveva mai goduto del piacere di essere amato o ammirato per ciò che realmente era, e non per ciò che possedeva, la pace interiore che la moglie gli dava era fonte di beatitudine. Di notte non la stringeva mai abbastanza. Di giorno la portava a fare picnic e nuotava con lei nel ruscello di Wakefield Park. Mentre lavorava, il pensiero di lei si affacciava sempre in un angolo della sua mente e lo faceva sorridere. Voleva mettere il mondo ai suoi piedi, ma tutto ciò che Victoria sembrava desiderare era lui, e quella consapevolezza lo riempiva di tenerezza. Donò una fortuna per costruire un ospedale vicino a Wakefield, il Patrick Seaton Hospital, e avviò le trattative per un altro da edificare a Portage, New York, sempre intitolato al padre di Victoria.

31

Un mese esatto dopo il matrimonio, Jason ricevette un messaggio che gli richiedeva di recarsi a Portsmouth, dove era appena approdata una delle sue navi.

Il mattino della partenza, salutò Victoria con un bacio appassionato sui gradini di Wakefield Park, facendola arrossire e costringendo il cocchiere a nascondere un sorriso.

«Vorrei che non dovessi partire» disse Victoria, premendogli il viso sul petto muscoloso. «Sei giorni sono un'eternità e mi sentirò terribilmente sola senza di te.»

«Ci sarà Charles a tenerti compagnia, tesoro» disse lui con un sorriso. «Mike Farrell abita qui vicino e puoi andare a trovarlo. O potresti andare ancora dalla tua bisnonna. Sarò a casa martedì sera, in tempo per la cena.»

Victoria annuì e si alzò in punta di piedi per baciargli la guancia fresca di rasatura.

Con grande determinazione, in quei sei giorni cercò di tenersi occupata il più possibile, lavorando all'orfanotrofio e supervisionando la gestione della casa, ma il tempo sembrava comunque non passare mai. Le notti erano persino più lunghe. Trascorreva le serate con Charles, ma quando lui andava a dormire, era come se l'orologio si fermasse.

La notte prima del ritorno di Jason, si mise a vagare per la stanza, nel tentativo di evitare il letto solitario. Entrò in camera di Jason, sorridendo al contrasto tra quell'arredamento maschile in legno scuro, e il proprio, in stile francese, con drappeggi di seta e un baldacchino rosa e oro. Passò le dita con affetto sulle spazzole dorate. Poi tornò riluttante nella propria camera e finalmente si addormentò.

Si svegliò il giorno seguente all'alba, con il cuore pieno di eccitazione, e iniziò a progettare un menu speciale per accogliere Jason.

Giunse il crepuscolo e si fece sempre più scuro, fino a lasciare il posto al buio della sera, mentre lei aspettava nel salone di sentire il rumore della carrozza di Jason nel vialetto. «È tornato, zio Charles!» esclamò a un tratto, entusiasta, sbirciando fuori dalla finestra e vedendo i fanali di una carrozza.

«Dev'essere Mike Farrell. Jason non sarà qui prima di un paio d'ore» disse lui sorridendo. «So quanto ci vuole per quel viaggio, e lui l'ha già affrettato per essere qui stasera e non domani mattina.»

«Penso che tu abbia ragione, ma sono solo le sette e mezzo e ho chiesto al capitano Farrell di raggiungerci per cena alle otto.» Il suo sorriso sparì quando il veicolo si fermò davanti alla casa e lei realizzò che in effetti quella non era la carrozza lussuosa di Jason. «Chiederò alla signora Craddock di posticipare la cena» stava dicendo, quando Northrup apparve sulla soglia del salone con uno strano sguardo teso sul volto austero.

«C'è un gentiluomo che desidera vedervi, milady» annunciò.

«Un gentiluomo?» gli fece eco lei stupita.

«Un tale signor Andrew Bainbridge, in arrivo dall'America.»

Victoria allungò una mano verso lo schienale della sedia più vicina e le nocche le divennero bianche mentre vi si aggrappava.

«Devo farlo entrare?»

Lei annuì, cercando di controllare il violento moto di risentimento che si fece strada in lei al pensiero della condotta spietata di Andrew. Si augurò di riuscire ad affrontarlo senza mostrare ciò che provava. Era così distratta da quel turbinio di emozioni, che non notò l'improvviso pallore di Charles, né lo vide alzarsi lentamente in piedi, dirigendosi verso la porta come se andasse a mettersi di fronte al plotone di esecuzione.

Un attimo dopo Andrew apparve sulla soglia e il suo volto sorridente e familiare scatenò una violenta protesta nel cuore di Victoria al pensiero del tradimento che le aveva inflitto.

Si fermò di fronte a lei, magnifica ed elegante, con l'abito di seta che le aderiva alle curve voluttuose e i magnifici capelli sparsi sulle spalle. «Tory» sospirò guardandola nei profondi occhi azzurri. Senza preavviso, allungò le mani e la strinse a sé quasi bruscamente, affondando la testa nella sua chioma profumata. «Avevo dimenticato quanto fossi bella» sussurrò stringendola ancora di più.

«Ovviamente!» replicò Victoria, riprendendosi dallo stupore e divincolandosi da lui. Lo fissò, sorpresa dalla sua sfrontatezza nel presentarsi lì e abbracciarla con una passione che non aveva mai mostrato prima. «A quanto pare dimentichi facilmente le persone» aggiunse piccata.

Andrew rise. «Sei arrabbiata perché ci ho messo due settimane in più per venire a prenderti rispetto a quanto ti avevo scritto nell'ultima lettera, vero?» Senza aspettare una risposta, proseguì. «La mia nave è stata danneggiata da una tempesta, una settimana dopo la partenza, e ci siamo dovuti fermare su un'isola per farla riparare.» Posando le mani con affetto sulle spalle rigide di Victoria, si girò verso Charles. «Voi dovete essere Charles Fielding» disse in tono amichevole, privo di affettazione. «Non potrò mai ringraziarvi abbastanza per esservi preso cura di Victoria fino al mio arrivo. Naturalmente vi rimborserò ogni spesa sostenuta per lei, compreso il delizioso abito che indossa.» Si rivolse a Victoria. «Mi dispiace farti fretta, Tory, ma ho prenotato la traversata con una nave che partirà fra due giorni. Il capitano ha già acconsentito a sposarci...»

«Lettera?» lo interruppe lei, sentendosi terribilmente debole. «Quale lettera? Non mi hai scritto nemmeno una riga da quando sono partita da casa.»

«Ti ho scritto molte lettere» disse lui, accigliandosi. «Come ti ho spiegato nell'ultima, ho continuato a mandartele in America perché mia madre non mi spediva mai la tua corrispondenza, così non conoscevo il tuo indirizzo in Inghilterra. Tory, ti ho detto tutto questo nella mia ultima lettera... quella che ti ho fatto recapitare qui in Inghilterra da un corriere speciale!»

«Non ho ricevuto nessuna lettera!» insisté lei alzando il tono per il nervosismo.

Andrew s'infervorò. «Prima di partire intendo recarmi alla compagnia di Londra che ho pagato una fortuna per assicurarmi che le mie lettere fossero consegnate personalmente a te e al duca tuo cugino. Voglio sentire cos'avranno da dire per scusarsi!»

«Diranno che le hanno consegnate a me» intervenne Charles.

Victoria scosse il capo violentemente, cominciando a realizzare quello che il suo cuore si rifiutava di credere. «No, non avete ricevuto alcuna lettera, zio Charles. Vi sbagliate. Vi riferite a quella che ho ricevuto da parte della madre di Andrew... quella in cui mi diceva che era sposato.»

Lo sguardo di Andrew si accese di rabbia. L'afferrò per le spalle. «Tory, ascoltami! Ti ho scritto decine di lettere mentre ero in Europa, ma te le ho mandate in America. Non ho saputo della morte dei tuoi genitori fino a quando non sono tornato a casa, due mesi fa. Mia madre aveva smesso di spedirmi le tue lettere. Solo allora mi ha detto che erano mancati e che tu eri stata mandata in Inghilterra da un ricco cugino che si era offerto di sposarti. Sosteneva di non avere idea di dove fossi. Ma io ti conosco troppo bene per credere che potessi abbandonarmi per un po' di denaro e un titolo nobiliare. Ci ho messo del tempo, ma alla fine ho trovato il dottor Morrison e lui mi ha detto la verità sul tuo viaggio e mi ha dato il tuo indirizzo. Quando ho annunciato a mia madre che sarei venuto qui a cercarti, ha ammesso tutto quanto. Mi ha raccontato che ti ha scritto che avevo sposato Madeline in Svizzera. Poi ha avuto uno dei suoi "attacchi". Ma questa volta si è rivelato vero. Non ho potuto lasciarla perché sembrava in fin di vita, così ho scritto a te e a tuo cugino, qui...» lanciò un'occhiata feroce a Charles «che per qualche ragione non ti ha parlato della mia lettera. Lì spiegavo cos'era successo e dicevo a entrambi che sarei venuto prima possibile.» La sua voce si ammorbidì e prese il volto teso di Victoria tra le mani. «Tory» le disse con un sorriso tenero. «Sei l'amore della mia vita dal giorno in cui ti ho visto attraversare i campi in groppa al pony di Fiume Impetuoso. Non sono sposato, tesoro mio.»

Victoria deglutì cercando di scacciare il nodo che le serrava la gola. «Io sì.»

Andrew staccò le mani dal suo viso come se si fosse scottato. «Cos'hai detto?» chiese serio.

«Ho detto» ripeté Victoria mentre fissava il volto dell'amato «che sono sposata.»

Il corpo di Andrew s'irrigidì come se stesse tentando di contenere un'esplosione. Si voltò minaccioso verso Charles. «Con lui? Con questo vecchio? Ti sei venduta per un po' di vestiti e gioielli, è così?» chiese furioso.

«No!» esclamò Victoria quasi gridando, fremendo per la rabbia e il dolore.

Alla fine fu Charles a parlare, con voce inespressiva e il viso impassibile. «Victoria è sposata con mio nipote.»

«Con vostro *figlio*!» puntualizzò lei. Voltò le spalle a entrambi, odiando Charles per quell'inganno, e odiando Jason per aver collaborato con lui.

Le mani di Andrew le si strinsero sulle braccia e lei sentì la sua angoscia come se fosse la propria. «Perché?» le chiese scuotendola. «Perché?»

«È colpa mia» disse Charles, gli occhi fissi su Victoria, implorando silenziosamente il suo perdono. «Ho temuto questo momento dal giorno in cui mi sono state recapitate le lettere del signor Bainbridge. Ora che è arrivato, è peggio di quanto avessi immaginato.»

«Quando le avete ricevute?» chiese Victoria, ma nel suo cuore conosceva già la risposta.

«La notte del mio attacco.»

«L'attacco di cuore che avete *simulato*!» lo corresse lei, con la voce rotta per l'amarezza e la rabbia.

«Esatto» confessò Charles e poi si rivolse a Andrew. «Quando ho letto che sareste venuto a portarci via Victoria, ho fatto l'unica cosa che sono riuscito a pensare. Ho finto un attacco di cuore e l'ho supplicata di sposare mio figlio, così ci sarebbe stato qualcuno a pensare a lei.»

«Bastardo!» sibilò Andrew tra i denti.

«Non mi aspetto che crediate alle mie parole, ma ero sinceramente convinto che mio figlio e Victoria sarebbero stati molto felici insieme.»

Andrew distolse lo sguardo furioso dall'uomo e si voltò verso Victoria. «Vieni a casa con me» la implorò disperatamente. «Non possono obbligarti a essere la moglie di un uomo che non ami. Non è legale, ti hanno costretto. Tory, ti prego! Vieni via con me. La nave parte fra due giorni. Ci sposeremo comunque. Nessuno saprà mai...»

«Non posso!» Quelle parole le uscirono in un sussurro tormentato.

«Ti prego...»

Con gli occhi lucidi di lacrime, Victoria scosse il capo. «Non posso» ripeté con voce tremante.

Andrew inspirò a fondo e si voltò lentamente.

La mano di Victoria, protesa in un appello silenzioso, le ricadde lungo il fianco mentre lui usciva dalla stanza. Da quella casa. Dalla sua vita.

Trascorse un penoso minuto di silenzio, e poi un altro ancora. Afferrando le pieghe della gonna, Victoria la strinse fino ad avere le nocche bianche. L'immagine del volto angosciato di Andrew si era impressa nella sua mente. Si ricordò come si era sentita lei quando aveva saputo che si era sposato, il tormento che l'aveva dilaniata per giorni.

Improvvisamente il dolore e la rabbia esplosero dentro di lei e si voltò verso Charles in preda a una furia cieca. «Come avete potuto!» gridò. «Come avete potuto fare questo a due persone che non vi avevano mai recato alcuna offesa! Avete visto il suo sguardo? Vi rendete conto di quanto l'avete ferito?»

«Sì» disse Charles con voce roca.

«Sapete come mi sono sentita per tutte quelle settimane in cui ero convinta che mi avesse tradito e di essere rimasta senza nessuno? Sapete come mi sono sentita al pensiero di sposare un uomo che non mi desiderava, solo perché non avevo altra scelta...?» La sua voce si spense lentamente mentre lo guardava tra le lacrime che si sforzava di trattenere, tanto da non vedere l'angoscia negli occhi di lui.

«Victoria» disse Charles con voce roca «non dare la colpa a Jason. Lui non sapeva che ho finto l'attacco di cuore, non sapeva delle lett...»

«State mentendo!» esclamò lei, con voce tremante.

«No, te lo giuro!»

Victoria sollevò la testa di scatto con gli occhi ardenti di fronte a quell'ultimo insulto alla sua intelligenza. «Se pensate che io creda a un'altra delle vostre parole...» Si interruppe, spaventata dal pallore del volto contratto di Charles, e uscì di corsa dalla stanza. Salì in camera sua e si appoggiò all'indietro contro la porta chiusa, con i denti serrati per lo sforzo di controllare le emozioni.

Il volto addolorato di Andrew le apparve di nuovo davanti agli occhi chiusi e gemette ad alta voce. "Sei l'amore della mia vita dal giorno in cui ti ho visto attraversare i campi in groppa al pony... Tory, ti prego! Vieni via con me..."

Non era altro che una pedina in un gioco orchestrato da due uomini egoisti e senza cuore, realizzò disperata. Jason aveva sempre saputo che Andrew sarebbe venuto a prenderla, così come aveva sempre saputo che Charles aveva giocato a carte la notte del suo presunto attacco di cuore.

Victoria si strappò di dosso il vestito e indossò un abito adatto per cavalcare. Se fosse rimasta in quella casa per un'altra ora, sarebbe impazzita. Non poteva sfogarsi con Charles, perché avrebbe rischiato di avere la sua morte sulla coscienza. E Jason... sarebbe tornato quella sera. Di certo gli avrebbe conficcato un pugnale nel cuore se l'avesse visto in quel momento, pensò folle di rabbia. Prese una mantella di lana bianca dall'armadio e corse giù per le scale.

«Victoria, aspetta!» le gridò Charles vedendola percorrere a precipizio il corridoio che conduceva sul retro della casa.

Lei si voltò, fremente di rabbia. «State lontano da me!» esclamò, indietreggiando. «Sto andando a Claremont. Ne ho abbastanza di voi!»

«O'Malley!» chiamò disperatamente Charles.

«Sì, Vostra Grazia?»

«Non ho dubbi che abbiate origliato ciò che è successo in salotto...»

Il valletto annuì, senza preoccuparsi di negare.

«Sapete cavalcare?»

«Sì, ma...»

«Seguitela» ordinò Charles. «Non so se prenderà una carrozza o andrà a cavallo, ma seguitela. Voi le piacete, magari vi ascolterà.»

«La signora non darà ascolto a nessuno, e non posso biasimarla per questo.»

«Non importa, maledizione! Anche se non volesse tornare, almeno scortatela fino a Claremont e assicuratevi che ci arrivi sana e salva.»

«Pensate che partirà con il gentiluomo americano?»

Charles si passò la mano fra i capelli grigi, poi scosse il capo con enfasi. «Non lo farà. Se avesse voluto andare, l'avrebbe fatto quando lui gliel'ha chiesto.»

«Lady Victoria è molto più brava di me a cavallo.»

«Non correrà troppo al buio. Adesso andate!»

Victoria era già in sella a Matador, con Wolf che le correva al fianco, quando O'Malley raggiunse le scuderie. «Aspettate, vi prego!» gridò, ma lei parve non sentirlo e si abbassò sul dorso dell'animale, spronandolo come se avesse il diavolo alle calcagna.

«Sella il primo cavallo che trovi, presto!» ordinò O'Malley allo stalliere, con lo sguardo fisso sulla mantella bianca che spariva in fondo al lungo viale di Wakefield, in direzione della strada principale.

Dopo tre miglia al galoppo, Victoria fece rallentare Matador per il bene di Wolf. Il cane fedele correva al suo fianco, con il muso abbassato, intenzionato a seguirla finché non fosse crollato esausto. Lei aspettò che riprendesse fiato e stava per spronare di nuovo il cavallo quando udì un rumore di zoccoli alle proprie spalle e le grida incomprensibili di un uomo.

Non sapendo se fosse uno dei briganti che depredavano i viaggiatori solitari di notte o Jason, che nel frattempo magari era ritornato, Victoria guidò Matador nel bosco lungo la strada e si mise a correre zigzagando fra gli alberi, con l'intenzione di seminare il suo inseguitore. Ma questo si infilò nella foresta dietro di lei, continuando a tenerle dietro nonostante i suoi sforzi per sfuggirgli.

Il panico e la rabbia crebbero mentre emergeva dal bosco e lanciava il cavallo sulla strada. Se quell'uomo era Jason, sarebbe morta piuttosto che lasciarsi acchiappare come un coniglio. L'aveva intrappolata già troppe volte. No, non poteva essere Jason! Non aveva incrociato la sua carrozza per strada.

La rabbia di Victoria si trasformò in terrore. Stava arrivando nel punto in cui un'altra ragazza era misteriosamente affogata nel fiume. Si ricordò i racconti del vicario sui banditi assetati di sangue che rapinavano i viaggiatori di notte e si guardò terrorizzata alle spalle, mentre galoppava verso uno dei ponti che attraversavano il fiume tortuoso. Il suo inseguitore era temporaneamente nascosto dietro una curva, ma lei lo sentiva sempre alle spalle, implacabile. La mantella! La sua mantella bianca era come una luce che lo guidava nell'oscurità.

«Oh, Signore!» esclamò mentre attraversava il ponte. Alla sua destra c'era un sentiero che correva lungo l'argine del fiume, mentre la strada proseguiva dritta davanti a lei. Fece fermare il cavallo di colpo, saltò giù dalla sella e si sganciò la mantella. Pregando che il suo piano funzionasse, gettò l'indumento in groppa al cavallo, lo tirò fino al sentiero lungo l'argine e lo colpì col frustino, facendolo partire al galoppo in quella direzione. Tallonata da Wolf, si riparò nel bosco, con il cuore che batteva all'impazzata. Un minuto dopo sentì il rumore del suo inseguitore sul ponte. Sbirciò attraverso i rami e lo vide svoltare sul sentiero lungo il fiume, ma non riuscì a vederlo in faccia.

Non si accorse che Matador aveva rallentato la corsa fino a fermarsi sulla riva a bere. E non vide nemmeno la mantella che scivolava in acqua e veniva trascinata via dalla corrente, per poi rimanere impigliata nelle radici di un tronco parzialmente sommerso.

Victoria non vide nulla, perché stava già correndo nel bosco, parallelamente alla strada principale, sorridendo fra sé e sé perché il bandito era stato ingannato dal miglior trucco che Fiume Impetuoso le avesse mai insegnato. Per sviare un inseguitore, bastava spronare il proprio cavallo nella direzione opposta a quella che si intendeva percorrere a piedi. Buttare la mantella in sella era stata una variante improvvisata.

O'Malley si fermò di colpo di fianco al cavallo di Victoria. Si guardò intorno freneticamente studiando la riva scoscesa e la strada più in alto, cercando un segno della presenza della ragazza. Forse l'animale l'aveva fatta cadere da qualche parte. «Lady Victoria?» chiamò, perlustrando l'area con lo sguardo: l'argine, il bosco sulla sinistra e il fiume sulla destra... Una mantella bianca galleggiava sulla superficie dell'acqua, agganciata a un albero semisommerso. «Lady Victoria!» urlò terrorizzato, smontando rapidamente. «Maledetto cavallo!» ansimò, sfilandosi la giacca e gli stivali. «Quel maledetto cavallo l'ha disarcionata gettandola nel fiume...» Corse nell'acqua scura e agitata dalla corrente, nuotando verso la mantella. «Lady Victoria!» gridò, immergendosi. Risalì, chiamandola e boccheggiando per riprendere fiato, poi s'immerse di nuovo.

32

La casa era tutta illuminata quando la carrozza di Jason si fermò nel vialetto. Ansioso di vedere Victoria, lui salì di corsa i gradini davanti al portone d'ingresso. «Buonasera, Northrup!» salutò con un sorriso, dando una pacca sulla schiena al maggiordomo mentre gli porgeva il mantello. «Dov'è mia moglie? Hanno già mangiato tutti? Abbiamo ritardato a causa di una dannata ruota rotta.»

Il volto di Northrup era una maschera gelida e la voce appena sussurrata. «Il capitano Farrell vi sta aspettando nel salone, milord.»

«Cosa c'è che non va?» chiese Jason tranquillo. «Se avete mal di gola, parlatene con lady Victoria. È bravissima in queste cose.»

Northrup deglutì e non disse nulla.

Lanciandogli un'occhiata vagamente perplessa, Jason si voltò e percorse velocemente il corridoio, diretto al salone. Spalancò le porte con un sorriso entusiasta. «Ciao, Mike, dov'è mia moglie?» Si guardò intorno nella bella stanza con il caminetto acceso, aspettandosi di vederla comparire, ma tutto quello che scorse fu la mantella di Victoria impregnata d'acqua, buttata su una sedia. «Perdona le mie maniere, amico» disse a Mike Farrell. «Ma non vedo Victoria da giorni. Permettimi di andare a salutarla. Dopodiché ci siederemo tutti a chiacchierare. Dev'essere...»

«Jason» lo interruppe Mike Farrell. «C'è stato un incidente...»

Il ricordo di un'altra notte come quella si insinuò all'improvviso nel cervello di Jason. Una notte in cui lui si aspettava di trovare suo figlio e Northrup si era comportato in maniera strana; una notte in cui Mike Farrell lo aveva atteso in quella stessa stanza. Come per allontanare l'orrore e il dolore che gli stavano già dilaniando il corpo, scosse il capo, indietreggiando. «No!» sussurrò, e poi alzò la voce in un grido disperato. «No, maledizione! Non dirmi che...»

«Jason...»

«Non osare dirmelo!»

Mike Farrell distolse lo sguardo dal tormento insostenibile sul volto dell'amico. «Il suo cavallo l'ha disarcionata lungo il fiume, a circa tre miglia da qui. O'Malley si è immerso per cercarla, ma non è riuscito a trovarla. Ha...»

«Vattene» mormorò Jason.

«Mi dispiace, Jason. Più di quanto riesca a esprimere.»

«Vattene!»

Quando Mike Farrell uscì, Jason allungò la mano verso la mantella di Victoria e le dita si strinsero lentamente intorno alla stoffa. L'accarezzò con la mano e poi vi tuffò il viso, sfregandosela contro la guancia. Un'ondata di dolore accecante lo sommerse, e le lacrime che pensava di essere incapace di versare gli sgorgarono dagli occhi. «No» singhiozzò, in preda all'angoscia. E poi emise un grido di sofferenza.

33

«Vieni qui, mia cara» disse la duchessa di Claremont, accarezzando la spalla della nipote. «Vederti così distrutta mi spezza il cuore.»

Victoria si morse il labbro, fissando i prati curati fuori dalla finestra senza dire nulla.

«Non riesco a credere che tuo marito non sia ancora venuto a scusarsi per l'oltraggioso inganno che lui e Atherton hanno architettato contro di te» dichiarò irritata la duchessa. «Forse ieri sera alla fine non è tornato a casa.» Inquieta, camminava per la stanza appoggiandosi al bastone, con gli occhi vivaci che correvano spesso alle finestre, come se si aspettasse di veder arrivare Jason Fielding da un momento all'altro. «Quando si degnerà di comparire, sarò molto soddisfatta se lo costringerai a mettersi in ginocchio!»

Un sorriso stanco comparve sulle labbra morbide di Victoria. «Allora resterete delusa, nonna, perché vi assicuro che Jason non lo farà mai. È più probabile che entri qui dentro e cerchi di baciarmi e...»

«... e di sedurti per convincerti a tornare a casa?» concluse la duchessa con audacia.

«Esatto.»

«E tu lo permetteresti?» chiese ancora la donna inclinando la testa bianca con lo sguardo divertito.

Victoria sospirò e si voltò, con le braccia incrociate sul petto. «Probabilmente.»

«Allora lo farà. Credi davvero che fosse al corrente delle lettere del signor Bainbridge? Voglio dire, se l'avesse saputo, sarebbe stato un comportamento del tutto scorretto da parte sua non dirti niente.»

«Jason non ha principi» dichiarò Victoria con rabbia.

La duchessa ricominciò a muoversi, ma si fermò quando arrivò davanti a Wolf, sdraiato di fronte al camino. Rabbrividì e cambiò direzione. «Non so quale sia il mio peccato, per dover ospitare questa bestia feroce in casa mia.»

Victoria emise una risata triste. «Volete che lo leghi fuori alla catena?»

«Signore, no! Questa mattina, quando Michaelson ha cercato di dargli da mangiare, gli ha strappato i pantaloni.»

«Non si fida degli uomini.»

«Un animale saggio. Ma brutto.»

«Io penso che sia bello, con quell'aspetto selvaggio e predatorio...» Come Jason, rifletté, e subito cercò di allontanare l'idea.

«Prima che partisse per la Francia, Dorothy aveva adottato due gatti e un passero con un'ala rotta. Non mi piacevano nemmeno quelli, ma almeno non mi guardavano come questo animale. Ti dico che non vede l'ora di mangiarmi. In questo momento si sta chiedendo che sapore abbia la mia carne.»

«Vi guarda perché vuole proteggervi» spiegò Victoria sorridendo.

«Vuole proteggere il suo prossimo pasto! No, no» disse alzando una mano quando la nipote andò verso Wolf, con l'intenzione di farlo uscire. «Non mettere in pericolo altri domestici. Inoltre» ammise «non mi sentivo così sicura in casa mia da quando era vivo il tuo bisnonno.»

«Non dovrete più preoccuparvi di eventuali intrusioni» concordò Victoria, tornando a rivolgere l'attenzione alla finestra.

«Intrusioni? Mia cara, nessuno entrerebbe in questa stanza, neanche se lo pagassi.»

La ragazza restò alla finestra un altro minuto e poi si diresse verso un lucido tavolino in citronnier.

«Siediti, Victoria, e lascia che cammini un po' io. Non c'è ragione per continuare a scontrarci sul tappeto. Cosa potrebbe trattenere quell'affascinante demonio dal nostro rifugio?»

«Forse il fatto che non sia mai venuto qui» disse lei, abbandonandosi su una sedia e fissandosi le mani.

La duchessa andò alla finestra e scrutò il vialetto. «Credi che ti ami?»

«Lo pensavo.»

«Certo che ti ama!» affermò Sua Grazia convinta. «Tutta Londra ne parla. Quell'uomo è pazzo di te. Ecco perché ha sostenuto il piano di Atherton, tenendoti all'oscuro delle lettere di Andrew. Il duca mi sentirà per questo brutto scherzo. Anche se» aggiunse sfrontata «probabilmente avrei fatto la stessa cosa in quelle circostanze.»

«Non posso crederci.»

«Ma certo. Tra farti sposare un americano che non conosco e di cui non posso fidarmi, ed esaudire il mio desiderio di vederti sposata col miglior partito d'Inghilterra, un uomo ricco, bello e titolato, avrei fatto come Atherton.»

Victoria evitò di sottolineare che proprio quel modo di pensare aveva procurato tanta infelicità a sua madre e allo stesso Charles.

La duchessa s'irrigidì impercettibilmente. «Sei sicura di voler tornare a Wakefield?»

«Non ho mai pensato di andarmene. Forse volevo punire Jason per il modo terribile in cui Andrew ha dovuto scoprire del mio matrimonio. Nonna, se aveste visto lo sguardo di Andrew, capireste. Siamo stati amici inseparabili da quando eravamo bambini. Andrew mi ha insegnato a nuotare, a sparare e a giocare a scacchi. Inoltre ero furiosa con Jason e Charles per avermi usato come una pedina, un oggetto privo di sentimenti. Non potete nemmeno immaginare quanto mi sia sentita triste e sola quando pensavo che Andrew mi avesse abbandonato.»

«Mia cara» disse la duchessa. «Non sarai sola a lungo. Wakefield è appena arrivato. No, aspetta, ha mandato un messaggero! Chi è questa persona?»

Victoria corse alla finestra. «Il capitano Farrell, il migliore amico di Jason.»

«Ah!» La duchessa si illuminò, puntando il bastone sul pavimento. «Ah! Ha mandato il suo secondo. Non me lo sarei mai aspettato da Wakefield, ma ecco qua.» Fece un cenno con la mano a Victoria. «Vai subito in salotto e non farti vedere fino a quando non te lo dirò io.»

«Cosa? No, nonna!» si oppose lei.

«Sì!» replicò la duchessa. «Subito! Se Wakefield vuole trattare la questione come un duello, mandando il suo secondo per negoziare, così sia! Io sarò il tuo secondo. Non gli darò tregua» aggiunse raggiante.

Victoria ubbidì riluttante e si ritirò in salotto, ma non avrebbe permesso che il capitano Farrell uscisse di lì senza parlare direttamente con lei.

Dopo solo tre minuti le porte del salotto furono spalancate di colpo e la bisnonna comparve sulla soglia con un'espressione tra il divertito e lo sconvolto. «Mia cara» annunciò. «A quanto pare, senza volerlo sei riuscita a mettere Wakefield in ginocchio.»

«Dov'è il capitano Farrell?» chiese Victoria con ansia. «Non è già andato via, vero?»

«No, no, è qui, te l'assicuro. In questo momento è seduto sul mio divano, in attesa della bevanda che gli ho gentilmente promesso. Sospetto che mi considererà la creatura più spietata della terra, perché quando mi ha dato la notizia, ero così distratta che invece di compatirlo gli ho offerto da bere.»

«Nonna! Non capisco. Jason ha mandato il capitano Farrell per chiedermi di tornare? È qui per questo?»

«Assolutamente no» dichiarò Sua Grazia inarcando le sopracciglia. «Charles Fielding l'ha mandato qui per comunicarmi la terribile notizia della tua morte.»

«La mia cosa?»

«Sei annegata» riassunse la duchessa. «Nel fiume. O almeno sembra che la tua mantella bianca abbia fatto quella fine.» Guardò Wolf. «E questa bestia sarebbe scappata nei boschi da cui proveniva prima di incontrare te. I domestici di Wakefield sono in lutto, Charles è a letto... se lo merita... e tuo marito si è chiuso nel suo studio e non si lascia avvicinare da nessuno.»

Lo shock e l'orrore fecero vacillare per un attimo Victoria, poi si mise in azione.

«Victoria!» la chiamò la duchessa, inseguendola mentre irrompeva nel salone tallonata da Wolf.

«Capitano Farrell!»

La testa dell'uomo scattò verso l'alto e lui la guardò come se fosse un fantasma, poi i suoi occhi si spostarono sull'altra "apparizione", un animale feroce che iniziò a ringhiargli contro.

«Capitano Farrell, non sono annegata» disse Victoria, spaventata dallo sguardo dell'uomo. «Wolf, basta!»

Il capitano si alzò in piedi, mentre l'incredulità lentamente lasciava il posto alla gioia e poi alla rabbia. «Pensate che sia uno scherzo divertente?» esclamò. «Jason è fuori di sé per il dolore...»

«Capitano Farrell!» intervenne la duchessa con piglio autoritario. «Vi sarei grata se manteneste un tono civile quando vi rivolgete a mia nipote. Fino a questo momento non sapeva che Wakefield la credesse altrove se non qui, dove ha dichiarato che sarebbe venuta.»

«Ma la mantella...»

«Qualcuno mi inseguiva. Credevo fosse uno dei banditi di cui mi avete parlato, e ho gettato la mantella addosso al cavallo, mandandolo lungo il fiume per sviare il malintenzionato.»

Il capitano scosse il capo. «Quel "qualcuno" era O'Malley, che è quasi affogato cercando di salvarvi dal fiume dove ha rinvenuto la mantella.»

Victoria chiuse gli occhi per il rimorso; poi sollevò le lunghe ciglia e abbracciò la duchessa, parlando in fretta. «Nonna, vi sono grata per tutto. Devo andare. Torno a casa...»

«Non senza di me!» replicò la duchessa con un sorriso. «Prima di tutto non mi perderei questa scena per nulla al mondo. Non mi capitava nulla di tanto eccitante da quando... lasciamo perdere. Verrai in carrozza con me» dichiarò Sua Grazia. «Non hai pensato che dopo essersi riavuto dalla terribile notizia, tuo marito reagirà esattamente come questo messaggero incredibilmente sgarbato?» Lanciò un'occhiataccia al povero capitano Farrell prima di continuare. «Solo con molta più violenza. Per farla breve, tesoro, dopo averti baciato, come sono certa che farà, probabilmente vorrà ucciderti per quello che interpreterà come uno scherzo di pessimo gusto da parte tua. Quindi dovrò essere al tuo fianco, per aiutarti a dare una spiegazione. E questo è tutto» disse battendo il bastone sul pavimento per richiamare il maggiordomo. «Norton! Fate preparare subito i cavalli!» Si rivolse al capitano Farrell e, con apparente gentilezza, aggiunse: «Potete venire in carrozza con noi...». Dopodiché gli tolse l'illusione di averlo perdonato spiegando: «Così vi terrò d'occhio. Non voglio rischiare che arriviate prima di noi, e di trovare Wakefield ad aspettarci sulla soglia con sguardo omicida».

Il cuore di Victoria batteva all'impazzata quando arrivarono davanti a casa, poco dopo il crepuscolo. Non comparve nessun valletto per mettere il predellino sotto la carrozza e aiutarli a scendere, e solo poche luci rischiaravano le numerose finestre che davano sul parco. L'edificio sembrava deserto, pensò Victoria, e poi, con grande orrore, vide che le finestre del piano inferiore erano drappeggiate di nero e che sulla porta c'era una ghirlanda nera. «Jason odia tutto ciò che ha a che fare col lutto...» esclamò, spingendo lo sportello della carrozza per aprirlo. «Dite a Northrup di togliere quella roba dalle finestre!»

Interrompendo il proprio silenzio per la prima volta, il capitano Farrell le mise una mano sul braccio e rispose con gentilezza: «Ha chiesto Jason di farlo, Victoria. È fuori di sé per il dolore. La vostra bisnonna ha ragione. Non ho idea di come reagirà quando vi vedrà».

Victoria non aveva paura di quello che avrebbe fatto Jason, scoprendo che era viva. Balzò giù dalla carrozza, lasciando che il capitano Farrell si occupasse della bisnonna, e corse al portone. Lo trovò chiuso a chiave, perciò bussò con forza con il batacchio. Passò un'eternità prima che si aprisse uno spiraglio.

«Northrup!» esclamò. «Dov'è Jason?»

Il maggiordomo sbatté le palpebre nella penombra, poi le sbatté di nuovo.

«Vi prego, non guardatemi come se fossi un fantasma. È stato tutto un malinteso! Northrup» sillabò, mettendo la mano calda sulla guancia fredda di lui «non sono morta!»

«È... È...» Un ampio sorriso gli illuminò il volto. «Sua Signoria è nel suo studio, milady, e vorrei dirvi quanto sono felice...»

Troppo agitata per fermarsi ad ascoltare, lei corse verso lo studio di Jason, passandosi le dita fra i capelli.

«Victoria?» chiamò Charles dal piano superiore. «Victoria!»

«La nonna vi spiegherà tutto, zio Charles» disse lei senza smettere di correre.

Posò la mano tremante sul pomello, momentaneamente paralizzata dall'enormità del disastro che aveva provocato; poi inspirò a fondo ed entrò, chiudendosi la porta alle spalle.

Jason era seduto su una sedia vicino alla finestra, con i gomiti sulle ginocchia e la testa fra le mani. Sul tavolo di fianco a lui c'erano due bottiglie vuote di whisky e la pantera di onice che gli aveva regalato lei.

Victoria ricacciò indietro il nodo che le serrava la gola e si fece avanti. «Jason...» disse piano.

Lui sollevò lentamente il capo, con il volto trasfigurato, gli occhi tormentati che la guardavano come se fosse una visione. «Tory...» gemette angosciato.

Victoria si fermò un istante e l'osservò mentre appoggiava la testa contro lo schienale e strizzava gli occhi.

«Jason!» esclamò. «Guardami.»

«Ti vedo, tesoro» sussurrò lui, senza aprire gli occhi. La sua mano andò alla pantera sul tavolo di fianco e l'accarezzò con amore. «Parlami» la implorò. «Non smettere mai di parlarmi, Tory. Non m'interessa essere pazzo, finché potrò sentire la tua voce.»

«Jason!» gridò Victoria, correndo verso di lui e prendendolo per le spalle. «Apri gli occhi. Non sono morta. Non sono annegata! Mi hai sentito?»

I suoi occhi lucidi si aprirono, ma lui continuò a parlarle come se fosse una visione a cui voleva disperatamente spiegare qualcosa. «Non sapevo delle lettere di Andrew» sussurrò con voce rotta. «Ci credi, tesoro? Ci credi...?» All'improvviso, sollevò lo sguardo tormentato verso il soffitto. «Oh, ti prego!» gemette in modo orribile. «Ti prego, dille che non sapevo delle lettere» gridò rivolto a Dio. «Dille che non lo sapevo!»

Victoria indietreggiò. «Jason, rifletti!» esclamò scossa. «Nuoto come un pesce, ricordi? La mantella era un inganno. Sentivo che qualcuno mi stava inseguendo, ma non sapevo che fosse O'Malley. Pensavo che fosse un bandito, così mi sono tolta la mantella e l'ho buttata addosso al cavallo, poi sono andata a piedi dalla bisnonna e... Oh, Signore!» Infilandosi le mani nei capelli, si guardò intorno nella stanza buia, cercando di trovare un modo per raggiungerlo. Corse alla scrivania e accese la lampada, poi andò al caminetto e accese quelle sopra la cappa.

Stava per voltarsi quando delle dita d'acciaio si posarono sulle sue spalle e la fecero girare. Vide tornare il senno negli occhi di Jason, e un secondo dopo la sua bocca la catturò in un bacio avido. Le mani di lui le scorrevano sulla schiena e sui fianchi, come se stesse cercando di assorbire tutto il suo corpo. Un brivido lo scosse quando lei s'inarcò contro di lui, buttandogli le braccia al collo.

Molti minuti dopo, Jason staccò di colpo la bocca, si liberò dall'abbraccio e la scrutò. Victoria fece un rapido passo indietro, intimorita dallo sguardo minaccioso nei suoi begli occhi verdi. «Ora che abbiamo chiarito» esordì lui serio «ti sculaccerò tanto che non riuscirai più a sederti.»

Un suono a metà tra il riso e lo spavento si levò dalla gola di Victoria, quando la mano di lui scattò in avanti. Fece un balzo indietro. «Invece no» disse, così felice che fosse tornato normale da non riuscire a trattenere un sorriso.

«Quanto vuoi scommetterci?» chiese lui, avanzando mentre lei si ritraeva.

«Non molto» dichiarò Victoria, riparandosi dietro la scrivania.

«E quando avrò finito, ti incatenerò al mio fianco.»

«Questo lo puoi fare» concesse lei.

«E non ti lascerò mai più uscire dal mio campo visivo.»

«Non posso biasimarti.» Victoria lanciò un'occhiata alla porta, misurando la distanza.

«Non provarci» l'ammonì lui.

Lei vide il luccichio nei suoi occhi e ignorò l'avvertimento. Un po' per gioco e un po' per istinto di conservazione, aprì la porta, sollevò la gonna e corse verso la scala. Jason la seguì con lunghe falcate veloci.

Ridendo senza freni, Victoria percorse il corridoio e l'atrio di marmo, superando Charles, il capitano Farrell e la bisnonna, che si erano precipitati fuori dal salone.

Giunta a metà della scala si voltò, iniziando a indietreggiare, mentre il marito saliva un gradino alla volta. «Jason» disse, incapace di controllare il sorriso mentre allungava una mano implorante. «Ti prego, ragiona...»

«Continua a salire, tesoro... stai andando nella direzione giusta» la esortò. «Puoi scegliere fra la mia o la tua camera da letto.»

Lei si voltò e fece di corsa il resto della scala e il corridoio. Era in mezzo alla sua camera quando Jason spalancò la porta e la chiuse a chiave dietro di sé.

«Allora, tesoro...» disse con voce bassa e invitante, cercando di capire in quale direzione volesse fuggire lei.

Victoria guardò il suo volto pallido e affascinante e poi corse... verso di lui, buttandoglisi addosso e abbracciandolo con forza.

Per un istante Jason rimase del tutto immobile, lottando contro un'emozione travolgente, poi la tensione abbandonò il suo corpo. Sollevò le mani alla vita di Victoria e l'attirò a sé. «Ti amo» sussurrò con voce roca, affondandole il viso nei capelli. «Oh, Signore quanto ti amo!»

In fondo alle scale, il capitano Farrell, la duchessa e Charles sorrisero sollevati quando da sopra venne solo il silenzio.

La duchessa fu la prima a parlare. «Bene, Atherton» disse severa. «Adesso sapete come ci si sente a immischiarsi nella vita dei giovani, pagando le conseguenze del proprio fallimento, come ho dovuto fare io in tutti questi anni.»

«Devo andare di sopra a parlare con Victoria» dichiarò lui, con gli occhi puntati sulla scala deserta. «Devo spiegarle che l'ho fatto solo perché pensavo che sarebbe stata più felice con Jason.» Mosse un passo avanti, ma il bastone della duchessa gli sbarrò la strada.

«Non vi venga in mente di interromperli» ordinò Sua Grazia con arroganza. «Desidero un nipote, e a meno che non mi stia sbagliando, in questo momento stanno cercando di procurarmelo.» Con enfasi, aggiunse: «Tuttavia potete offrirmi un bicchiere di sherry».

Charles staccò lo sguardo dalla scala e scrutò attentamente l'anziana donna che aveva odiato per più di vent'anni. Il rimorso l'aveva tormentato solo per due giorni, mentre lei ne aveva sofferto per ventidue anni. Esitando, le porse il braccio. La duchessa lo guardò per un lungo istante, sapendo che si trattava di un'offerta di pace, poi appoggiò piano le dita sottili sulla sua manica. «Atherton» dichiarò mentre l'accompagnava in salotto «Dorothy si è messa in testa delle strane idee: pare che intenda restare nubile e diventare una musicista. Ma io ho deciso che sposerà Winston, e ho un piano...»

Oscar bestsellers
Emozioni

Jonis Agee, *La sposa del fiume*
Katie Agnew, *Mogli e fidanzate*
Mary Balogh, *Un'estate da ricordare*
Mary Balogh, *La proposta*
Ellie Campbell, *Le mie migliori amiche*
Ellie Campbell, *Sorelle*
Daína Chaviano, *L'isola degli amori infiniti*
Adélaide de Clermont-Tonnerre, *Il visone bianco*
Jane Costello, *La damigella d'onore*
Josephine Cox, *La fine del viaggio*
Josephine Cox, *Il viaggio*
Laura Dave, *Festa di divorzio*
Laura Dave, *Ti aspetterò per sempre (ma non metterci troppo)*
Annabel Dilke, *L'eredità*
Susan Fletcher, *Eve Green*
Susan Fletcher, *La verità di Corrag*
Luz Gabás, *Palme nella neve*
Linda Gillard, *A guardar le stelle*
Emylia Hall, *Il libro delle estati*
Kristin Hannah, *L'estate in cui imparammo a volare*
Noëlle Harrison, *L'adultera*
Noëlle Harrison, *Ora ricordo*
Noëlle Harrison, *Una piccola parte di me*
Peter Hedges, *Colazione a Brooklyn*
Elin Hilderbrand, *A piedi nudi*
Elin Hilderbrand, *Naufraghi*
Tara Hyland, *Sorellastre*

Kajsa Ingemarsson, *È la vita, Stella!*
Kajsa Ingemarsson, *Piccoli limoni gialli*
Laura Kinsale, *La figlia del matematico*
Lisa Kleypas, *L'amante di Lady Sophia*
Lisa Kleypas, *Una calda estate in Texas*
Lisa Kleypas, *Il diavolo ha gli occhi azzurri*
Lisa Kleypas, *Infine, tu*
Lisa Kleypas, *Sognando te*
Lisa Kleypas, *Sugar Daddy*
Lesley Lokko, *Cieli di zafferano*
Lesley Lokko, *Cioccolato amaro*
Lesley Lokko, *Una donna misteriosa*
Lesley Lokko, *L'estate francese*
Lesley Lokko, *Il mondo ai miei piedi*
Lesley Lokko, *Un perfetto sconosciuto*
Lesley Lokko, *Povera ragazza ricca*
Sara MacDonald, *Vieni via con me*
Maryann McFadden, *Da quando sei partita*
Maryann McFadden, *Insieme, così felici*
Judith McNaught, *Sarà per sempre*
Jennifer McVeigh, *L'albero della febbre*
Rose Melikan, *Il codice Blackstone*
Rose Melikan, *La moglie francese*
Rose Melikan, *Un ospite ambiguo*
Julia Montejo, *Il segreto delle viole andaluse*
Kate Morgenroth, *Fino al cuore*
Jojo Moyes, *Silver Bay*
Fiona O' Brien, *Il matrimonio dell'anno*
Lesley Pearse, *Nelle tue mani*
Lesley Pearse, *Perdonami*
Lesley Pearse, *Una promessa d'amore*

Lesley Pearse, *La ragazza che sono stata*
Lesley Pearse, *Ricordati di me*
Lesley Pearse, *Segreti*
Lesley Pearse, *Se non ti avessi lasciato andare*
Lesley Pearse, *Senza guardarsi indietro*
Rosamunde Pilcher, *Autoritratto*
Rosamunde Pilcher, *Le bianche dune della Cornovaglia*
Rosamunde Pilcher, *La camera azzurra*
Rosamunde Pilcher, *La casa vuota*
Rosamunde Pilcher, *I cercatori di conchiglie*
Rosamunde Pilcher, *Fiori nella pioggia*
Rosamunde Pilcher, *I giorni dell'estate*
Rosamunde Pilcher, *Il giorno della tempesta*
Rosamunde Pilcher, *Neve d'aprile*
Rosamunde Pilcher, *Profumo di timo*
Rosamunde Pilcher, *Ritorno a casa*
Rosamunde Pilcher, *Settembre*
Rosamunde Pilcher, *Solstizio d'inverno*
Rosamunde Pilcher, *Sotto il segno dei Gemelli*
Rosamunde Pilcher, *La tigre che dorme*
Rosamunde Pilcher, *Voci d'estate*
Mamen Sánchez, *Come acqua di limone*
Katherine Webb, *L'eredità segreta*
Mary Westmacott (Agatha Christie), *Il deserto del cuore*
Mary Westmacott (Agatha Christie), *Una figlia per sempre*
Mary Westmacott (Agatha Christie), *Nell e Jane*
Mary Westmacott (Agatha Christie), *Ritratto incompiuto*
Mary Westmacott (Agatha Christie), *Rosa d'autunno*
Mary Westmacott (Agatha Christie), *Ti proteggerò*
Julia Williams, *Disgelo*